BASTEI
LÜBBE

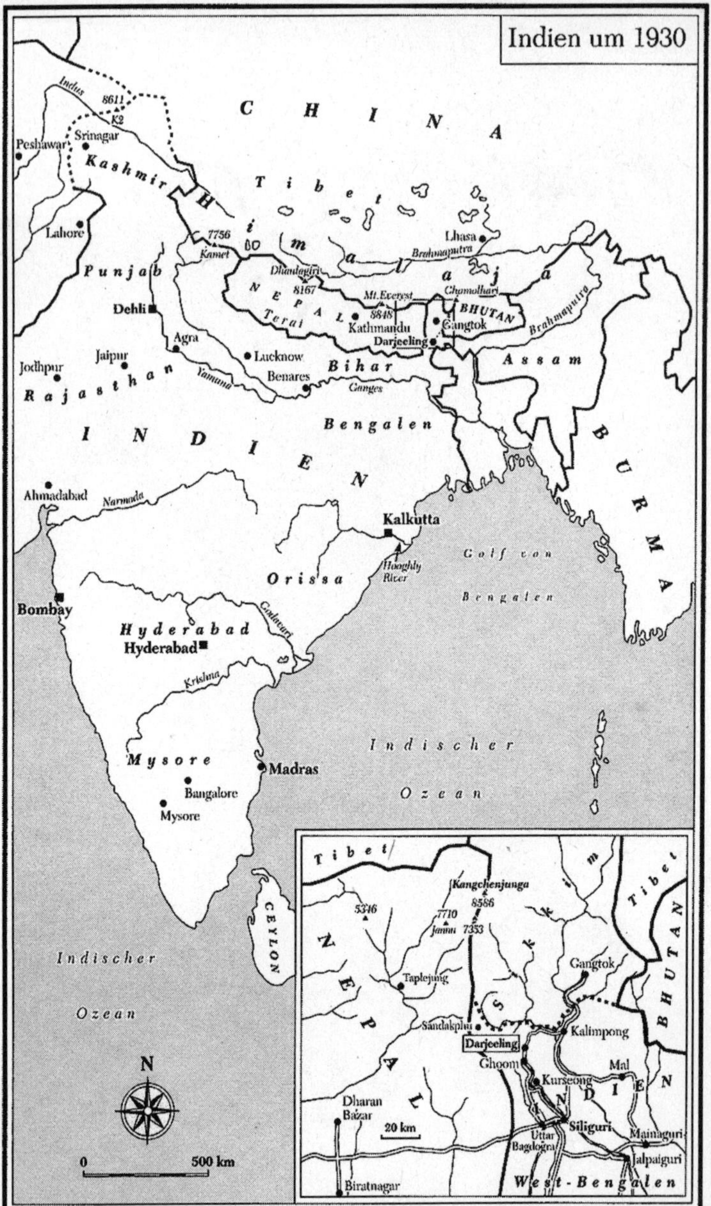
Indien um 1930
CHINA
Tibet
Himalaja
Indus
8611
K2
Peshawar
Srinagar
Kashmir
Lahore
Punjab
7756
Kamet
Dhaulagiri
8167
NEPAL
Terai
Mt. Everest
8848
Kathmandu
Lhasa
Brahmaputra
Chomolhari
BHUTAN
Gangtok
Darjeeling
Assam
Dehli
Agra
Jaipur
Jodhpur
Rajasthan
Lucknow
Benares
Bihar
Yamuna
Ganges
Bengalen
INDIEN
BURMA
Ahmadabad
Narmada
Kalkutta
Hooghly River
Golf von Bengalen
Orissa
Bombay
Godavari
Hyderabad
Krishna
Mysore
Madras
Bangalore
Indischer Ozean
CEYLON
N
0
500 km
Tibet
Kangchenjunga
8586
5346
7710
Jannu
7353
Sikkim
Gangtok
Taplejung
Sandakphu
Darjeeling
Kalimpong
Ghoom
Kurseong
Mal
INDIEN
Dharan Bazar
20 km
Uttar Bagdogra
Siliguri
Mainaguri
Jalpaiguri
Biratnagar
West-Bengalen

DOMINIQUE MARNY

Darjeeling

Aus dem Französischen
von Klaus Jöken

BASTEI LÜBBE

BASTEI LÜBBE TASCHENBUCH
Band 14269

1. Auflage: Dezember 1999
2. Auflage: Februar 2000

Vollständige Taschenbuchausgabe

Bastei Lübbe Taschenbücher ist ein Imprint der Verlagsgruppe Lübbe

Titel der französischen Originalausgabe:
DARJEELING

Lizenzausgabe: Verlagsgruppe Lübbe GmbH & Co. KG,
Bergisch Gladbach
Umschlaggestaltung: Manfred Peters
Textillustration: IFA-Bilderteam
Satz: Schröter, München/Ebner Ulm
Druck und Verarbeitung: Ebner Ulm
Printed in Germany
ISBN 3-404-14269-1

Sie finden uns im Internet unter
http://www.luebbe.de

Der Preis dieses Bandes versteht sich einschließlich
der gesetzlichen Mehrwertsteuer.

Für Pierre

1928

1

Es regnete, als Angela Forrester das Pensionat verließ. Sie hüpfte über Rinnsale und Pfützen und bahnte sich ihren Weg durch die Schar der plaudernden Schülerinnen.

In Darjeeling war die Monsunregenzeit zwar schon fast zu Ende, aber immer noch öffneten mehrmals am Tag die Wolken über dem Gebirge ihre Schleusen, setzten die Straßen unter Wasser und zwangen den Menschen ihren Rhythmus auf. Automobile, Rikschas und Karren spritzten im Vorbeifahren die Fußgänger naß. Sie bewegten sich Richtung Innenstadt, wo das »Hotel Magnolia« stand, das seit 20 Jahren Edward und Mabel Forrester gehörte.

Als sich Angela dem Gebäude näherte, registrierte sie das übliche Kommen und Gehen der Kulis, die ihre Lasten absetzten, während Gäste, die gerade aus Kalkutta eingetroffen waren, durch die Drehtür schritten. Im Gefolge einiger Deutscher, die ihrer Ausrüstung nach zu schließen die Himalajagipfel stürmen wollten, betrat sie die Empfangshalle. Hinter dem stattlichen Tresen aus Teakholz breitete der Portier gerade vor einem jungen Mann, dessen Gesicht sie nicht erkennen konnte, eine Landkarte aus. Ohne sich weiter aufzuhalten, suchte sie die Privaträume auf, in denen ihre Mutter um diese Zeit immer das Menü für den Abend zusammenstellte.

Mabel Forrester saß an ihrem Schreibtisch in einem

Zimmer, dessen Fenster aufs Tal hinausgingen. Sie hob den Kopf, als Angela eintrat.

»Dein Vater möchte, daß du einen französischen Brief für ihn übersetzt.«

»Ach ja? Wo ist er denn?«

»Er mußte zur Bank, aber er ruft dich, sobald er zurück ist. Wie war es in der Schule?«

»Schwester Helen war krank. Darum ist der Geschichtsunterricht ausgefallen.«

Angela trank eine Tasse Tee und zog sich dann in ihr Zimmer zurück. Aus einem Schrank nahm sie einen Pullover und einen Rock, die sie nun anstelle der marineblauen Schuluniform anzog. Danach betrachtete sie sich im Spiegel. Flink löste sie ihre Zöpfe und bürstete sorgfältig das kastanienbraune Haar. Zufrieden beobachtete sie, wie sich im Spiegelbild der 17jährigen Schülerin allmählich schon die Vorahnung einer Frau abzeichnete. Sie hatte sich nämlich fest vorgenommen, so zu werden wie eines dieser traumhaften Geschöpfe in den englischen und amerikanischen Modezeitschriften, die über Bombay ihren Weg bis ins nördliche West-Bengalen fanden. Sie würde sich noch anstrengen müssen, um schlanker zu werden und ihrem Teint den gewünschten perlmuttartigen Schimmer zu verleihen. In Gedanken versunken, verweilte sie bei den großen grauen Augen, die aus ihrem ebenmäßigen, ausdrucksvollen Gesicht strahlten. Angela war nicht nur hübsch, sie besaß auch einen besonderen Charme. Ihr Blick, ihr Lächeln offenbarten eine quirlige Lebenslust, einen Willen zur Selbständigkeit, den sie jedoch lieber verbarg.

Das Mädchen liebte Indien, weil es dort geboren und aufgewachsen war. Sie mochte an diesem Land das Rauhe, das Sanfte und das Mysteriöse, aber andererseits wußte sie auch, daß sie hier nicht ihr ganzes Leben verbringen wollte. Auf gar keinen Fall wollte sie später einmal so werden wie die Freundinnen ihrer Mutter. Wenn sie jemals heiraten sollte, dann sicher nicht den Sohn einer dieser von Sonne und Hitze ausgetrockneten, durch Langeweile und Vorurteile verhärmten Frauen! Wie oft hatte sie sie beim Gottesdienst oder bei einem Picknick beobachtet! Eingeigelt in ihre Liebe zur herrschenden Ordnung, pflegten die Ärmsten in einem Land, dessen Identität sie völlig ignorierten, verbissen die Bräuche einer Insel, die einige von ihnen nie kennengelernt hatten. Immerhin traten die meisten wenigstens alle fünf Jahre ihre traditionelle Pilgerfahrt nach London, Birmingham oder Southampton an. Diese Reisen bestätigten sie dann jedesmal wieder in ihrem Überlegenheitsgefühl gegenüber den Eingeborenen, an denen leider seit einiger Zeit gewisse Anzeichen von Aufsässigkeit zu beklagen waren.

Angela legte sich ein goldenes Kettchen um den Hals und beobachtete, wie sich die Landschaft in Nebel hüllte. Sie liebte den späten Nachmittag, wenn die Berge allmählich mit der Dämmerung verschmolzen. Unten leuchteten die ersten Lichter auf. Sehnsüchtig dachte das Mädchen an den Bazar, den sie eigentlich nicht betreten durfte, trotz aller Verbote aber doch einmal besucht hatte. Kurz nach ihrem zwölften Geburtstag war sie der Aufsicht ihres Kindermädchens, der *Ayah*, entwischt und war zusammen mit James, dem Sohn des Pastors, mutig in das Gewirr kleiner Gassen vorgedrungen. Sie waren gesäumt von winzigen Läden, vor denen die Nepalesen Stoffe, Gewürze, Obst und Gemüse verkauften. Sie hatte eine Weile gebraucht, um sich an die Gerüche zu gewöhnen, die durchdringend und betörend zugleich und darum auch so verwirrend waren. Von allen Seiten erklangen unbekannte Dialekte und entführten sie in eine verbotene, faszinierende Welt, von der sie nur wußte, daß ihre Eltern sie für völlig uninteressant hielten.

Da es ihr davor graute, sich an die Hausaufgaben für den nächsten Tag zu setzen, suchte Angela lieber die Räume auf, die eigentlich den Gästen vorbehalten waren.

Mabel Forrester besaß unstreitig Geschmack, während es ihrem Mann nicht an guten Ideen mangelte, was man am Hotel der beiden unschwer erkennen konnte. In einer Zimmerflucht, deren Wände mit Chintz bespannt waren, standen tiefe, bequeme Sessel. Bilder und Gegenstände aus Silber oder Porzellan erinnerten an England, und Fotografien erzählten von historischen Ereignissen. So konnten sich die Gäste in ihrem Exil ein wenig wie zu Hause fühlen.

Angela entschied sich gegen die Bibliothek, in der ein älteres Ehepaar Briefe schrieb, und öffnete die Tür zu dem Zimmer, in dem ein Streichquartett demnächst Werke von Bach und Fauré spielen sollte. Bei ihrem Eintreten drehte sich der Mann, der ihr schon in der Halle aufgefallen war, um. Er stand vor dem Fensterrahmen, so daß sie zuerst nur seine hohe Silhouette erkannte, die sich vor dem Abendhimmel abhob.

»Guten Abend«, grüßte er, ohne sich zu regen.

»Guten Abend und willkommen in Darjeeling.«

Es waren nicht so sehr die freundlichen Worte, die Peter Saunders berührten, sondern vielmehr der Klang ihrer Stimme. Eine sanfte Woge durchströmte ihn und milderte das Heimweh, das ihm die Kehle zuschnüren wollte.

»Sie kommen aus England?« fragte Angela.

»Ja. Ich bin erst vor ein paar Tagen mit dem Schiff in Bombay eingetroffen. Von dort habe ich den Zug nach Kalkutta genommen.«

»Wo Sie mit den Leuten von der ›Tea Industry‹ geschäftlich zu tun hatten.«

»Woher wissen Sie das?«

»Alle Männer in Ihrem Alter, die hierherkommen, lassen sich in zwei Gruppen einteilen: Entweder sie treten in die Armee ein, oder sie wollen Tee anbauen. Und da Sie nicht wie ein Soldat aussehen . . .«

Er trat zu dem jungen Mädchen an den Kamin, in dem ein Feuer knisterte, und stellte sich vor: »Peter Saunders.«

»Angela Forrester«, antwortete sie, während sie sich ihren Gesprächspartner näher ansah.

Nichts schien die braunen Locken, die ihm in die Stirn fielen, bändigen zu können, was zugleich auch die Persönlichkeit dieses jungen Engländers widerspiegelte. Mit unverhohlenem Vergnügen musterte Angela die dunkelblauen Augen und das energische Kinn mit dem Grübchen. Mit seiner leichten Adlernase und den dünnen, doch wohlgeformten Lippen wirkte er attraktiv und zugleich energisch.

»War es ein alter Traum von Ihnen, nach Indien zu kommen?« fragte sie.

»Nein. Ich konnte in England keine Arbeit finden. Eines Morgens habe ich eine Zeitungsanzeige gesehen. Auf die habe ich geantwortet. Und nun stehe ich hier und plaudere mit Ihnen.«

Sie mochte spontan sein Lächeln, mit dem er jetzt fortfuhr: »Seit ich in Marseille an Bord gegangen bin, hat mir alles gefallen: die Überfahrt auf dem Schiff, der Trubel in Bombay, das Gedränge in den Bahnhöfen, die vielen Menschen. Außerdem die Fahrt hierher durch die Berge, diese herrliche Vegetation. Der Kontrast zur bengalischen Tiefebene ist so beeindruckend, so überwältigend . . .«

»Obwohl wir offiziell zu Indien gehören«, erwiderte Angela, »ist Darjeeling eine ganz eigene Gegend, die je nachdem einem Gefängnis gleichen kann oder . . . dem Paradies.«

Noch während sie sprach, knipste sie eine Lampe an, dann noch eine. Keiner sagte etwas, während Angela am Kamin in der Glut herumstocherte, aber sie hatte auch gar nicht das Bedürfnis, das Schweigen zu brechen. Peter Saunders war wieder ans Fenster getreten. Er hatte die Stirn an die Scheibe gelehnt und versuchte sich vorzustellen, wie wohl seine Zukunft auf der Plantage, zu der er am nächsten Tag fahren wollte, aussehen würde. Erst jetzt wurde ihm klar, wie weit er von seiner Heimat und seiner Familie entfernt war.

Ein älterer Mann betrat den Raum und brach damit den Bann. Er drückte seine Zigarette in einem Aschenbecher aus und ließ sich dann schwerfällig in einen Sessel fallen.

»Bis gleich«, flüsterte Angela Peter Saunders zu, ehe sie verschwand.

Draußen war es schon dunkel, als Angela, nachdem sie für ihren Vater den Brief übersetzt hatte, den Speisesaal betrat. Da Edward und Mabel Forrester mit dem Essen lieber warteten, bis sich alle Gäste zurückgezogen hatten, nahm ihre Tochter das Abendessen gewöhnlich allein ein. Von ihrem Tischchen aus konnte sie die Gäste in aller Ruhe beobachten. Abgesehen von der Gruppe deutscher Bergsteiger waren heute abend noch zwei Engländerinnen da, die am nächsten Tag sicher den Zug nach Siliguri nehmen wollten, und eine Familie aus Sikkim.

Nur wenige Schritte entfernt saß Peter Saunders, völlig in Gedanken versunken. Bilder aus der Vergangenheit hatten ihn eingeholt, und eine bange Vorahnung, ausgelöst durch seine Ankunft in dieser Gegend, die er in den nächsten fünf Jahren nicht mehr verlassen durfte. Die Klauseln seines Vertrages waren in dieser Hinsicht unerbittlich. Keine Rückkehr in die Heimat und die Verpflichtung, ledig zu bleiben, bis sein Arbeitsverhältnis auslief. Seine Arbeitgeber in London hatten auf diesen Bedingungen bestanden, und er hatte sie akzeptiert, ohne sich recht klarzumachen, was für ein Opfer sie verlangten. Aber hatte er denn eine andere Wahl gehabt? Als jüngstes von vier Kindern hatte man ihm ständig seinen ältesten Bruder John als Vorbild vorgehalten. John war immer schon der Liebling seiner Eltern gewesen, und nach seinem Tod an der Front hatten sie ihn regelrecht wie einen Heiligen verehrt. Schließlich bot sich für Peter die Gelegenheit mit Indien. Das herrlichste Juwel der britischen Krone! Auf einmal spürte er in sich das Zeug zum Helden. Ohne zu zögern, unterzeichnete Peter das Papier, das ihm der Bevollmächtigte der »Tea & Co.« vorgelegt hatte.

Seine Freundin Roberta, die geschworen hatte, ihn zu heiraten, brach in Tränen aus, als er ihr davon erzählte. Wie hätte er sie trösten sollen, da er ihr nichts versprechen konnte, schon gar nicht, sie einmal so zu lieben, wie sie es sich ersehnte. Hatte er überhaupt je eine Frau geliebt? Marion vielleicht . . . Ja, Marion, das erste Mädchen, das er jemals geküßt hatte.

Er war gerade vierzehn, als sie ihn eines Tages auf dem Rückweg von einem Kricketspiel in eine Gasse gezerrt hatte, in der sich Katzen vor einem Mülleimer balgten. Noch heute konnte er sich an ihre Sommersprossen auf den Wangen und an ihre maßlose Sehnsucht nach Zärtlichkeit erinnern. Ihre sonnenwarme Haut roch nach dem Maiglöckchenduft ihrer Seife. Wie lange hatten sie dort gestanden, aneinandergeschmiegt, hatten sich gegenseitig betastet, unter die Kleider gefaßt, neue Berührungen ausprobiert und Empfindungen ausgekostet, vor denen sie selbst erschraken?

Das Lachen der Gäste am Nebentisch riß ihn aus seinen Tagträumen. Der Speisesaal hatte sich mit Europäern gefüllt, die sich selbst – ähnlich wie er auch – dadurch betrogen, daß sie Speisen aßen, aus denen man nicht die geringste Exotik herausschmeckte. Manche der Gesichter, die er im Licht der Kerzen unterschied, waren von der Sonne gegerbt. Zu seiner Rechten saß eine Engländerin mit gekünstelter Aussprache, deren Mann sich gerade vom Personal bedienen ließ.

»Mr. Darrow . . .«, hörte er, ohne den Rest zu verstehen.

Geräuschvoll schoben die Deutschen ihre Stühle zurück und standen auf. Nun konnte Peter das Mädchen, dessen Lebenslust er vor zwei Stunden so bewundert hatte, besser beobachten. Aus ihrem seidenen Haarband hatte sich eine Strähne gelöst, die an der Wange herabhing. Sein Blick fiel auf die schlanke Hand, wanderte zum Handgelenk hinauf, an dem ein Perlenband schimmerte, und blieb schließlich am Gesicht hängen. Angela Forrester besaß die Schönheit jener Menschen, die einer inneren, leidenschaftlichen Stimme folgen. Als er schließlich den Speisesaal verließ und sie mit einem Kopfnicken grüßte, antwortete sie mit einem Lächeln.

Einen Moment lang überlegte er, ob er an der Bar noch ein letztes Glas trinken sollte, aber die Müdigkeit war stärker. In seinem Zimmer schob er die Vorhänge auseinander, um das Fenster zu öffnen. Draußen war die Luft jetzt frisch. Mit geschlossenen Augen sog er die Gerüche der Nacht und der Stadt unten ein, deren Geschäftigkeit um nichts abgenommen hatte. Am Leuchten der Feuer und am Stimmengewirr konnte man erkennen, wo sich der Bazar befand. Hundegebell erklang und wurde von Rufen und Kindergeschrei beantwortet. Er zog sich das Federbett bis ans Kinn und fand schließlich seine innere Ruhe. Als sintflutartig ein neuer Regenguß einsetzte, schlief er ein.

2

Von Rufen, die vom Garten her kamen, wurde Peter geweckt.

Verschlafen ging er ans Fenster und entdeckte Mrs. Forrester, die jemanden, der von einem Busch verdeckt wurde, heranwinkte. Etwas weiter entfernt auf der Terrasse standen die Deutschen, die ihm am Vortag aufgefallen waren, und zeigten aufgeregt auf etwas. Neugierig warf sich Peter einen Morgenmantel über und ging auf den Balkon hinaus.

»Kangchenjunga, Kangchenjunga«, sagten sie immer wieder.

Gespannt lehnte sich Peter über das Holzgeländer. Vor dem stahlblauen Himmel hob sich mit seiner Schneekapuze und der Wolkenkrone einer der höchsten Gipfel der Himalajakette ab. Mit seinen 8586 Metern bot er einen überwältigenden Anblick, mächtig und unwirklich. Wie ein staunendes Kind verlor sich Peter in der Betrachtung dieses Bergs, auf dem der dortigen Legende nach der Gott Schiva wohnte. Doch langsam zog vom Tal her eine bedrohliche Nebelbank herauf. Allmählich verblaßte das märchenhafte Bild, um die Menschen, die dies nur allzu leicht vergessen, daran zu erinnern, wie schnell Schönheit vergehen kann.

Später, als er sich neben den Chauffeur setzte, den »Rainbow Gardens« geschickt hatte, hoffte er wieder, er könnte sich für diesen Ort, für den er durch nichts prädestiniert war, doch noch erwärmen. Kaum hatten sie die Stadt verlassen, bog der Wagen in eine enge, holprige Straße ein, die gesäumt war von kleinen Häusern, vor denen Hunde mit gelblichem Fell dösten. An den Fassaden, auf den Verandas und in den kleinen Gärtchen leuchteten überall Blumen, zum Entzücken von Peter, der es gern mochte, wenn es um ihn herum blühte.

Auf halbem Weg zwang ein Platzregen sie dazu, langsamer zu fahren. Zwischen den beiden Insassen kam keine rechte Unterhaltung in Gang, da der junge Engländer bis jetzt kaum ein Wort Nepalesisch konnte, obwohl er diese Sprache später bei der Arbeit würde benutzen müssen. Er nahm sich fest vor, das Abenteuer, auf das er sich eingelassen hatte, zu meistern, obwohl er noch vor wenigen Wochen keine Ahnung vom Teeanbau gehabt hatte. Mit dem Arbeitsvertrag in der Tasche hatte er sich in aller Eile einige Handbücher über die Herstellung dieses in der ganzen Welt begehrten Getränks gekauft. Das hatte seine letzten Ersparnisse verschlungen, während die kleine Erbschaft seiner Patentante gerade gereicht hatte, die Überfahrt nach Darjeeling zu bezahlen. Die Bedingungen im Arbeitsvertrag waren hart: Die erste Zeit erhielt er freie Kost und Logis, eine Bezahlung sollte es erst später geben.

Der Wagen fuhr durch ein Gehöft, in dem Frauen mit Babys auf dem Arm an einer Quelle standen und schwatzten. Peter erblickte jenseits eines kleinen Tals an einem Berghang inmitten von Teepflanzungen einen Bungalow.

»Rainbow Gardens«, erläuterte der Chauffeur mit strahlendem Lächeln. Er zeigte auf die Behausung und präzisierte: »Bungalow von Verwalter.«

Durch das offene Seitenfenster strömte der Geruch der vom Regen durchtränkten Natur herein. Mit allen Sinnen nahm Peter die Harmonie der Landschaft in sich auf. Während er die frische Luft genoß, verlor er sich in der Betrachtung der Pflückerinnen, die zwischen den Teesträuchern eine bunte Linie bildeten. In einer Reihe gingen sie den Hang hinauf, pflückten mit flinken Bewegungen die jungen Knospen ab und warfen sie in die großen Tragkörbe auf ihren Rücken, die von einem breiten Stirnband gehalten wurden. Jede Gruppe unterstand einem Aufseher. Als der Wagen vorbeifuhr, hoben alle den Kopf, so daß Peter junge und weniger junge Gesichter ausmachte, die neugierig herübersahen. Erstaunt stellte er fest, daß diese einfachen Frauen trotz der harten Arbeit Schmuck trugen, ziselierte Ohrringe aus Gold oder Silber, einen Edelstein am Nasenflügel, während an ihren Handgelenken Dutzende von Armbändern klirrten.

Der Wagen umfuhr den Bungalow, dessen Terrasse unter den vielen Geranien und Begonien fast völlig verschwand, und hielt dann auf eine Reihe großer Bäume zu. Durch das Laubwerk hindurch erblickte Peter die Fabrik, ein längliches Gebäude, an dem in regelmäßigen Abständen Metalltreppen hinaufführten.

Er folgte dem Chauffeur durch die erste Halle. Unter ohrenbetäubendem Gehämmer zimmerten die Schreiner hier Holzkisten, in denen später der Tee verpackt wurde. Auf jede Kiste wurde in schwarzen Lettern der Name der jeweiligen Pflanzung geschrieben. Ein Korridor führte in das Büro von Samuel Baxter, der seit vier Jahren als Verwalter die Plantage leitete. Tea & Co. wußte seine Sachkunde zu schätzen, weil sich die Qualität der Produktion deutlich verbessert hatte, seit er hier arbeitete. Er hörte sich gerade den Bericht eines Angestellten an, als Peter sich vorstellte.

Nach einem herzlichen, aber kurzen Austausch von Höflichkeiten lud Samuel Baxter den Neuankömmling ein, ihn auf seinem Inspektionsrundgang zu begleiten.

Überall herrschte peinlichste Sauberkeit. Dafür sorgten mehrere Frauen, die alles, was auf den Boden fiel, sofort auffegten. Im größten Raum der Fabrik arbeiteten barfüßige Männer an lärmenden Maschinen, die der Verwalter überschreien mußte.

»Wir sind mitten in der Produktion! Die Blätter, die gestern morgen gepflückt worden sind, haben wir im obersten Stock welken lassen, bis sie die Hälfte ihres Wassergehalts verloren haben. Jetzt befinden sie sich in den Rollmaschinen hier, die die Zellwände aufbrechen, um die ätherischen Öle freizusetzen.«

Im angrenzenden Raum war Peter überrascht über die tropische Treibhausatmosphäre.

»Das hier ist der heikelste Vorgang, die Fermentation. Schon der geringste Fehler kann die ganze Ernte verderben.«

Die Blätter, die aus den Rollmaschinen kamen, wurden auf große Bretter ausgebreitet und der Feuchtigkeit ausgesetzt.

»Man muß gleich zu Anfang die richtige Temperatur erwischen, sonst werden die Blätter beim Erhitzen in Mitleidenschaft gezogen. Bei zuviel Hitze bekommt der Tee einen leicht verbrannten Geschmack.«

Während Peter zuhörte, beobachtete er Samuel Baxter. Trotz einer beginnenden Glatze schätzte er ihn höchstens auf Anfang vierzig. Sein Blick hinter der Brille war scharf. Er führte den Betrieb mit eiserner Hand, hatte man Peter vorgewarnt.

Es war fast Mittag, als sie das Gebäude verließen. Am Himmel schwebten noch ein paar Wölkchen, aber der Nebel hatte sich aufgelöst.

»Mrs. Baxter erwartet uns zum Mittagessen. Anschließend können Sie sich dann Ihren Bungalow ansehen.«

Ein Dienstbote trug Erfrischungen auf die Veranda hinaus. Während Peter frisch gepreßten Zironensaft trank, ließ er die Umgebung auf sich wirken. Es war gerade Arbeitspause, so daß zwischen den Teesträuchern, die wie ein dichter Teppich die Berghänge bedeckten, niemand mehr zu sehen war. Auf einmal hatte er leichte Kopfschmerzen und fühlte sich unendlich müde, und ihm fiel ein, daß die Höhenlage solche Unpäßlichkeiten verursachen konnte. Da sein Gastgeber gerade im Haus zu tun hatte, schloß er die Augen, bis ein kleiner schwarzer Hund an seiner Hand schnüffelte.

»Verzeihen Sie«, stammelte er entschuldigend und sprang auf, um die Frau zu begrüßen, die plötzlich aufgetaucht war.

Marjorie Baxter wirkte zu groß, zu mager, nicht besonders weiblich und traurig. Dieser letztere Eindruck bestätigte sich während der Mahlzeit.

Samuel Baxter beachtete das Schweigen und die Nervosität seiner Frau überhaupt nicht, sondern erzählte begeistert von ihrer Ankunft in Indien vor zehn Jahren.

»Zuerst haben wir in Kalkutta gewohnt. Später hat uns die Firma ihre Plantage in Merik anvertraut. Dort sind auch unsere Kinder zur Welt gekommen.«

»Wie viele Kinder haben Sie?« fragte Peter.

»Zwei. Einen Jungen, Howard, und ein Mädchen, Susan. Seit August besuchen die beiden ein Internat in Sussex.«

Noch während Samuel sprach, hatte Marjorie ihren Stuhl zurückgeschoben. Ehe sie unter Entschuldigungen verschwand, sah Peter, daß sie Tränen in den Augen hatte.

»Meine Frau erträgt es nicht, daß die Kinder fort sind,

aber ich kann ihr nicht nachgeben. Man muß die Tradition wahren.«

»Aber die Schulen in Darjeeling haben doch einen guten Ruf.«

»Das stimmt. Nur keine von ihnen kann den Kindern die Erziehung vermitteln, die sie in der Heimat erhalten.«

Auf dem Weg zu seinem Bungalow, der zwei Kilometer von der Fabrik entfernt stand, rief Peter sich dieses Gespräch in Erinnerung. Das Leben in den Kolonien verlangte Opfer, die er nicht recht verstehen konnte. Aber irgendwie verwirrte ihn die ganze Mentalität dieser Briten hier. Als Sohn einfacher, nicht gerade reicher Leute hatte er keine Eliteschule besucht, obwohl seine Familie für eine einwandfreie Erziehung gesorgt hatte. Disziplin und Strafen hatten seine Kindheit und später seine Jugend begleitet. Bei einigen Jungen, zu denen auch er gehörte, hatten die Schikanen zu keinem allzu schlechten Ergebnis geführt, während sie sich bei anderen als Katastrophe erwiesen. Auf einmal nahm er die Natur ringsum nicht mehr wahr, sondern mußte an die düsteren Klassenzimmer und die übelriechenden, schlecht beleuchteten Schlafsäle denken. Er erinnerte sich auch an die Grausamkeit einiger Schüler, die sich einfach dadurch erklärte, daß die Lehrer ein alles andere als leuchtendes Vorbild boten.

Der Dienstbote, der ihn führte und sich in Zukunft auch um seinen Haushalt kümmern sollte, ging langsamer. Darum ließ auch Peter die Stute, die ihm von Rainbow Gardens zur Verfügung gestellt wurde, im Schritt gehen. Hinter einer Wegbiegung entdeckte er schließlich seine Unterkunft, ein bescheidenes Holzhaus, dessen Fassade auf der ganzen Breitseite wie bei jedem Kolonialgebäude von einer Veranda eingenommen wurde.

Obwohl er nur wenig Komfort erwartet hatte, hatte er

doch nicht mit einer so spartanischen Behausung und Einrichtung gerechnet. Der Boden war aus festgestampfter Erde, und das Mobiliar bestand aus einem Feldbett, das *Charpoy* genannt wurde, einem wackligen Tisch, einigen Kisten und zwei Stühlen. So gut es ging, verbarg er seine Enttäuschung und befahl den Kulis, die ihm gefolgt waren, das Gepäck in einer Ecke des Zimmers abzustellen. Fließendes Wasser gab es nicht, das mußte man aus einem Brunnen schöpfen, während sich die Beleuchtung auf ein paar Petroleumlampen beschränkte.

Der Nachmittag neigte sich schon dem Ende zu, als er seine Kleidungsstücke und persönlichen Gegenstände eingeräumt hatte und sich endlich auf die Veranda setzen konnte, um dort eine Pfeife zu rauchen. Eine Brise bewegte die Bäume unten am Bach, dessen Murmeln die Spannung, die sich seit dem frühen Morgen in ihm aufgestaut hatte, beruhigte. Peter bewunderte das Spiel des Lichts auf den Gipfeln, die sich rot färbten, dann purpurn und schließlich violett. Das Geräusch von klappernden Kochtöpfen und der Geruch nach Rauch verrieten ihm, daß die Köchin seine Mahlzeit zubereitete. Zusammen mit dem Mann, der den Haushalt versorgte, und einem Stallknecht sollte sie an den Wochentagen für sein Wohlergehen sorgen. Am Samstag und Sonntag stand Peter nämlich ein Zimmer im berühmten Club von Darjeeling, dem Treffpunkt der Pflanzer, zur Verfügung.

Am nächsten Morgen machte er sich mit seiner Arbeit vertraut. Gleich nach Sonnenaufgang ritt er durch einen Teil des Anwesens, etwa 60 Hektar Land, auf denen fast ausschließlich Tee angebaut wurde. Nachdem er an verschiedenen Orten das Pflücken beaufsichtigt hatte, ritt er zur Fabrik, um sich von Samuel Baxter anweisen zu lassen.

So verstrichen die Tage, einer wie der andere, aber Peter

genoß diese Gleichförmigkeit. Wenn er im Gesicht die brennende Sonne oder den peitschenden Regen spürte, hatte er den Eindruck, eins zu werden mit einer rauhen, geheimnisvollen und märchenhaften Welt. In der Gesellschaft der Berge waren ihm die Ereignisse in Europa gleichgültig. Im Gegensatz zu Samuel Baxter, der beim Eintreffen der britischen Zeitungen jedesmal in eine geradezu fieberhafte Stimmung verfiel, benutzte Peter seine seltenen freien Momente dazu, die Umgebung von Rainbow Gardens zu erkunden.

Der Abend dämmerte schon, als er auf dem Rückweg von einem Spazierritt plötzlich Lachen hörte. Unterhalb des Pfades erspähte er einen blonden Schopf. Ein Mädchen saß auf dem Felsen neben einem kleinen See und feuerte einen Mann im Badeanzug an, ins Wasser zu springen. Peter zügelte sein Pferd und beobachtete die Szene. Von hinten gesehen hatte der Mann eine schlanke, sportliche Figur. Schließlich überwand er sich, streckte die Arme vor und sprang elegant ins Wasser. Daraufhin stand das Mädchen auf und zog Bluse, Stiefel und ihre *Jodhpurs*, ihre Reithose, aus. Vorsichtig steckte sie einen Zeh ins Wasser, aber ehe sie noch die Wassertemperatur abschätzen konnte, zog ihr Partner sie zu sich hinunter. Es folgte eine ausgelassene Wasserschlacht, unterbrochen von vergnügten Schreien und atemlos abgehackten Sätzen. Immerhin konnte Peter heraushören, daß das Fräulein perfekt Englisch sprach, während der junge Mann einen starken Akzent hatte.

Erst nach einiger Zeit kehrten sie wieder ans Ufer zurück. Zitternd stürzte sich die Unbekannte auf ein Handtuch, das ihr Freund ihr aus der Hand nahm. Zärtlich wikkelte er sie darin ein und drückte sie an sich, den Mund an ihre Schläfe gepreßt. Jetzt sah Peter, daß er die schrägen

Augen und hohen Wangenknochen eines Tibeters besaß. Eng umschlungen kehrten sie zum Felsen zurück, wo sie sich eine Zigarette teilten. Die Dämmerung hüllte sie schon ein, als Peters Stute unruhig wurde. Beim Scharren der Hufe hob das Liebespaar den Kopf.

»Da oben ist jemand«, flüsterte Cecilia.

»Ach was.«

»Doch, ganz bestimmt. Hinter dem Gebüsch ... da rechts.«

»Das ist nur ein Tier.«

Der Mann versuchte wieder, Cecilia an sich zu ziehen, doch sie machte sich los.

»Stell dir vor, wenn uns jemand gesehen hat. Dann ist alles aus!«

3

Dunkle Nacht lag über »Whispering Hills«, als Cecilia einem Stallburschen ihr Pferd überließ. Sie mied die Veranda des Bungalows, der seit drei Generationen der Familie Darrow gehörte, und schlich sich in ihr Zimmer, dessen Balkontür sie offengelassen hatte. Eigentlich war es lächerlich, in Darjeeling diskret sein zu wollen. Auch heute abend spürte sie überall in der Dunkelheit neugierige Blicke. Die Gärtner und Dienstboten ließen sich nicht einmal durch Drohungen davon abhalten, das Treiben der Briten, das sie gleichzeitig faszinierte und irritierte, zu beobachten und ausgiebig zu kommentieren.

Cecilia blieb nur wenig Zeit, um sich umzuziehen. Sie schnappte sich ein Handtuch, trocknete damit ihr feuchtes Haar und streifte das zerknitterte Kleid ab. Ein heißes Bad würde sie vielleicht aufwärmen. Sie drehte gerade die Hähne der Badewanne auf, als im Nebenzimmer ein Streit ausbrach. Hören die denn nie auf? seufzte Cecilia, die in letzter Zeit oft Zeugin des Gezänks zwischen ihrem Bruder George und ihrer Schwägerin Annabel war.

Sie hörte etwas zerbrechen. Es folgte ein Fluch, dann ein tränenerstickter Schrei. Seit sie den Eindruck gehabt hatte, bei ihrem Treffen mit Yonten beobachtet worden zu sein, empfand sie ein ungutes Gefühl, und die Auseinandersetzung nebenan nahm sie noch zusätzlich mit. Kann Liebe so rasch unglücklich machen? Einen Moment lang dachte sie über ihre Lage nach. Was würde sie darum geben, ihr Verhältnis mit diesem Mann, für den sie sich nie hätte interessieren dürfen, nicht mehr verbergen zu müssen. Und er? Würde er eines Tages alles für sie opfern? Selbst seine Wurzeln? Diese Frage war sinnlos. Yonten würde Tibet, sein Land, nie verleugnen. Niemals würde er nur für eine hübsche Europäerin, die ihn bezaubert hatte, sein Volk und seine Traditionen aufgeben. Verbittert dachte Cecilia, daß George und Annabel ihr Glück, sich vor aller Augen lieben zu dürfen, gar nicht verdienten!

»Annabel hatte noch keine Zeit, sich an unsere Gegend zu gewöhnen«, erklärte Edna Darrow jedem, der es hören wollte.

Cecilia wußte, daß ihre Mutter damit auf ihre eigene Erfahrung anspielte. Nachdem sie John Darrow in Lahore kennengelernt hatte, war sie ihm voller Illusionen in den Himalaja gefolgt. Damals, im Jahre 1894, hatte die Plantage nur aus einem ziemlich primitiven Bungalow und 30 Hektar Land bestanden. Damit mußte sich das Paar begnügen, bis Johns Vater, Robert Darrow, der Gründer des Anwesens, starb. Robert, der Abenteurer, der erst mit Opium und Indigo gehandelt hatte, bevor er sich dem Teeanbau zuwandte.

Darjeeling war für dieses Vorhaben besser geeignet als Assam, ein malariaverseuchtes Gebiet in der Nähe von Burma. Zwölf Kilometer von der Stadt entfernt kaufte er einen Berghang, der viel Sonne und Regen abbekam, rodete und bepflanzte ihn. Damit war Whispering Hills geboren, das heute zu den renommiertesten Plantagen zählte.

Daß sich Whispering Hills diesen Ruf erwerben konnte, lag nicht allein am Gelände. Um einen so erlesenen Tee zu erzeugen, mußte man soviel Gespür besitzen wie Robert und soviel Erfahrung wie John, der die Herstellungstechniken wie kein zweiter beherrschte.

Im Gegensatz zu den umliegenden Plantagen, die im Lauf der Jahre von ihren Besitzern an Privatfirmen verkauft worden waren, blieb Whispering Hills ein Familienunternehmen. John, der sich mit Leib und Seele dem Erfolg der Plantage verschrieben hatte, hoffte inständig, daß sein Sohn George nicht nur die Tradition fortführen würde, sondern dank seiner Kenntnisse als frischgebackener Oxfordabsolvent auch die Krise meistern könnte, die durch die Konkurrenz des indonesischen Tees auf dem Markt entstanden war. Cecilia teilte diese Ansicht nicht, wollte ihren Vater aber nicht beunruhigen, da George doch sowieso der einzige war, der den Betrieb übernehmen konnte.

Als sie alle am Eßzimmertisch versammelt waren, suchte sie nach einer Spur von Ärger im Gesicht ihres älteren Bruders, sah aber, daß ihn der Streit mit Annabel nicht im geringsten aufgeregt hatte. Ihre Schwägerin saß rechts von John und versuchte, sich nichts anmerken zu lassen. Dennoch verrieten ihre roten Wangen und eine abgehackte Aussprache ihre Erregung.

»Bist du heute spazierengegangen?« fragte Edna sie.

»Nein. Ich war zu müde.«

»Müde?« rief John erstaunt. »Du tust doch nichts anderes, als dich auszuruhen!«

»Oh, die häufige Abgespanntheit von uns Frauen wirst du nie verstehen, Liebster«, sagte seine Frau beschwichtigend.

»Du hast recht. Das war mir schon immer schleierhaft.«

»Ist ja auch völlig unwichtig«, griff George ein.

Cecilia sah, wie Annabel blaß wurde, und empfand zum ersten Mal, seit sie sie kannte, so etwas wie Sympathie für die junge Amerikanerin. Bisher hatten sie sich nie verstanden. Trotz eines obligatorischen Aufenthalts in England war Cecilia ein Kind des Landes, in dem sie das Licht der Welt erblickt hatte. Als Tochter der Berge und Sturzbäche folgte sie nur dem Wind und kam an Orte, an denen sie von niemandem erwartet wurde. Nicht einmal von Yonten! Sie war von Natur aus verschwiegen und bescheiden. Darum erzählte sie auch nur selten, daß es allein ihr Verdienst war, wenn die Kinder der Plantage Schulunterricht bekamen.

Ihr Vater hatte zuerst nicht auf sie hören wollen, als sie nach ihrer Rückkehr aus London den Wunsch nach einem Gebäude geäußert hatte, in dem sie den kleinen Nepalesen, die für zwei Anna am Tag Tee pflückten, Unterricht erteilen wollte.

Allen Einwänden ihrer Familie zum Trotz ließ sie unter einer großen Eiche zwei Tische und Bänke aufstellen. Dort, auf einem Bambusstuhl sitzend, schlug sie ein Buch auf und las laut daraus vor. Schüchtern näherten sich die kleinen Gestalten. So begann, im Licht der untergehenden Sonne, die Freundschaft zwischen Cecilia und Maya Devi, einem achtjährigen Mädchen. Ihre Eltern gehörten dem nepalesischen Volksstamm der Gurung an und lebten in einer Hütte, die erst vor kurzem von einem Brand beschädigt worden war.

Mit echter Begeisterung hing die Kleine an Cecilias Lippen und verfolgte die Märchen von Drachen, Zwergen, Prinzessinnen mit Kristallaugen und Segelschiffen, die mit Schätzen beladen die Ozeane befuhren. Als Maya Devi erfuhr, was dieses Wort bedeutet, konnte sie in der Nacht kaum schlafen, weil es so unbekannt, so geheimnisvoll klang. Ozean! Trotz aller Erklärungen von Cecilia konnte sie sich das einfach nicht vorstellen: eine riesige flüssige

Masse, die ständig in Bewegung ist. Wie hätte sie das auch verstehen sollen, wo ihr die Berge doch tagtäglich die Unveränderlichkeit vorführten? Also gab es anderswo, hinter den verschneiten Gipfeln, den bewaldeten Hängen und Felsen noch eine andere Welt, eine Welt, in der ebenfalls Wesen lebten, die das Recht hatten, Befehle zu erteilen und zu bestrafen.

Beunruhigt stellte sie sich eine Unmenge von Verwaltern vor, so ähnlich wie Mr. Smithson, der jeden Tag ihre Ernte überprüfte und wog. Gewöhnlich wurde ein Viertel abgelehnt: »Zerrissene Blätter! Beschädigte Knospen!« Diese Kommentare, die bis zum Überdruß wiederholt wurden, verletzten Maya Devi, weil sie ihrer Arbeit sehr sorgfältig nachkam. Ganz gleich, ob es brütend heiß war oder in Strömen regnete, man mußte schließlich seinen Lebensunterhalt verdienen. Am schlimmsten war es im Sommer, wenn sie von Blutegeln geplagt wurde. Wie harmlose schwarze Würmer hingen sie dann an Mayas Füßen und Beinen. Niemand entging dieser Plage, selbst ihre Mutter, die schon bei Sonnenaufgang mit dem Korb auf dem Rücken aufbrach, konnte an solchen Tagen ihr legendäres Tempo nicht halten, weil sie gegen die Blutsauger ankämpfen mußte.

Auf einmal war Cecilia erschienen und hatte die Monotonie der Stunden durchbrochen, so daß es Maya Devi warm ums Herz wurde. Sie vergaß ihre vor Erschöpfung schmerzenden Glieder und starrte hingebungsvoll die junge Frau mit dem goldenen Haar an, die mit ihrer sonnengebräunten Haut so ganz anders war als die anderen *Memsahibs*, die Mrs. Darrow immer besuchen kamen. Ihre perfekt geschwungenen Augenbrauen überschatteten dunkle, goldbraune Augen, wie sie sie bei den Menschen ihres eigenen Volkes noch nie gesehen hatte. Wenn Cecilia lächelte, verblaßten alle Sorgen. Ihre Stimme war klar, ihre Gesten waren spontan, und ihr Verhalten flößte Vertrauen ein, was so gar nicht zu den Warnungen von Mayas Eltern, für die alle Europäer Dämonen waren, passen wollte.

Die herannahende Monsunzeit veranlaßte Cecilia, ein Dach für ihre Schüler zu verlangen. Ihr Vater willigte schließlich entnervt ein, ein Klassenzimmer zu bauen, in dem 30 Kinder Platz finden konnten. Anfang Juni 1928 fand dort die erste Unterrichtsstunde statt. Cecilia würde nie den Moment vergessen, in dem sie das rote Band durchschnitt, das Symbol für ihren Sieg über Vorurteile und Verachtung. Hinter ihr versammelt sangen ihre Schützlinge auf Hindustani. Diese Sprache hatte sie gewählt, weil sie in der Schule keinen der vielen Dialekte, die in Whispering Hills benutzt wurden, bevorzugen wollte. Anschließend nahmen alle an den Tischen, auf denen Papier und Stifte bereitlagen, Platz. Es gab etwas mehr Mädchen als Jungen, aber vor allem die Altersunterschiede waren beträchtlich. Weil diese Unterschiede verschiedene Unterrichtsniveaus erforderten und weil die Schüler mit der Zeit immer regelmäßiger kamen, beschloß Cecilia, eine Lehrerin einzustellen.

Rose MacKiney, die ihre Ausbildung an der schottischen Missionsschule erhalten hatte, erblickte Whispering Hills zum ersten Mal durch einen Regenvorhang. Eine Rhododendronallee führte zum Bungalow, dessen Veranda von eleganten Säulen gestützt wurde. Der Fahrer brachte den Wagen am Fuße der Treppe zum Stehen. Die zuckenden Blitze und das wiederholte Donnern schüchterten die junge Frau ein, die eiligst in der Eingangshalle Schutz suchte, wo sie von einem nepalesischen Butler empfangen wurde. Durch die offene Tür des Wohnzimmers konnte sie einen Kamin und einige grün gepolsterte Sessel sehen. Dort spielte jemand auf dem Klavier Jazz. Das kam ihr an diesem abgeschiedenen Ort so fehl am Platze vor, daß sie sich noch unwohler fühlte. Aber schon verstummte die Musik, und Cecilia erschien.

»Treten Sie ein«, sagte das Mädchen zu Rose, nachdem sie sie begrüßt hatte.

Als sie die Zurückhaltung ihrer Besucherin bemerkte, fügte sie hinzu: »Whispering Hills hat sich Ihnen nicht gerade von der schönsten Seite gezeigt. Aber Sie werden sehen, man kann diesen Ort liebgewinnen.«

Rose hätte am liebsten geschrien, daß nichts in Indien auch nur der Erwähnung wert sei. Glühende Hitze, zerlumpte Menschenmassen, unendliches Elend, Seuchen, Schmutz und überall diese Blicke, die bis auf den Grund der Seele schauen wollen. Wie sehr sie diesen Erdteil haßte! Aber sie hatte keine andere Wahl gehabt, als in diesem Land zu bleiben, dessen Bewohner Götzenbilder verehrten, die sie an Faschingsfiguren erinnerten.

Bei einer Tasse Tee erklärte Cecilia, was sie genau von Rose erwartete: Unterricht in Englisch, Geschichte und Geographie.

»Und was ist mit Religion?« erkundigte sich die Lehrerin.

»Diese Menschen sind seit Jahrhunderten Buddhisten oder Hinduisten. Ich wüßte nicht, warum wir die Kinder verwirren sollten.«

Rose MacKiney konnte ganz und gar nicht gutheißen, was Cecilia da sagte. Einen Moment lang war sie sogar versucht, trotz des Gewitters wieder abzureisen. Aber in der Missionszentrale hatte man ihr klargemacht, daß sie viel zu wählerisch sei und daß sie sich keine weiteren Extratouren mehr leisten konnte. Rasch sah sie sich im Wohnzimmer um. Es gefiel ihr. Mahagonitischchen, ein Handarbeitstisch mit einer Stickarbeit, diverse Zeitschriften und viele Spiegel, in denen sich bunte Blumensträuße reflektierten. All das glich aufs Haar der bequemen und behaglichen Existenz, nach der sie sich so sehnte.

Doch auch Cecilia war nicht gerade entzückt über diese große, knochige Frau, die ihre Finger in die Handtasche krallte und der es so gar nicht gelang, ihre Enttäuschung zu verbergen. Ihr regennasses Haar schaute in unschönen Strähnen unter dem Filzhut hervor, die Wangen waren von einem leichten Ausschlag gerötet, und um die dünnen Lippen lag ein bitterer Zug. Hätte Cecilia nicht aus dem Brief der Mission gewußt, daß Rose knapp dreißig war, hätte sie sie glatt zehn Jahre älter geschätzt. Dennoch gewann Cecilia spontan den Eindruck, daß ihre Gesprächspartnerin nicht nur die unattraktive Gestalt war, die sie hier spielte, was sich in den nächsten Wochen auch bestätigen sollte. Wenn sie vergaß, sich zu kontrollieren, bewegte Rose sich eher sportlich, was ihr gut stand. Wenn sie ein einfaches weißes Kleid trug, konnte sie sogar fast elegant aussehen.

Weil sie ihre zukünftige Stellvertreterin besser verstehen wollte, versuchte Cecilia, mehr über ihre Vergangenheit herauszufinden, allerdings vergeblich.

»Die ist völlig frustriert«, erklärte Annabel, nachdem sie Rose kennengelernt hatte.

Ihre Schwägerin hatte ihr vorgeschlagen, doch einmal die Schule zu besuchen. Das war ihrer Ansicht nach zwar völlig uninteressant, aber immer noch amüsanter, als unter dem Moskitonetz im Bett zu liegen und darüber zu brüten, wie gemein George doch war.

Als sie eintraten, standen die Kinder auf einen Wink von Rose MacKiney hin auf.

»Was lernen sie gerade?« erkundigte sich Annabel.

»Die Verfassung von Großbritannien«, erwiderte die Lehrerin.

Das Haar zu Zöpfen geflochten und schmuckbehangen, saßen die Mädchen links im Klassenzimmer. Obwohl sie Annabel fasziniert anstarrten, wurden sie in ihrer Bewunderung für die Frau des jungen Mr. Darrow, die seit ihrer Ankunft auf der Plantage skandalumwittert war, noch von den Jungen übertroffen, die rechts vom Zwischengang saßen. Die Dienstboten sagten, daß sie ihr Zimmer nur zu den Mahlzeiten verließ. Sie erzählten auch, daß sie oft schrie und ihnen bei ihren Wutausbrüchen alle möglichen Gegenstände, die sich gerade in Reichweite befanden, an den Kopf warf. Es kam sogar vor, daß sie ihre eigenen Kleider zerriß, nur weil sie fand, daß sie vom *Dhobi*, der für die Wäsche verantwortlich war, schlecht gebügelt worden waren.

Annabel merkte, welche Wirkung sie auf diese Kinder, die ihr ansonsten völlig gleichgültig waren, ausübte, und deutete ein Lächeln an. Da sie Rose, die ihr Pult nicht verlassen hatte, den Rücken zukehrte, konnte sie die haßerfüllten Blicke, die diese ihr zuwarf, nicht sehen.

Cecilia aber bemerkte es und begriff, daß die Lehrerin durch ihre Besucherin an einen bitteren Moment ihrer Vergangenheit erinnert worden war. Und zwar genau an den Moment, der in ihr jeden Anflug von Zärtlichkeit oder Mitgefühl ausgelöscht hatte und der sie seitdem völlig von der übrigen Welt abschnitt.

4

Kein Brite hätte jemals freiwillig mit der Gewohnheit gebrochen, den Samstag und Sonntag in Darjeeling zu verbringen. Es war Brauch, sich im Club der Pflanzer oder in einem der benachbarten Hotels niederzulassen, sich die Militärparade anzusehen, auf der Mall spazierenzugehen und im »Gymkhana Club« Rollschuh zu laufen oder zu tanzen. Einige kamen mit dem Zug, andere mit dem Wagen oder zu Pferde. Letzteres wählte auch Peter Saunders, um in die Stadt zu gelangen.

Auf der Straße drängte sich eine bunte Menge, die aus verschiedenen Völkerschaften – Bhotia, Lepcha und Nepalesen – bestand. Zwischen den Ziegenherden rannten barfüßige Kinder durch den Schlamm, während Gruppen von Jugendlichen – die Mädchen streng getrennt von den Jungen – den Vergnügungen, die in den Straßen und im Bazar auf sie warteten, entgegeneilten.

Nachdem sich Peter mehrmals nach dem Weg erkundigt hatte, fand er schließlich den Club, ein modern anmutendes Gebäude mit Terrasse, in dem sich bereits all diejenigen, die den »Champagner unter den scharzen Tees« erzeugten, versammelt hatten.

Mitte des 19. Jahrhunderts hatte Dr. Campbell in der Nähe von Darjeeling mit Stecklingen aus China Teesträucher gepflanzt. Da er damit Erfolg hatte, taten andere Pioniere es ihm nach. Man rodete das Gelände und gründete die ersten Plantagen: »Makaibari«, »Alcobarie«, »Mundakoti« und andere. Gleichzeitig begann der Aufschwung privater Handelsgesellschaften wie der »Tukvar Tea Company« und der »Darjeeling Tea Company«. Bis 1860 entstanden dann weitere Plantagen: »Dooteria«, »Nahore« und die berühmte »Margaret's Hope«. Mit der Gründung der »Lebong Tea Company« und der »Himalaya Tea Company« wurde die Konkurrenz härter. 1866 konnte die Teeindustrie schließlich mit der Produktion von 39 Plantagen rechnen, die sich bis nach Kurseong und zur nepalesischen Grenze in der Nähe des Terai hinzogen. Je nach Höhenlage, Sonneneinstrahlung und Niederschlagsmenge war die Qualität sehr unterschiedlich. Wichtig war auch der Zeitpunkt der Ernte, die dreimal im Jahr stattfand: eine erste von März bis April, die zweite im Mai vor der Monsunzeit und eine dritte nach der Regenzeit von September bis Oktober.

Peter fühlte sich befangen, als er die Eingangshalle des Clubs betrat. Hier öffnete sich ihm eine Welt, deren Gebräuche er nicht kannte und die ihn beim geringsten Fehlverhalten für immer ausschließen konnte. Erleichtert bemerkte er Samuel Baxter, der ihn heranwinkte, um ihn dem Sekretär dieser legendären Einrichtung, Mr. Price, vorzustellen. Um offiziell aufgenommen zu werden, mußte Peter erst von den anderen Mitgliedern gewählt werden, aber vorläufig konnte er schon im Junggesellenflügel ein Zimmer beziehen.

Ein nepalesischer Diener mit schwarzer Filzmütze führte ihn in den ersten Stock. Sie betraten eine Veranda mit zahlreichen Fenstertüren, vor denen polierte Reitstiefel glänzten.

Nachdem der Dienstbote seine Reisetasche geöffnet und die Sachen in den Schrank geräumt hatte, verschwand er, um Peter eine Tasse Tee zuzubereiten. Unterdessen setzte sich der junge Mann in einen Rattansessel, dessen Armlehnen so lang waren, daß man auch die Beine hochlegen konnte. Wie im Traum ließ er die Umgebung auf sich einwirken. An den weißen Wänden hingen Kupferstiche von Kricketmannschaften und Großwildjägern mit ihrer Beute. Ein paar Bücher, die anscheinend noch vom vorigen Gast stammten, lagen auf dem Schreibtisch neben einer Schreibunterlage und einem Tintenfaß. Das eiserne Bett war zwar einfach, verglichen mit dem *Charpoy*, auf dem er auf der Plantage schlief, wirkte es aber wie ein gewaltiger Luxus.

Kurz vor elf ging er zur Terrasse hinunter, auf der Pflanzer, Offiziere und Angestellte des »Indian Civil Service« bei einem Glas die Ereignisse der Woche kommentierten. Kein einziger Inder, Sikkim oder Tibeter hatte sich unter diese Gesellschaft gemischt, die zudem ausschließlich aus Männern bestand. Obwohl das Peter eigentlich nicht verwunderte, störte es ihn doch. Als er dazustieß, tuschelten einige Stammgäste neugierig, insbesondere die älteren und die Beamten der Stadtverwaltung. Er hätte gern bei Samuel Baxter Zuflucht gesucht, aber der unterhielt sich gerade mit einem Mann um die fünfunddreißig, dessen Gesichtszüge Kraft und Entschlossenheit, aber auch Enttäuschungen widerspiegelten.

»Ich dachte, Sie würden uns Ihre Ankunft vorher ankündigen«, sagte der Verwalter gerade zu seinem Gesprächspartner, der sich aus einem silbernen Etui eine Zigarette nahm.

»Ich wäre überhaupt nicht zu Besuch gekommen, wenn sich meine Reise nach Singapur nicht verschoben hätte«, erwiderte Julian Carr.

»Aber jetzt haben wir Ihren Bungalow in Rainbow Gardens gar nicht vorbereitet.«

»Keine Sorge! Ich habe ein Zimmer im Hotel Magnolia genommen.«

Schon seit geraumer Zeit versuchte Samuel Baxter erst gar nicht mehr, das Treiben des Hauptaktionärs der Tea & Co. zu begreifen. Julian Carr war eigenwillig, und sein Verhalten ließ sich nie richtig einschätzen. Wegen eines gewissen Phlegmas und seiner sarkastischen Ironie wirkte er auf den ersten Blick wie ein blasierter Dilettant, aber seine Fähigkeit, immer die richtige Entscheidung zu treffen, seine vielen Firmen erfolgreich zu führen und alle Gegner auszustechen, machte ihn für andere undurchschaubar.

»Bitte entschuldigen Sie mich«, sagte Julian zu Samuel, ehe er auf John Darrow zusteuerte, der eben aus dem Lesezimmer kam.

»Nanu, Carr! Das ist ja eine Überraschung!« rief der alte Pflanzer, der zusammen mit Julians Vater den Teeanbau in der Gegend von Lebong erst richtig in Schwung gebracht hatte.

Im Jahre 1892 hatte er seinen Dienst in der indischen Armee quittiert, um zu seinen Eltern in den Himalaja zu ziehen. Darjeeling kam damals als vornehme Sommerfrische in Mode, weil die in Kalkutta wohnenden Briten die Zeit der größten Hitze lieber dort verbrachten. Die Gegend gefiel ihm nicht nur, er beschloß sogar, sich dort häuslich niederzulassen. Ein Regimentskamerad hatte eine Schwester, die in Lahore wohnte. John fuhr hin, um sie kennenzulernen. Es war zwar nicht die große Liebe, aber er war sich sicher, daß Edna ihm helfen würde, Whispering Hills zu verschönern. Und er sollte darin recht behalten.

Der Bungalow, mit dem sich der Patriarch, Robert Darrow, bis dahin begnügt hatte, wurde vergrößert, neu eingerichtet und sorgfältig möbliert. Vorhänge mit Blumenmuster für die Bow-windows, die Rundbögenfenster in den

Erkern, Damast und Samt als Bezüge für die viktorianischen Sessel, die Edna noch von ihrer Familie geerbt hatte. Die Plantage wurde daraufhin immer berühmter, nur fehlte es den Besitzern an Nachkommen. Tatsächlich wurde George erst zehn Jahre später, am 15. November 1904, geboren, als schon niemand mehr daran glauben wollte. Und das Wunder widerholte sich sogar 1907, als Cecilia zur Welt kam. Seitdem war John wunschlos glücklich. Die Dynastie der Darrows war gesichert, und Whispering Hills hatte aufgrund der exzellenten Qualität seines Tees noch nicht unter der Krise zu leiden, die eine weltweite Überproduktion ausgelöst hatte.

John beglückwünschte sich selbst noch heute dazu, daß er sich seinerzeit zusammen mit seinem Nachbarn Henry Carr entschieden hatte, Teesträucher aus Assam mit chinesischen Teepflanzen zu kreuzen. Stunden- und tagelang hatten sie in den Baumschulen gemeinsam die Stecklinge untersucht, die Vorteile dieser oder jener Kreuzung diskutiert und die Risiken abgewogen. Nur mit Wehmut konnte er an dieses Goldene Zeitalter zurückdenken, als ihnen alles gelang. Aber dann war Henry auf einmal krank geworden und gestorben. Später kamen der Krieg, die Nachkriegszeit, die Umwandlung von Rainbow Gardens mit allen anderen Vermögenswerten der Familie Carr in eine Aktiengesellschaft, deren Erbe ihm jetzt gerade eine Partie Billard vorschlug.

»Ich habe mich mit meinem Sohn George bei den Ställen verabredet«, antwortete er.

Julian beschloß zu gehen, weil der Club für ihn all das repräsentierte, was er verabscheute. Auf der Straße erinnerte ihn alles an seine Kindheit. Damals hatte er sich in Begleitung seiner *Ayah* die Karawanen angeschaut, die aus Tibet eintrafen. An einem Brunnen, an dem die Pferde und Maultiere getränkt wurden, diskutierten die Händler, die einmal im Monat von den Hochebenen herabstiegen, um ihre Waren an die Leute unten zu verkaufen. Es war genau dieses Bild, das vor Jahren das Fernweh in ihm geweckt hatte.

Noch heute konnte er sich daran erinnern, wie aufgeregt er gewesen war, als er zum ersten Mal an Bord eines Ozeandampfers ging. Schon die Stimmung im Hafen hatte ihn fasziniert. Es war schon fast dunkel gewesen. Über Bombay schien ein blasser Halbmond am Himmel, der sich im Westen glutrot färbte. Schiffe aller Art lagen zum Auslaufen bereit am Kai, auf dem Kulis die Waren heranschleppten. Diese wurden an Deck eines Frachters gehievt, auf dem Matrosen und Hilfsarbeiter geschäftig umherrannten. Wohin fährt das Schiff wohl? fragte sich Julian, während sich seine Seele der Welt öffnete. Auf die Reeling gestützt beobachtete er die Dockarbeiter, die mit aller Kraft an den Hanfseilen zogen, um die Schiffswinden zu betätigen. Das Geschrei der Männer, die sich mit ihren Karren einen Weg zwischen Baumstämmen, Baumwollballen, Jutesäcken oder Teekisten hindurch bahnten, vermischte sich mit dem marktschreierischen Werben der Vorarbeiter auf der Suche nach Arbeitskräften. Taub gegen das Heulen der Schiffssirenen schwebten Möwen über den Masten und Schornsteinen. Der durchdringende Geruch nach Rost und Teer stieg Julian in die Nase, als er den Lagerhäusern und Docks den Rücken zukehrte und in Gedanken den Orient bereits hinter sich ließ, um die Weltmeere mit ihren Geheimnissen zu erkunden.

Anschließend kam die Überfahrt, das bunte Durcheinander der Kulturen und Sprachen auf dem Schiff. Noch heute mußte er daran denken, wie sie in Port Saïd angelegt hatten und die Passagiere, sobald sie den Zoll durchschritten hatten, von Trägern und fliegenden Händlern umlagert worden waren, die Orangen, Datteln und Melonen feilboten. Eine Woche später, als sie sich der englischen Küste näherten, hatte sich der Himmel mit Wolken bezogen. In einen Schal gewickelt, hatte seine Mutter, Marianne Carr, so gut es ging ihre freudige Erregung darüber unterdrückt, daß sie nun bald wieder den Boden ihrer Heimat unter den Füßen spüren sollte. Julians Begeisterung hatte sich dagegen in Luft aufgelöst, sobald er die Tore von Eton durchschritten hatte. Doch ein Kind seiner Herkunft mußte nun einmal diese Eliteschule besuchen.

Das Gedränge auf der Mall holte ihn in die Gegenwart zurück. Vor einem Transparent, das ein Schulfest ankündigte, schwatzten junge Frauen. Eine von ihnen erregte seine Aufmerksamkeit. Sein Blick blieb an den kupferfarbenen Locken hängen, die unter einem blaßblauen Hut hervorschauten und ein entzückendes Gesicht einrahmten. Als er an ihr vorbeiging, hörte er, wie sie darüber klagte, daß ein bestimmter Konditor geschlossen hatte. Ihrem Akzent nach war sie Amerikanerin.

Er sah sie am Nachmittag bei einem Polospiel wieder.

»Kennen Sie diese Person?« fragte er Samuel Baxter, der mit einem Feldstecher die Pferde und Reiter beobachtete.

»Ja. Sie hat letztes Jahr in Kalkutta George Darrow geheiratet.«

»George Darrow!« rief Julian. »Hat der es tatsächlich geschafft zu heiraten?«

George und Julian waren sich mehrmals in London bei gemeinsamen Bekannten, die an der Teebörse arbeiteten, begegnet. Jedesmal hatte sich der junge Darrow darüber beklagt, daß er gezwungen sei, bald wieder nach Indien zurückzukehren. 15 Jahre in Großbritannien hatten ihn gegen alles eingenommen, was ihn von seinen Vergnügungen und Zerstreuungen abhalten konnte. Nur drohte sein Vater damit, ihm den Geldhahn zuzudrehen, falls er sich seinen Pflichten als Nachfolger von Whispering Hills entziehen sollte. Julian hatte nie Sympathie für George empfunden, und als er ihn heute sah, wie er vom Pferd stieg und es dann einem Burschen anvertraute, fand er ihn auch diesmal wieder ziemlich aufgeblasen.

Dieser Eindruck bestätigte sich abends im Gymkhana Club. Ziemlich angeheitert beschimpfte George mit schriller Stimme einen Ober, der seinen Cocktail angeblich nicht richtig gemixt hatte. An die Bar gelehnt, verfolgte Julian diese Szene mit dem Gefühl, einem miesen Schauspiel beizuwohnen. Er nahm sein Glas Whisky und ging hinaus. Es war Nacht geworden über Darjeeling, und die Kälte lud nicht gerade dazu ein, auf der Terrasse zu verweilen.

Dennoch stand dort draußen ein Mann, die Augen auf den Salon gerichtet, dessen Fenster ebenso wie alle anderen hell erleuchtet waren. In ihren bunten Ballkleidern bewegten sich die Gäste drinnen hinter den Scheiben hin und her, während das Summen der Unterhaltung herausdrang. Nichts hat sich geändert, stellte Julian im stillen fest. Gleich wird man an kleinen Tischen dinieren, dann werden sich die Männer ins Rauchzimmer zurückziehen, während sich die Frauen im Boudoir ausruhen. Anschließend begibt man sich in den großen Saal mit der Holzvertäfelung und den Spiegeln, wo ein Orchester dann immer abwechselnd einen Foxtrott und einen Walzer spielt.

Als Julian Carr näher kam, warf Peter die Blume fort, an der er gerade gerochen hatte, und stellte sich ihm mit einer gewissen Zurückhaltung vor.

»Samuel Baxter hat mir heute morgen von Ihnen erzählt«, antwortete der andere. »Ihre Familie lebt sicher in Indien?«

»Nein. Ich kenne niemanden hier.«

»Aber warum haben Sie sich dann für dieses Land entschieden?«

»Entschieden?« wiederholte Peter. »Kann man das wirklich so nennen?«

Doch Julian hörte schon nicht mehr hin. George Darrows Frau hatte den Salon betreten. Sie spielte mit ihrer langen Perlenkette. Ihr folgte ein blondes Mädchen mit einem großen Korb, aus dem ein weißer Zettel flatterte. Als er beobachtete, wie sie den Korb auf einen Tisch stellte und dann den Zettel aufhob, erinnerte er sich wieder an die Tombolalose, mit denen seine Eltern früher Preise gewonnen hatten, die sie ihm am nächsten Tag schenkten. Er sah gerade noch, wie Annabel im Nebenzimmer verschwand, ehe das Licht ausging. Fast jeden Abend gab es in Darjeeling Strompannen, aber die Bewohner hielten immer Kerzen bereit und achteten kaum darauf, außer Peter, der sich überrascht zum Haupteingang hinübertastete.

»Stolpern Sie nicht über die Freitreppe«, warnte ihn Julian noch, ehe er die entgegengesetzte Richtung einschlug.

Er steuerte um die Bänke herum, die auf der Terrasse standen, und kam zu einer kleinen, mit einer Glyzinie bewachsenen Mauer. Nachdem er hinübergeklettert war, gelangte er zu einer Fenstertür, die er nur noch sanft aufdrücken mußte.

Schweigen empfing ihn, aber er unternahm nichts, um es zu brechen, da er es weitaus amüsanter fand, Annabel Darrow die Initiative zu überlassen.

5

Soweit Julian sich erinnern konnte, war das Zimmer, in dem er sich jetzt befand, für Frauen reserviert, die hier am Nachmittag die neuesten Zeitschriften lasen oder stickten. Nicht der geringste Lichtschimmer durchdrang die Finsternis, nicht einmal der Mondschein, aber er hatte auch gar nicht die Absicht, ein Streichholz anzuzünden.

Zarter Rosenduft vermischte sich mit dem Geruch nach Bohnerwachs, so daß er für einen Moment wieder seine Mutter vor sich sah, wie sie im Bungalow von Rainbow Gardens ihre wundervollen, impressionistisch anmutenden Blumensträuße arrangierte. Das war die Zeit seiner gesegneten Kindheit, der Spaziergänge und des unbeschwerten Lachens, als er von den Märchen der *Ayah* in den Mittagsschlaf gewiegt wurde, als er auf den kühlen Abend wartete, an dem Mensch wie Tier wieder munter wurden. Auf seinen kurzen Beinchen rannte er hinter dem Hund her. Der verließ seinen Stammplatz auf der Veranda, schüttelte sich und tollte dann um die Gießkannen herum, die die Gärtner gerade noch in Sicherheit bringen konnten.

Ein leises Geräusch sagte ihm, daß sich rechts von ihm jemand befand. Offensichtlich hatte sich die junge Frau auf die Couch gesetzt, die früher safrangelb gewesen war. Reglos überließ er es ihr, das Gespräch einzuleiten, aber anscheinend hatte sie es nicht eilig, das Schweigen, das um sie herum ein Netz von Fragen spann, zu brechen.

»Auf dem Kamin müssen Leuchter stehen«, fing sie schließlich an. »Haben Sie Feuer, um die Kerzen anzuzünden?«

»Nein«, log er und war insgeheim überrascht, daß seine Gesprächspartnerin nicht den leisesten amerikanischen Akzent besaß.

Aber ihre Stimme war so jung, klar und warm, daß er beschloß zu bleiben. Mit der Hand ertastete er die Armlehne eines Sessels und setzte sich hinein. Im benachbarten Salon wurde das Stimmengewirr stärker. Man sprach laut miteinander, man lachte, man ließ Sektkorken knallen, aber Julian, der sich ganz auf seine eigene, verwirrende Lage konzentrierte, achtete gar nicht darauf. Nur als eine Wanduhr acht schlug, schreckte er zusammen.

»Haben Sie denn keine Lust, zu Ihren Freunden zu gehen?« fragte er die Unbekannte.

»Nein, im Gegenteil. Ich genieße es, allein zu sein. Das ist einem an den Samstagen so selten vergönnt.«

»Dann störe ich Sie?«

»Haben Sie wirklich den Eindruck?«

»Ihre Frage überrascht mich.«

Julian machte eine Pause und fügte dann hinzu: »Eigentlich brauche auch ich etwas Ruhe.«

»Arbeiten Sie für die Kolonialverwaltung?«

»Sozusagen.«

»Hört sich an, als wollten Sie nicht darüber sprechen.«

»Stimmt. Und genausowenig möchte ich Ihren Namen wissen.«

»Aber wenn ich Sie frage, wie Sie sich mich vorstellen? Antworten Sie mir dann?«

»Ich vermute, daß Sie anders sind als Ihre Landsleute. Das ist das schönste Kompliment, das ich Ihnen machen kann!«

»Sind Sie denn nicht mit einer Engländerin verheiratet?«

»Ich war. Aber meine Frau ist nie in den Kolonien gewesen.«

»Was in Ihren Augen alles ändert!«

»Natürlich! Ich verabscheue die Memsahibs mit ihrer Vorstellung von Schicklichkeit. Genauso verabscheue ich den Rassismus, den sie an den Tag legen, ihre Frömmelei und ihre Scheinheiligkeit.«

»Sicher wird es Sie enttäuschen, aber ich möchte so lange wie möglich in Indien bleiben.«

»Dann rate ich Ihnen, es sich ganz rasch anders zu überlegen. Bis zur Mitte dieses Jahrhunderts müssen wir hier nämlich unsere Koffer packen.«

»Woher wollen Sie das wissen?«

»Man muß nur beobachten, was um uns herum vorgeht, dann versteht man sehr gut, warum uns dieses Volk, das wir unterdrücken, benutzen und verachten, schon bald aus dem Land werfen wird.«

»Das hört sich an, als würde Ihnen diese Prophezeiung auch noch Vergnügen bereiten!«

»Da irren Sie sich. Eine solch extreme Situation wird mir nie gefallen, und ein Blutbad schon gar nicht.«

»Und ich versichere Ihnen, daß wir nie gehen werden!«

Für Julian klang diese Versicherung fast wie ein verzweifelter Hilferuf, so daß er beschloß, sich etwas zurückzunehmen.

»Mögen Sie Darjeeling denn so sehr?«

»Natürlich, ich liebe diese Gegend! Aber um zu verstehen, warum ich so sehr an ihr hänge, müßten Sie selber hier geboren sein.«

»Zweifellos«, erwiderte Julian, dem das Ganze langsam Spaß machte.

»Dann wüßten Sie, daß die Berge und Wälder jeden von uns packen, der Wind, der die Gebetsfahnen der Tibeter flattern läßt, die Tempel und Quellen, die Pilger, die Vögel, der Nebel und der Geruch der regennassen Kräuter.«

Ihre Worte gingen Julian unter die Haut. Sehnsucht und Heimweh spukten durch seine Erinnerung, und das Unvermögen, die Zeit zurückdrehen zu können. Er dachte an das Schicksal, das ihm so viel Freude und Schmerz gebracht hatte. Er dachte an den zurückgelegten Weg, an seine Entscheidungen und Irrtümer, an die geteilte Liebe und die Qual der Trennung. Was konnte er tun, um nicht nachdenken zu müssen und in Verzweiflung zu versinken? War er überhaupt noch in der Lage, Zuneigung für jemanden zu empfinden, sich für eine Idee zu begeistern? Heimat, Herkunft, das waren für ihn nur leere Worte. Aber ständig um die Welt zu reisen konnte dieses Vakuum auf Dauer auch nicht ausfüllen. Er war an dem Tag gestorben, an dem alles umgeschlagen war, sein Glaube an Gott, die Suche nach dem Guten und der Kampf für ein Ziel.

Das Geräusch einer Tür, die ungestüm aufgestoßen wurde, riß ihn aus seiner Selbstbetrachtung.

»Cecilia«, rief eine Frauenstimme.

Hoffentlich antwortet sie nicht, dachte Julian.

»Cecilia«, wiederholte die Stimme und setzte dann nach: »Sie muß oben sein.«

Sobald sie wieder allein waren, bemerkte Julian: »Dabei wollte ich doch gar nichts über Sie wissen.«

»Wer sagt Ihnen, daß ich diese Cecilia bin?«

»Niemand, das stimmt!«

Seit ihre Unterhaltung begonnen hatte, flüsterten sie. Ob ein solches Gespräch bei Licht stattfinden könnte? fragte sich Julian. Das Rascheln von Stoff verriet ihm, daß seine Gesprächspartnerin aufstand. Er bemerkte den Blütenduft eines Parfums, aber da hatte sie auch schon die Fenstertür erreicht.

»Ich verschwinde, ehe es wieder Strom gibt«, erklärte sie leise lachend.

Das Mädchen lief ein paar Schritte über die Terrasse und betrat dann den großen Saal, in dem das Kerzenwachs an den prunkvollen Kristalleuchtern herunterlief. Der erste, den sie sah, war George. An den Kamin gelehnt, sprach er heftig gestikulierend auf einen jungen Offizier ein, der ihn, ohne zu antworten, nur arrogant anglotzte. Einen Moment lang versuchte Cecilia sich davon zu überzeugen, daß sie ihren Bruder mochte. Doch trotz aller Blutsbande gelang es ihr nicht, ihn zu lieben. Sie mußte sich sogar eingestehen, daß er all das verkörperte, was ihr zuwider war: Eitelkeit, Snobismus, strikte Unterwerfung unter die Konventionen und einen gewissen Hang zur Perversität.

Ringsum wurden alle ungeduldig. Noch nie hatte ein Stromausfall so lange gedauert. Auf einmal fühlte Cecilia sich erschöpft und spürte im Mund den Geschmack von Tränen. Zum ersten Mal, seit ihr Verhältnis mit Yonten begonnen hatte, war er nicht zum vereinbarten Zeitpunkt in der Hütte, die ihnen als Versteck diente, erschienen. Da er noch nie zu spät gekommen war, hatte sie erst an einen Unfall gedacht. Aber heute abend hatte sie etwas Abstand gewonnen und war sich sicher, daß ihrem Geliebten nichts Schlimmes zugestoßen sein konnte.

Als ihr ein Butler ein Glas Champagner auf einem Silbertablett anbot, nahm sie es. Vielleicht konnte der Alkohol die Spannung lösen, die ihre Schläfen wie ein Schraubstock umklammerte? Seit sie zum ersten Mal den Weg dieses gutaussehenden Tibeters gekreuzt hatte, bereitete sich Cecilia innerlich auf den Trennungsschmerz vor. Er würde so rasch wieder aus ihrem Leben verschwinden, wie er gekommen war.

Kennengelernt hatten sie sich vor vier Monaten in Kalimpong, einer Nachbarstadt von Darjeeling, wo Yontens Vater ein Haus besaß. Die Mitglieder der Familie Rinchen wohnten dort immer dann, wenn sie von Lhasa herunterkamen, um Gold, Türkise und Moschus an die Engländer und Inder zu verkaufen. Sie feilschte gerade um ein paar Tücher, als er herangetreten war. Yonten hatte die ebenso strenge wie berühmte Jesuitenschule St. Joseph in Darjeeling besucht und sprach fließend Englisch, weil er zwei Jahre in London verbracht hatte. Er war so groß, daß sie den Kopf heben mußte, um mit ihm zu reden. Da die umstehenden Leute neugierig wurden, als sie sich so unterhielten, führte er sie aus dem Laden heraus in einen Innenhof, in dem einige Pferde rasteten. Nachdem sie vom Londoner Theater geplaudert hatten, kamen sie auf die Gegenwart zu sprechen. Yonten war Händler. Cecila erzählte von Whispering Hills und ihrem Wunsch, gewisse Gewohnheiten zu ändern. Die Monsunzeit hatte noch nicht begonnen, so daß sie zu ihrem Leidwesen spürte, wie ihr der Schweiß über die Stirn lief, während ihr die weiße Baumwollbluse am Leib klebte. Linkisch fuhr sie sich mit der Hand durchs Haar. Ohne ein Wort zu sagen, schaute er sie an, und auf einmal schämte sie sich, weil sie so unbeholfen und unerfahren war. Obwohl sie einige verbotene Bücher gelesen und im Schlafsaal ihres Pensionats diverse intime Gespräche geführt hatte, wußte Cecilia noch nichts über Männer, oder doch sehr wenig, abgesehen von einigen Flirts, die sie lieber gleich wieder vergessen hatte. Yonten, der ihr jetzt zum ersten Mal seinen Namen nannte, verwirrte sie. Abgesehen davon, daß er attraktiv war, spürte sie bei ihm ein Gefühl von Freiheit. Als er ihr vorschlug, sich wieder einmal mit ihm zu treffen, war sie sofort darauf eingegangen, obwohl sie wußte, daß sie damit Hals über Kopf in eine Falle von Abhängigkeit und Liebeskummer rannte. Und tatsächlich:

Kaum hatten sie sich getrennt, zählte sie auch schon die Stunden bis zu ihrem nächsten Wiedersehen.

Begleitet von einem allgemeinen Freudenschrei, ging endlich das Licht wieder an. Edna Darrow, die wie eine Eule blinzelte, stemmte sich aus ihrem Sessel hoch und begab sich am Arm ihres Mannes in den Speisesaal, wo sich die ganze Gesellschaft versammelte. Auf den Tischen lagen Damasttücher mit eingesticktem Clubabzeichen.

Weil sie nicht bei ihren Eltern sitzen wollte, gesellte sich Cecilia zu Angela Forrester. Obwohl zwischen ihnen ein Altersunterschied von drei Jahren bestand, verstanden sie sich gut. Angela fächelte ihren vom Sekt geröteten Wangen mit der Menükarte Luft zu und unterhielt sich dabei mit Marjorie Baxter. Ein junger Mann bot Cecilia einen Stuhl an.

»Kennen Sie Peter Saunders, der in Rainbow Gardens arbeitet?« stellte Marjorie ihn vor.

Auf Anhieb erkannte Peter die Schwimmerin, die er neulich beobachtet hatte. Unter dem Kleid aus Chinakrepp, dessen Farbe an Blattgold erinnerte, stellte er sich den grazilen, fast knabenhaften Körper mit den schlanken Beinen vor. Seine Augen glitten hinauf zu den entblößten, sonnengebräunten Schultern und dem kurzgeschnittenen Haar. Eine winzige Narbe unterstrich die Mundwinkel, die sich zu einem Lächeln verzogen, doch als er ihr in die Augen blickte, wurde ihm alles andere gleichgültig.

»Dann sind wir ja Nachbarn«, bemerkte Cecilia.

Zwischen ihnen entspann sich eine lockere, herzliche Unterhaltung. Als sie hörte, daß Peter gern spazierenging, empfahl sie ihm mehrere Ausflugsziele.

»Ich stehe oft sehr früh auf und gehe zu Fuß los. Manchmal ist der Nebel so dicht, daß man keine drei Meter weit sieht, aber man kann noch die Gerüche der Nacht wahrnehmen, und die Tiere verlassen schon ihre Schlupfwinkel.

Mitunter begegne ich unseren Tagelöhnern auf dem Weg zur Arbeit. Die Frauen treiben dann ihre noch ganz verschlafenen Kinder an.«

Von Anfang an war sie Peter sympathisch. Sie sprachen beide dieselbe Sprache. Er hätte ihr bis zum nächsten Morgen zuhören können! Von der anderen Seite des Tisches her beobachtete Angela die beiden. Obwohl sie Cecilia sonst gar nicht genug loben konnte, war sie an diesem Abend eifersüchtig auf sie. Aber wovon hätte sie Peter Saunders schon groß erzählen können, außer von ihrem Unterricht in Loretto, einigen Ausflügen bis an die Grenze nach Sikkim und einigen wenigen Besuchen in Kalkutta?

»Ist dieser Platz noch frei?« fragte plötzlich ein Mann, dem sie am Morgen erst auf der Treppe des Hotels begegnet war.

»Ja. Bitte setzen Sie sich.«

Sobald sie Julian Carr an ihrer Seite spürte, erlangte sie ihre Selbstsicherheit zurück. Einen hinreißenderen Kavalier konnte man sich gar nicht vorstellen! Während er sich den anderen Tischgästen vorstellte, musterte sie ihn. Sein schwarzes Haar und die dunkle Haut waren für einen Briten eher ungewöhnlich. Ihr fielen die blauen Augen mit den dichten Augenbrauen auf, die vorspringende Nase, vor allem aber die zartgliedrigen und trotzdem kräftigen Hände.

»Mein Mann hat mir gerade erst erzählt, daß Sie hier sind. Es tut mit leid, daß Sie in der Stadt wohnen wollen«, sagte Marjorie Baxter zu ihm.

»Das ist am praktischsten so. Mein Onkel wird im Eden-Krankenhaus behandelt, und ich möchte ihn jeden Tag besuchen.«

»Oh, das wußte ich nicht«, entschuldigte sich Marjorie.

Das allgemeine Stimmengewirr zwang sie, lauter zu reden. Wieviel seichtes Geschwätz haben die Wände dieses

Raumes wohl schon mitangehört? überlegte Julian, während er die vielen Trophäen und die Vitrinen mit den Silberpokalen betrachtete. Ein breiter Spiegel zeigte ihm einen Schwarm von Pinguinen, lauter Männer im Smoking, zu denen auch er gehörte. Er war froh, daß in seinen Adern nicht nur englisches Blut floß, sondern, von der Seite seiner Mutter her, auch französisches. Trotz seiner typisch britischen Erziehung fühlte er sich nämlich anders als alle, mit denen er seine Jugend verbracht hatte. Eton und Oxford hatten vor allem eins erreicht: daß er sich von seinen Kameraden abheben wollte. Ihm mißfiel, wie arrogant und selbstsicher sie waren, wie fest überzeugt davon, die Könige der Welt zu sein und einer Elite anzugehören.

Seine Pflichten als Sohn hatten ihn nach dem Tod seines Vaters plötzlich an die Spitze einer Firma mit unterschiedlichen Tätigkeitsbereichen gestellt: Abgesehen von Rainbow Gardens waren da noch Textilfabriken, mehrere Handelsschiffe sowie Büros in London und New York. Außerdem hatte seine Mutter Weinberge in der Provence als Mitgift eingebracht. Seine Stellung gestattete es ihm zwar zu reisen, aber das konnte seine permanente Unzufriedenheit auch nicht vertreiben. Woher kam dieser Lebensüberdruß, den er nur durch Opium vorübergehend zu mildern vermochte? Der Krieg und die Schlacht von Verdun hatten ihm gezeigt, wie scheußlich die Menschheit sein kann. Obwohl er körperlich unverletzt davongekommen war, hatte seine Seele unauslöschliche Narben davongetragen. Das Gemetzel, die Massengräber, die Absurdität dieser Kämpfe spukten ebenso durch seine Erinnerung wie die Trauer um ein verlorenes Wesen. Wäre er nur dort gefallen, dann hätte ihm das wenigstens jenen anderen Schmerz erspart, der so gräßlich war, daß er nie geglaubt hätte, sich je wieder von ihm erholen zu können.

Bald fanden sich die üblichen Gäste am Tisch ein. Ein Bankdirektor setzte sich neben Cecilia Darrow, während rechts von ihm Annabel Darrow Platz nahm. Wie ein Jäger auf der Pirsch taxierte Julian die Gattin von George. Sollte er sie verführen? Seit dem Tod seiner Frau suchte er nur flüchtige Abenteuer. Mehrmals fing er ihren Blick auf und merkte, daß sie in ihrer Eigenliebe für Schmeicheleien sehr empfänglich war. Aber Annabels Schwägerin interessierte ihn wesentlich mehr. Mit Vergnügen rief er sich die Unterhaltung in Erinnerung, die sie vorhin in der Dunkelheit geführt hatten. Obwohl er vom ersten Moment an Cecilias Stimme wiedererkannt hatte, schien sie ihm gegenüber nicht den geringsten Argwohn zu hegen. Er beobachtete sie und registrierte, daß ihre Hand am Glas ganz leicht zitterte, obwohl sie sonst unbeschwert wirkte. Einigen Gesprächsfetzen entnahm er, daß sie Peter Saunders von der Pflanzenwelt der Gegend erzählte, insbesondere vom Rhododendron, der im Frühling purpurrot blühte.

Beim Geräusch eines zurückgeschobenen Stuhls drehte er sich um. Leichenblaß klammerte sich Annabel ans Handgelenk des Bankdirektors. Mit einem Satz sprang Marjorie Baxter auf. Sie kramte ein Fläschchen Riechsalz aus ihrer Handtasche und hielt es der jungen Frau unter die Nase. Diese kam wieder zu sich, nachdem ihr Cecilia, die ebenfalls hinzugesprungen war, ein paar Ohrfeigen gegeben hatte.

»Ist nicht weiter schlimm«, murmelte sie, »mir war nur schwindlig.«

»Möchtest du, daß wir nach Hause fahren?« schlug Cecilia vor.

»Nein, nein. Es wird schon gehen. Bestimmt!« antwortete Annabel, während Marjorie ihr etwas ins Ohr flüsterte.

Noch ehe der Ball anfing, gingen sie beide zur Garderobe.

»Sie sollten möglichst bald Dr. Rochester aufsuchen«, riet Marjorie. »Ich bin sicher, er wird bestätigen, was ich denke.«

Ein Kind! Annabel wußte nicht, ob sie bei dieser Vorstellung glücklich sein sollte. Alles war so schnell gegangen! Der Heiratsantrag von George, die Begeisterung, mit der sie ihm nach Indien, das sie sich wie in Tausendundeiner Nacht vorgestellt hatte, gefolgt war, und dann ihre Enttäuschung, als sie entdeckte, wie einsam Whispering Hills lag. Was sollte nur aus ihr werden an diesem abgeschiedenen Ort mit einem Mann, der sich bloß für Polowettkämpfe interessierte?

Da sie sich jetzt besser fühlte, hatte sie Lust zu tanzen. Im Ballsaal spielte das Orchester einen wilden Charleston. Seit einiger Zeit waren lebhafte Farben in Mode, so daß sich die pistazienfarbenen, roten und kobaltblauen Kleider der Frauen von den steifen Anzügen ihrer Kavaliere abhoben. Für einen Moment dachte Annabel wieder an den Tag, an dem sie in die Gesellschaft eingeführt worden war. Das war in Boston gewesen, kurz nach ihrem 18. Geburtstag. In einem rauschenden weißen Kleid hatte sie einen Walzer nach dem anderen getanzt und sich dabei vorgestellt, das ganze Leben sei wie das Märchen, das sie gerade erlebte. Auf einmal überkam sie das Verlangen, in den Armen von George Zuflucht zu suchen. Erst würde er ihr versichern, daß er sie noch immer liebe, und dann wollte sie ihm mitteilen, daß sie ein Baby erwartete. Danach würden sie zwischen den anderen Paaren unter dem großen Kristalleuchter tanzen.

Sie ignorierte die Blicke der Männer, die hinter ihr her starrten, und suchte George in allen Etagen, doch er blieb unauffindbar. Vielleicht in der Bar? Dort hatte man ihn den ganzen Abend über nicht gesehen. Schließlich entdeckte sie ihn in einem abgelegenen Rauchzimmer am Ende eines Korridors. Dort trank er einen Kognak in Gesellschaft von drei Burschen, die sie herablassend musterten.

»Was willst du?« fragte George kalt.

»Nichts ... Oder doch ... Ich bin müde und möchte gern nach Hause.«

»Dann laß dich vom Chauffeur heimfahren.«

»Und du?«

»Ich übernachte im Club.«

Annabel machte auf dem Absatz kehrt, aber sie konnte ihre Demütigung nur schlecht verhehlen. Was hatte sie gesagt oder getan, daß er sie so behandelte? Nachdem sie ihren Schwiegereltern mitgeteilt hatte, daß sie gehen wollte, ließ sie den Wagen kommen. Die ganze Fahrt über döste sie vor sich hin.

Vor ihrer Schlafzimmertür wartete ihr Dienstmädchen, in eine Decke gerollt.

»Ich brauche dich nicht mehr«, bestimmte Annabel, weil sie schrecklich gereizt war und im Moment niemanden um sich haben konnte.

Sobald sie sich entkleidet hatte, setzte sie sich ans Frisiertischchen, dessen Spiegel ihr ein eingefallenes Gesicht zeigte. Vor ihr öffnete sich ein Abgrund. Was sollte nur aus ihr werden an diesem entlegenen Ort? Mechanisch schminkte sie sich ab. Nachdem sie ein rosaseidenes Nachthemd angezogen hatte, schlug sie das Moskitonetz beiseite und schlüpfte ins Bett. Ob George seine Meinung noch ändern und in der Nacht herkommen würde? Diese Hoffnung ließ sie keinen Schlaf finden. Die Hand auf den leeren Platz neben sich gelegt, horchte sie auf jedes Geräusch. Eigentlich blieb sie nicht gern allein im Bungalow, nur in Gesellschaft der Dienstboten. Auf einigen Plantagen, wie zum Beispiel der berühmten Margaret's Hope, spukte es angeblich. Schaudernd dachte sie an die Geschichte der jungen Margaret, deren Vater eine Pflanzung gekauft hatte. Im Laufe der Zeit hatte sie dieses Land so liebgewonnen, daß sie nach einem obligatorischen Aufenthalt in Großbritannien so schnell wie möglich wieder nach Indien zurückkehren wollte. Doch leider sollte sie nie ankommen, weil sie auf der Überfahrt starb. Seitdem spukte ihr Geist an dem Ort, für den ihr Herz geschlagen hatte.

Endlos verstrichen die Minuten. Mehrmals knipste Annabel die Nachttischlampe an, um auf die Uhr zu schauen. Es war kurz vor zwei, als sie draußen eine Art Singsang hörte. Die Decke bis ans Kinn gezogen, hoffte sie, geträumt zu haben, doch das Geräusch hörte nicht auf. Gelähmt vor Angst, traute sie sich nicht, ihr Lager zu verlassen, um jemanden zu rufen. Als es endlich wieder still wurde, lauschte sie weiter. Erst als Cecilia kam, beschloß sie, ihren Schlupfwinkel zu verlassen.

»Was ist los?« fragte ihre Schwägerin, als sie Annabel im Flur auftauchen sah.

»Ich kann nicht schlafen. Draußen vor dem Fenster singt jemand. Das hört sich irgendwie unheimlich an.«

»Oh, ich glaube, ich weiß, wer das ist«, rief Cecilia lachend. »Du hast unseren Nachtwächter für ein Gespenst gehalten. Manchmal leiert er seine Gebete herunter, während er vor dem Bungalow Wache steht. George hätte dir davon erzählen sollen.«

»Bist du dir sicher? Ich höre ihn wirklich zum ersten Mal!«

»Anscheinend hast du einen festen Schlaf.«

Verwundert entdeckte Cecilia eine neue Seite an Annabel. Sie war wie ein furchtsames Kind, das völlig unerfahren durch die Welt mit ihren Grausamkeiten, Enttäuschungen und Widersprüchen stolperte.

6

Im Gegensatz zu den meisten anderen Briten, die am Wochenende in Darjeeling wohnten, übernachtete die Familie Darrow lieber in Whispering Hills, obwohl sie dann am Sonntag morgen den ganzen Weg noch einmal machen mußte, um den Gottesdienst in der St.-Andrew-Kirche zu besuchen.

Es war kurz vor zehn Uhr, als Angela Forrester sich vor dem Eingang des Hotels Magnolia ihr Hutband zuband. In dem Moment tauchte Julian Carr auf und befahl seinem Chauffeur mit einem Wink, den Buick vorzufahren. Als er das Mädchen bemerkte, grüßte er und fragte, ob er sie irgendwo absetzen könne.

»Ihr Angebot ist meine Rettung. Ich komme sonst zu spät!« Mit einem leichten Lächeln fügte sie hinzu: »Ich kam heute nur schwer aus den Federn.«

Er auch, aber bestimmt nicht aus denselben Gründen. Er hatte mehr als gewöhnlich getrunken und war dann lieber zu Fuß zum Hotel zurückgegangen. In seinem Zimmer hatte eine Flasche Brandy auf ihn gewartet, die er auch noch weitgehend geleert hatte. Als dann der Morgen anbrach, hatte ihn eine schlimme Migräne gepackt, die ihn nicht mehr loslassen wollte.

Anscheinend sah man ihm die Übermüdung an, weil Angela leiser sprach, sobald sie auf dem Rücksitz des Wagens Platz genommen hatten.

»Vor dem Abendessen gestern hatte ich Sie noch nie gesehen. Kommen Sie oft nach Darjeeling?«

»Dreimal im Jahr. Aber bei meinen letzten Besuchen waren Sie gewiß im Internat in England.«

»Leider bin ich nie dort gewesen.«

Tief aufseufzend fuhr sie fort: »Mein älterer Bruder ist mit fünf Jahren gestorben. Darum wollte Vater es meiner Mutter nicht zumuten, mich für längere Zeit fortzuschikken. Nur haben sie dabei nicht bedacht, wie traurig es für mich ist, mitansehen zu müssen, wie alle gleichaltrigen Mädchen nach Europa gehen.«

Sie vergaß völlig, daß sie nicht allein war, und sprach weiter: »London, Paris, Rom. Ich träume davon, einmal diese Städte zu besuchen.«

»Das werden Sie irgendwann.«

»Ja. Wenn ich die Schule abgeschlossen habe. Aber das Zeugnis ist mir egal! Ich will vor allem etwas vom Leben haben.«

»Und wie sieht das Ihrer Meinung nach aus?«

Überrumpelt machte Angela eine Pause, ehe sie antwortete: »Das sieht nach hell erleuchteten Städten aus, voller Kinos und Theater. Man telefoniert dort ständig, und abends besucht man eine Vorstellung. Die Männer küssen den Damen die Hand, wenn diese sie im Negligé in ihrem Boudoir empfangen. Sie machen den Frauen Komplimente, schenken ihnen wahnsinnig teuren Schmuck und fahren mit ihnen in die Sommerfrische.«

Amüsiert und wohlwollend betrachtete er sie und dachte, daß sich die Verehrer in ein paar Jahren nur so um sie reißen würden. Aber vielleicht sollte er sie vorläufig doch lieber vor Zeitschriften und Kitschromanen warnen, die sie offensichtlich verschlang? Er besann sich eines Besseren, als ihm einfiel, daß ihm eine Freundin eines Tages anvertraut hatte, sie würde ihre Töchter dazu ermuntern, Romane zu lesen, damit sie so das Leben kennenlernten.

Kurz bevor sie die Kirche erreichten, bat Angela darum, den Wagen anzuhalten.

»Es ist besser, ich steige hier aus, wenn wir Getratsche vermeiden wollen. Was meinen Sie, was man denken wird, wenn wir gemeinsam St. Andrew's betreten.«

»Aber ich will ja gar nicht dorthin!«

»Oh, verzeihen Sie. Ich dachte ...«

»Liebes Kind, die Vorstellung von einem Gott bedeutet mir schon lange nichts mehr«, schnitt ihr Julian das Wort ab.

Als er sich vom Glauben abgewandt hatte, geschah das nicht etwa, weil er Gottes Wirken als ungerecht empfand oder weil die ganze verdorbene Welt ihn anekelte. Er wußte ganz einfach, daß kein religiöses System für ihn paßte, weder das Christentum mit seinem Konzept der Erbsünde noch der Buddhismus oder Hinduismus mit der Vorstellung vom Karma. Da er sich nicht dazu durchringen konnte, seinem Leben selbst ein Ende zu setzen, ertrug er weiter sein menschliches Geschick, ohne nach dem Vorher oder dem Nachher zu fragen. Mit dem Gefühl, einem Kind zu ähneln, das einen Fuß vor den anderen setzt, ohne wirklich das Gleichgewicht halten zu können, bewegte er sich wie jeder Mensch auf den unvermeidlichen körperlichen und geistigen Abbau zu, den man Alter nennt.

Der Besuch im Krankenhaus bestätigte ihn wieder in seiner Überzeugung. Während er darauf wartete, daß eine Krankenschwester seinen Onkel auf die Terrasse herunterbrachte, wo andere Kranke in der Sonne saßen, überkam ihn die Gewißheit, daß dieser Gott, den Millionen Menschen verehrten, nie von seiner Grausamkeit ablassen würde. Ihn empörte der Anblick dieser Kreaturen, die von ihrer Krankheit aufgefressen wurden und oft nicht einmal mehr auf eine ohnehin unwahrscheinliche Besserung hoffen, sondern nur noch auf die letzte Erlösung warteten. Warum muß der Verfall so langsam und oft so demütigend vonstatten gehen? Einige Schritte entfernt lag ein junges Mädchen unter einer grauen Decke und unterhielt sich mit einem Mann um die vierzig, während hinten im letzten Liegestuhl eine Frau die Augen geschlossen hatte. Schlummerte sie, oder vermied sie es, die Berge zu betrachten, die den Jahrtausenden trotzen und die Menschen verspotten, weil sie noch immer in den Himmel aufragen werden, wenn alle Sterblichen schon lange zu Staub zerfallen sind?

Howard Carr wurde in einem Rollstuhl herangefahren, weil er wegen einer fortgeschrittenen Tuberkulose nicht mehr gehen konnte. Julian, der ihn seit sechs Monaten nicht gesehen hatte, erkannte ihn kaum wieder. War dieser zum Skelett abgemagerte Greis etwa derselbe Mann, der mehrere Jahrzehnte lang seine Teeplantagen in Assam mit eiserner Hand geführt hatte?

»Ich hatte schon befürchtet, dich nie wiederzusehen«, sagte er schwer atmend zu seinem Neffen. »Oh, gib dir bitte keine Mühe. Du mußt mich nicht anlügen. Diesmal ist es endgültig aus mit mir.«

Ohne zu antworten, schaute Julian dem Bruder seines Vaters tief in die Augen. Wie lange war es her, daß er als kleiner Junge hin- und hergerissen war, ob er diesen Mann nun sympathisch finden sollte oder nicht? Er war noch immer eine starke Persönlichkeit, aber der Zahn der Zeit hatte an ihm genagt. Bei den Carrs war nun mal kein Platz für Schwächlinge.

Richard, sein Großvater, war mit leuchtendem Beispiel vorangegangen, als er zusammen mit anderen Pionieren nach Assam im äußersten Nordosten von Indien aufgebrochen war, wo wilde Teesträucher wuchsen. Ein glücklicher Zufall für die Briten, die bei der Versorgung mit Tee von China unabhängig werden wollten. Die Chinesen hatten ihre Preise nämlich beträchtlich angehoben. Vor allem aber wußten die Engländer nicht, wie lange sie dieses in der ganzen Welt begehrte Getränk noch gegen Opium würden eintauschen können. Darum mußte man den Chinesen möglichst schnell das Geheimnis der Herstellung abluchsen und ihnen außerdem Samen und Stecklinge stehlen. Im Jahre 1848 brach Robert Fortune, ein Botaniker, im Auftrag der Englisch-Ostindischen Handelskompanie nach Nordchina auf, wo die besten Sorten wuchsen. Als einheimischer Bauer verkleidet, kehrte er von seiner Reise mit acht Fachleuten und 20 000 Pflanzen zurück. Damit konnte Indien auf eigenen Füßen stehen, und Richard Carr wollte sich diesen Glücksfall zunutze machen, um sein eigenes Imperium zu gründen. Aber um sich in Assam durchzusetzen, mußte man nicht nur Mut haben, sondern auch einen unglaublichen Ehrgeiz besitzen. Den zukünftigen Pflanzer trieben beide Beweggründe, als er in diesen Dschungel aufbrach, in dem er es mit Malaria, Ruhr und gefährlichen, giftigen Tieren aufnehmen mußte.

Vorher hatte das »Committee of Tea Culture« schon Superintendent Robert Bruce hingeschickt, der einen offiziellen Bericht über die dortige Lage verfassen sollte. Im Jahre 1838 trafen schließlich zwölf Kisten mit dem ersten grobgepflückten Tee in London ein, so daß erstmals eine Produktion aus Indien versteigert werden konnte. Ein Jahr später organisierte die »Assam Society« eine weitere Versteigerung in Kalkutta. Allerdings war man geteilter Meinung hinsichtlich der weiteren Entwicklung eines Territoriums, in dem sich Rodungen und Transporte entsetzlich schwierig gestalteten. Da, im Jahre 1852, stürzte sich Richard Carr, der bis dahin Teemakler gewesen war, ins Abenteuer. Zur selben Zeit wie die berühmten Gebrüder Williamson erwarb er mehrere hundert Hektar Dschungel und ließ über sogenannte *Contractors* Kulis in Bihar anwerben, weil die örtlichen Arbeitskräfte faul und durch Opiumkonsum oft zu geschwächt waren, um hart arbeiten zu können.

Julian schämte sich für seinen Großvater, wenn er an die Bedingungen dachte, unter denen man die Arbeiter angeworben hatte. Dies warf noch heute einen Schatten auf die Anfänge des Teeanbaus in Assam. Um sie anzulocken, hatte man den Ärmsten zuerst das Blaue vom Himmel versprochen, aber dann wurden sie so von der Malaria dezimiert, daß die meisten von ihnen nicht einmal die Plantagen erreichten. Die anderen hatte der Tod jedoch nur verschont, um sie unter den entsetzlichsten Lebensbedingungen dahinvegetieren zu lassen. Aber durch ihre Verträge waren sie an ihre Arbeitgeber gebunden, so daß es ihnen strikt verboten war, sich anderswo Arbeit zu suchen. Richard Carr, der etwas menschlicher war als die meisten Nachbarn, hatte schließlich eigene Agenten, sogenannte *Sardars*, beauftragt. Außerdem hatte er Verträge eingeführt, die es allen Angestellten freistellten, wieder zu gehen. Trotzdem hatte die Familie Carr ihr Vermögen auf der Ausbeutung menschlichen Elends begründet. Julian vergaß dies nie. Darum konnte er, als er an diesem Morgen seinem Onkel gegenübersaß, auch nicht die geringste Befriedigung darüber empfinden, daß er eine Firma leitete, um die ihn viele beneideten.

»Der Notar war heute bei mir«, sagte sein Onkel. »Alles in Ordnung.«

Da Howard nie Kinder gehabt hatte, war Julian sein einziger Erbe.

»Ich möchte nur, daß du Tula behältst und daß du Parvati gestattest, dort ihren Lebensabend zu verbringen. Ansonsten kannst du tun und lassen, was dir gefällt.«

Tula war Howards Wohnhaus in Kalkutta, das er vor 30 Jahren als Unterkunft für seine Geliebte Parvati gekauft hatte. Bis zu seiner Volljährigkeit hatte Julian nichts von der Existenz dieser Inderin gewußt.

»Nach meinem Tod soll ihr eine gewisse Geldsumme überschrieben werden«, fuhr sein Onkel fort. »Das ist nichts im Vergleich zu dem, was sie mir gegeben hat. Ja, Julian, sie hat mir das Kostbarste geschenkt, was es gibt: Freude am Leben. Von ihr habe ich gelernt, wie schön es ist zu atmen. Ich habe gelernt zu lachen und keine Angst vor den anderen oder vor mir selbst zu haben.«

Der Alte flüsterte mehr, als daß er sprach, darum mußte sein Neffe sich anstrengen, um jedes Wort zu verstehen.

»Seltsam, wie deutlich die Erinnerungen werden, kurz bevor man sterben muß. Deine Großmutter war eine harte, schroffe Frau, Julian. Ich hatte fast Angst, mich ihr zu nähern, und so habe ich lange allen attraktiven Frauen gegenüber empfunden. Als Kind hat man mir ständig eingeschärft, daß man Gefühle nicht zeigen darf. Man hat mir auch immer wieder gesagt, ich sei längst nicht so gutaussehend und so mutig wie dein Vater. Als er seinen ersten Tiger erlegte, habe ich die ganze Nacht geweint. Wie gern wäre ich an seiner Stelle gewesen!«

»Wie mir scheint, hast du ihn später dann aber oft genug übertroffen.« Julian kannte die vielen Fotos, die seinen Onkel nach einer erfolgreichen Jagd zeigten.

»Das stimmt«, gab Howard leise lächelnd zu. »Aber laß uns nun wieder vom Wichtigsten sprechen, nämlich von dir und deiner Zukunft. In diesem Land wird sich einiges ändern.«

»Ja. Das ist mir klar.«

»Du mußt unsere Partner davon überzeugen, daß wir alles, was wir in Assam und Bengalen besitzen, verkaufen müssen. Gandhis Politik der Gewaltlosigkeit erhält täglich mehr Zulauf.« Wie zu sich selbst sagte Howard: »Wenn ich jetzt sterbe, erspart mir das wenigstens, den Niedergang des Britischen Empire miterleben zu müssen. Lieber fahre ich nämlich in die Grube, als daß ich mich aus einem Land vertreiben lasse, ohne das ich nicht leben kann.«

Julian dachte daran, was Cecilia gesagt hatte. Auch sie konnte den Ort, an dem sie hing, nicht aus ihrem Herzen reißen. Und er konnte gut verstehen, was diese beiden Menschen empfanden, weil er sich selbst auch hin- und her gerissen fühlte. Als er seinen Onkel so dasitzen sah, von Krankheit zerfressen, erinnerte er ihn nur noch ganz entfernt an den autoritären, unnahbaren Mann, bei dem er als kleiner Junge gewohnt hatte, wenn er mit seinen Eltern nach Assam gereist war. Zuerst mußten sie dann den Brahmaputra hinunterfahren und anschließend durch den Dschungel, in dem es stickig war wie in einem Treibhaus. Auf der Plantage standen die Teesträucher im Schatten großer Bäume. In ihren bunten Saris und mit Tragkörben auf dem Rücken ernteten die Inderinnen dort einen Tee, der längst nicht so exzellent war wie der von Darjeeling, dafür aber billiger. Wenn der Abend dämmerte, verschwand Julian mit seiner *Ayah* im Schlepptau hinter den Wohnbaracken der Dienstboten. Im Schatten verborgen, horchte er dort auf die Geräusche der Tiere und träumte von phantastischen Abenteuern, in denen er der Held war. Sobald sie nach Darjeeling zurückkamen, wo sein Vater Rainbow Gardens leitete – Richard Carr hatte seinen Landbesitz nämlich unter seinen beiden Söhnen aufgeteilt –, tauchte er wieder ein in die Welt des Himalaja, in eine ganz besondere Welt, deren Klima und Umwelt den Charakter formte.

Darjeeling! Der Name kam vom tibetischen *rdo-rje-ling* und bedeutete »Garten des Diamantblitzes«. Diesen Ort, der damals zu Sikkim gehörte, hatte General Lloyd im Jahre 1829 entdeckt und gleichzeitig festgestellt, daß dies der ideale Platz für ein Sanatorium war. Außerdem war ihm sofort klar, daß Darjeeling wegen seiner strategisch günstigen Lage zwischen Nepal, Sikkim, Tibet, Bhutan und Bengalen außerordentlich wichtig war. Es war für die Briten unumgänglich, das Gebiet so rasch wie möglich zu annektieren, was sie schließlich auch taten. Dazu hatte ihnen ein Konflikt zwischen dem König von Sikkim und der East Indian Company den Vorwand geliefert. Um 1840 ersetzte man die Hütten der Eingeborenen allmählich durch Häuser, aber es wurde auch nötig, die Landwirtschaft der Gegend anzukurbeln. Zu diesem Zweck boten die Engländer den Lepcha, die vom König von Sikkim vertrieben worden waren und in Nepal Zuflucht gesucht hatten, an, in ihre Heimat zurückzukehren.

Dr. Campbell vom »Medical Corps« wurde 1839 zum Superintendent von Darjeeling ernannt. Mit bewundernswerter Energie nahm er das Geschick der Gemeinde in die Hand. Unter seiner Leitung schufen die Europäer neue Einrichtungen. Nach und nach entstanden Verwaltungsgebäude, Krankenhäuser, Kirchen und Hotels. Bis schließlich der Tee eingeführt wurde.

Nach ständigen Konflikten mit Sikkim und Bhutan erhielt Darjeeling im Jahre 1866 endlich eine Verbindung mit Indien. Eine Straße wurde angelegt, die über Ghoom und Kurseong nach Bengalen führte. Weil dort die Hitze kurz vor der Monsunzeit unerträglich war, nahmen die Engländer nach und nach die Gewohnheit an, die schlimmen Monate in Darjeeling zu verbringen. In den Bungalows und Cottages mit ihren blumengeschmückten Parks traf sich eine mondäne Gesellschaft, zumal Kalkutta damals die Hauptstadt des Raj war. Das blieb sie, bis der Vizekönig und sein Hofstaat 1911 beschlossen, die Residenz nach Delhi zu verlegen.

Das Läuten einer Glocke, die das Ende der Besuchszeit ankündigte, brachte Julian in die Gegenwart zurück.

»Ich komme morgen früh wieder«, versprach er, als eine Krankenschwester zum Aufbruch mahnte.

Da er nicht in den Club gehen wollte, kehrte er ins Hotel Magnolia zurück, um sich dort etwas hinzulegen, bis es Zeit wurde, nach Lebong zum Pferderennen zu fahren. War er so unschlüssig, weil er noch immer verkatert war oder weil er mit sich selbst nicht ins reine kam? Bald würde er nach Singapur fahren, anschließend für ein paar Wochen nach Japan, um dort verschiedene Verträge zu unterzeichnen. Europa sollte er erst im nächsten Frühling wiedersehen, aber das war ihm egal, weil London für ihn sowieso nur eine Etappe unter vielen war auf einer Odyssee, die ihm zwar keine persönliche Genugtuung verschaffte, den Angestellten der Firma Carr aber den Arbeitsplatz sicherte.

Wann hatte er sich zum letzten Mal völlig unbeschwert gefühlt? Daisys Tod hatte ihm alles genommen, seine Hoffnungen und seinen Glauben an die Liebe. Schuldbewußt merkte er, wie das Bild seiner Frau nach und nach verblaßte, obwohl er sich wirklich anstrengte, es lebendig zu erhalten.

Sie war erst siebzehn, als das Schicksal sie zusammengeführt hatte. Das war damals in Brighton gewesen, während der Regatten. Der Wind hatte dem Mädchen den Hut vom Kopf gerissen, und er war hinterhergerannt, um ihn zurückzuholen. Das Lächeln, das sie ihm zum Dank geschenkt hatte, hatte ihn bezaubert. Noch am selben Abend war er zu einem Konzert gegangen, wo er sie anzutreffen hoffte. Sie saß in einer Loge und musterte den Saal, als sie plötzlich seinen Blick traf. In den nächsten Tage hatte er es so eingerichtet, daß er ständig Daisys Weg kreuzte.

Getraut wurden sie am 10. Juni 1914 in London. Nach einer Hochzeitsreise durch Italien hatten sie sich in der großen Villa, die Julian in der Sunmer Street besaß, besser kennengelernt. Die enge Beziehung, die zwischen ihnen entstand, wurde unterbrochen, als er in den Krieg mußte. Während er an der Front in Frankreich kämpfte, pflegte Daisy die Verwundeten, die nach England zurückgebracht wurden. Nach Monaten, die ihm wie Jahre vorkamen, kehrte Julian wieder heim. Aber war dieser von Alpträumen geplagte und von Gewissensbissen zerfressene Mann wirklich noch derselbe, dessen innere Ruhe sie so bewundert hatte? Als sie ihm mitteilte, daß sie ein Kind von ihm erwartete, glaubte sie, diese Hoffnung auf ein neues Leben würde die unheilvollen Schatten vertreiben. Doch sie starb bei der Geburt des kleinen Mädchens, das ebenfalls nicht überlebte.

Julian hatte damals den Eindruck, in einen bodenlosen Abgrund zu stürzen. Unfähig zu weinen, irrte er durch London mit einem Gefühl, als hätte man ihm die Eingeweide herausgerissen. Verrückt vor Schmerz dachte er an Selbstmord. Eine Zeitlang übten alle Bahnlinien eine magische Anziehungskraft auf ihn aus, aber er fand nicht den Mut, sich vor eine Lokomotive zu werfen. Nur Opium konnte sein Leiden etwas lindern. Bald wußte er, wo er es sich beschaffen konnte. Als Louise Fournier, die Schwester seiner Mutter, ihn eines Tages besuchte, war sie entsetzt über seinen Gesundheitszustand. Er rauchte dreißig Opiumpfeifen pro Tag, als sie ihn schließlich überreden konnte, sie auf ihrem Landgut bei Aix-en-Provence in Südfrankreich zu besuchen. In der Sonne des Mittelmeeres taute er nach und nach auf, bis er sich endlich für das Vermögen interessierte, das er von seinen Eltern geerbt hatte. Diese waren schon während seiner Studienzeit in Oxford im Abstand von zwei Jahren gestorben.

Nachdem er die Weinlese mitgemacht hatte, fuhr er nach Marseille, wo die Schiffe der Firma Carr gerade Waren aus Kalkutta ausluden. Indien, wo er seit seiner Kindheit nicht mehr gewesen war, rief ihn. Dort würde er seine eigene Erbitterung messen können an der Unterwürfigkeit eines Volkes, das durch Tradition und Religion gewöhnt war, jedes Unheil klaglos hinzunehmen. Verloren in einer bunten Menschenmasse, betäubt von den Schreien und dem Lärm einer Musik, die seine Kindheit begleitet hatte, wollte er in diesem gigantischen Ameisenhaufen untertauchen. Wie seine Mitmenschen würde er seinen absurden, sinnlosen Weg gehen in einer Welt, die keiner Logik gehorchte.

7

Als Julian die Tribüne betrat, sollte gerade das erste Rennen anfangen. Er hob das Fernglas und beobachtete die Jockeys und Pferde, die am Start darauf warteten, daß die Fahne gesenkt wurde. Die umstehenden Leute drängelten sich, um besser sehen zu können. Einige Jugendliche stellten sich auf die Holzbänke und schlossen untereinander Wetten ab. Ein gewisser Absalon schien der große Favorit zu sein. Julian hatte trotzdem nicht auf dieses Pferd gesetzt, weil er fand, daß das Gelände nach dem letzten Regenguß zu lehmig war.

Entlang der Geraden hatten sich alle Pferdenarren eingefunden. Unter ihnen erkannte Julian George, dessen Pferd in diesem Rennen mitlief.

»Glaubst du, wir haben eine Chance zu gewinnen?« fragte Cecilia, die neben ihrem Bruder stand.

»Nicht die geringste. Den Klepper würde ich am liebsten loswerden. Wenn ich nur einen Käufer finden könnte!«

»Bist du verrückt? Papa hängt an Darius. Er hat doch immer gewonnen!«

»Das ist eine Ewigkeit her. In Zukunft müssen wir alles abstoßen, was kein Geld einbringt.«

Da wurde das Startsignal gegeben, so daß Cecilia nichts mehr erwidern konnte. Mit donnernden Hufen kamen die Pferde näher, mit Peitschenhieben angefeuert von ihren

Reitern, die sich tief über die Mähnen beugten. Darius lag von Anfang an weit zurück und galoppierte als Zweitletzter an seinem Besitzer vorbei, aber auch Absalon schnitt kaum besser ab, da er nur einen Platz davor lag.

Angela Forrester, die in der Menge saß, vergaß vor Aufregung sogar, die gebrannten Mandeln zu knabbern, die sie bei einem fliegenden Händler erstanden hatte. Von klein auf liebte sie die Atmosphäre auf den Rennplätzen, besonders die Stimmung an der Koppel, wo sie sich gern mit den Trainern unterhielt. Als sie Julian Carr entdeckte, ging sie zu ihm hinüber.

»Haben Sie gewettet?« fragte sie ihn.

»Ja, auf Mercutio.«

»Auf den hätte ich auch gesetzt, wenn ich Geld gehabt hätte.«

»Und Ihre Ersparnisse? Alle Mädchen haben doch schließlich Ersparnisse.«

»Die behalte ich für meine Weihnachtseinkäufe in Kalkutta, aber wenn Sie möchten, kann ich Ihnen ein paar Tips für die nächsten Rennen geben.«

»Einverstanden! Aber nur, wenn wir uns den Gewinn teilen.«

Augenzwinkernd stimmte Angela zu.

Sie bot Julian eine Mandel an, die dieser jedoch ablehnte, und folgte ihm dann zum Rasen, wo Ehefrauen am Arm ihrer Männer vorsichtig durch das sumpfige Gras staksten.

Cecilia ließ ihren Bruder allein zur Koppel gehen und schaute auf die Uhr. In einer Stunde wollte sie unauffällig gehen, um sich wie oft am Sonntag mit Yonten zu treffen. Da sie ihn am Vortag nicht gesehen hatte, wußte sie nicht einmal, ob er überhaupt kommen würde, aber nichts, schon gar nicht ihr Stolz, konnte sie davon abhalten, zu dem Menschen zu eilen, der ihrem Leben einen Sinn gab. Wie lange würde sie dieses ständige Hin und Her noch geheimhalten können? Sorgen machte sie sich vor allem wegen Annabel, die ihr seit einigen Tagen auf Schritt und Tritt folgte. Wahrscheinlich litt ihre Schwägerin unter ihrer eigenen Untätigkeit und Einsamkeit.

Da bemerkte Cecilia Peter Saunders, mit dem sie sich am Vorabend so nett unterhalten hatte, und beobachtete ihn. An einen Zaun gelehnt, schaute er zu, wie die schweißbedeckten Pferde, die vom Rennplatz zurückkehrten, versorgt wurden. Sie wollte gerade zu ihm hinübergehen, als sie einen gellenden Schrei hörte und den Kopf wandte. Dort drüben, beim Wiegeplatz für die Jockeys, kniete ihre Mutter auf dem Boden und schien um Hilfe zu flehen. Sie wurde von Leuten umringt, durch die sich jetzt gerade ein Mann hindurchzwängte. Obwohl Cecilia nicht verstand, was da genau los war, pochte ihr Herz wie wild, als sie zu Julian Carr rannte, der seine Weste ausgezogen hatte und sich über ihren am Boden liegenden Vater beugte. Er zwang sich zur Ruhe und begann eine Herzmassage. Wie in einem Alptraum sah Cecilia zu, wie Julian dem leblos daliegenden John Darrow immer wieder mit aller Kraft auf die Brust drückte. Die Sekunden erschienen ihr unendlich lang, aber er machte verbissen weiter. Als er schließlich völlig erschöpft war, schob Peter Saunders ihn zur Seite, um ihn abzulösen. Cecilia ging zu ihrer Mutter und beobachtete hilflos die Anstrengungen der beiden Männer, die sich abwechselten, bis man endlich einen Arzt im Publikum aufgetrieben hatte. Doch noch ehe dieser etwas sagen konnte, wußte Cecilia, daß keine Hoffnung mehr bestand. Innerhalb von wenigen Sekunden war ihr Vater in eine Welt eingetreten, von der er so oft mit großer Angst gesprochen hatte. Aber empfand sie jetzt nicht auch Furcht vor ihm, der auf einmal unerreichbar geworden war? Neben ihr weinten ihre Mutter und Annabel, die angerannt gekommen war, sobald man sie benachrichtigt hatte. Jemand breitete eine Decke über John Darrow aus, und anschließend . . . Cecilia war nicht in der Lage zu sagen, was wirklich passiert war. Sie wußte noch, daß Angela Forrester sie ohne ein Wort zu einem Stuhl geführt hatte. Danach war sie bei ihr geblieben und hatte ihr fest die Hand gedrückt.

Um sie herum wurden weiterhin die Pferde zum Rennplatz geführt oder kehrten von dort zurück. Das Scharren der Hufe und die Flüche der Jockeys verursachten einen Lärm, der sich in Cecilias betäubtem Gehirn unerträglich verstärkte. Wie durch einen Nebel bemerkte sie George, den man endlich gefunden hatte. Von den Ereignissen überfordert, wußte er nicht, welche Entscheidung er treffen sollte. Es widerstrebte ihm, seinen Vater nach Whispering Hills schaffen zu lassen. Allerdings wußte er, daß seine Mutter und seine Schwester es ihm nie verzeihen würden, wenn er die Leiche ins Krankenhaus verbringen ließe, darum entschied er sich schließlich doch für die erste Lösung. Ihm graute schon vor der Totenwache im stillen Bungalow und vor dem schwarzen Trauerflor, den man bei Beerdigungen hervorholte. Außerdem würde er die Trauerzeit einhalten und seine üblichen Verabredungen absagen müssen. Zwei Männer brachten eine Bahre, auf die der Verstorbene gelegt wurde, während Julian Carr und Peter Saunders ein paar Schritte weiter mit dem Arzt sprachen.

»Plötzlicher Herzstillstand«, sagte dieser. »Da war nichts mehr zu machen.«

Trotzdem waren beide völlig niedergeschlagen. Julian nahm gedankenverloren ein Glas Wasser, das man ihm hinhielt. Heute war wirklich nicht sein Tag. Erst Onkel Howard am Morgen und nun John Darrow. Trauer befiel ihn, bemächtigte sich seiner, vergiftete ihn ... Er beneidete Peter um seine Jugend, darum, daß er keine abgebrochenen Liebesgeschichten und gescheiterten Pläne mit sich herumschleppte. Was hätte er nicht darum gegeben, seine Lebenslust wiederzufinden, wie früher, als er sich geschworen hatte, einmal um die ganze Welt zu segeln. Überrascht zuckte er zusammen, als er eine Hand auf seiner Schulter spürte.

»Danke«, sagte Cecilia zu ihm. »Seine Zeit war gekommen. Daran konnten Sie nichts ändern.«

»Dann glauben Sie also, daß alles vorherbestimmt ist?« murmelte Julian.

»Ja, ich glaube an das Schicksal. Und ich glaube auch, daß alles einen Sinn hat.«

»Leider teile ich Ihre Überzeugung nicht. Aber verzeihen Sie mir, daß ich den Zeitpunkt so denkbar schlecht gewählt habe, um Ihnen das zu gestehen.«

Ohne zu antworten, ging sie zu Peter Saunders hinüber, der etwas abseits stand und sich erholte.

»Wir beide könnten ja demnächst einmal gemeinsam einen Spaziergang unternehmen«, schlug sie ihm sachlich vor. »Dann zeige ich Ihnen all die Orte, an denen ich als kleines Kind mit meinem Vater war. Ihre Gesellschaft wird mir bestimmt guttun.«

Dieses Eingeständnis war ganz spontan aus ihr hervorgesprudelt, so daß Peter trotz der Tragödie, der er gerade beigewohnt hatte, eine sanfte Woge in sich aufsteigen fühlte. Rasch verdrängte er wieder den Wunschgedanken, daß Cecilia ihm ihre Gegenwart, ihr Leben und die Welt, an der sie so hing, schenken wollte. Einen Moment später fuhr ein Wagen vor, in dem sie neben ihrer Schwägerin Platz nahm. Mehrere Leute traten näher, um ihnen tröstende Worte zu sagen, dann fuhr der Wagen zum Ausgang des Rennplatzes.

»Mein Kleid ist ganz schmutzig«, jammerte Annabel und rieb an den Schlammspritzern auf ihrem Kleid herum.

Cecilia flüchtete sich in Schweigen, während die verschiedensten Gedanken auf sie einstürmten. Ein Abschnitt ihres Lebens war zu Ende gegangen, und sie fürchtete sich instinktiv vor dem nächsten. Durch John Darrows Tod war zweifellos die Zukunft von Whispering Hills und die seiner Bewohner in Frage gestellt worden.

Rose MacKiney erwartete sie auf der Schwelle des Bungalows, während die Dienstboten, unter denen sich die Nachricht wie ein Lauffeuer verbreitet hatte, schon in der Eingangshalle versammelt waren. Nachdem man den Verstorbenen im Schlafzimmer aufgebahrt hatte, mußten sie sich um die Vorbereitungen für die Bestattung kümmern. Bis zur Beerdigung blieb Cecilia fast ständig an der Seite ihrer Mutter, die verstört durch das Haus wanderte.

»Er hat sich in der letzten Zeit zu oft Sorgen gemacht«, wiederholte die Ärmste dauernd. »Und George hat ihm nicht genug geholfen.«

»Bitte, Mama. Vorwürfe nützen jetzt auch nichts mehr.«

Dennoch bohrte das Schuldgefühl in jedem von ihnen, verborgen in einem versteckten Winkel der Seele. Daran war ihre Erziehung schuld. Aus unaussprechlichen Gründen lastete es auch auf Cecilia. Wem hätte sie auch gestehen können, daß sie, statt für das Seelenheil ihres Vaters zu beten, unaufhörlich an Yonten denken mußte?

Sie suchte noch nach einem Weg, eine Verabredung mit ihm zu treffen, als Edna sich erschöpft in ihr Zimmer zurückzog, um sich eine Weile hinzulegen. Sofort sattelte Cecilia ihre Stute und ritt zu der verlassenen Hütte, in der sie sich gewöhnlich mit ihrem Geliebten traf. Doch sie entdeckte nicht den geringsten Hinweis darauf, daß er dort gewesen war. Seit fast einer Woche hatte sie schon nichts mehr von ihm gehört. Hatte er genug von ihr? Sie fühlte sich von den Männern, die sie am meisten liebte, im Stich gelassen: von ihrem Vater, von Yonten ...

Sie ging zum Ufer des Sees. Dort legte sie sich in den Schatten eines Kastanienbaums, dessen Blätter im leichten Wind rauschten. Im Gras ausgestreckt, schloß sie die Augen. Die Natur umgab sie mit dem Zwitschern und dem Geflatter der Vögel, dem Duft der Feldblumen. Aber statt sie zu trösten machte ihr all das nur noch mehr bewußt, wie verletzlich sie war. Schließlich war sie nur ein Mensch unter Millionen anderen, der sich verzweifelt abmühte, seinen eigenen Weg zu finden. Doch welchen Sinn hatte dieser blinde Marsch auf den Abgrund zu, eines Tages würde sie ja doch vom Antlitz der Erde hinweggefegt werden, so, wie man eine Ameise zerquetscht! Genau wie ihr Vater würde sie dann von den Würmern gefressen werden, falls sie sich nicht gleich einäschern ließe.

Erinnerungen holten sie ein: die Disziplin im englischen Internat, die überfüllten Schlafsäle und ihre Sehnsucht nach einem stillen Ort, um in Ruhe ihre Lieblingsbücher zu lesen. Shakespeare, Shelley, Keats, aber auch Goethe, Tolstoi und Tagore hatten ihre Entwicklungsjahre begleitet. Statt die Pausen im Park zu verbringen, hatte sie lieber in der Bibliothek gesessen, wo sie, berauscht vom Geruch nach Leder und Bohnerwachs, Raum und Zeit vergaß. Dieser Leidenschaft frönte sie auch heute noch. In ihrem Zimmer in Whispering Hills brannte häufig bis spät in die Nacht hinein Licht. Dennoch fehlte es ihr an geistiger Anregung. Mit wem konnte sie sich denn schon unterhalten? George interessierte sich höchstens für den Sportteil der Zeitung, und Edna las am liebsten kitschige Liebesromane.

Und was Annabel anging, so hegte Cecilia den starken Verdacht, daß sie seit ihrer Schulzeit kein einziges Buch mehr zur Hand genommen hatte.

Auf einmal liefen ihr die Tränen über die Wangen, die ersten seit dem Tod ihres Vaters. Alle Bemühungen und Anstrengungen kamen ihr so sinnlos vor, und die Zukunft erschien ihr so schrecklich ungewiß. Was konnte sie schon erwarten, außer daß sie mit Yonten würde brechen müssen und daß sie früher oder später gezwungen sein würde, Whispering Hills zu verlassen? Den Rest ihrer Tage konnte sie dann der Sehnsucht nach einem verlorenen Paradies nachhängen. Sie weinte vor Selbstmitleid und weil ihr bewußt geworden war, daß ihr nichts wirklich gehörte, nicht einmal ihre liebsten Träume. Sie weinte, weil das Leben so vieles gibt, nur um es gleich wieder zu nehmen, weil es uns in die Irre führt, nur um uns einen Denkzettel zu verpassen. Verschiedene Passagen aus ihren Büchern kamen ihr in den Sinn. Raum und Zeit waren unermeßlich. Nichts war groß oder klein, kurz oder lang. Alles war relativ. Die Jahrtausende währten im Grunde nicht länger als die eine Minute, die sie gerade durchlebte. Wenn sie erst diese Tatsache akzeptieren könnte, würde ihr das sicher helfen, sich dem zu widmen, was wirklich wichtig war, nämlich Leiden zu lindern und alle schlimmen Gedanken zu vertreiben. In den letzten Tagen war die Anspannung so groß gewesen, daß nun alle ihre Glieder schmerzten. Auf dem Rücken liegend, streckte sie sich und atmete tief ein. Einsgeworden mit dem Universum fand sie ihre gewohnte Energie wieder, die Energie, andere zu lieben und sich von ihrer Furcht zu befreien, so daß sie Anteil nehmen konnte am Schicksal ihrer Mitmenschen. Solange Whispering Hills noch ihrer Familie gehörte, würde sie alles tun, was in ihrer Macht stand, um die Plantage zu schützen. Die Schule war ihr ganzer Stolz, aber es gab noch so viel mehr zu tun. Vor allem mußte eine Krankenstation eingerichtet werden. Um das zu erreichen, mußte sie es mit George aufnehmen, der gegen alles war, was nicht unmittelbar seinen eigenen Interessen diente.

Bis zur Beerdigung bekam sie ihren Bruder nicht mehr zu sehen. Im Rauchzimmer eingeschlossen, spielte er Karten und betrank sich mit Gin. Annabel hatte versucht, mit ihm zu reden, doch er hatte sie nur mit eisiger Stimme gebeten, ihn gefälligst in Ruhe zu lassen. William, dem Fabrikverwalter, erging es auch nicht besser, als er vorsprach.

»Wir leiten die Fermentation ein«, erklärte er George, der ihn mit zerzaustem Haar, offenem Hemdkragen und fleckiger Weste anstarrte wie einen Verbrecher.

»Ja und?«

»Nun, ich wollte Ihre Meinung dazu hören.«

»Wozu soll das gut sein? Sie haben das doch schon oft genug gemacht!«

»Ich dachte nur . . .«

»Wer hat Ihnen gesagt, daß Sie denken sollen? Sie sind hier, um zu arbeiten!«

Nachdem er die Tür heftig zugeschlagen hatte, füllte George sein Glas bis zum Rand mit Gin und brütete, die Stirn an eine Fensterscheibe gelehnt, vor sich hin. Es war für ihn zur fixen Idee geworden, sich die Plantage vom Hals zu schaffen. Nur würde es schwierig sein, dieses Vorhaben zu realisieren, weil die Teeindustrie im Moment von einer Krise geschüttelt wurde. Ein Name fiel ihm ein: Julian Carr. Ihre Väter hatten die Plantagen von Darjeeling gemeinsam zu dem gemacht, was sie heute waren. Er war der ideale Käufer! Er stammte aus der Gegend, hatte Geld, war unternehmungslustig und kannte sich in Indien aus. Man mußte schon verrückt sein, um sich auf dieses verfluchte Land einzulassen! Schaudernd dachte George an seinen letzten Aufenthalt in Kalkutta. Es war zum Erstikken schwül gewesen, aber während er am liebsten unter einem surrenden Ventilator einen frisch gepreßten Zitronensaft nach dem anderen getrunken hätte, hatte Annabel nach Zärtlichkeit verlangt. Wie hätte er ihr aber klarmachen sollen, daß er den Geschmack ihrer Haut nicht mochte, und schon gar nicht ihren süßlichen Geruch? Dabei beneideten ihn alle um seine Frau. Er konnte selbst nicht leugnen, daß sie schön und elegant war, darum hatte er sie ja auch geheiratet, aber ihr deswegen seine Zeit zu widmen, war nun wieder zuviel verlangt! Gott sei Dank war sie jetzt schwanger. Endlich mußte er sich nicht mehr darum kümmern, der Familie Darrow einen Stammhalter zu schenken. Er hatte seine Pflicht erfüllt! Aber mußte er sich jetzt überhaupt noch Gedanken darum machen? Seit sein Vater nicht mehr da war, um ihm gute Ratschläge zu erteilen, fühlte George sich zum ersten Mal im Leben frei. Und er würde noch freier sein, wenn der Sarg erst einmal sechs Fuß unter der Erde lag. Er konnte gar nicht sagen, wie oft er das herbeigesehnt hatte. Obwohl er aus Anstandsgründen im Moment Trauer heucheln mußte, war nun der ganze Groll, der sich seit seiner Jugend angestaut hatte, von seinem Herzen genommen.

Seit er laufen konnte, war er ständig Zwängen und Strafen unterworfen gewesen. Da ein Junge mutig zu sein hat, war er spartanisch erzogen worden. Nichts wurde ihm erspart: weder Bäder in eiskalten Gebirgsbächen noch Springreiten mit dem Pony. Sobald er einmal Furcht zeigte oder sich sträubte, bekam er die Rute zu spüren. Wenn er dann still ins Kopfkissen weinte, wuchs sein Haß auf seinen Vater, dem er alle Übel der Welt auf den Hals wünschte. Nicht einmal bei seiner Mutter hatte er Trost finden können, weil sie nie anderer Meinung sein durfte als ihr Mann. Mit solchen Eltern aufzuwachsen wäre der schlimmste Alptraum gewesen, wenn er nicht in Harrow, in England, den für ihn idealen Lebensstil entdeckt hätte. Endlich war Sport keine Strafe mehr, und das Bewußtsein, einer privilegierten, auf ihre Vorrechte stolzen Klasse anzugehören, verlieh ihm Flügel, die ihm dann leider wieder gestutzt wurden, als er nach Darjeeling zurückkehrte.

Mit der Faust schlug er gegen die Scheibe und lief dann zur Couch, um sich dort der Länge nach auszustrecken. Draußen war es schon dunkel, und das einzige Licht im Zimmer kam von der Glut, die langsam im Kamin erlosch. Immerhin konnte er auf einem Beistelltischchen noch die Pfeife und den Tabaksbeutel seines Vaters erkennen. Zu müde, um aufzustehen, schwor er sich noch, ehe ihn der Schlaf übermannte, die Sachen gleich am nächsten Morgen wegzuschmeißen.

8

Sobald John Darrow beerdigt war, bat George um eine Unterredung mit Julian. Dieser empfing ihn in einem Salon des Hotels Magnolia.

»Ich will nicht lange um den heißen Brei herumreden«, erklärte George nervös. »Whispering Hills steht zum Verkauf.«

»Zum Verkauf! Aber das Testament Ihres Vaters wurde doch noch nicht einmal eröffnet! Und anscheinend sind Sie nicht der Alleinerbe!«

»Meine Mutter und meine Schwester werden sich meiner Meinung anschließen.«

»Sind Sie sich da so sicher?«

»Ich garantiere Ihnen, daß ich sie überreden kann.«

»Dennoch greift Ihr Vorschlag den Gepflogenheiten voraus.«

»Hören Sie, Carr, wir wollen nicht Katz und Maus miteinander spielen. Interessiert Sie mein Angebot?«

»Ehrlich gesagt . . . Ich schwanke. Wir wissen beide, daß die Einwohner nur davon träumen, uns aus dem Land zu werfen. Es wäre also vernünftiger zu verkaufen als zu kaufen. Andererseits liegt Ihre Plantage gleich neben Rainbow Gardens, was wiederum interessant ist. Regeln Sie Ihre familiären Angelegenheiten, dann setzen wir dieses Gespräch fort.«

Bis jetzt war noch kein Preis genannt worden, aber in

den nächsten Tagen zog Julian Erkundigungen über Whispering Hills ein. Es war nicht schwer, Informationen zu erhalten, weil sich im Pflanzerclub die meisten Gespräche um dieses Thema drehten. So bekam er bestätigt, daß die beiden letzten Jahre nicht sehr erfolgreich gewesen waren, daß der Verwalter an Kündigung dachte und daß das Verhältnis zwischen George und Cecilia ziemlich gespannt war.

Der erste Zusammenstoß war eine Woche nach der Beerdigung erfolgt, als Cecilia im Klassenzimmer keinen einzigen Schüler antraf.

»Wo sind die Kinder?« fragte sie Rose MacKiney, die ihren Schreibtisch aufräumte.

»Mr. Darrow fand, daß die Ernte zu wünschen übrigließ.«

»Ja und?«

»Er hat beschlossen, unseren Unterricht auszusetzen, bis sich die Arbeit der Kinder bessert.«

»Beschlossen? Ohne meine Zustimmung?«

Nie hätte George geglaubt, daß Cecilia so wütend werden könnte.

»Wie kannst du es wagen, dich in meine Angelegenheiten einzumischen?« fragte sie spitz. »Gerade du, der du selbst keine Ahnung davon hast, was Arbeit ist.«

»Ich verbiete dir, in diesem Ton mit mir zu reden!«

»Du hast mir nichts zu verbieten! Hier hast du nicht mehr zu sagen als ich auch.«

»Du vergißt, daß ich Vaters Nachfolger und damit hier der Herr im Haus bin.«

»Der Herr! Daß ich nicht lache!«

»Lach ruhig, du dumme Gans. Du wirst noch genug flennen, wenn du nach England mußt.«

»Nach England? Bist du verrückt?«

»Keineswegs! Ich wüßte nicht, was du hier noch anfangen willst, außer du beabsichtigst, Julian Carr deine Dienste anzubieten.«

Froh, sein Gift verspritzen zu können, berichtete er ihr von seiner ersten Verhandlung mit Julian Carr, wobei er die Tatsachen jedoch völlig verdrehte. In seiner Erzählung wurde Julian plötzlich zu einem Aasgeier. Cecilia empfand auf einmal Haß für diesen Mann, der die Schwäche und Unfähigkeit von George ausnutzte, um die Familie um ihren Besitz zu bringen.

Dieser Haß schürte ihr Bedürfnis, sich auf der Plantage Respekt zu verschaffen. Als erstes sammelte sie ihre Schüler ein, sobald sie von der Ernte zurückkamen, und führte sie in die Schule. Dort bekamen die Kinder wie jeden Tag zunächst Kuchen zu essen, ehe es ans Lernen ging.

Trotz ihrer Fürsorge waren die Kinder ängstlich. Sie konnten sich nur schlecht auf den Unterricht konzentrieren, und keins war in der Lage, Cecilias Fragen zu beantworten.

»Was ist los?« fragte Cecilia Maya Devi, als die Kinder schließlich nach Hause gingen.

»Nichts, Memsahib«, antwortete das Mädchen mit niedergeschlagenen Augen.

»Das kannst du mir nicht erzählen.«

Als das Kind weiter schwieg, bohrte Cecilia nach: »Du mußt es mir sagen, Maya.«

»Es ist wegen dem Sahib.«

»Der Sahib? Was hat er getan?«

»Er hat gesagt, daß unsere Familien entlassen werden, wenn wir herkommen.«

George schreckte wirklich vor nichts zurück, um ihre Hoffnung zu zerstören und sie aus Whispering Hills zu vergraulen. Wo konnte sie Unterstützung finden? Edna Darrow hatte sich ganz in ihre Trauer zurückgezogen und würde nie einem ihrer beiden Kinder zuliebe gegen das andere Partei ergreifen, während Annabel, deren Schwangerschaft jetzt allgemein bekannt war, im Moment die treue Gattin spielte. Auch heute graute es Cecilia davor, mit den beiden Frauen den Fünfuhrtee zu trinken, so daß sie wie so oft lieber Peter Saunders besuchte.

Die Monsunzeit war schon seit einigen Tagen vorbei, als Cecilia nach Rainbow Gardens ritt und dabei die nach dem Regen frisch sprießende Vegetation betrachtete. Zahlreiche Grüntöne vermischten und überlagerten sich in unendlicher Vielfalt. Die Eichen und all die anderen dichtbelaubten Bäume bildeten einen Wald, in dem sich selbst Merlin, der Zauberer, zu Hause gefühlt hätte, wenn er je bereit gewesen wäre, sein nordisches Nebelreich zu verlassen.

Sie bog gerade in einen Pfad ein, als sie ein Pfeifen vernahm, das sie sofort erkannte. Einen Moment später war Yonten bei ihr. Er lenkte seinen Braunen an ihre Stute heran und fuhr Cecilia dann, ohne ein Wort zu sagen, mit den Fingern durchs Haar, um seine Hand auf der Suche nach ihrer nackten Haut schließlich an ihrem Hals ruhen zu lassen.

»Wo warst du?« fragte sie und erschauerte unter seiner Liebkosung.

»In Lhasa. Ich bin erst gestern zurückgekehrt und wollte gerade das Band an unserer Hütte befestigen.«

Das war das Erkennungszeichen, mit dem sie immer ihr Stelldichein für den nächsten Tag vereinbarten.

»In Lhasa? Das war doch nicht vorgesehen?«

»Ja und nein. Ich erkläre es dir später.«

»Doch hoffentlich nichts Schlimmes?«

»Darüber unterhalten wir uns später. Im Moment habe ich nur Lust, mit dir zusammenzusein.«

Nichts an Yontens Verhalten deutete darauf hin, daß er von John Darrows Tod wußte, aber Cecilia wollte jetzt nicht von ihrem Kummer sprechen oder gar von den Sorgen, die sie belasteten. Für sie zählte nur noch der Wunsch, die Zeit anzuhalten und alles zu vergessen in der Ekstase, die ihr Geliebter ihr schenken konnte.

Es war fast kalt, als sie den Holzschuppen erreichten, der sie vor neugierigen Blicken schützte, wenn sie sich trafen. Cecilia wartete, bis Yonten die Pferde an einen Baum angebunden hatte, und warf sich ihm dann an die Brust.

»Du hast mir so gefehlt«, flüsterte sie.

Er nahm ihr Gesicht zwischen die Hände und forschte in ihren Augen, ob dieses Geständnis aufrichtig gemeint war.

»Du mir auch. Aber jetzt bist du hier. Gib mir einen Kuß. Ja, laß mich . . .«

Er preßte sie so fest an sich, daß Cecilia sich unter seinem Kuß zurückbiegen mußte, und gleichzeitig wurde alles leicht. Das Leben pulsierte wieder durch ihren Körper und weckte ihre Sinne.

»Komm«, flüsterte sie und zog ihn in den kleinen Raum, in dem er sie in die Geheimnisse der Liebe eingeweiht hatte.

Bei ihrem Eintreten flatterte ein Vogel davon, aber sie achteten gar nicht darauf. Den Rücken gegen Yontens Brust gelehnt, half Cecilia ihm, ihre Bluse aufzuknöpfen. Er flüsterte ihr unablässig ins Ohr, während er ihre Brüste suchte. Sie drehte sich um und tastete nun ihrerseits nach seiner Haut. Er roch nach fremden, fernen Ländern und gehörte einer Welt an, in der sie nie einen Platz haben würde. Im selben Moment, als er sie hochhob, um tief in sie einzudringen, war sie sich seiner Macht bewußt. Noch nie war ihr Einvernehmen, ihre Vereinigung so stark gewesen wie in dieser Umarmung, weil sie jeden

Stolz vergaßen und es einfach nur genossen, einander ganz zu gehören. Leidenschaftlich kam sie ihm entgegen, begehrte jeden Zollbreit seiner Haut und suchte in den Augen ihres Liebhabers den Widerschein ihrer eigenen Verzückung. Yonten fühlte sich in die Wünsche seiner Geliebten ein und zeigte ihr neue Dimensionen der Lust. An der Ader, die an ihrem Hals pochte, an ihrem beschleunigten Atem verfolgte er, wie nahe sie der Ekstase war.

»Ich will deinen Duft einatmen«, keuchte er, den Mund an ihrem Hals.

Von ihm hatte Cecilia gelernt, daß körperliche Lust nicht verwerflich ist. Fern von jener Welt, die sich ihrer Beziehung widersetzte, erreichten sie so einen überwältigenden Höhepunkt.

Mit geschlossenen Augen horchte sie darauf, wie sich ihre beiden wild pochenden Herzen langsam beruhigten. Träge, besänftigt lag sie da, und allmählich löste sich die Spannung, die sich in der letzten Zeit in ihr angestaut hatte. Das hier war ihre Wirklichkeit, neben diesem Mann, dem sie ihre Unschuld, ihre Illusionen geschenkt hatte und der ihr neue Kraft einflößte.

»Yonten«, flüsterte sie, »ich . . .«

Verlegen unterbrach er sie: »Willst du nicht wissen, was ich in Lhasa getan habe?«

»Doch, natürlich.«

»Ich habe geheiratet.«

»Geheiratet«, wiederholte Cecilia, während sich ihr dieses Wort ins Gehirn brannte und ihr Magen sich zusammenkrampfte.

Mit irren Augen starrte sie Yonten an und hörte sich stammeln: »Seit wann kennst du sie?«

»Seit meiner Jugend. Ich war nie in sie verliebt, aber als

ältester Sohn mußte ich das Mädchen heiraten, das man für mich ausgesucht hat.«

Noch während er sich so rechtfertigte, war Cecilia aufgestanden. Da sie ihre Nervosität nicht unterdrücken konnte, griff sie sich ihre Kleider und streifte sie ungeschickt über. Ein Sturm tobte in ihr und begleitete ihren ersten großen Liebesschmerz, einen bohrenden, folternden Schmerz. Als sie hinausstürzen wollte, packte Yonten sie am Handgelenk und hielt sie zurück. Durch einen Schleier von Tränen hindurch erkannte sie, daß auch er völlig die Fassung verloren hatte.

»Laß mich los!« befahl sie ihm und versuchte sich loszureißen.

»Erst mußt du mich anhören.«

Atemlos, weil er sich anstrengen mußte, um sie zurückzuhalten, sprach er weiter: »Ich hätte dir die Wahrheit auch einfach verschweigen können. Dann hättest du sie wahrscheinlich nie erfahren.«

»Soll ich mich für deine Aufrichtigkeit etwa noch bedanken?«

»Bitte, Cecilia, du mußt mich verstehen. Unsere Anschauungen sind eben grundverschieden. In meinem Land hat eine Heirat nichts mit gegenseitiger Zuneigung zu tun. Dabei handelt es sich nur um eine Verbindung zwischen zwei Familien.«

Da sie keine Kraft mehr hatte, ihm zu widerstehen, ließ sie sich von ihm die Wange streicheln. Yonten fuhr unterdessen fort: »Willst du von mir verlangen, daß ich meine Herkunft, meine Traditionen verleugne? Erinnere dich, wir haben uns über unsere Beziehung nie Illusionen gemacht. Von Anfang an wußten wir, daß wir sie geheimhalten müssen.«

»Aber«, erwiderte sie, »wenn ich dir nun angekündigt

hätte, daß Vernunft und Konventionen von mir verlangen, einen Briten zu ehelichen, was hättest du dann geantwortet?«

»Daß du tun mußt, was für dich am besten ist.«

»Selbst wenn wir uns dann nie wiedersehen?«

Zum Zeichen der Zustimmung nickte er.

»Und vorhin hast du noch behauptet, du würdest mich lieben!«

»Lieben bedeutet nicht, ein Anrecht auf den anderen zu haben.«

»Bedeutet es nicht, daß man alles miteinander teilt?«

»Das hängt davon ab, was man unter ›teilen‹ versteht. Was zwei Menschen aneinander bindet, gehört nur ihnen. Unsere Beziehung teile ich mit niemandem, und wenn ich mit dir zusammen bin, vergesse ich alles andere.«

Wie praktisch das ist, dachte Cecilia und bedauerte zugleich, daß sie es sich selbst nicht so einfach machen konnte. Bitterkeit und Enttäuschung stiegen in ihr auf, und sie fühlte sich wie eine Puppe, die Yonten nach Belieben benutzte. Plötzlich spürte sie, daß sie diesem Abenteuer ein Ende setzen mußte, weil der Abgrund, der sie von Yonten trennte, sie sonst verschlingen würde.

»Ich will dich nie, nie mehr wiedersehen!«

»Bitte, Cecilia, triff keine voreilige Entscheidung. Du könntest sie später bereuen.«

»Das ist allein meine Sache.«

»Stimmt. Aber ich habe dich gewarnt.«

Rasch lief sie zu ihrer Stute, die friedlich an den Blättern eines Strauchs knabberte. Als sie die Zügel nahm, versuchte Yonten noch, sie zu küssen, aber sie wandte das Gesicht ab. Ohne auf seine Warnungen und auf das laute Pochen ihres eigenen Herzens zu hören, ritt sie davon.

Mit dem Einbruch der Dunkelheit war der Wald stiller,

bedrohlicher geworden. Cecilia fröstelte in der beißenden Kälte und trieb ihr Pferd an. Welchen Vorwand konnte sie sich ausdenken, um das Abendessen mit der Familie zu umgehen? Eine starke Migräne, ein plötzliches Fieber? Sie fühlte sich, von Kummer verzehrt, außerstande, eine seichte Konversation ertragen oder sich gar auseinandersetzen zu müssen.

Dennoch wurde sie durch die Ereignisse dazu gezwungen. Gleich nach ihrer Rückkehr teilte Edna Darrow ihr mit, daß der Verwalter seine Kündigung eingereicht hatte.

»Das kann man vielleicht wieder einrenken«, seufzte das Mädchen, ehe es sich in einen Sessel fallen ließ.

»Ich habe alles versucht.«

Wie sich herausstellte, war die Lage wirklich ernst. William Smithson, der seit drei Jahrzehnten für die Darrows arbeitete, kannte nicht nur alle Geheimnisse der Teeverarbeitung, sondern war auch ein Experte darin, neue Sorten zu züchten.

»Einen Ersatz für ihn zu finden wird schwer sein, wenn nicht gar unmöglich«, fuhr Edna fort. »Andere gute Männer wie Samuel Baxter verlassen nämlich nie die Plantage, auf der sie arbeiten.«

»Man kann nie wissen«, erwiderte Cecilia.

Als sie sich das ganze Ausmaß des Desasters vor Augen hielt, wurde ihr klar, daß George diese Krise absichtlich herbeigeführt hatte, um einen guten Grund zu haben, das Anwesen zu verkaufen. Hörten die Probleme denn nie auf? Als sie merkte, wie ihre Mutter sie anstarrte, wurde ihr auf einmal bewußt, wie sie ausschaute. Ihr Haar war zerzaust und die *Jodhpurs* waren staubbedeckt.

»Sobald ich mich umgezogen habe, suchen wir nach einer Lösung«, schlug sie vor, ehe sie in ihr Zimmer hinaufging.

Auf dem Himmelbett hatte die *Ayah* eins der schwarzen Kleider bereitgelegt, die sie die nächsten Monate tragen mußte. Sie betrachtete es, als handele es sich um das Kleidungsstück einer fremden Person. Was hatte dieses Gewand mit Cecilia Darrow zu tun, auf deren Leben so viele Leute neidisch waren? Heute abend schien ihr alles sinnlos zu sein, selbst ihre Anwesenheit hier an diesem Ort.

Sie hoffte, in der Badewanne die Sorgen dieses Tages, den sie am liebsten aus dem Kalender gestrichen hätte, vergessen zu können – leider vergeblich. Der Gedanke, sich wieder mit ihrem Geliebten einzulassen, war reizvoll, obwohl sie genau wußte, daß sie dadurch nur noch mehr würde leiden müssen. Trotzdem fehlte er ihr schon jetzt, und die Erinnerung an die gemeinsamen Stunden verfolgte sie. Wie sollte sie weiterleben, ohne ihre Zusammenkünfte? Trotz ihrer Jugend und ihrer mangelnden Erfahrung spürte sie, daß sie durch Yonten Geschmack an der Sinnlichkeit gefunden hatte. Niemals würde sie das körperliche Einvernehmen vergessen, das sie beide so glücklich gemacht hatte! Der Kummer und das heiße Badewasser wirkten einschläfernd, so daß sie fast eingenickt wäre, wenn der Butler nicht an die Tür geklopft und sie in die Wirklichkeit zurückgeholt hätte.

Edna Darrow saß allein im Eßzimmer und hatte schon mit der Mahlzeit angefangen.

»Seit dein Vater gestorben ist, hat dieses Haus seinen Zusammenhalt verloren«, bemerkte sie, als sich Cecilia auf ihren Stammplatz setzte.

»Wo sind Annabel und George?«

»Deine Schwägerin ist unpäßlich. Und was deinen Bruder angeht . . . Der wird sich in der Bibliothek wohl noch einen Whisky eingießen.«

»Soll ich ihn holen?«

George rauchte, auf dem Sofa ausgestreckt.

»Das Abendessen steht auf dem Tisch«, verkündete Cecilia von der Türschwelle her.

»Ich bin nicht hungrig.«

»Ich auch nicht, aber wir könnten uns wenigstens bemühen, höflich zu Mama zu sein.«

»Ich hatte dir doch gesagt, daß ich deine guten Ratschläge nicht brauche.«

»Dabei hättest du sie dringend nötig. Deine Anordnungen beweisen nämlich deine außerordentliche Unfähigkeit.«

Bei dieser Beleidigung setzte George sich auf. An seinen schwerfälligen Bewegungen konnte seine Schwester erkennen, daß er betrunken war.

»Pack sofort die Koffer und verschwinde von hier!«

»Kommt gar nicht in Frage!«

»Das werden wir ja sehen«, drohte George, als er auf Cecilia zuging.

Plötzlich stolperte er über einen Polsterhocker, der im Weg stand, und fiel der Länge nach hin. Dabei riß er ein Beistelltischchen um, so daß mehrere Silberbecher, die darauf gestanden hatten, über den Parkettboden rollten.

»Das sollst du mir büßen, und zwar noch eher, als du denkst.«

Mit schmerzverzerrtem Gesicht rieb er sich das Knie. Als sie ihn so sah, zerzaust und verwahrlost, widerte er sie so an, daß sie aussprach, was sie bis dahin immer unterdrückt hatte: »Du bist nicht würdig, der Nachfolger unseres Vaters zu sein!«

Die Ohrfeige kam, noch bevor sie den Satz beendet hatte. Sobald Cecilia den Schlag spürte, gab sie ihn reflexartig zurück. Erst als der Butler, von dem Geschrei alarmiert, eingriff, hörten die Geschwister mit der Prügelei auf.

»Ich habe die Nase voll von all den Weibern, die mein Leben bestimmen wollen!« schrie George, ehe er auf dem Absatz kehrtmachte.

Die Haustür knallte. Im Garten war sein Gezeter zu hören. Anscheinend beschimpfte er jetzt den Nachtwächter. Dann wurde es auf einmal still.

Edna Darrow äußerte nicht den leisesten Vorwurf, als ihre Tochter wieder hereinkam. Mit bedächtigen Bewegungen aß sie weiter. Dennoch sah Cecilia, wie ihr eine Träne über die Wange lief.

9

Am nächsten Morgen sprach Cecilia als erstes mit dem Verwalter.

»Bitte überdenken Sie Ihren Entschluß noch einmal. Ohne Ihre Sachkunde sind wir verloren.«

»Ihr Bruder ist da anderer Meinung.«

»Der hat keine Ahnung.«

»Vielleicht, aber ich will ihn nicht zum Vorgesetzten haben.«

»Dann lernen Sie mich an. Ich weiß, daß bisher noch nie eine Frau die Teeherstellung beaufsichtigt hat, trotzdem gibt es keine andere Lösung, wenn wir die Plantage retten wollen.«

William Smithson war vor Verblüffung sprachlos. Cecilia nutzte die Pause, um hinzuzufügen: »Bitte bleiben Sie noch ein Jahr.«

»Ein Jahr! Das ist unmöglich! Erst gestern habe ich meiner Frau versprochen, daß wir Weihnachten in England verbringen. Ich hätte schon vor drei Jahren in den Ruhestand treten sollen und habe das nur aufgeschoben, weil ich Ihrem Vater aus der Klemme helfen wollte.«

»Ich flehe Sie an, bleiben Sie wenigstens noch bis zur nächsten Ernte. Tun Sie's für meinen toten Vater.«

»So schnell kann ich nicht zusagen. Darüber muß ich erst nachdenken.«

Cecilia ließ den Chauffeur kommen, weil sie nach Darjeeling fahren wollte. Eine Stunde später betrat sie die Empfangshalle im Hotel Magnolia und fragte nach Julian Carr.

»Mr. Carr ist ausgegangen. Er kommt erst zum Mittagessen zurück«, erklärte der Portier.

»Und ist Miss Forrester da?«

»Die finden Sie auf dem Tennisplatz.«

Da Angela ganz auf das Spiel gegen eine Freundin konzentriert war, entdeckte sie Cecilia erst nach der Partie.

»Was ist los?« fragte sie, als sie schließlich allein auf der Terrasse saßen. »Du siehst ja ganz aufgelöst aus.«

Seit John Darrows Tod hatten sich die beiden Mädchen richtig angefreundet und häufig gegenseitig besucht.

»Ich weiß nicht, ob ich die Pläne von George durchkreuzen kann, aber ich muß alles versuchen«, schloß Cecilia, nachdem sie die ganze Situation erklärt hatte.

Dann fragte sie: »Was hältst du von Julian Carr?«

»Ein sehr komplizierter Mann! Jedesmal, wenn man glaubt, ihn zu kennen, geht er auf Distanz, und man versteht gar nichts mehr.«

Kaum hatte sich Cecilia fünf Minuten lang mit Julian unterhalten, teilte sie die Ansicht ihrer Freundin. Er hatte sie begrüßt und sich dann höflich angehört, was sie zu sagen hatte, jedoch ohne ihr Hoffnungen zu machen.

»Es stimmt, daß Ihr Bruder mir angeboten hat, Whispering Hills zu kaufen. Dieses Angebot erschien mir jedoch etwas verfrüht.«

»Aber wenn er weiter darauf besteht, die Plantage zu verkaufen, wären Sie dann interessiert?«

»Ehrlich gesagt, ich weiß es nicht.«

»Könnte ich wenigstens die Gründe für Ihr Zögern erfahren?« bat sie matt.

»Whispering Hills zählt zu den renommiertesten Plantagen. Es wäre dumm, sie einem Konkurrenten zu überlassen. Andererseits möchte unsere Firma ihren Besitz in Indien nicht weiter ausweiten.«

»Vergeuden Sie lieber erst gar keine Zeit mit irgendwelchen Berechnungen«, warnte ihn seine Gesprächspartnerin, »ich werde nämlich alles tun, um die Pläne meines Bruders zu vereiteln.«

Verärgert merkte sie, daß sie dumm gehandelt hatte. Julian Carr blieb dagegen gelassen wie immer. Höflich begleitete er sie zur Tür und erklärte dann: »Ehe wir uns trennen, möchte ich Sie noch vor überstürzten Äußerungen warnen. Niemand kann in die Zukunft sehen! Wer weiß, vielleicht bin ich eines Tages noch Ihre Trumpfkarte.«

»Das würde mich wundern!«

»Sie haben Kummer und ziehen deswegen falsche Schlüsse. Warum fühlen Sie sich bedroht?«

»Nicht ohne Grund, wie ich meine!«

»Sie könnten doch wenigstens versuchen, gewisse Zeichen zu verstehen und sich die Situation wohlüberlegt zunutze zu machen. George besitzt nicht die Eignung zum Plantagenbesitzer, das ist eine Tatsache. Und Sie können auch nicht die Nachfolge antreten, es sei denn, Sie heiraten einen Pflanzer.«

»Niemand wird mich davon abhalten, Ihnen das Gegenteil zu beweisen.«

»Möglich, aber warum können Sie sich nicht vorstellen, irgendwo anders zu leben als in Darjeeling? Haben Sie Angst, etwas zu verlieren, Cecilia?«

Auf diese Frage hin war das Mädchen ratlos. Wußte sie überhaupt, woran sie sich so klammerte? Unwillkürlich drängte sich ihr Yontens Bild auf. Hatte sie es ihm zu verdanken, daß ihr die Berge in den letzten Monaten immer vertrauter geworden waren? Sie schämte sich, dies zugeben zu müssen, zumal sie den unangenehmen Eindruck hatte, daß Julian ihre Gedanken lesen konnte.

»Vor meiner Abreise werden wir uns sicher nicht mehr sehen«, sagte er, »aber ich verspreche Ihnen heute, daß ich keine geschäftlichen Verhandlungen mehr mit Ihrem Bruder führe, ohne Sie vorher zu unterrichten. Beruhigt Sie das?«

»Ja«, flüsterte sie.

Sie beobachtete Julian und merkte, daß er nicht nur deshalb attraktiv war, weil er gut aussah. Auf dem Grunde seiner Augen schimmerte etwas, eine Wunde, die seine Ansprüche an das Leben und seine Menschenkenntnis offenbarte. Was hatte er alles durchgemacht, daß in der lässigen Haltung, die man ihm anerzogen hatte, so viel Schwermut lag? Als Kind hatte sie oft von ihm erzählen hören. Aber war nicht alles, was die Familie Carr betraf, von einem ehrfurchtsgebietenden Nimbus umgeben? Rainbow Gardens war die weitaus beste Plantage. Julians Mutter Marianne galt als eine der hübschesten Frauen der britischen Kolonie. Und das Vermögen der Carrs war so riesig, daß man es kaum schätzen konnte! Dennoch bot keine dieser Informationen einen Schlüssel zur Persönlichkeit dieses Mannes, der sie mit wenigen Worten daran erinnert hatte, wie wichtig es im Leben ist, auf die sanften Zwischentöne zu achten. Dafür hätte sie ihm gern gedankt, aber er hatte es anscheinend eilig, sie loszuwerden.

»Egal, was Sie beschließen, ich wünsche Ihnen dabei viel Erfolg«, rief er ihr noch nach, als sie schon im Flur war.

Sie drehte sich um. »Aber wird das nicht Ihre Pläne durchkreuzen?« antwortete sie.

»Ich habe keine Pläne, Gnädigste. Und schon gar keine Wünsche. Früher hatte ich einmal welche, aber sie haben mir wirklich kein Glück gebracht.«

Bei diesen letzten Worten zuckte Cecilia zusammen. Die Stimme kam ihr bekannt vor, nur konnte sie sie nicht einordnen. Sie ging weiter, während sich Julian in den Speisesaal begab, wo er noch rasch etwas aß vor seiner nächsten geschäftlichen Verabredung. Die Termine füllten seine Tage aus, seit er in Darjeeling angekommen war.

Nachdem er eine Nacht durchgeschlafen hatte, brach er am nächsten Tag nach Rainbow Gardens auf. Als er sich dem Anwesen näherte, fuhr er langsamer, um die Teepflanzungen, die sich an die Berghänge krallten, zu betrachten. Eine Schar Affen saß neben der Straße und beäugte ihn so herablassend, daß er lächeln mußte. Da erregte das Rauschen eines Gebirgsbaches seine Aufmerksamkeit.

Noch nie hatte er dem Geräusch von Wasser widerstehen können, ganz gleich, ob es sich dabei um einen Regenschauer oder um einen Wasserfall handelte. Er stellte den Motor ab und stieg aus dem Wagen. Nachdem er durch dichtes Farnkraut gestapft war, kam er an einen Ort, wo eine der vielen Quellen der Plantage, die nach den letzten Regenfällen stark angeschwollen waren, zwischen den Felsen hervorsprudelte.

Er achtete nicht auf die Zeit, die verstrich, sondern genoß nur den Frieden dieses abgeschiedenen Fleckchens, an dem ihn niemand stören konnte. War es übertrieben zu denken, daß er sich in dem Moment einen Bruchteil jener Freiheit gönnte, die ihm so selten gewährt wurde? Schließlich wollte man von allen Seiten ständig etwas von ihm, seine Meinung oder seine Anordnungen! Und wenn er doch einmal Gelegenheit hatte, zu tun, was er wollte, fühlte er sich so erschöpft, daß er den Wunsch, Sanskrit zu lernen, ein Konzert zu besuchen oder ganz einfach ein Buch zu lesen, immer auf später verschob. Im Grunde konnte er über sein eigenes Leben nicht frei bestimmen, ein Gedanke, den er kaum noch ertrug. Mit geschlossenen Augen lehnte er sich an einen Baumstamm, während im Laubwerk die Vögel auf der Suche nach Nahrung tirilierten.

Peter Saunders war der erste, dem er begegnete, als er die Fabrik betrat. Mit einem Aktenordner in der Hand war er auf dem Weg ins Büro, in dem sich Samuel Baxter an den Vormittagen aufhielt, um sich die Vorschläge und Beschwerden des Personals anzuhören.

Sobald sich herumsprach, daß Julian gekommen war, setzten alle plötzlich eine ganz andere Miene auf. Auf einmal hielten sich alle gerade, und Julian hatte den Eindruck, eine Truppenschau abzunehmen, erst recht, als er seinem Verwalter in den Raum folgte, in dem die am Vortag gepflückten Blätter zum dritten Mal gerollt wurden. Dabei wurden in großen Metallzylindern die Zellwände der Blätter aufgebrochen, um durch die Verbindung des Zellsaftes mit dem Sauerstoff der Luft die Oxydation einzuleiten und die ätherischen Öle freizusetzen. Samuel griff in eine Maschine und zog eine Handvoll noch grüner Blätter heraus.

»Um ein gutes Verhältnis von Broken Orange Pekoe zu erhalten, versuchen wir, sie mehr zu kneten als zu rollen.«

Je nachdem, in welcher Höhe die Teesträucher wuchsen, dauerten der Oxydations- und Gärungsprozeß und das Rollen mehr oder weniger lang. In Rainbow Gardens, das auf 1600 Meter Höhe lag, wurden die Blätter 18 Stunden lang auf Trockengestellen ausgebreitet, bis sie die Hälfte ihres Wassergehalts verloren hatten. Dies verlieh ihnen ein Aroma vergleichbar mit dem von sauren Äpfeln, was eine gute Qualität verhieß.

Peter Saunders, der mit der Zubereitung betraut war, füllte Wasser in einen Kessel. Dann richtete er 15 Tassen in

Dreierreihen auf einer langen, weiß gekachelten Theke an. In ihnen sollten zwei Assamtees, zwei Chinatees und eine durch Kreuzung entstandene Hybridmischung probiert werden. Sobald der Kessel zu summen anfing, goß er das siedende Wasser in die Teekannen und setzte die Deckel auf. Anschließend ließ er das Gebräu je nach Sorte drei bis vier Minuten lang ziehen, wobei er die Zeit mit einer Sanduhr exakt kontrollierte. Er wartete, bis die Kostproben etwas abgekühlt waren, und rief dann Julian Carr und Samuel Baxter.

Das Ritual konnte beginnen. Julian roch an den im Kessel verbliebenen Blättern und am Inhalt der Tasse, nahm einen Schluck, behielt ihn im Mund und spuckte ihn wieder aus, wie das bei Proben so üblich war.

»Chinatee. Erste Ernte. Ein sehr strenger, aber trotzdem nicht bitterer Geschmack«, erklärte er schließlich. »Gute Arbeit!«

Anschließend probierten auch Samuel und schließlich Peter, der nach und nach die verschiedenen Sorten kennenlernen sollte. Auch die Farbe des *Likörs* – wie man das Getränk in den Fabriken nannte – war wichtig. Peter prägte sich die verschiedenen Nuancen ein und betrachtete jetzt gerade die kupferfarbene Schattierung eines Assamtees der zweiten Ernte. Die Welt des Tees faszinierte ihn, seit er mit ihr in Berührung gekommen war. Das unzugängliche Gelände, auf dem er angebaut wurde, all die Erfahrung, die bei seiner Herstellung erforderlich war, und der Genuß, den er Kennern bereiten konnte, verliehen ihm unter all den Luxusprodukten einen ganz besonderen Stellenwert.

Peters Interesse war dem Verwalter nicht entgangen. Samuel Baxter freute sich, einen gelehrigen Schüler gefunden zu haben. Da die Fermentation der schwierigste Teil der Herstellung war, machte er den jungen Mann täglich damit vertraut. Wenn die Blätter aus der Rollmaschine kamen, wurden sie auf Tischen ausgebreitet, wo sie durch den Kontakt mit der Luft oxydierten und ihre schwarze Farbe annahmen.

Die drei Männer betraten jetzt den dafür bestimmten Raum, der makellos sauber war. Um ein gutes Ergebnis zu erzielen, mußte er immer hinreichend belüftet sein und über eine gleichbleibend hohe Luftfeuchtigkeit verfügen.

»Wie lange sollen wir ihn Ihrer Meinung nach fermentieren lassen?« fragte Samuel Baxter, worauf Peter Saunders ohne zu zögern antwortete: »Dreißig Minuten.«

Obwohl der Verwalter diesbezüglich kein Wort mit Julian gewechselt hatte, merkte dieser, daß Samuel große Hoffnungen auf Peter setzte. Er war selbst beeindruckt davon, wie schnell der Junge gelernt hatte.

Da Julian sich ein Gelände ansehen wollte, das man erst kürzlich gerodet hatte, um eine bestimmte Assam-Sorte anzupflanzen, mußten sie mehrere Kilometer weit dorthin reiten. An vielen Stellen waren Pflückerinnen bei der Arbeit. In dem laubgrünen Ozean aus Teepflanzen sah man von den Frauen nur den Oberkörper. Einige waren mit der Feinernte beschäftigt, wobei sie an jedem Zweig nur die Knospe und die beiden obersten Blätter abbrachen. Die Luft war kalt, die Landschaft stimmte sie heiter, und den größten Teil des Ritts über verspürte keiner das Bedürfnis, etwas zu sagen. Schon vor 30 Jahren hatte Julian seinen Vater oft auf einem Pony bei den Routineinspektionen begleitet, und wie er feststellte, hatte sich seitdem nichts geändert. In dieser vollkommenen Umgebung schienen Pflanzen und Menschen ewig zu leben oder sich ständig zu erneuern.

»Ich weiß nicht, ob ich Sie darum beneiden soll, daß Sie

Ihr Herz an eine Welt hängen, die Sie vielleicht Ihrer Freiheit berauben wird«, wandte er sich an Peter. »Ich habe den Eindruck, daß Rainbow Gardens Ihren wunden Punkt getroffen hat. Oder irre ich mich da?«

»Ich mag diesen Ort, das stimmt. Alles ist mir völlig fremd, und doch bin ich hier glücklich.«

»Wenn ich Buddhist wäre, würde ich jetzt etwas von Karma erzählen«, betonte Julian, »aber solche Verirrungen überlasse ich lieber den Europäern, die sich freiwillig im Labyrinth einer Metaphysik verirren, auf die sie weder durch Erziehung noch durch Tradition vorbereitet worden sind.«

»Dann glauben Sie nicht an Reinkarnation?«

»Ich glaube nur an das, was bewiesen werden kann.«

»Und was ist mit Gott?«

»Bis jetzt konnte mich nichts davon überzeugen, daß es einen Gott gibt, schon gar nicht die Welt, in der wir durch einen unglücklichen Zufall gelandet sind. Eine Welt, die uns großzügig Segnungen wie Krieg, Hunger und Krankheit beschert.«

»Sie vergessen bei Ihrer düsteren Aufzählung Freundschaft, Liebe, Freude am Erschaffen und am Geben . . .«

»Mein lieber Saunders, ich möchte Ihnen ja nicht alle Illusionen nehmen, aber sehen Sie sich trotzdem vor! Als ich auf den Boden der Wirklichkeit zurückgeholt wurde, wäre mir das fast zum Verhängnis geworden.«

Es war Zeit für das erste Wiegen der Ernte. Unterwegs trafen sie auf Frauen und Kinder, die mit ihrer Last auf ein überdachtes Podest mit einer Waage zugingen. Unter den wachsamen Augen der Aufseher wurde hier die Ausbeute der Tagelöhner kontrolliert. Anschließend trug man ihren Verdienst in ein Heft ein.

Mitten unter den Frauen erkannte Peter ein junges

Mädchen, dessen Schönheit ihn seit einigen Tagen verwirrte. Sie mochte wohl nicht älter als sechzehn sein, aber wenn sie ihn ansah, schmolz er dahin. Das Haar verbarg sie unter einem Baumwollschleier, der während der Arbeit über der Stirn als Polster für den Tragriemen des Korbes zusammengerollt wurde. An ihren Ohren glänzten schwere Ringe, und unter ihrem Rock, von dem sie einen Zipfel bis zum Knie hochgeschürzt hatte, bemerkte er einen Reif am Fußgelenk. Sie wirkte so anmutig und vor allem so sinnlich, daß Peter darüber all seine guten Vorsätze vergaß, niemals auf der Plantage ein Verhältnis einzugehen. Es war für niemanden ein Geheimnis, daß die Junggesellen, die frisch aus England eintrafen, oft den Reizen der Himalajabewohnerinnen erlagen. Während der Arbeitswoche fühlten sich die jungen Männer meist einsam, aber in den ersten Jahren war es ihnen vertraglich verboten zu heiraten. Darum suchten sie Trost bei einheimischen Mädchen, die ihnen halfen, sich über alle Verbote und Tabus hinwegzusetzen. An jenem Morgen fühlte sich Peter nicht zum Asketen bestimmt, darum erwiderte er ihren Blick. Dennoch spielten sie noch mehrere Tage lang Katz und Maus miteinander, bis er sie schließlich darum bat, ihn einmal in seinem Bungalow zu besuchen.

Mit einer Ungezwungenheit, um die er sie beneidete, klopfte sie an die Tür. Ihre Haut war noch kühl wie die Nacht, als sie langsam ihre Kleider abstreifte. Als er die festen Brüste und die runden Hüften streichelte, erstaunte ihn die Natürlichkeit ihrer Umarmung. Alles war ganz selbstverständlich, die Begierde, die sie füreinander empfanden, die Freiheit, mit der sie ihm zeigte, was sie von ihm erwartete, und die Erfahrung, mit der sie seine Wünsche erfüllte. Entzückt lernte er die Körpersprache, verstand endlich, was es bedeutet, wenn die Chemie zwischen zwei Menschen stimmt. Von der Unbekannten, die ihm so viel Vergnügen schenkte, wußte er praktisch nichts, dennoch wurde sie ihm in diesen Minuten, in denen sie sich über alle Konventionen hinwegsetzten, vertrauter als all die anderen Menschen, die sonst seine Gedanken beschäftigten.

Sie hieß Lalita. Er mußte den Namen mehrmals wiederholen, bevor sie gehen wollte. Im Schein der Petroleumlampe schaute er zu, wie sie sich das Haar flocht, ihre buntbedruckte Bluse zuknöpfte und schließlich zur Tür ging. Ein kalter Luftzug drang ins Zimmer, als sie hinausschlüpfte. Nackt auf dem *Charpoy* ausgestreckt, fröstelte Peter. Er zog die Decke über die Beine. In dem befriedigenden Gefühl, mit sich selbst Frieden geschlossen zu haben, schlief er ein.

10

Obwohl sein Bungalow nur wenig Komfort bot, wußte Peter es mittlerweile zu schätzen, daß er weit abseits lag. Darum war es ihm auch gar nicht so recht, als er Mitte November in ein Gebäude in der Nähe der Fabrik umziehen sollte. Immerhin handelte es sich dabei um eine deutliche Verbesserung. Seine neue Wohnung bestand aus zwei Zimmern und besaß sowohl fließendes Wasser als auch Strom. Anstelle der rohgezimmerten Holzkisten war er nun von massiven, durchaus eleganten Mahagonimöbeln umgeben. Als erstes hatte er sich vergewissert, daß die Fenster aufs Tal hinausgingen, wo in der Abenddämmerung der Rauch über dem Dorf aufstieg, ein Zeichen dafür, daß die Leute ihre Mahlzeiten zubereiteten. Während er es dem Boy überließ, die Kleidung einzuräumen, ordnete er eigenhändig seine Bücher ein: ein Fachbuch über den Teeanbau, eine Abhandlung über die Bevölkerung von Bengalen, eine weitere über den Tantra-Buddhismus, ein nepalesisches Wörterbuch und ein Lexikon der indischen Zivilisation fanden Platz neben dem »Kirschgarten« von Tschechow und verschiedenen Romanen von Thomas Hardy, die Marjorie Baxter ihm geliehen hatte.

Bei Einbruch der Nacht fragte er sich, ob Lalita wohl zu ihm kommen würde oder ob sie zu große Angst hätte, gesehen zu werden. Vor nunmehr drei Wochen hatte sie ihm das süße Gift eingeträufelt, das ihn süchtig machte nach ihren Besuchen. Sollte er sich darüber freuen? Diese Frage stellte er sich lieber gar nicht erst. Ebenso hatte er aufgehört, darüber zu grübeln, ob er ihr einziger Liebhaber war. Würde er sich denn anders verhalten, wenn es einen Rivalen gäbe? Hätte er sie daraufhin beschuldigt, ihn, Peter, nur ausnutzen zu wollen? Aber was konnte sie von ihm schon bekommen, abgesehen von einer Handvoll Münzen, einigen *Anna*, um Essen für ihre Eltern zu kaufen! Die Geschenke, die er ihr von den Wochenenden in Darjeeling mitbrachte, waren jedenfalls kaum der Rede wert: Weihrauchstäbchen, ein paar Meter Stoff und einmal ein Rock. Bis elf Uhr wartete er vergeblich auf sie. Sie hatte wohl befürchtet, von den Dienstboten und Chauffeuren gesehen zu werden, die an einem Feuer saßen, sich über Gott und die Welt unterhielten und das Kommen und Gehen zwischen den Bungalows beobachteten.

Am nächsten Tag brach er nach Darjeeling auf, weil Angela Forrester ihn zum Schulfest ihres Pensionats eingeladen hatte. Von bunten Girlanden begrüßt, durchquerte er einen großen Hof, in dem sich die Schülerinnen mit ihren Familien tummelten. Die jüngsten trugen heute statt der marineblauen Schuluniform rüschenbesetzte, luftige Organdykleider. Man konnte sich unschwer vorstellen, wie sie, einmal erwachsen, das Heer ihrer herausgeputzten Mütter, die in ihrer Blasiertheit fast wie Karikaturen wirkten, vergrößern würdern.

Der junge Mann ging am Speisesaal vorbei, wo Stände mit Naschwerk aufgebaut waren, und suchte das Theater, in dem gleich eine Vorstellung stattfinden sollte. Als er sich auf eine Bank setzen wollte, bemerkte er in der Mitte der zweiten Reihe Cecilia Darrow, die er seit der Beerdigung ihres Vaters nicht mehr gesehen hatte. Er überwand seine Schüchternheit und gesellte sich zu ihr.

»Ich wollte Sie eigentlich in Rainbow Gardens besuchen, habe aber nie Zeit dazu gefunden«, gestand sie ihm gleich nach der Begrüßung.

Dann klärte sie ihn auf: »Sicher wissen Sie es noch nicht, aber ich bin auf dem besten Wege, Ihre Konkurrentin zu werden.«

In wenigen Sätzen teilte sie Peter mit, in welcher mißlichen Lage sie sich befand.

»Unser Verwalter will noch sechs Monate bleiben, um mir die Finessen der Teeherstellung beizubringen. Das bereitet mir große Sorgen, denn in der kurzen Zeit kann ich unmöglich alles lernen!«

»Wenn es Sie beruhigt: In den ersten Wochen war ich genauso pessimistisch wie Sie.«

»Und jetzt?«

»Wenn man erst einmal von einer Leidenschaft gepackt wird, entwickelt man irgendwie einen sechsten Sinn!«

»Eine Leidenschaft! Ich bin mir nicht sicher, ob ich die habe.«

»Aus welchem Grund kämpfen Sie dann?«

Das kam so überraschend, daß Cecilia nicht antwortete. Was trieb sie eigentlich in diesem Kampf, der ihre gesamte Energie beanspruchte? Versuchte sie etwa bloß, ihre Eitelkeit zu befriedigen und sich anstelle von George zum Familienoberhaupt aufzuschwingen? Fühlte sie sich schuldig ihrem Vater gegenüber? Oder wollte sie ganz einfach nur ihre eigenen Fähigkeiten ausloten?

Ringsum nahm der Lärm zu. Die Kinder klatschten in die Hände und trampelten mit den Füßen, weil der Vorhang sich endlich heben sollte. Unterdessen suchten noch einige Nachzügler hastig einen freien Platz. Als die Mutter

Oberin hereinkam, legte sich die Unruhe etwas. In Begleitung des Gouverneurs von Bengalen und seiner Frau, deren Hut einem Klatschmohnfeld glich, nahm sie in der Ehrenloge Platz. Die Vorstellung konnte anfangen. Der Chor stimmte die erste Strophe an. Das Stück »Der Spiegelpalast« handelte von einer Prinzessin, die eingemauert war in einem Schloß, dessen Wände ihr immer nur das eigene Bild zeigten. Während sie darauf wartete, aus dieser unerträglichen Situation, der ständigen Konfrontation mit sich selbst, befreit zu werden, ließ sie ihrer Phantasie freien Lauf und bewegte sich in einer Welt voller Feen mit Liebestränken, verzauberten Tieren und seltsam duftenden Blumen.

Obwohl Angela keineswegs die Hauptrolle spielte, zog sie, sobald sie die Bühne betrat, die Aufmerksamkeit der Zuschauer ganz auf sich. In einem regenbogenfarbenen Kleid spielte sie eine Nymphe, die von den Spiegeln an ihren geliebten Waldsee erinnert wurde. Sie strahlte eine solche Anmut, eine solche Grazie aus, daß das Publikum sie fast für ein überirdisches Wesen halten konnte. Peter war fasziniert, welche Tiefe sie ihrer Rolle verlieh, mit welcher Leichtigkeit sie zwischen Abnormität und Überzeugungskraft hin- und herpendelte. Angela zog alle Blicke auf sich, aber sie merkte es selbst nicht einmal. Wenn sie spielte, sang, tanzte, überstrahlte sie alle anderen auf der Bühne. Von ihr ging ein solcher Zauber aus, daß selbst die größten Schauspieler sie darum beneidet hätten. Donnernder Applaus belohnte ihre Leistung. Sie bedankte sich mit einem Lächeln, das alle dahinschmelzen ließ.

Peter und Cecilia aßen zusammen mit Baxter ein Eis, als Angela, die sich ihrer Perücke entledigt und das Kostüm ausgezogen hatte, sich endlich von ihren Bewunderern losreißen konnte und sich zu ihnen setzte.

»Hat es Ihnen wirklich gefallen?« wollte sie immer wieder von Peter wissen.

Bis zum letzten Moment hatte sie befürchtet, er würde nicht kommen. Durch den Schlitz im Vorhang hatte sie die Zuschauer beim Eintreten beobachtet und dabei die Minuten bis zur Vorstellung gezählt. Als sie schon alle Hoffnung aufgeben wollte, war er auf einmal erschienen. Kurz bevor sie hinter die Kulissen gerufen wurde, konnte sie gerade noch sehen, wie er neben Cecilia Platz nahm. Daß ihre Freundin sich so gut mit Peter verstand, hatte ihr oft das Herz abgeschnürt, und daß die beiden auch jetzt wieder zusammensaßen, ärgerte sie. Daß sie mit Cecilia befreundet war, machte alles nur noch komplizierter. Sie hatte sogar Gewissensbisse, weil sie auf ihre Freundin eifersüchtig war. Aber wie sollte sie dieses Gefühl, für das sie sich schämte, unterdrücken? Die Lösung bot sich ihr ganz von selbst. Während der Proben hatte Angela ihre Rolle nur auf die leichte Schulter genommen. Aber nun wollte sie dem Mann, in den sie verliebt war, unbedingt gefallen. Um den Kampf aufzunehmen, schöpfte sie Kraft aus ihren Sorgen und Zweifeln, aber auch aus ihrer Lebenslust und ihrer Begabung. Rasch begriff sie, daß ein Sieg ihrem Leben einen unerwarteten Sinn verleihen würde. Tatsächlich war die Nymphe auf einmal wichtiger geworden als alle Sorgen von Angela Forrester, oder besser gesagt, sie erhielten durch diese plötzliche Erkenntnis erst Leben. Sie setzte all ihre Zauberkünste ein und spielte die arme Prinzessin, in der sie ihre Rivalin sah, in Grund und Boden. Damit stellte sich der Erfolg ein, aber gleichzeitig ahnte Angela, daß sie einen Pakt mit dem Teufel geschlossen hatte. Was konnte in Zukunft dieses Gefühl, sich über Zeit und Raum hinwegzusetzen, noch übertreffen? Das Theater mit seinen Geheimnissen und seiner Freiheit über alle Grenzen hinweg hatte sie gepackt, und von dieser Sucht wollte sie nicht mehr geheilt werden! Im selben Moment, in dem der Vorhang fiel, wußte sie, daß sie Darjeeling verlassen wollte, um ihr Glück auf den Bühnen Europas zu versuchen.

Da ihr Triumph sie mutig gemacht hatte, ging sie selbstbewußter auf Peter zu. Obwohl der aus seiner Bewunderung kein Hehl machte, spürte sie, daß er sich im Grunde nur für Cecilia interessierte. Allerdings schien ihre Freundin das überhaupt nicht zu merken. Dieses Schulfest war die erste Gelegenheit, bei der sie sich wieder in der Öffentlichkeit zeigte, seit ihr Vater gestorben war. Sie wurde von vielen Leuten angesprochen, die sich nach Edna erkundigten.

»Meine Mutter hat beschlossen, zu ihrer Schwester nach England zu fahren. Sie braucht einen Tapetenwechsel«, hörte Angela sie sagen.

»Aber dann ist sie ja gar nicht da, wenn ihr erstes Enkelkind geboren wird!« rief Marjorie Baxter.

Weil Annabels Niederkunft für den Mai vorgesehen war, konnte sie ihr Kind nicht in Kalkutta zur Welt bringen. Um diese Zeit war die Hitze dort nämlich unerträglich. Ständig beklagte sie sich über diesen unglücklichen Zufall, der sie in Darjeeling festhielt, wo sie sich in Gefahr fühlte. Wer würde ihr hier helfen, falls bei der Geburt etwas schiefgehen sollte? Bestimmt nicht George, der allen Pflichten aus dem Weg ging! Seit zwei Wochen nahm er die Schwangerschaft seiner Frau zum Vorwand, um in einem anderen Schlafzimmer zu übernachten. Aber in Wirklichkeit kam diese Entscheidung nach einer bestimmten Nacht, an die Annabel mit Grauen zurückdachte.

Wie üblich hatte George getrunken, aber weil er beim

Polo gewonnen hatte, war er immerhin so guter Laune, daß sie sich an ihn kuschelte, nachdem er die Nachttischlampe gelöscht hatte. Wann hatten sie eigentlich zum letzten Mal miteinander geschlafen? George schien das egal zu sein, aber Annabel harrte Abend für Abend darauf, daß er sich daran erinnern möge, wie schön und begehrenswert sie war. Schüchtern legte sie ihrem Mann die Hand auf die Brust, aber der drehte sich nur knurrend um. Entschlossen, nicht lockerzulassen, schmiegte sie sich an seinen Rükken, doch er schüttelte sie ab, schlug die Decken zurück und setzte sich auf.

»Weißt du, wie spät es ist?«

»Es ist doch erst zehn.«

»Ich hatte heute einen verdammt schweren Tag. Willst du mich umbringen? Und außerdem vergißt du deinen Zustand.«

»Aber George, eine Frau muß kein Keuschheitsgelübde ablegen, nur weil sie schwanger ist.«

»Das sagst du! Außerdem gefällt mir diese Diskussion nicht.«

»Dir gefällt diese Diskussion nicht, und ich gefalle dir auch nicht! Warum hast du mich überhaupt geheiratet?«

Diese Frage war Annabel herausgerutscht, ehe sie noch an die Folgen gedacht hatte. George schwieg daraufhin lange, während Annabel am liebsten im Erdboden versunken wäre.

»Wie soll ich eine Frau achten, die mich ständig sexuell belästigt?«

»Ich? Ich soll dich sexuell belästigen? Dabei habe ich immer nur das getan, was du wolltest: nämlich nichts!«

»Diese Unterhaltung widert mich langsam an, also laß mich jetzt bitte schlafen.«

»O nein, das wäre zu einfach!«

Um George zu provozieren, zog Annabel die Schleife auf, die ihr Nachthemd zusammenhielt.

»Seit drei Monaten hast du mich nicht einmal angerührt, aber heute entscheide ich.«

Mit angeekeltem Gesicht war er aus dem Bett gesprungen. Als sie ihn so sah, wie er immer weiter zurückwich, je näher sie ihm kam, fand sie ihn nur noch lächerlich oder, schlimmer noch, erbärmlich. Was war nur aus dem Jungen geworden, der ihr in London nachgestiegen war, um ihre Aufmerksamkeit zu erregen, der sie mit Komplimenten und Geschenken überhäuft hatte? Würde sie gleich aus einem Alptraum erwachen, oder mußte sie wirklich weiterleben neben diesem Unbekannten, der sie da mit haßerfüllten Augen musterte?

Sie wagte noch einen Versöhnungsversuch: »Warum gefalle ich dir nicht? Das muß ich wissen.«

»Wir sind einfach zu verschieden.«

»Als wir uns kennengelernt haben, hast du etwas anderes gesagt.«

»Da habe ich mich eben geirrt.«

»Du hast dich geirrt, und jetzt soll ich mein ganzes Leben lang unter deinem Fehler leiden? Machst du dich über mich lustig, George?«

Erstaunt entdeckte er, daß die naive, romantische Amerikanerin, von der er gedacht hatte, er könne sie nach Belieben manipulieren, durchaus ihren eigenen Willen besaß.

»Ist dir eigentlich klar, zu welchem Leben du mich verdammst?« fuhr sie mit wuterstickter Stimme fort.

»Wieso beschwerst du dich? In einem Jahr sind wir Whispering Hills los, und du kannst dich in London amüsieren wie gehabt.«

»So sicher bin ich mir da nicht. Außerdem löst diese Aussicht nicht unser Problem.«

»Aber es gibt kein Problem, Annabel!«

»Halte mich nicht zum Narren«, schrie sie und kam auf ihn zu.

Trotz ihres Ärgers wollte sie mit George schlafen. Wurde ihre Lust durch die Höhenlage, die lange Untätigkeit oder die Neugier angefacht? Und stachelte die Frustration darüber, daß sie wie Luft behandelt wurde, ihre Wollust nur noch weiter an? Noch nie hatte sie bei ihren kurzen Vereinigungen jenes Vergnügen erlebt, das in gewissen Romanen beschrieben wurde. Aus diesem Grund gab sie jetzt auch nicht nach. Aber er vereitelte ihre Absichten und verließ das Zimmer, ehe sie ihn zurückhalten konnte.

»Mieser Schlappschwanz!« brüllte sie und rannte hinter ihm her.

Aus dem Schlaf gerissen, schreckte der Boy auf, der im Flur schlief. Als er Annabel sah, tränenüberströmt und mit offenem Nachthemd, glaubte er, eine Halluzination zu haben. Minutenlang hörte er sie gegen die Tür der Bibliothek hämmern, in die sich ihr Mann geflüchtet hatte. Sie tobte und schrie Beschimpfungen, die er nicht ganz verstand. Während sich der Nepalese fester in seine Decke wickelte, fragte er sich, was aus diesem Haus, in dem er arbeitete, geworden war. Zu Lebzeiten von John Darrow hätte es niemand gewagt, sich so zu benehmen. Aber seit sein Herr, seine Respektsperson, gestorben war, herrschten auf der Plantage Chaos und Verfall.

11

In Whispering Hills war dicke Luft. George und Annabel gingen sich aus dem Weg, und Cecilia sprach kein Wort mehr mit ihrem Bruder. Dieser wußte es nach einer denkwürdigen Auseinandersetzung schließlich zu schätzen, daß sich seine Schwester um die laufenden Geschäfte auf dem Anwesen kümmerte.

Das Mädchen stand um fünf Uhr auf. Nachdem sie sich einen ruhigen Moment gegönnt hatte, ging sie in die Fabrik zu William Smithson, mit dem sie das Programm für den Tag ausarbeitete. Es war nicht leicht, sich bei den Angestellten Respekt zu verschaffen, darum zog sie streng geschnittene Kleider an und schminkte sich nicht, um ihre Weiblichkeit nicht noch zu betonen. Gleichzeitig hatte sie es sich angewöhnt, mit schneidender Stimme zu sprechen, was ihr mehr Autorität verlieh. Ihr Arbeitseifer unterstrich noch ihr energisches Auftreten. Nach der dritten Ernte brach die kalte Jahreszeit an. Darum wurden die Arbeiter nun zum Stutzen der Teesträucher eingeteilt. Dieser Prozedur wurden sie alle drei Jahre unterzogen. Ließ man eine Assam-Pflanze nämlich frei wachsen, konnte sie 18 Meter hoch werden, während die chinesischen Pflanzen immerhin noch drei Meter erreichten. Aber in Darjeeling durfte kein Strauch höher als ein Meter fünfzig werden. Zu den täglichen Aufgaben gehörte es auch, die Baumschule, in der die Stecklinge heranwuchsen, zu kontrollieren. Die kleinen Teepflanzen wuchsen unter dem Schutz von Bambusdächern heran, bis sie robust genug waren, um neben die älteren Gewächse gepflanzt zu werden.

Geduldig und bescheiden lernte Cecilia die Grundlagen des Pflanzerberufs, ohne darüber die Schule zu vergessen, in der immer noch Rose MacKiney unterrichtete.

Seit sie da war, hatte nichts und niemand das düstere Wesen der Lehrerin aufheitern können, selbst für die Schüler empfand sie offensichtlich nur Verachtung. Mehrmals hatte Cecilia daran gedacht, sie zu entlassen, aber die Schottin war ihr zwar unsympathisch, entpuppte sich jedoch als gute Lehrerin, und in diesen wirren Zeiten konnte man auf eine solche Kraft nicht verzichten. Cecilia hatte nämlich kaum noch Zeit, sich den Kindern zu widmen, darum wäre die Schule ohne Roses Mitarbeit zu kurz gekommen

Dank ihrer Hilfe konnte Cecilia auch ihre Mutter nach Kalkutta begleiten. Von dort aus wollte Edna mit dem Zug nach Bombay weiterfahren. Das Mädchen sah dieser Trennung mit Beklemmung entgegen. Sie fürchtete, daß ihre Mutter endgültig in England bleiben könnte, sobald sie einmal dort war.

»Das wäre nur logisch«, vertraute sie Angela an, »hier hält sie nämlich nichts mehr. Übrigens versucht sie mich zu überreden, doch nachzukommen.«

Da Angela auch nach Kalkutta wollte, um dort ihre Weihnachtseinkäufe zu erledigen, beschlossen sie, gemeinsam zu fahren.

»Julian Carr hat mich zum Tee in das Haus eingeladen, das er von seinem Onkel geerbt hat.«

»Ich dachte, der ist in Singapur«, wunderte sich Cecilia.

»Er mußte seine Pläne ändern, weil Howard Carr gestorben ist.«

Anfang Dezember hatte Julian zum ersten Mal Tula betreten.

Eine mit einem weißen Sari bekleidete Frau erwartete ihn in der Empfangshalle, in der ein Brunnen plätscherte. Parvati, die Lebensgefährtin seines Onkels, begrüßte ihn nach indischer Sitte mit vor dem Gesicht zusammenlegten Händen. Danach führte sie Julian in einen Wohnraum, wo sie ihm ein Glas *Limbu pani*, eine Art Limonade, anbot.

Julian hatte auf einem mit blaßfarbener Seide bezogenen Sofa Platz genommen und schloß die Augen. Nach der anstrengenden Reise erschien ihm das Haus wie ein Hort der Geborgenheit. Ihm war, als würde sich ihm eine kühle Hand auf die Stirn legen. Er ließ die wohltuende Ausstrahlung der neuen Umgebung, deren Rituale ihm noch völlig fremd waren, auf sich einwirken. Als er die Augen wieder aufschlug, stellte er fest, daß sich Parvati nicht vom Fleck gerührt hatte. Neben einem Tischchen hob sich ihre schlanke Gestalt vor einem Bastrollo ab, das sich in der Brise leicht bewegte. Ihre feingeschnittene Adlernase, an der ein kleiner Diamant funkelte, und ihr voller Mund mit strahlend weißen Zähnen verrieten ihre bengalische Abstammung. Wie alt sie wohl sein mag? fragte er sich, überrascht über die Jugend in ihrem Blick. Um die fünfzig?

»Möchten Sie, daß man Ihnen Ihr Zimmer zeigt?« erkundigte sie sich in einwandfreiem Englisch.

»Nicht sofort.« Fast schüchtern fügte er hinzu: »Zuerst möchte ich, daß wir uns näher kennenlernen. Aber wollen Sie sich nicht setzen?«

Ihre Beziehung war nicht unproblematisch, weil Howard in seinem Testament bestimmt hatte, daß sein Neffe Tula erben sollte, Parvati aber andererseits das Recht behielt, bis an ihr Lebensende in einem Bungalow am Rande des Parks zu wohnen. Sobald sie erfahren hatte, daß der

Mann, mit dem sie den größten Teil ihres Lebens verbracht hatte, gestorben war, hatte sie den Hausaltar mit ihren Göttern und einen Schrankkoffer mit ihrer Garderobe hinschaffen lassen.

»Für mich waren Sie lange so etwas wie eine Legende«, gestand er ihr. »Die Frau, die Onkel Howard geliebt hat.«

»Und die er verstecken mußte«, ergänzte Parvati in einem Ton, in dem nicht der geringste Groll mitschwang.

Dann sagte sie wie zu sich selbst: »Anfangs habe ich diese Liebe, die uns zusammengeführt hat, verflucht, weil in meinem Land nur die Familie, die sich dabei von einem Astrologen beraten läßt, bestimmt, ob ein Mann und eine Frau eine Verbindung eingehen dürfen. So werden hier eben die Ehen geschlossen. Mit Ihrem Onkel war alles ganz anders. Ich war erst siebzehn, als sich unsere Wege hier in Kalkutta kreuzten. Mein Vater verkaufte Vögel an Howard. Bei einer Besichtigung unserer Volieren hat er mich zum ersten Mal gesehen. Und ich konnte einfach nicht die Augen abwenden von diesem Engländer, der für mich der Inbegriff von Macht und Eleganz war. Als er zum zweiten Mal kam, konnten wir einige Worte wechseln. Später sind wir uns öfter begegnet, bis ich irgendwann wußte, daß ich bereit sein würde, alles aufzugeben und ihm in den Dschungel von Assam zu folgen, wenn er mich darum bitten sollte. Er konnte offenbar meine Gedanken lesen, denn eines Tages schlug er mir vor, ihn zu begleiten. Nach einer schlaflosen Nacht, in der ich immer daran denken mußte, wieviel Kummer ich meinen Eltern damit bereiten würde, schlich ich mich auf die Straße hinaus, wo sein Wagen mit dem Chauffeur wartete. Damit begann eine lange Geschichte, von der ich heute keine Sekunde missen möchte.«

»Dabei hat sie große Opfer von Ihnen verlangt.«

»Ich habe meine Familie nie wiedergesehen und durfte keine Kinder bekommen. Wir wollten nämlich kein Mischlingskind in die Welt setzen, das nur unter seiner Herkunft zu leiden gehabt hätte. Aber«, betonte Parvati, »ich erzähle lieber von all dem Glück, das wir geteilt haben. Viele Menschen beenden dieses irdische Dasein, ohne je vollkommene Zuneigung erlebt zu haben. Darum beklage ich mich auch nicht über mein Schicksal.«

»Und nun?«

»Die Dinge haben sich geändert, aber nur dem Anschein nach. Howard hat zwar seinen Körper verlassen, doch für mich lebt er weiter im Licht des Tages oder im Tau der Morgendämmerung. Da ich weiß, daß er in mir und um mich ist, kann ich nicht traurig sein.«

Wie gern hätte Julian nach Daisys Tod so etwas gesagt, aber Parvatis Überzeugungen waren einfach nicht die seinen. Dennoch maßte er es sich nicht an, ihr zu widersprechen.

Leise wie eine Katze brachte ein barfüßiger Boy eine neue Karaffe mit Limonade.

»Das ist Ravi. Er kümmert sich um die Getränke«, erklärte die Inderin.

Das übrige Personal wurde dem Hausherrn später vorgestellt. Hauptsächlich würde er mit Krishna, dem Hausverwalter, zu tun haben. Dieser beaufsichtigte die Köche, Kammerdiener, *Dhobis*, Gärtner, den Pförtner und den Chauffeur. In Tula hatte jeder eine festumrissene Aufgabe, und alle wohnten in den Unterkünften der Dienstboten hinter dem Haus. Die besichtigte Julian, nachdem er sich etwas ausgeruht hatte.

Howard Carr hatte das Haus vor 30 Jahren einem Engländer abgekauft, der Indien verlassen wollte, um sein Glück in Ägypten zu versuchen. Es wirkte alles andere als protzig. Um einen Innenhof herum liefen Galerien, auf denen in weißen, verschnörkelten Käfigen Vögel flatterten. Julian ließ sich von Parvati die Bibliothek, das Musikzimmer, das Rauchzimmer und den Empfangsraum zeigen, aber am besten gefiel ihm von Anfang an der kleine Salon. Dessen Arkaden gingen auf einen Teich hinaus, in dem Goldfische schwammen. Überrascht und hocherfreut stellte er fest, daß die Räume nicht im geringsten nach britischem Geschmack, sondern originell und wirklich stilvoll eingerichtet waren. Kaschmirteppiche bedeckten den Boden, während die Wände fast völlig hinter Bildern bengalischer Künstler verschwanden. In Vitrinen waren persische Miniaturen und mongolische Dolche ausgestellt. Auf Tischen und Regalen standen Fayencen und Tongefäße in einer wohlberechneten Unordnung, die behaglich und dekorativ zugleich wirkte.

Der Abend dämmerte. Die Gärtner gossen den Rasen im Park, wo sich ein kleiner schwarzer Terrier kläffend im nassen Gras wälzte.

»Das ist Scamp, der Hund Ihres Onkels«, erklärte Parvati, als das Tier an Julians Hosenbeinen schnupperte.

Zwischen Marmorbecken mit plätschernden Springbrunnen verströmten üppige Blumenbeete ihre Düfte. Weihnachtssterne, weiße und indigofarbene Stiefmütterchen, Reseden und Zinnien bildeten eine Farbpalette, die den dichten Stauden bengalischer Rosen an der Allee als Kulisse diente. Ehe er sich in den Schatten einer Korkeiche setzte, drehte sich Julian noch einmal um und betrachtete die Bougainvillea, die purpurrot am Säulengang zu beiden Seiten des Toreingangs leuchtete. Wie lange hatte er schon nicht mehr eine solche Harmonie erlebt? Er ließ Parvati vorgehen und öffnete sein Herz allem, was die Welt ihm hier schenkte, dieser subtilen Ausgewogenheit zwischen Himmel, lauer Luft, dem Gurren der Tauben und den fernen Geräuschen von Kalkutta, der Stadt Kalis, der »Schwarzen Göttin«.

Bis zum Abend gab sich Julian ganz dem Zauber dieses ersten Tages hin. Als letzter Überlebender der Familie Carr in Indien wehrte er sich nicht mehr gegen seine Zugehörigkeit zu dieser Welt voller Gegensätze und Extreme, in der ungeahnte Schönheit neben tiefstem Elend existierte und in der man die größte Ungerechtigkeit auf erschreckende Weise hinnahm.

Nach einer ruhigen Nacht riefen ihn dringende Geschäfte wieder zur Ordnung. Er mußte sich um Howards Nachlaß kümmern und den Makler aufsuchen, der den Tee aus Darjeeling und Assam in die ganze Welt verkaufte.

Er traf kurz vor der Versteigerung ein, die jeden Dienstag stattfand. Im ersten Stock des Gebäudes, das der Firma »Barkin« gehörte, saßen die Käufer hinter Holzpulten und warteten darauf, daß die Warenmuster zum Verkauf ausgeboten wurden. Seit einigen Jahren erschwerte ein Überangebot den Absatz. Nur Tee von ausgezeichneter Qualität erzielte noch gute Preise.

»Whispering Hills ist nicht besonders hoch bewertet«, bemerkte Julian, als er mit Philip Barkin allein war.

»Ja, die letzten Lieferungen hatten einen leicht verbrannten Nachgeschmack.«

»Haben Sie George Darrow in letzter Zeit mal gesehen?«

»Nein, den kenne ich noch gar nicht. Es hat mich schon sehr gewundert, daß er sich nach dem Tod seines Vaters nicht vorgestellt hat. Dafür habe ich einen Brief von Miss Darrow erhalten, in dem sie mir mitteilt, was sich bei der Verwaltung der Plantage alles geändert hat. Aber anscheinend soll sie ja jetzt verkauft werden.«

»Von wem haben Sie diese Information? Doch nicht von den Besitzern?«

»Nein, das ist nur so ein Gerücht. Aber falls es sich bestätigen sollte, wüßte ich schon ein paar Interessenten.«

An den Wänden des holzgetäfelten Salons, in dem sie dieses Gespräch führten, standen Vitrinen mit kostbaren silbernen Teekannen, Porzellantassen und *Tea-caddies*, den Büchsen, in denen berühmte Teesorten verpackt gewesen waren. Dazwischen erzählten Fotografien die Geschichte der Firma Barkin, die 1868 gegründet worden war. Alle Verkäufe waren in große Register eingetragen, die Julian in den Regalen aufgereiht stehen sah.

Als Enkel des Gründers führte Philip das Personal mit strenger Hand. Eine maßgebliche Rolle spielten die Angestellten, die die Warenproben beurteilen mußten. Als Julian seinem Gastgeber in den Probierraum folgte, konnte er beobachten, wie flink einer von ihnen einige nicht aufgebrühte Blätter aus einem Beutel nahm, sie begutachtete, an ihnen roch, dann einen Schluck vom zugehörigen Likör verkostete und ihn schließlich wieder ausspuckte. Ein Junge im Arbeitskittel folgte ihm mit einem Pult auf Rädern und notierte seine Bemerkungen.

»Die dritte Ernte von Rainbow Gardens war nicht übel. Das haben wir schon festgestellt«, betonte Philip Barkin.

»Das stimmt, aber das Wetter war dieses Jahr auch ganz besonders günstig, obwohl ich Baxters Talent dadurch nicht herabwürdigen will.«

Sie sprachen noch andere Fragen an, unter anderem die Verschickung des Tees nach Frankreich, Großbritannien und in die Vereinigten Staaten. Julian beschränkte sich ja nicht darauf, Tee herzustellen, er verschiffte ihn auch zusammen mit dem Tee verschiedener Konkurrenten auf seinen Frachtern. Einer von ihnen, die »Sea Witch«, lag zur Zeit im Hafen von Kalkutta vor Anker.

Bevor er das Schiff aufsuchte, ließ er sich noch zum Bazar fahren, dessen buntes Treiben er so sehr mochte. Begleitet vom vertrauten Lärm, betrat er die Gassen, die gesäumt waren von Verkaufsständen, in denen Götterfiguren neben Küchengeräten, Gemüse, Gewürzen, Stoffballen, Hühnern, Töpfen und Salben standen. Überall roch man die *Chapatis* und kleinen Kuchen, die in einer Ghee genannten Margarine über kleinen, mit Kuhmist unterhaltenen Feuern brieten. Inmitten des Geschreis bahnte sich Julian seinen Weg und gab dabei acht, nicht in die vom Betel gerötete Spucke zu treten. Er gelangte zu einem Laden, wo in einem Feuerwerk grellbunter Farben gläserne Armreife funkelten, wie sie die Inderinnen immer in Unmengen trugen. Da Angela Forrester bald zu Besuch kommen wollte, kam ihm der Gedanke, ihr einige dieser Armreifen, die er sehr elegant fand, zu schenken. Da er sich noch gut an ihren Teint und ihre Augenfarbe erinnern konnte, wählte er eine Reihe grüner und rosafarbener Ringe. Doch als er das Päckchen in Empfang nahm, fragte er sich, ob sie diese Aufmerksamkeit vielleicht falsch auffassen könnte.

Seine erste Unterhaltung mit ihr acht Tage später nahm ihm diese Bedenken, weckte aber andere Sorgen in ihm.

Sie hatte sich schriftlich angekündigt und erschien am späten Nachmittag, um mit ihm und Parvati einen Tee zu trinken. Er empfing sie im Marmorpavillon, wo Ravi, der einen Turban und ein blütenweißes Gewand trug, das Wasser überwachte, das im Samowar brodelte. Die Sitzbänke waren bedeckt mit leuchtend bunten Kissen, und auf kleinen Tischchen standen Gebäck und Süßigkeiten bereit.

Die Inderin hielt sich gewöhnlich nur in ihrem Bungalow auf. Ihr ehemaliges Wohnhaus betrat sie lediglich dann, wenn Julian sie dazu aufgefordert hatte, was er oft tat, seit er herausgefunden hatte, daß sie eine ernstzunehmende Gegnerin beim Schach war. Ihre Partien zogen sich endlos hin, manchmal dauerten sie sogar mehrere Tage. Zwischendurch unterhielten sie sich über Musik oder Literatur, und immer wieder staunte er über die Bildung seiner Gesprächspartnerin. Er blieb jetzt lieber in ihrer Gesellschaft, als jene Orte aufzusuchen, an denen er in Kalkutta sonst immer verkehrt hatte. Vergessen waren all die Spielhöllen, die Bars mit ihren leichten Mädchen und die verschwiegenen Hotels. Jetzt zog er das Zwitschern der Vögel, die kühlen Brunnen und den Geruch von Bohnerwachs in der Bibliothek vor. Er wirkte irgendwie entspannt, so, als habe er endlich sein inneres Gleichgewicht wiedergefunden, was Angela auch gleich auffiel. Sie dagegen machte einen ruhelosen Eindruck.

»Ich muß Ihnen etwas gestehen«, erklärte sie schließlich. »Ich habe eine Liebhaberei entdeckt, vielleicht sogar eine Berufung.«

»Wollen Sie etwa Missionarin werden?« spaßte Julian.

»Nein, keine Sorge!«

»Dann erzählen Sie.«

»Sicher werden Sie mich für verrückt erklären, aber ich will ans Theater. Dafür würde ich sogar von zu Hause ausreißen. Übrigens könnten Sie mir dabei helfen.«

Während sie sprach, warf Angela argwöhnische Blicke zu Parvati hinüber, die unbeirrt einen kleinen Kuchen aß.

»Ich möchte mich auf Ihrem Dampfer einschiffen.«

»Und dann?«

»In London finde ich schon eine Arbeit, mit der ich den Schauspielunterricht bezahlen kann.«

»Meine liebe Angela, ich fürchte, Sie wollen uns hier einen üblen Kitschroman auftischen.«

Mit wenigen Sätzen machte Julian ihr klar, daß sie noch minderjährig war, daß sie in England niemanden kannte und daß sie dort auf zahllose Schwierigkeiten stoßen würde.

»Ist Ihnen klar, daß Sie damit meine Träume zerstören?«

Da er spürte, daß sie fast in Tränen ausbrach, sagte er sanft: »Sie irren sich, und ich werde es Ihnen auch beweisen. Obwohl ich Sie nie auf der Bühne gesehen habe, glaube ich, daß sie ein gewisses Talent besitzen. Aber wenn Sie wirklich Karriere machen wollen, müssen Sie Schritt für Schritt vorgehen.«

»Was meinen Sie damit?«

»Sie müssen Ihr letztes Schuljahr abschließen und diese Zeit gleichzeitig nutzen, um sich sowohl mit unserem Theaterrepertoire als auch mit dem der Inder und Himalajabewohner vertraut zu machen. Sie haben hier die Gelegenheit, einzigartige Kulturen kennenzulernen. Es wäre schade, wenn Sie das nicht nutzen würden.«

»Und wie soll ich später nach London kommen, wenn Sie mir nicht helfen?«

»Wenn Sie dann immer noch denselben Wunsch hegen, will ich Ihren Eltern gern vorschlagen, Sie zu meiner Cousine, die am Regent's Park wohnt, zu schicken.«

»Wirklich? Das würden Sie tun?«

»Keine Sorge, das macht keine besondere Mühe!«

Erleichtert brach Angela in ein kindliches Lachen aus, dann fiel ihr Blick auf Parvati, die bisher kaum etwas gesagt hatte. Sie strahlte eine Anmut aus, die aus fernen Zeiten zu stammen schien. Den Kopf mit einem Zipfel ihres Sari bedeckt, erinnerte die Inderin an eine sagenumwobene Vergangenheit. Angela vergaß ihre eigenen Sorgen und überlegte, was diese Frau, deren ganzes Leben aus den Angeln gehoben war, wohl alles durchgemacht haben mußte. Ihr blieb nichts außer der Erinnerung, da sie weder Kinder noch eine Familie hatte. Die würde es ihr nämlich nie verzeihen, daß sie einem Engländer gefolgt war.

Weil Angela noch jung war, konnte sie sich nicht vorstellen, daß Parvati, die in ihrem Glauben Trost fand, keineswegs unglücklich war. Dank ihrer Überzeugung, einem großen Ganzen anzugehören, verfiel sie nicht in Schwermut. Für sie zählte nur die Gegenwart, und es machte sie glücklich, daß das Schicksal ihr Julian geschickt hatte. Durch ihn hatte sie nämlich das Gefühl, weiterhin mit Howard in Verbindung zu stehen. Außerdem war die Beziehung zwischen ihr und dem Neuankömmling noch weitaus subtiler. Ohne daß er davon gesprochen hätte, spürte sie doch, wie sehr Daisys Tod ihn immer noch quälte. Sein Schmerz war nicht zu übersehen, und Parvati fühlte, daß sie ihm dabei helfen konnte, ihn zu überwinden. Obwohl sie immer noch an das Karma glaubte, hatten all die Jahre, die sie an der Seite eines Briten verbracht hatte, sie insofern beeinflußt, als sie nicht mehr davor zurückschreckte, sich gegen die gültige Ordnung aufzulehnen. Julian mußte anderswo Liebe und Glück finden, weil er nur so sein Gleichgewicht zurückgewinnen konnte.

»Wie lange bleiben Sie noch in Kalkutta?« fragte er Angela.

»Etwa eine Woche«, antwortete sie und ließ ihre neuen Armreife klirren. »Meine Mutter kann dem Hotel nicht so lange fernbleiben. Und Cecilia . . .«

»Cecilia ist hier?«

»Ja. Sie hat ihre Mutter herbegleitet. Mrs. Darrow will von hier aus nach Dorset weiterreisen.«

»Wo wohnt sie?«

»In der Familienpension, in der auch wir abgestiegen sind.«

»Wenn ich das gewußt hätte ... hätte ich sie heute nachmittag ebenfalls eingeladen!«

»Tut mir leid«, entschuldigte sich Angela. »Ich hätte Ihnen sagen sollen, daß sie hier ist.«

Parvati, die Julians Verärgerung spürte, schlug spontan vor: »Warum veranstalten Sie kein Abendessen? Sie könnten die Musiker dazubitten, die Ihr Onkel immer so gern gehört hat.«

12

Die Sonne schien schon, als das Dienstmädchen in Angelas Hotelzimmer die Fensterläden öffnete. Ihr Fenster ging auf die Chowringhee hinaus, die elegante Hauptstraße der Stadt. Von ihrem Bett aus konnte sie die Bäume der Maidan, des städtischen Parks, erkennen.

Nachdem sie sich das Haar gebürstet und einen spitzenbesetzten Morgenmantel übergeworfen hatte, klopfte sie an die Tür zum Nebenzimmer.

»Du bist ja schon fertig«, rief sie, als sie Cecilia sah. Die stand vor dem Spiegel und befestigte gerade ihren Strohhut mit einer Haarnadel.

»Wir haben einfach zu wenig Zeit, und der Schneider wartet auf mich.«

Seit ihrer Ankunft hatten die beiden Engländerinnen unermüdlich alle Geschäfte abgeklappert, die sich meistens als »Hoflieferanten des Vizekönigs« bezeichneten. Sie hatten hemmungslos eingekauft, weil Kalkutta – abgesehen von Delhi – die einzige Stadt war, in der man Luxusartikel finden konnte: Parfum, Kosmetika, Handschuhe, Fächer, Reitkostüme, Stiefel und den in den Kolonien unvermeidlichen Tropenhelm, den *Topee*. Cecilia hatte nichts ausgelassen, was zu ihrer Eleganz beitragen konnte. Beim Schneider, den sie an diesem Vormittag aufsuchte, hatte sie Kleider bestellt, die sie nach ihrer Trauerzeit anziehen wollte. Sie hatte sich für Schals, Seidengeorgette- und

Baumwollstoffe in Farben wie fuchsia, tiefblau, violett und purpur entschieden, ein schöner Kontrast zu den tristen Tönen, die sie im Moment tragen mußte.

Als sie sich im Spiegel betrachtete, während eine Näherin den Saum eines Abendkleids mit Kreide markierte, mußte sie an Yonten denken. Ob sie ihm gefallen würde in diesem goldbraunen Traumkleid mit tief ausgeschnittenem Rückenteil und gewagtem Dekolleté, das ihren Busen schön zur Geltung brachte? Seit sie sich getrennt hatten, hatte sie doch insgeheim ständig gehofft, ihm einmal zu begegnen. Vielleicht würde er ja zum europäischen Neujahrsfest nach Darjeeling kommen? Trotz aller Bemühungen und obwohl sie wußte, daß ihre Beziehung endgültig gescheitert war, ging ihr der Tibeter einfach nicht aus dem Kopf. Zu den Erinnerungen und Hoffnungen gesellten sich leider auch weniger schöne Phantasien. Immer wieder stellte sie ihn sich vor, wie er auf einem Maultier über verschneite Gebirgspässe heim nach Lhasa zu seiner Ehefrau ritt. Schließlich wurde sie ja im Himalaja durch alles an ihn erinnert: durch die Karawanen, die ihre Waren an der Tränke abluden, durch die im Wind flatternden Gebetsfahnen und durch die Lamas, die Mönche, die aus ihren Klöstern herabkamen, um ihre besonderen Rituale zu vollziehen.

Es war fast Mittag, als sie das Geschäft verließ. In der Maidan sahen die Schaulustigen einem Krickettraining zu. In einem ständigen Kommen und Gehen von Autos, Rikschas, Gemüsekarren, Reitern und Radfahrern wogten Kalkuttas Menschenmassen hin und her. Kleine Jungen rannten zwischen den Fahrzeugen herum und boten Süßigkeiten oder Blumengirlanden feil, während andere im Schatten der Arkaden den Passanten die Schuhe putzten.

Als Job Charnock 1690 im Golf von Bengalen an Land

ging, hatte er bestimmt nicht vermutet, daß sich sein Ankerplatz knapp zweieinhalb Jahrhunderte später in eine derart belebte Millionenstadt verwandelt haben würde, in der die britische Tradition nicht nur gepflegt, sondern sogar hochgehalten wurde. Kalkutta wurde von den Briten gegründet, erschaffen und besetzt und war ihr ureigenster Besitz. Obwohl der Vizekönig und sein Hofstaat mittlerweile nach Delhi umgezogen waren, blieben die Händler diesem Hafen, in dem sie gute Geschäfte machten, treu. Sie bauten nach wie vor auf ihre Vorrechte und lebten nach ihren ganz eigenen Sitten, wie Cecilia auch heute wieder feststellen konnte. Sie litt immer mehr unter diesem Zwiespalt. Einerseits liebte sie Indien, aber andererseits schämte sie sich auch dafür, daß sie zu den Kolonialherren gehörte, die sich mit unerträglicher Arroganz einfach Rechte anmaßten und schamlos ausnutzten.

Dennoch wollte sie heute ihre Freiheit einfach nur genießen und sich nicht mit solchen Gedanken belasten. Das Licht war mild geworden, eine köstliche Brise streichelte ihre Haut, und ringsum brodelte das Leben, das sie nach den letzten Monaten voller Trübsal und Kampf wieder mit dem Schicksal versöhnte. Vorgestern hatte sie ihre Mutter zum Bahnhof begleitet, und obwohl sie sonst eher zurückhaltend waren, hatten sie beide Tränen vergossen . . . Vorläufig die letzten, hatte sich das Mädchen geschworen und alle Taschentücher aus ihrer Handtasche verbannt.

Lauter Beifall machte sie neugierig, so daß sie quer über den Rasen zu einer Tribüne ging. Diese wurde umringt von Memsahibs, die ihre Hälse reckten, um Hunde verschiedenster Rassen zu bewundern, die geschniegelt und gestriegelt an der Leine herumgeführt wurden. Es handelte sich um einen Wettbewerb mit offizieller Jury. In einem Musikpavillon weiter hinten gab eine Kapelle einige

Stücke zum besten, was mehrere Soldaten, die gerade Ausgang hatten, anlockte.

Den halben Nachmittag lang spazierte Cecilia zwischen dem Victoria Memorial, dem Writers Building und dem Strand hin und her. Ohne besonderes Ziel nahm sie alle Bilder und Geräusche, die dieser Dezembertag des Jahres 1928 ihr schenkte, in sich auf. Inderinnen mit langem, salbenglänzendem Haar, die in ihren Saris wie die Königinnen in einem Kartenspiel aussahen, auf den Bäumen herumkletternde Kinder, Marktschreier, Fakire und Papageienhändler, ausgemergelte Greise, die im Staub hockten und um Almosen bettelten, Familien, die um ein Bündel mit ihrer ganzen Habe kauerten, halbnackte Wasserträger, Krüppel ... Vor ihren Augen entfaltete sich Indien in seiner ganzen Pracht und seinem ganzen Elend. Hin- und hergerissen zwischen Spiritualität und Schuld, der Unterwerfung unter das britische Empire und dem Streben nach Unabhängigkeit, gelähmt durch das System der Kasten und durch Unwissenheit, versuchte der Großteil der Bevölkerung einfach nur, jeweils bis zum nächsten Tag zu überleben.

Als Cecilia in der Abenddämmerung zu Julian Carr fuhr, hatte sie das Gefühl, den Himalaja schon seit einer Ewigkeit verlassen zu haben. Dieses Gefühl wurde noch stärker, als sie Tula kennenlernte. Es war noch nicht dunkel, aber entlang der Allee, die zur Freitreppe führte, brannten schon Fackeln. Ein Butler öffnete die Tür des Automobils, das der Hausherr den beiden Mädchen geschickt hatte.

Da Mrs. Forrester am Vortag einen Schwächeanfall erlitten hatte, wäre das Abendessen beinahe abgesagt worden. Aber schließlich kannte Julian die beiden Familien ja gut, so daß er seine Einladung aufrechterhalten konnte, obwohl die Anstandsdame ausgefallen war.

»Es tut Mutter furchtbar leid. Sie bittet tausendmal um Verzeihung, aber sie fühlte sich wirklich zu schwach, um auszugehen.«

»Hoffentlich geht es ihr wenigstens besser«, erwiderte Julian.

»Ja. Es ist nur der Höhenunterschied, der ihr etwas zu schaffen macht.«

Cecilia hörte diesem Austausch von Höflichkeiten kaum zu, sondern ließ sich gleich vom Zauber Tulas betören. Parvati führte sie in einen kreisrunden Raum, in dem Erfrischungen bereitstanden. Von einer Räucherpfanne stieg der Geruch nach Jasmin auf, und in den silbernen Fingerschalen schwammen Rosenblätter.

Als Cecilia in einem weichen Sofa saß, beobachtete sie ihren Gastgeber, der ihr hier vertrauter und zugleich geheimnisvoller vorkam. Leutselig erkundigte er sich danach, ob ihr Aufenthalt in Kalkutta nach Wunsch verliefe. Als sie zugab, diesmal nicht ihre üblichen Bekannten aufgesucht zu haben, schaute er sie forschend an.

»Dazu hatte ich einfach nicht die Kraft«, erklärte sie.

»Das ist ein Luxus, den wir uns von Zeit zu Zeit erlauben müssen«, erwiderte er und bot ihr eine Zigarette an.

»Dennoch würden viele Leute alles darum geben, nicht allein sein zu müssen«, widersprach Angela.

»Die sind zu bedauern«, antwortete Julian amüsiert lächelnd.

»Finden Sie?«

»Ja, aber das ist nur meine ganz persönliche Meinung.«

Sie wurden von einem schwarzen Wollknäuel unterbrochen. Kläffend und um Liebkosungen bettelnd rannte Scamp, der kleine Terrier, zwischen den Tischchen herum, um ein Stück *Samosa* zu ergattern. Sobald er bekommen hatte, was er wollte, legte er sich zu Füßen seines Herrchens nieder. Dieser trank einen Whisky, während er von seiner bevorstehenden Reise nach Europa erzählte.

»In Singapur braucht man mich nicht mehr. Dafür muß ich jetzt verschiedene Geschäfte in London und Marseille erledigen.«

»Werden Sie lange fortbleiben?« erkundigte sich Angela.

»Sechs bis acht Monate, das hängt ganz davon ab, wie sich die Dinge entwickeln.«

Das Abendessen wurde in einem Eßzimmer mit roten Seidentapeten und dunklen Möbeln serviert.

»Parvati hat Ihnen eine typisch bengalische Mahlzeit zusammengestellt«, sagte Julian wie zur Warnung, als sie sich an die mit schwerem Damast gedeckte Tafel setzten. An jedem Platz standen tiefe Silberteller mit Schälchen für das Essen.

Nun wurden unzählige Schüsseln aufgetragen mit Auberginen, einem *»Dal«* genannten Linsengericht, Spinat, Reis, Langusten, Süßwasserfischen und Hähnchen in Curry. Es gab *Singhara, Rossagalla* und mehr oder weniger scharf gewürzte Soßen. Die Gäste wußten gar nicht, womit sie anfangen sollten, so köstlich sah alles aus. Im Gegensatz zu Parvati, die mit den Fingern der rechten Hand aß, benutzten die beiden Mädchen und auch Julian Messer und Gabel.

Er hatte einige vorzügliche Weine ausgewählt, aber Cecilia blieb einem Meursault treu, der ihren Gaumen mit seinem fruchtigen Aroma umschmeichelte. Berauscht vom Alkohol und all den Düften, gab sie sich ganz dem Wohlbehagen hin, was auch ihr Gastgeber während der Unterhaltung bemerkte. Im Licht der Kerzenflammen besaßen ihre Augen denselben Schimmer wie bei ihrer ersten Begegnung. Die Haare, die kürzer waren als in seiner Erinnerung, fielen ihr in Locken in die Stirn und umrahmten ihr

Gesicht wie ein goldener Schein. Wenn sie lächelte, zeigten sich Grübchen. Über einem dunkelgrauen Kleid trug sie eine mehrreihige Perlenkette. Er mochte die Art, wie sie damit spielte.

Seit er in Tula war, hatte sich Julian nach und nach mit den Dingen, die seinem Onkel gehört hatten, vertraut gemacht, aber nur ein Gegenstand hatte wirklich sein Interesse geweckt. Es handelte sich um einen Fotoapparat, mit dem Howard Bilder geschossen hatte, die von sehr viel Feingefühl zeugten. In den Alben, die Julian durchgeblättert hatte, klebten viele Fotos von Verwandten und Bekannten, aber auch Bilder, die zeigten, wie sein Onkel Indien gesehen hatte. Schließlich hatte Julian beschlossen, dieses Werk fortzusetzen und durch seine eigene Sichtweise zu ergänzen. In den letzten Tagen war er immer schon am frühen Morgen am Strand spazierengegangen, um dort das Erwachen von Mensch und Tier einzufangen, aber heute abend verspürte er den dringenden Wunsch, Cecilias Jugend, ihre Sehnsüchte und ihre Ausstrahlung für die Nachwelt festzuhalten. Einen Moment lang trafen sich ihre Blicke, dann wandte sie sich Parvati zu, die ihr einige köstliche Mangofrüchte anbot, die vom Butler serviert wurden.

Als sie sich in den Salon setzten, in dem die Musiker schon bereitsaßen, fragte sich Cecilia, wer diese Inderin wohl war. Welcher Welt gehörte sie wirklich an? Alles schien darauf hinzuweisen, daß sie ihr Volk nicht verleugnet hatte. Aber wie erklärte es sich dann, daß sie selbst nach dem Massaker von Amritsar noch mit einem Engländer zusammengelebt hatte? Kann Liebe bewirken, daß man seine Zivilisation, seine Götter und seine Familie aufgibt? Plötzlich drängte sich ihr eine Frage auf. Wenn Yonten sie darum gebeten hätte, wäre sie dann von Whispering

Hills fortgelaufen, um ihm in ein Land zu folgen, das für Fremde verboten war? Wäre sie zu einer derartigen Selbstverleugnung, einer derartigen Unbesonnenheit fähig gewesen? Die Musik unterbrach ihre Gedankengänge. Um sich ganz darauf konzentrieren zu können, schloß sie die Augen.

Die *Sitar* wurde begleitet von Trommeln, sogenannten *Tabla*, und der *Tambura*, einem anderen Saiteninstrument. Obwohl die Melodie einem strengen Muster folgte, beruhte sie weitgehend auf Improvisation mit einem unendlichen Reichtum an musikalischem Ausdruck. Cecilia vergaß die Wirklichkeit und gab sich ganz diesem Genuß für Herz und Sinne hin.

Bis spät in die Nacht hinein erklangen diese Melodien, die *Raga*. Die beiden Engländerinnen hatten es nicht eilig, dieses Haus zu verlassen, in dem sie sich so wohl fühlten. Nachdem sich die Musiker zurückgezogen hatten, setzte sich Angela neben Parvati und unterhielt sich mit ihr über das bengalische Theater und die Werke von Tagore. Cecilia, die sich ihr Hochgefühl gerne noch bewahren wollte, trat ans Fenster. Über dem Laubwerk des Gartens war der Himmel mit Sternen übersät.

»Möchten Sie mit auf die Terrasse kommen?« fragte Julian, der auf einmal neben ihr stand.

Bevor sie die Treppe hinaufgingen, die zum Dach des Hauses führte, verschwand er kurz und kehrte mit einem roten, blumenbestickten Schal zurück, den er Cecilia um die Schultern legte. Draußen war es kalt, aber diese Frische tat ihr gut. Julian nahm ihren Arm und führte sie an die Brüstung. Ringsum herrschte Stille. Das Mädchen betrachtete das Firmament.

»Es ist immer wieder überwältigend«, flüsterte sie, »weil es unmöglich ist, diese Harmonie zu bewahren.«

»Das ist das einzige Schauspiel, dessen man nie überdrüssig wird.«

»Das einzige? Wirklich?«

»Nichts anderes führt unsere Phantasie in so weite Ferne. Nichts kann so viele Fragen aufwerfen, nichts ist so unermeßlich und gleichzeitig so vertraut.«

Julian trocknete zwei Holzliegen, die dort nebeneinander standen, ab und bot Cecilia an, sich zu setzen. Eine ganze Weile sagten sie nichts angesichts des ehrfurchtgebietenden Mysteriums, das sie umgab. Ein Vogelschrei hallte durch die Dunkelheit, aber danach war es gleich wieder ruhig.

»Ist Ihnen nicht kalt?« fragte Julian.

»Nein. Und Ihnen?«

Auf einmal konnte sie die Worte nicht mehr zurückhalten und gestand: »Noch nie habe ich mich so leicht gefühlt.«

»Die Götter haben uns ihren Schutz gewährt, würde ein Inder jetzt sagen, aber . . .«

»Julian«, unterbrach sie ihn, wobei sie ihn zum ersten Mal beim Vornamen nannte, »der Unbekannte im Gymkhana Club, das waren Sie, nicht wahr?«

»Haben Sie das erst jetzt gemerkt?«

»Ja.«

»Gewiß war es Ihnen gleich, wer damals Ihr Gesprächspartner war.«

»Nein, Sie irren sich. Diese Szene habe ich nie vergessen können. Ich mußte nur erst eine ähnliche Situation erleben, damit mir alles wieder einfällt.«

»Liebste Cecilia, niemand verlangt von Ihnen, daß Sie sich rechtfertigen«, sagte Julian ganz ruhig und griff nach ihrer Hand.

13

Kurz bevor Cecilia Tula verließ, hatte Julian sie beiseite genommen: »Ich wollte heute abend nicht von Geschäften sprechen, aber über Whispering Hills kursieren verschiedene Gerüchte. Und darüber würde ich mich gern mit Ihnen unterhalten. Könnten Sie übermorgen früh in meinem Büro vorbeischauen?«

Im Gegensatz zu den meisten Handelshäusern, die sich am Dalhouse Square angesiedelt hatten, befand sich der Sitz der Firma Carr am Hafen, mitten zwischen den Lagerhäusern. Der Wagen, in dem Cecilia saß, konnte sich nur mit Mühe seinen Weg zum Kai bahnen, wo sich Möbel, Jutesäcke, Baumwollballen und Kisten jeder Art stapelten. Kulis, die nur mit einem schlichten Lendenschurz bekleidet waren, schoben Karren vor sich her, auf denen sich Koffer und Kisten abenteuerlich türmten und jeden Moment das Gleichgewicht zu verlieren drohten. Daneben begutachteten Zollbeamte die neu eingetroffenen Ladungen.

Cecilia beachtete diesen ganzen Trubel nicht, sondern hatte nur Augen für die Schiffe. Mit flatternden Fahnen lagen sie am Flußufer: Ozeandampfer, Frachter, Segelschiffe und Kriegsschiffe, einige bereit zum Auslaufen, während andere eben erst ihre Laderäume mit Waren aus der ganzen Welt öffneten. Britische Seeleute in Ausgehuniform verließen gerade über einen Laufsteg ihr Schiff. Sie konnten es kaum erwarten, sich in Kalkutta ins Vergnügen zu stürzen, und kletterten in die Lastwagen, die für sie bereitstanden. Von allen Seiten tönten Hupen und die Glocken der Handkarren, als die junge Frau quer durch die Menge zu dem Gebäude hinüberging, das Julian ihr beschrieben hatte. Nachdem sie sich angemeldet hatte, mußte sie erst einmal warten, durchbohrt von den durchdringenden Blikken der Angestellten. Schließlich teilte ein Sekretär ihr mit, daß Mr. Carr durch einen unvorhergesehenen Besuch noch aufgehalten werde.

Eine halbe Stunde verstrich, bis er in Begleitung einer tränenüberströmten Frau erschien.

»Was haben Sie denn mit der gemacht?« erkundigte sich Cecilia, sobald sie allein waren.

»Ich? Nichts! Die Ärmste wollte nur zu ihrem Mann, der auf einer unserer Plantagen in Assam arbeitet. Er lebt dort schon seit fünf Jahren, hat seiner Frau aber immer gesagt, das Klima sei dort viel zu scheußlich und sie solle lieber schön brav in Liverpool auf seine Rückkehr warten. Als er schließlich nichts mehr von sich hören ließ, ist sie hergereist, um ihn in den Armen einer Inderin zu finden, mit der er schon zwei Kinder hat. Da sie völlig verzweifelt und außerdem pleite ist, hat sie uns um Hilfe gebeten.«

Leise lächelnd fügte Julian hinzu: »Solche Rückführungen in die Heimat sind nicht selten, aber was sollen wir machen? Die meisten Pflanzer kommen allein. Egal, ob verheiratet oder nicht, verpflichten sie sich, für eine bestimmte Anzahl von Jahren in Indien zu bleiben. Man kann von ihnen nicht verlangen, daß sie enthaltsam und treu sind wie Heilige! Am besten wäre es«, schloß er, »sich nie zu verlieben.«

»Das wäre schade!«

»Schade? Warum? So was endet immer in einer Katastrophe. Aber wir schweifen vom Thema ab. Ich habe Sie ja schließlich nicht hergebeten, um über eine der größten menschlichen Schwächen zu philosophieren.«

Julian hatte sich nicht hinter den Schreibtisch gesetzt, sondern gegenüber von Cecilia an ein Fenster, von dem aus man den Hafen übersah. Während er sprach, betrachtete sie den Raum, in dem er seine Geschäfte erledigte. Weißgekalkte Wände, Fotografien von Schiffen, die im Laufe der Zeit für die Firma Carr gefahren waren und verschiedene Geschwindigkeitsrekorde gebrochen hatten. Ein kostbarer Globus aus Holz zeigte die Tierkreiszeichen. Das Mobiliar bestand aus einem großen Tisch und einigen Ledersesseln.

»Philip Barkin hat mir mitgeteilt, daß über Ihre Plantage gewisse Gerüchte im Umlauf sind«, fuhr Julian fort.

Rasch berichtete er, was der Makler ihm erzählt hatte.

»Wer verbreitet denn so was?« rief Cecilia aufgebracht.

»George oder Ihr Verwalter? Ist doch ganz gleich. Aber wir wissen beide, daß alles, was im Pflanzerclub herumgetratscht wird, sofort bei allen Kollegen die Runde macht. Es ist jedenfalls nicht gut für Whispering Hills, wenn es unter der Hand zum Verkauf angeboten wird.«

»Das ist nicht der Fall!«

»Bitte, Cecilia, wir wollen keine Wortklauberei betreiben! Dazu ist die Lage zu ernst. Sie sollen nur wissen, das es Interessenten gibt, und wenn Ihr Bruder davon erfährt, könnte er schneller verkaufen, als Ihnen lieb ist.«

»Nicht ohne mein Einverständnis!«

»Die Wirtschaftslage ist schlecht. Vielleicht sind Sie irgendwann doch dazu gezwungen.«

»Das würde Ihnen so passen, nicht wahr, daß es mir nicht gelingt, die Qualität unserer Produktion aufrechtzuerhalten! Aber da kennen Sie mich schlecht!«

»Was ist denn los, Cecilia? Warum halten Sie mich auf einmal für einen Feind?«

Cecilia sprang auf. »Glauben Sie etwa, ich merke nicht, was für ein mieses Spielchen Sie da treiben? Erst versuchen Sie mich zu becircen, indem Sie mich zum Essen einladen, und jetzt wollen Sie mich entmutigen und mich mürbe machen. Das tun Sie doch nur, damit ich Ihnen die Plantage überlasse.«

Julian war ebenfalls aufgestanden. Auf einmal hatte Cecilia Angst vor diesem Mann, der sie eisig musterte und zu ihr sagte: »Ich hätte nie von Ihnen gedacht, daß Sie glauben, ich wolle Sie manipulieren. Sie müssen ja eine erbärmliche Meinung von sich selbst haben, wenn Sie denken, daß ich Sie nur sehen möchte, weil ich etwas von Ihnen will.«

Da sie darauf nichts antworten konnte, ging sie zur Tür. Noch ehe ihr bewußt wurde, welche Folgen ihr Entschluß hatte, war sie auch schon im Flur und lief mit pochenden Schläfen die Treppe hinunter. Was war nur mit ihr los? Sie war so wütend auf sich selbst und auf Julian, daß sie an ihrem Wagen vorbeigelaufen wäre, wenn der Chauffeur nicht hinter ihr hergerufen hätte.

»Memsahib . . . Wo wollen Sie hin?« fragte er schließlich, als sie auf dem Rücksitz saß, aber keinen Ton sagte.

»Ich weiß nicht. Einfach den Fluß entlang.«

»Sie müssen ja eine erbärmliche Meinung von sich selbst haben.« Diese Worte gingen ihr nicht aus dem Kopf. Außerdem hatte sie das Gefühl, eine große Dummheit begangen zu haben. Aber wie sollte sie das wiedergutmachen? Wenn sie an Julians Gesicht dachte, als sie hinausgerannt war, verlor sie den Mut, einen Versöhnungsversuch zu unternehmen. Erschöpft von der Anspannung lehnte sie den Kopf zurück und öffnete die Augen erst wieder, als sie den Hafen verließen.

Sie näherten sich den *Ghats*, den Treppen, die zum Hooghly, einem Seitenarm des Ganges, hinunterführten. Je weiter sie kamen, desto dichter wurde die Menge. Frauen kamen heraufgestiegen und breiteten die Saris, die sie gerade gewaschen hatten, zum Trocknen auf dem Boden aus. Etwas weiter entfernt beteten Inder und vollzogen im Glauben an die reinigende Kraft des Wassers ihre rituellen Waschungen. Angesichts dieser Bilder, die das Leben auf das Wesentliche reduzierten, angesichts dieser Menschen, die nur nach der endgültigen Erlösung, die sie von jeder Reinkarnation befreite, strebten, wurde Cecilia plötzlich bewußt, wie hochmütig sie doch war. Wozu war das alles gut, Hoffnung, Ehrgeiz, Kampf oder der Wille, alles recht zu machen, wenn diese Bemühungen doch immer nur zu dem einen Ziel führten: daß man wieder zu Staub zerfiel. Yonten, Whispering Hills, was würden diese Namen dann noch bedeuten, und wie lächerlich mußte ihr Kummer dann erscheinen!

Eine Ziegenherde umringte den Buick, gefolgt von kleinen Jungen, die um Almosen bettelten. Trotz der geschlossenen Fenster drang der Geruch nach Exkrementen, Rauch und Feuchtigkeit ins Wageninnere. Da ihr fast übel wurde, befahl Cecilia dem Chauffeur, schneller zu fahren. Auf einmal hatte sie es eilig, in ihrem Zimmer zu sein. Flüchtig dachte sie daran, Julian Carr einen Brief zu schikken, aber da sie überzeugt davon war, daß er ihn doch nur ungelesen wegwerfen würde, verwarf sie die Idee schnell wieder.

Julian hingegen hatte erst zwischen Zorn und Enttäuschung geschwankt. Die anliegenden Geschäfte holten ihn jedoch bald wieder auf den Boden der Tatsachen zurück. Bis zum Mittagessen, das er im »Bengal Club« einnahm, war er damit beschäftigt, die Ladelisten und Zollerklärungen der nach Europa auslaufenden Schiffe durchzusehen. Der Nachmittag war mit verschiedenen Terminen ausgefüllt. Unter anderem besuchte er Sunil Bhattacharjee, einen Bengalen, den er noch von Eton her kannte. Sunil hatte die Nachfolge seines Vaters angetreten und war nun einer der hervorragendsten Rechtsanwälte der Stadt.

Als Brahmane gehörte Sunil der höchsten Kaste an. In England hatte er die Kolonialherren Indiens gut genug kennengelernt, um zum glühenden Nationalisten zu werden. Wie jeder Anhänger Gandhis setzte er sich für die Unabhängigkeit seines Landes ein. Julian wußte es zu schätzen, daß Sunil nie ein Geheimnis aus seiner Meinung gemacht hatte, darum konnten sie auch frei über alles reden. Sie hatten sich nicht mehr gesehen, seit im Juni die Bewegung der *non-cooperation*, der Verweigerung der Mitarbeit mit den Behörden, aufgeflackert war. In Bardoli hatten sich 87 Bauern geweigert, ihre Steuern zu entrichten, und mit Unterstützung des Mahatmas die britische Regierung schließlich zum Einlenken gezwungen.

»Dieser Sieg wird nicht verhindern, daß es weitere Aufstände und weitere Massaker geben wird«, betonte Sunil und fügte dann hinzu: »Wir werden einen entsetzlich hohen Preis zahlen müssen, aber eine andere Wahl haben wir nicht!«

Indien, dieses Land der Extreme, von der Sonne ausgedörrt, vom Monsun überschwemmt, von Naturkatastrophen und Epidemien heimgesucht, dieses Land uralten Wissens und tief verwurzelten Aberglaubens, in dem Hindus, Mohammedaner, Buddhisten, Sikhs und Jains so gut es ging zusammenlebten, setzte seine Hoffnungen auf einen kleinen, ausgemergelten, zahnlosen Mann, der, nur mit einem lendenschurzartigen *Dhoti* bekleidet, das Spinnrad zu seinem Symbol gewählt hatte.

Julian beobachtete Sunil, als dieser seinen Standpunkt darlegte. Er sah in ihm die glorreiche Vergangenheit dieses Landes voller Legenden, Schlachten, Gottheiten, hochentwickelter Kultur und Verfeinerung. Ihre Gespräche drehten sich oft um Literatur, aber noch ehe sie ihr Lieblingsthema anschneiden konnten, erzählte Julian seinem Gastgeber, daß er neuerdings jeden Morgen einen Sanskritlehrer kommen ließ.

»Wir fangen mit dem Unterricht so früh an, weil mein Kopf dann noch aufnahmefähig ist«, spaßte er.

Doch dann gestand er: »Das schiebe ich schon seit Monaten oder gar Jahren immer wieder vor mir her. Jetzt habe ich zwar auch nicht mehr Zeit als vorher, aber ich organisiere mich anders.«

»Etwas, was uns wirklich am Herzen liegt, darf man nie aufschieben«, erwiderte Sunil. »Manche Dinge haben Vorrang. Ganz gleich, ob sie weltbewegend oder persönlich sind, man muß sich ihnen unterwerfen. Ich war immer der Ansicht, daß man gesellschaftliche Veränderungen nur über eine individuelle Bewußtwerdung erreichen kann. Ihr Entschluß beweist, daß Sie sich nicht manipulieren lassen wollen.«

»Ich habe mich doch wohl noch nie manipulieren lassen«, empörte sich Julian.

»Alle Europäer lassen sich manipulieren, mehr oder weniger. Sie leben nicht für sich selbst, sondern für das Bild, das sie von sich vermitteln wollen. Und der Tanz ums Goldene Kalb macht alles nur noch schlimmer. Sie gehören einer untergehenden Welt an, werter Freund, aber zumindest sind Sie sich dessen bewußt.«

»Es stimmt, daß wir unseren Sinn fürs Religiöse, die Liebe zur Natur und den Respekt vor unseren Ahnen verloren haben. Für uns ist nichts wirklich von Bedeutung.«

»Weil ihr immer alles wollt, und das am liebsten sofort. Aber gleichzeitig seid ihr unfähig, die Gegenwart zu genießen. Ihr seid immer auf der Hut, wollt den Dingen vorausgreifen oder sie wiederholen. Euch fehlt die innere Ruhe und die Verschmelzung mit allem, was euch umgibt.«

Dabei wollte Julian gerade diese Verschmelzung erreichen. Schritt für Schritt schloß er Frieden mit sich selbst und fügte die Teile des Puzzles, die im Laufe seines Lebens verstreut worden waren, mühsam wieder zusammen. Da er auf verschiedenen Kontinenten aufgewachsen war, hatte er das Gefühl, überall zu Hause zu sein. Worte wie »Fortgehen« und »Zurückkehren« besaßen für ihn keine Bedeutung. Vielleicht weil er niemanden hatte, zu dem er gehen konnte? Als er sich das überlegte, beschlich ihn auf einmal ein ungutes Gefühl, und er beschloß, den Abend nicht in Tula zu verbringen.

Es parkten schon viele Autos neben dem Rasen, als sein Chauffeur ihn vor dem Eingang des Kasinos absetzte. Hier hatte er bei seinen häufigen Besuchen immer mehr Geld verloren als gewonnen.

Tabaksgeruch und dichter Qualm erfüllten den Raum, in dem grünbezogene Tische Männer und Frauen anlockten, ihr Glück zu versuchen. Als Julian sich umschaute, erkannte er den Maharadscha eines kleinen Staates im Nordwesten, eine vom Alkohol verwüstete italienische Abenteurerin sowie einige britische Geschäftsleute und Offiziere in Begleitung junger Europäerinnen, die nur gebrochen englisch sprachen.

Mit einem Glas Whisky in der Hand trat er an einen Spieltisch und ließ, neben dem Croupier stehend, die Atmosphäre auf sich einwirken. Die Finger um ihre Jetons gekrallt, sah die Italienerin aus, als sei sie vom Roulette hypnotisiert, während sich ihr Nebenmann, ein rotgesichtiger Amerikaner, ständig die Stirn abwischte und dabei einer fetten Blondine in den Po zwickte. Julian setzte gerade zum dritten Mal auf dieselbe Zahl, als sich eine Frau neben ihn drängte. Sie duftete nach Tuberose, ein Geruch, den er nicht mochte, aber ihr kastanienbraunes Haar und eine gewisse natürliche Ungezwungenheit gefielen ihm. Offenbar war sie erst seit kurzem in Indien, da weder das Klima noch ein ausschweifender Lebenswandel bisher ihre Spuren hinterlassen hatten.

Wie er erfuhr, hieß sie Helga. Von dem, was sie sonst erzählte – eine zerrüttete Familie, ein perverser Ehemann, ihre überstürzte Flucht aus München –, glaubte er kein Wort. All die armen Mädchen, die im Land von Tausendundeiner Nacht den Mann ihrer Träume suchten, wiederholten nämlich immer alle dieselbe Geschichte. Die Italienerin gewann zum dritten Mal, hatte aber nach wie vor nur Augen und Ohren für das Spiel. Eine Zigarette im Mundwinkel, versuchte sie weiterhin ihr Glück. Da Julian keine Glückssträhne hatte, ging er auf die Terrasse hinaus. Die Nacht war finster, aber heute abend interessierte er sich nicht für den Himmel. Helga war ihm gefolgt. Sofort fragte er sie, wo sie wohne.

Während der ganzen Rückfahrt nach Kalkutta sagte Julian kein Wort. Der Gegensatz zwischen dem Ort, den er gerade verlassen hatte, und den Straßen der Armenviertel, durch die sie nun fuhren, war so kraß, daß ihn wieder Schuldgefühle beschlichen. Neben der Straße brannten Feuer, in deren Licht Gestalten oder vielmehr in Lumpen gehüllte, unförmige Silhouetten aus der Dunkelheit auftauchten.

Männer und Frauen warteten sitzend oder liegend auf das Ende der Nacht. Am Morgen würden sie sich mit dem Wasser, das durch den Rinnstein floß, waschen und sich anschließend auf die Jagd nach etwas Eßbarem begeben. Schreie erregten seine Aufmerksamkeit. Niemand achtete auf das kleine Kind, das offenbar ziellos umherrannte und weinend nach jemandem rief, der nie kommen würde. Wie viele Kinder mußten so leben, allein, unterernährt, unwissend und allen Krankheiten ausgeliefert? Kleine Mädchen wurden von ihren Familien noch schlechter behandelt. Sie waren nicht nur zusätzliche Mäuler, die gestopft werden wollten, sondern man mußte ihnen auch noch eine Mitgift mitgeben, wenn sie heirateten. Viele Väter verschuldeten sich oft für ihr ganzes Leben, nur um die Aussteuer für ihre unerwünschten Töchter aufzubringen.

Angesichts von soviel Elend und Ungerechtigkeit fühlte Julian sich machtlos. Was konnte man gegen fest verwurzelte Traditionen, eine galoppierende Bevölkerungsentwicklung, das System der Kasten und die Gleichgültigkeit der westlichen Länder unternehmen? Helga hatte ihm eine Hand aufs Bein gelegt, aber er achtete kaum darauf. War das dem übermäßigen Alkoholkonsum oder der Anspannung, die sich seit dem frühen Morgen in ihm angesammelt hatte, zuzuschreiben? Als sie schließlich ankamen, war er versucht, gleich wieder kehrtzumachen. Aber andererseits hatte er nicht die Kraft, diese schrecklichen Bilder auf den Straßen gleich noch einmal zu ertragen, darum ging er mit zu ihr.

Die Sackgasse, in der die Deutsche wohnte, lag in einem Vergnügungsviertel für Europäer. Er war hier schon oft gewesen, um ein rasches, oft kostspieliges, aber immer flüchtiges Abenteuer zu erleben. Auf der Treppe hörte er Lachen und die leisen Klänge eines Grammophons, das Schlagermusik spielte. Als sie die Wohnung betraten, in der es ebenfalls nach Tuberose roch, empfing sie die gellende Stimme eines Papageis.

Helga knipste eine Lampe an, die sie mit einem dunkelroten Tuch abdeckte. Ihre nervösen Bewegungen verrieten ihre Unerfahrenheit. Sie verschwand kurz im Nebenzimmer. Er mußte eingenickt sein, weil er aufschreckte, als sie wieder hereinkam. Der Morgenmantel, den sie trug, war vorne offen, so daß er ihre rötliche Haut sah, als sie sich ihm auf den Schoß setzte. Eher beiläufig streifte er ihr den Morgenrock ab, streichelte ihre Brüste und ließ die Hand schließlich auf ihrer Hüfte liegen. Sogar diese so oft erprobten Gesten, bei denen er sich selbst nur noch wie ein Zuschauer vorkam, konnten sein Verlangen nicht anfachen. Noch nie hatte er so kurz vor einem Fiasko gestanden, und die offensichtliche Besorgnis seiner Partnerin machte die Sache auch nicht besser.

»Es ist nicht deine Schuld«, beruhigte er sie und hielt sie davon ab, ihre Bemühungen fortzusetzen.

Ohne ein Wort zu sagen, ging sie zur Toilette. Unterdessen streckte er sich auf dem Bett aus, wo er auch prompt einnickte und bis zum nächsten Morgen durchschlief. Als er die Augen aufschlug, sickerte fahles Licht durch die Fensterläden. Da er nicht in seiner vertrauten Umgebung war, brauchte er eine Weile, um sich zu erinnern. Helga schlief neben ihm, in eine Decke gerollt. Als er sie so daliegen sah, schutzlos, verlassen, fast kindlich, vergaß er seine Zurückhaltung. Spontan legte er den Kopf auf ihre Brust und horchte auf das Pochen ihres Herzens. Dann zerwühlten seine Finger ihr seidenes Nachthemd und bahnten sich einen Weg zu ihrem Schamhügel. Sanft weckte er sie, und als er sie stöhnen hörte, versank er in ihrer feuchten Wärme.

14

Bis zu ihrer Abreise hörte Julian nichts mehr von Cecilia. Im Nachtzug, der sie von Kalkutta nach Siliguri brachte, machte sie sich wieder Vorwürfe, weil sie vor ihm ihren Stolz nicht unterdrückt hatte, aber dazu war es nun mal zu spät. Mrs. Forrester hatte es sich im Abteil bequem gemacht und erholte sich allmählich vom Gedränge auf dem Bahnsteig, wo sie mühsam hinter den Kulis mit ihrem Gepäck hergerannt waren. Inmitten von den Dampfwolken der Lokomotiven hatten sie mit den Schaffnern diskutiert, die sie erst in die entgegengesetzte Richtung schicken wollten, bis sie schließlich in ihrem Waggon gelandet waren, in dem nervöse, atemlose Passagiere nach ihren Plätzen suchten.

Angela, die gern reiste, war strahlendster Laune. In ihrer Phantasie war sie schon Mitglied einer Theatertruppe, die durch Amerika reiste und in jeder Stadt ein erfolgreiches Stück zum besten gab. Erst ein Boy, der fragte, was sie zum Abendessen wünsche, brachte sie in die Wirklichkeit zurück.

»Gemüse mit Reis«, antwortete sie, während Cecilia eine Decke auseinanderfaltete und sich darin einhüllte.

Man brachte Tabletts aus Blech, auf denen in getrennten Fächern das bestellte Essen serviert wurde. Dann wurde Tee ausgeschenkt. Cecilia, die am Fenster saß, betrachtete den Sonnenuntergang. Frauen schritten über die Felder, ihre Krüge auf dem Kopf balancierend. In den Dörfern lagen ihre Männer jetzt auf den *Charpoy*, die sie an die Straße gestellt hatten, um zu plaudern und zu rauchen. Wie viele Leute wanderten da durch die öde Landschaft? Wohin gingen all diese Menschen?

Diese Frage stellte sich ihr auch am nächsten Morgen wieder, als sie nach einer Nacht voller Alpträume erwachte. Sie zog den Vorhang einen Spalt breit auf und betrachtete die Landschaft, die allmählich aus dem Zwielicht auftauchte. Nach und nach wurden Palmenhaine und Reisfelder deutlich, und vor diesem Hintergrund konnte man schließlich die Menschen erkennen. Einzeln oder in Gruppen liefen sie die Bahnlinie entlang und kamen aus den kleinen Wäldchen heraus. Die Bahnhöfe waren der bevorzugte Aufenthaltsort einer bunten Menge, die sich zwischen Karren, Ballen und Kisten die Zeit vertrieb. Reisende, Gaffer, Bettler, Krüppel und ganze Familien, die sich meist um die Mutter scharten, lebten hier im Rhythmus der Züge.

In Siliguri hatten die Reisenden Anschluß nach Darjeeling. Der winzige Zug quälte sich mühsam den Himalaja hinauf. Je weiter sie die bengalische Tiefebene hinter sich ließen, desto kühler wurde es. Der Pflanzenwuchs änderte sich ebenso wie die Bevölkerung, statt der Inder sah man jetzt überall Nepalesen. Auf der Straße fuhren britische Armeelastwagen in Richtung Kurseong, wo es in den umliegenden Wäldern viele Bären gab. Am Ufer eines Flusses weideten Wasserbüffel. Eine Horde von Kindern verfolgte einen Hund, der etwas im Maul trug, was Cecilia nicht erkennen konnte. Bei den vielen Zwischenaufenthalten in winzigen Bahnhöfen kletterten Bäuerinnen mit Körben voller Lebensmittel in den Waggon der dritten Klasse, wo sie unablässig die Neuigkeiten der letzten Wochen austauschten. Wegen der kalten Jahreszeit trugen sie jetzt Schals und gestreifte Mützen, ein farbenfroher Anblick, von dem Cecilia nie genug bekommen konnte.

Gleich nach ihrer Ankunft in Whispering Hills erfuhr sie, daß sich Annabel und Rose MacKiney drei Tage zuvor heftig gestritten hatten. Zuerst hörte sie von der Lehrerin ihre Version der Geschichte.

»Mrs. Darrow hat sich letzten Sonntag geweigert, mich nach Darjeeling mitzunehmen, nur weil sie unterwegs angeblich noch bei Freunden vorbeischauen wollte.«

Im selben gehässigen Ton fügte sie hinzu: »Es sind immer gerade die arbeitsscheuen Leute, die ihren Angestellten das Recht auf ein bißchen Zerstreuung streitig machen.«

»Aber Rose, so beruhigen Sie sich doch.«

»Ich bin ganz ruhig«, empörte sich Rose mit zornig funkelnden Augen, »ich weise Sie nur darauf hin, daß ich die Launen von Mrs. Darrow nicht länger hinnehmen werde.«

»Was sie getan hat, war schließlich kein Verbrechen.«

»Es ist vor allem ihre Art«, gab Rose zu.

Vom ersten Moment an hatte sie Annabel gehaßt, weil sie der »anderen« so ähnlich sah, jener Frau, die ihre Jugend zerstört, die ihr alles geraubt, die sie vernichtet hatte. Wegen dieser anderen hatte sie sich entschlossen, in die Kolonien auszuwandern. Das war ihr damals als der einzige Ausweg erschienen, ihre Rivalin nicht ständig an der Seite des Mannes sehen zu müssen, den sie ihr gestohlen hatte. Für diesen Mann hätte Rose damals ihre Seele dem Teufel verkauft. Doch trotz der großen Entfernung zwischen Edinburgh und Darjeeling hatte sich ihr dieser Schmerz so tief eingebrannt, daß die Wunde seitdem nicht verheilt war. Nichts konnte die Enttäuschung über diesen Verrat auslöschen. Und als sich die Frau von George Darrow dann auf einmal erdreistete, die Lehrerin zu schikanieren, beschloß diese, ihren ganzen nagenden Zorn an Annabel auszulassen.

Cecilia begriff, daß Rose jetzt außerstande war, auf einen Versöhnungsversuch einzugehen, darum lenkte sie das Gespräch auf ihre eigenen Sorgen.

»Mr. Darrow hat die Kinder doch hoffentlich in Ruhe gelassen?« fragte sie leicht beunruhigt.

»Sicher, schließlich ist er nie mehr auf der Plantage.«

Cecilia hätte Rose nicht gestatten dürfen, ihren Bruder derart offen zu kritisieren. Aber da Georges Verhalten nun einmal keinen Respekt einflößte, wechselte sie lieber das Thema.

»Haben die Kinder gut gearbeitet?«

»Ja, aber Maya Devi fehlt seit vorgestern.«

»Warum?«

»Man hat mir gesagt, daß sie ernsthaft krank ist.«

»Hat man einen Arzt gerufen?«

»Das weiß ich nicht.«

George war natürlich unauffindbar, aber Cecilia erfuhr, daß der Herr von Whispering Hills es nicht für nötig befunden hatte, den Hausarzt kommen zu lassen. Die junge Frau befahl sofort, einen Arzt zu holen, und lief dann zu ihrem kleinen Schützling.

Das Haus stand am Dorfrand. Es war mit Schilf gedeckt und von einem Gärtchen umgeben, in dem ein paar Hühner nach Würmern suchten. Ein Mann um die dreißig, klein und untersetzt, öffnete ihr die Tür. Maya Devis Vater, der in der Fabrik die Rollmaschine bediente, hätte nie geglaubt, je ein Mitglied der Familie Darrow bei sich begrüßen zu dürfen.

»Ich habe erfahren, daß Maya krank ist«, erklärte Cecilia.

»Ja, Memsahib, sehr krank«, erwiderte er. »Sie hustet viel.«

»Kann ich sie sehen?«

Verlegen schaute er über die Schulter zurück.

»Ja, Memsahib, nur haben wir Ihnen zu Ehren nichts vorbereitet.«

Cecilia betrat ein winziges Zimmer mit niedriger Decke, in dem es stark nach einem Kräuteraufguß roch. Abgewetzte Teppiche bedeckten den Boden aus festgestampfter Erde, und an rohgezimmerten Regalen hingen Gefäße aus Blech oder Steingut. Im Nebenzimmer lag das kleine Mädchen auf einem Strohsack.

»Ihre Mutter ist ja gar nicht da«, wunderte sich Cecilia.

»Die sucht Kräuter, um sie gesund zu pflegen.«

Cecilia bückte sich und befühlte Maya Devis glühend heiße Stirn. Daraufhin schlug das Kind die Augen auf, schien sie aber nicht zu erkennen.

»Gebt ihr ihr genug zu trinken?«

»Wir versuchen es, aber sie will nichts.«

Cecilia hätte der Kleinen nur zu gern die Stirn abgetupft und ihre Lippen benetzt. Aber die Mitglieder dieser Familie waren Hindus. Darum durfte sie auf keinen Fall die Küche betreten und den Wasservorrat anrühren, da dieser sonst unrein geworden wäre. Sie konnte ihre Sorge nur schlecht bezwingen und schaute auf die Uhr. Der Chauffeur würde erst nach Sonnenuntergang mit dem Arzt zurückkehren. Was sollte sie bis dahin tun? Ein Berg von Vorurteilen trennte sie von diesen Menschen, die sich, wenn sie ein Unglück traf, hinter dem Willen der Götter und den Gesetzen der Natur verschanzten. Da sie einsah, daß ihre Anwesenheit die Leute eher verwirrte als beruhigte, ging sie lieber wieder nach Hause zurück.

Als sie an der Fabrik vorbeikam, vernahm sie vom Wald her regelmäßige, dumpfe Schläge.

»Was ist da los?« fragte sie William Smithson, der im Hof das Abladen neuer Siebe beaufsichtigte.

»Da werden Bäume gefällt.«

»Bäume gefällt? Aber mein Vater war doch immer strikt dagegen.«

»Ihr Bruder ist da anderer Meinung. Er ist auch scharf auf das Geld. Ich habe ihn ja davor gewarnt, daß so ein Kahlschlag Erdrutsche verursachen kann. Aber er wollte nicht auf mich hören.«

Cecilia hatte zwar in bezug auf ihre Rückkehr keine großen Illusionen gehabt, aber mit so vielen Widrigkeiten hatte sie nun doch nicht gerechnet. Und ihre Aussprache mit Annabel konnte ihre Stimmung auch nicht heben.

Die Amerikanerin saß in Ednas Lieblingssessel und ließ ihre Schwägerin sofort wissen, daß sie gewisse Ansprüche stellte. Sie war jetzt die Herrin des Hauses, und um das auch unmißverständlich zu demonstrieren, hatte sie einige Möbel umgestellt und Gepflogenheiten, die seit Jahrzehnten im Haus gültig gewesen waren, umgekrempelt. So wurde der Tee nicht mehr im Boudoir neben der Veranda serviert, sondern im Wohnzimmer, das ihr viel besser gefiel. Auf dem Speisezettel standen nun auch verschiedene amerikanische Gerichte, und das Abendessen wurde zu einem späteren Zeitpunkt eingenommen. Während sich Cecilia dieses Programm anhörte, beobachtete sie ihre Schwägerin. Im Gegensatz zu den meisten Frauen stand Annabel die Schwangerschaft gar nicht gut. Ihr Gesicht wirkte faltig und ihr Äußeres irgendwie verwahrlost.

»Und als erstes müssen wir diese Lehrerin entlassen«, schloß die junge Frau, nachdem sie von ihrem Zusammenstoß mit Rose erzählt hatte. »Das ist eine echte Giftschlange. Geradezu der Teufel in Person. Die hätte mich sofort umgebracht, wenn sie gekonnt hätte!«

»Ich benötige ihre Dienste aber, es sei denn, du möchtest an ihrer Stelle unterrichten«, konterte Cecilia. »Solange ich unter diesem Dach lebe, bleibt sie hier.«

»Aber was soll das für einen Sinn haben, diese Vogelscheuche zu behalten und zu bezahlen, nur damit diese zerlumpten Gören, die das sowieso nicht brauchen und auch nie etwas lernen werden, Unterricht bekommen?«

Cecilia weigerte sich, die Unterhaltung fortzusetzen, und zog sich auf ihr Zimmer zurück. Da sie sich im Moment sowieso auf nichts konzentrieren konnte, legte sie sich aufs Bett und dachte über ihre Lage nach. Wie lange würde sie noch durchhalten, und wofür kämpfte sie überhaupt noch? Whispering Hills war nur noch ein Schatten seiner selbst, und trotz aller Anstrengungen würde sie die Plantage niemals wieder auf Erfolgskurs bringen. Zum ersten Mal seit langem dachte sie an ihre Jahre in England, an ihre Freundinnen im Internat, an ihren ersten Ball, ihre ersten Flirts. Damals war alles so leicht gewesen. Aber sie war nun einmal so widersprüchlich veranlagt, daß sie dieses bequeme Leben gegen die rauhen Gefilde des Himalaja eingetauscht hatte. Und seit sie diese Arbeit angefangen hatte, kam es für sie nicht mehr in Frage, einfach alles hinzuschmeißen. Erschöpft von der Reise und all der Aufregung nickte sie ein, bis der Butler meldete, daß der Arzt in der Eingangshalle wartete.

»Wir nehmen Ihren Wagen«, sagte sie, nachdem sie ihn begrüßt und ihm mitgeteilt hatte, worum es ging.

Vikas Das war Bengale und arbeitete am Krankenhaus »Lowis Jubilee«, wo die Eingeborenen behandelt wurden. Als ausgezeichneter praktischer Arzt widmete er sich mit

Leib und Seele seinen Patienten, nur leider war die Nachfrage so immens, daß er nicht mehr hinterherkam.

Maya Devis Zustand hatte sich seit Cecilias erstem Besuch noch verschlimmert. Jetzt redete sie wirres Zeug. Stumm und ergeben hockten die Eltern mit ihren beiden anderen Kindern in einer Ecke des Zimmers, während der Arzt seine Untersuchung durchführte.

»Eine Lungenentzündung«, sagte er schließlich, »und zwar sehr akut, weil sie nicht rechtzeitig behandelt wurde. Nur mit Kräutern kann man da nicht viel ausrichten.«

Bekümmert schaute er sich um und fuhr fort: »In diesem Haus zieht es an allen Ecken und Enden. Aber das Kind ist nicht transportfähig, darum können wir sie auch nicht ins Krankenhaus schaffen. Es wird bald dunkel, und dann ist es zu kalt.«

»Also morgen früh?«

»Wenn sie dann noch lebt«, flüsterte er. »Die nächsten Stunden sind entscheidend.«

»Das ist doch nicht möglich«, rief Cecilia, während sie das kleine Mädchen betrachtete.

Im Schein der Öllampe sah Mayas Gesicht aus wie das einer Unbekannten. Das Haar klebte an ihren Schläfen, die Wangen waren vom Fieber gerötet, und nichts erinnerte mehr an das fröhliche Kind, das jeden Tag singend zur Schule gerannt kam.

»Wäre ich doch nie nach Kalkutta gefahren!«

»Wie bitte?« fragte der Arzt und drehte sich zu ihr um.

»Nein, nichts. Ich habe nur mit mir selbst geredet.«

Aus seiner Tasche kramte er Schröpfköpfe hervor. Cecilia spürte hinter sich allgemeine Unruhe. Maya Devis Mutter hatte sich ins angrenzende Zimmer geflüchtet, wo sich auf einem Altar, der der Göttin Lakshmi, der Gefährtin Vishnus, geweiht war, die Opfergaben häuften.

»Wir können sie nicht hier lassen«, erklärte Cecilia energisch. »Ihre Eltern wissen nicht, was zu tun ist.«

»Kennen Sie eine andere Lösung?«

»Wir bringen sie im Bungalow unter.«

Verblüfft starrte Dr. Das die junge Engländerin an. Hatte sie den Verstand verloren, daß sie eine Gurung, deren Eltern doch nur Erntearbeiter waren, beherbergen wollte?

Cecilia wußte, daß sie damit ein Tabu brach, dennoch blieb sie bei ihrem Vorschlag.

»Ich werde jede Stunde nach ihr sehen und ihr selbst die Medizin einflößen.«

Nachdem sie der Familie, die von den Ereignissen völlig überfordert war, alles erklärt hatte, ließ sie erst Decken holen. Anschließend brachen sie auf. Als Cecilia sich noch ein letztes Mal nach den Eltern umdrehte, brach es ihr fast das Herz. Die Mütze in der einen Hand hatte der Vater den anderen Arm um die Schulter seiner Frau gelegt. Das jüngste Kind verbarg weinend das Gesicht in der Schürze der Mutter. Als sie die Ärmsten so sah, hilflos und unglücklich, schwor sie sich, alles daran zu setzen, ihnen ihre Tochter gesund und munter zurückzubringen.

Dazu mußte sie an allen Fronten kämpfen, denn kaum lag Maya Devi in Cecilias Zimmer, war auf dem Flur Geschrei zu hören. Da Cecilia schon ahnte, was da los war, ging sie lieber gleich freiwillig zu Annabel hinaus. Diese fragte mit wuterstickter Stimme, ob sie den Verstand verloren habe.

»Was ist dir eingefallen, all diese Mikroben hier anzuschleppen? Hast du vergessen, daß ich ein Kind erwarte?«

»Das ist nicht ansteckend.«

»Warum soll ich dir glauben? Wenn sich alle so benehmen würden, hätten wir Indien schon längst verloren! Und was sollen die Dienstboten denken? Sobald sie in Zukunft einmal niesen müssen, wollen sie dann gleich, daß wir sie gesund pflegen. Schick dieses Gör sofort zurück!«

»Kommt gar nicht in Frage.«

»Warte nur, bis George zurückkommt«, drohte Annabel.

»George? Zurückkommen? Du bist es, die hier den Verstand verliert.«

Bei dieser Beleidigung erbleichte die Amerikanerin, aber Cecilia ließ ihr keine Zeit zu antworten, sondern kehrte in ihr Zimmer zurück und schloß die Tür hinter sich ab.

Maya Devi lag, nur mit einem Laken bedeckt, auf einem Charpoy. Das Anlegen der Schröpfköpfe hatte das Fieber etwas gesenkt, trotzdem sollte Cecilia diese Prozedur in einigen Stunden wiederholen. Auf einem Tisch baute sie die von Dr. Das hergerichteten Arzneimittel auf und stellte eine Schüssel mit abgekochtem Wasser daneben. Damit befeuchtete sie regelmäßig das Gesicht und die Glieder des Kindes, um sie gleich danach wieder trockenzureiben. Um nur ja nicht einzuschlafen, hatte sie sich eine große Kanne Kaffee kommen lassen. Dann begann das Warten, einsam und angstvoll. Sie saß auf einem besonders unbequemen Stuhl und ließ das Kind keine Sekunde aus den Augen, gab ihm in kleinen Schlucken zu trinken und fächerte ihm Luft zu. Ihr fiel wieder ein, wie sie Maya Devi kennengelernt hatte. Hatte das Schicksal sie nur zusammengeführt, um gemeinsam das Unvermeidliche durchzustehen? Sie sprach ein Gebet, in dem sie Gott anflehte, Erbarmen mit diesem unschuldigen Geschöpf zu haben. Obwohl sie völlig erschöpft war, gestand sie sich keinen Moment Schlaf zu. Nur der feste Wille, sich nicht vom Tod bezwingen zu lassen, konnte ihr den Sieg bringen. Das Kind atmete zwar immer noch nicht regelmäßig, holte aber schon nicht mehr so stoßweise Luft. Da Cecilia wußte, daß sie noch längst nicht gewonnen hatte, pflegte sie das Mädchen mit doppelter Hingabe.

Der Arzt hatte versprochen, erst noch einmal vorbeizuschauen, ehe er seine Arbeit im Krankenhaus antreten mußte. Er kam am frühen Morgen, fühlte der Kranken den Puls, horchte sie mit dem Stethoskop ab, hob die Augenlider an und kontrollierte die Reflexe.

»Es geht ihr schon besser, trotzdem habe ich noch Bedenken, sie ins Krankenhaus schaffen zu lassen.«

»Keine Sorge! Ich behalte sie hier.«

Im selben Moment, in dem Cecilia diese Entscheidung traf, wußte sie, daß nichts und niemand sie davon abbringen konnte. Während ihrer Nachtwache war ihr klar geworden, daß sie sogar bereit sein würde, sich wegen dieses Mädchens, das sie vor einem Jahr noch nicht einmal gekannt hatte, mit ihrem Bruder zu überwerfen. Falls George ihr auch nur den geringsten Vorwurf machen sollte, würde sie ihn zum Teufel jagen. Selbst die Tatsache, daß sie gezwungen war, mit ihm im selben Haus zu wohnen, konnte sie nicht davon abbringen.

Er traf schließlich am Abend ein. Annabel, die schon seit drei Tagen auf ihn gewartet hatte, war verärgert, als er in Gesellschaft von drei Freunden auftauchte, die für den Indian Civil Service arbeiteten. Diese Burschen konnte sie nämlich nicht leiden, weil sie ständig sarkastische Witze rissen und eine besondere Vorliebe für Whisky hatten.

Nachdem die Männer eine Partie Billard gespielt und in der Bibliothek noch ein paar Gläser getrunken hatten, gesellten sie sich endlich zur Hausherrin ins Eßzimmer.

»Wo ist Cecilia?« wunderte sich George. »Immer noch in Kalkutta?«

»Nein. Sie ist gestern früh zurückgekehrt«, antwortete Annabel spitz.

»Hier bin ich«, unterbrach sie ihre Schwägerin, die die späten Gäste von der Türschwelle her musterte.

Unter ihnen erkannte sie einen gewissen Philip Everett, der gemeinsam mit Charles Fenwick – ein Offizier, der heute allerdings nicht dabei war – zu Georges Busenfreunden zählte. Beide waren jung, arrogant und nicht besonders intelligent, sahen aber sehr gut aus, weswegen sie in ihren Kreisen bewundert wurden, obwohl Cecilia die beiden eher langweilig fand. Nachdem sie die Gäste knapp begrüßt hatte, setzte sie sich an ihren üblichen Platz. Eigentlich war sie nur gekommen, damit es keine Szene gab. Die Stimmung, die hier im Raum herrschte, hätte nämlich selbst den ausgeglichensten Menschen aus der Bahn geworfen. Annabel, deren Augen vor Wut und Frust funkelten, schien kurz vor einem Nervenzusammenbruch zu stehen, was Philip Everett offenbar sehr belustigte. George beachtete die schlechte Verfassung seiner Frau gar nicht, sondern erzählte begeistert von seinem Aufenthalt in Darjeeling. Nach einem Polospiel und einem Festschmaus bei einem Bankier hatten sie einen denkwürdigen Einzug in den Pflanzerclub gehalten. Ein sturzbetrunkener Kavalleriehauptmann hatte sich dadurch ausgezeichnet, daß er sein Zimmer hoch zu Roß aufsuchen wollte. Von allen Anwesenden angefeuert, hatte das Tier die Vorhalle durchquert, war die Treppe hinaufgaloppiert und dann in den Flur eingebogen. Dort konnte es nicht mehr kehrtmachen und hatte den Teppich mit Pferdeäpfeln verdreckt.

Angewidert von diesem Soldatengeschwätz schob Annabel den Stuhl zurück, warf ihre Serviette auf den Teller und rauschte hinaus. Einen Moment lang war Cecilia versucht, es ihr gleichzutun, aber als sie Philip Everetts Blick aufschnappte, überlegte sie es sich anders. Ganz offensichtlich wollte dieser Rüpel Einfluß auf George ausüben. Die Gäste vergaßen nach und nach, daß sie da war, und unterhielten sich auf eine Weise, die keine erfreulichen Rückschlüsse auf ihre Intelligenz und die Erziehung, die sie genossen hatten, zuließ. Erklärte sich ihr pöbelhaftes Verhalten dadurch, daß sie so weit von England entfernt waren und glaubten, sich auf dem sogenannten »Subkontinent« alles herausnehmen zu dürfen? Doch nachdem Cecilia ihnen eine Weile zugesehen und -gehört hatte, änderte sie ihre Meinung. Sie erkannte, daß die meisten Äußerungen dieser Männer eine abgrundtiefe Verachtung für Frauen verrieten, und begriff, was sie vorhatten. Es war ihre volle Absicht gewesen, Annabel zur Weißglut zu treiben. Und der nächste Tag versprach wieder ebenso stürmisch zu verlaufen, weil George beschlossen hatte, seine Gäste über Nacht dazubehalten.

Sobald Cecilia den letzten Bissen hinuntergeschluckt hatte, zog sie sich auf ihr Zimmer zurück. Bei ihrem Eintreten zuckte die *Ayah* zusammen, die über Maya Devi wachen sollte. Anscheinend war sie eingenickt.

»Ist sie zwischendurch aufgewacht?«

»Nein, Memsahib. Sie hat die ganze Zeit über geschlafen.«

»Gut. Du kannst uns jetzt allein lassen. Und sag kein Wort davon zu Mr. Darrow, selbst wenn er dich ausfragt.«

Bis jetzt hatte keiner von den Hausangestellten geredet, und Annabel, die sich schmollend zurückgezogen hatte, hatte ihre Drohung offenbar vergessen. Aber die Ruhe war trügerisch, da George die »unerwünschte Person« bald entdecken mußte. Sobald Cecilia mit dem Mädchen allein war, streichelte sie ihm über das schweißverklebte Haar. Das Fieber war zurückgegangen, und die schlimmste Gefahr schien gebannt. War ihr Gebet erhört worden? Cecilia konnte vor Rührung kaum schlucken und fühlte sich auf einmal getröstet. Nach all den Katastrophen, die sie in den letzten Wochen erlebt hatte, gab es nun endlich auch mal eine Ermutigung. Sie war völlig erschöpft und hätte sich am liebsten schlafen gelegt, aber ihr Mitgefühl hielt sie bei diesem Kind zurück, dem sie es verdankte, daß sie sich endlich mit sich selbst versöhnt hatte. War denn das Leben so beschaffen, daß einem in Momenten größter Verzweiflung oft ein einzigartiges Glück zuteil wurde?

15

Weihnachten kam ... ein Weihnachtsfest, das niemand gern in Whispering Hills verbringen wollte.

Obwohl dieser Tag den nepalesischen Tagelöhnern nichts bedeutete, hatte Cecilia in einem Raum der Fabrik einen Christbaum aufgestellt. Die Schulkinder hatten ihn hingebungsvoll mit Kugeln und Girlanden geschmückt. Anschließend wurden Geschenke, hauptsächlich Naschwerk, überreicht.

An ihre Mutter geschmiegt, schaute Maya Devi in ihrem hübschesten Kleid staunend zu, wie die Kerzen langsam niederbrannten. Unterdessen knabberten ihre Geschwister an ihren Zuckerstangen. Rose MacKiney hielt sich abseits und tat so, als ginge sie das Ganze nichts an. Wenn Cecilia ihr nicht ausdrücklich befohlen hätte zu kommen, hätte sie sich nie unter die Eingeborenen gemischt. Gleich zu Jahresanfang wollte sie sich eine andere Anstellung suchen. An den Darrows mißfiel ihr nämlich alles, vor allem diese lächerliche Hingabe, mit der Cecilia versuchte, das Los ihrer Schützlinge zu verbessern. Seit Maya Devis Genesung hatte sie es sich sogar in den Kopf gesetzt, eine Krankenstation aufzumachen, was alle Angestellten doch unweigerlich dazu treiben mußte, eine medizinische Versorgung zu verlangen. Außerdem mußte man nicht gerade hellseherische Fähigkeiten besitzen, um zu erkennen, daß Whispering Hills keine Zukunft mehr hatte! Doch ehe sie ging, wollte Rose noch ihre Rache auskosten. Wenn sich ihr Verdacht bestätigen sollte, war ihr Sieg bald vollkommen.

Cecilia, die nicht die leiseste Ahnung hatte, welches Netz aus Intrigen die Lehrerin da knüpfte, setzte Rose bei einer schottischen Landsmännin ab. Anschließend fuhr sie weiter zum Hotel Magnolia, wo sie auf Einladung von Mabel Forrester die Festtage verbringen wollte.

Der Duft von Rum und Gewürznelken empfing sie schon in der Eingangshalle, wo man den Kunden des Hotels gerade einen Punsch servierte. Unterdessen schmückte das Personal, auf hohen Leitern balancierend, einen gewaltigen Tannenbaum. Sie überließ ihr Gepäck einem Kuli und folgte dem Butler, der ihr den Weg zu Mabel Forresters Privaträumen zeigte.

»Wir stellen gerade die Sitzordnung auf«, rief Angela, die mit ihrer Mutter beim Tee saß.

Samuel und Marjorie Baxter waren zum Abendessen eingeladen, außerdem noch Peter Saunders und zwei weitere Ehepaare, die in Kurseong wohnten.

»Mama hatte noch andere Freunde eingeladen, dabei aber nicht auf die Anzahl geachtet. Zum Glück haben sie abgesagt, sonst wären wir dreizehn gewesen!«

Während Cecilia ihren Tee zu sich nahm, entdeckte sie leicht belustigt, daß ihre Freundin es insgeheim so einzurichten versuchte, daß sie neben Peter zu sitzen kam. Warum hatte Angela ihr verschwiegen, daß sie ein Faible für ihn hatte? Cecilia mischte sich ein und half Angela geschickt, ihr Ziel zu erreichen. Anschließend zog sie sich auf ihr Zimmer zurück.

»Dasselbe hat auch Julian Carr bewohnt, als er das letzte Mal in Darjeeling war«, betonte Angela.

Als sie seinen Namen hörte, zuckte Cecilia zusammen. Seit über drei Wochen versuchte sie nun schon, die Auseinandersetzung mit ihm zu vergessen. War er in London? Oder hatte er in Marseille haltgemacht, bei seiner Tante? Bevor sie ihren Koffer öffnete, betrachtete sie den Raum, in dem Julian geschlafen und geträumt hatte, der seine Gedanken und seine Einsamkeit gesehen hatte, und . . . Er fehlte ihr. Seltsamerweise hätte sie das Ende dieses schwierigen Jahres gern mit ihm verbracht. Aber sie riß sich zusammen und machte sich klar, daß er schließlich am anderen Ende der Welt war und sie sicher längst vergessen hatte.

Sie ergriff nun ebenfalls von diesem Zimmer Besitz, hängte ihre Kleider in den schweren Eichenschrank, rückte die Lampen zurecht und probierte das Bett aus. Auf einem Frisiertisch baute sie ihre Kosmetikartikel und einen Parfumzerstäuber auf.

Fröhliches Stimmengewirr erklang im Treppenhaus, als sie hinunterging. Sie trug ein schwarzes Tüllkleid, dessen züchtiges Dekolleté nur von einer Kette aus Mattgold belebt wurde. Das war die einzige Koketterie, die ihr in der Trauerzeit erlaubt war, aber als sie so vor Peter erschien, fand er sie unwiderstehlich. Auch er sah durchaus stattlich aus in seinem Smoking. Als sie gemeinsam zum Speisesaal gingen, bemerkte sie, daß sich auch die anderen Frauen für ihn interessierten. Alle jungen und weniger jungen Mädchen reckten die Köpfe, als sie eintraten.

Die Baxters hatten schon mit den anderen Gästen am Tisch Platz genommen.

»Marjorie ist den Tränen nahe«, flüsterte Angela Cecilia zu. »Das ist ihr erstes Weihnachtsfest ohne die Kinder. Allein der Anblick von Spielzeug macht sie schon krank.«

Für viele Mütter war diese Jahreszeit besonders furchtbar, weil ihre Kinder nicht dabeiwaren. Aus diesem Grund trafen sich Ehepaare, die von ihren Kindern getrennt waren, meist mit ihren Freunden. Sie alle fürchteten sich nämlich vor der Zweisamkeit, die unweigerlich auf ihnen lastete, mit dem Überdruß an den Kolonien und all den Enttäuschungen, die in der Luft lagen, ohne offen ausgesprochen zu werden. Dabei verbrachte man den Dezember in Darjeeling sehr angenehm. Im Gefolge des Gouverneurs von Bengalen kamen viele Beamte und Händler aus Kalkutta her. Die meisten besaßen hier einen Zweitwohnsitz, den sie vor allem während der heißesten Jahreszeit bewohnten. Aber weil die Berge auch im Winter Vergnügungen boten und sie die Hoffnung hegten, etwas Schnee zu sehen, kamen sie regelmäßig auch im Winter. Dann gab es Festessen und rauschende Bälle, man ging spazieren und Schlittschuh laufen, und jeder versuchte, mit all diesen Aktivitäten sein Heimweh zu vergessen.

Peter saß rechts von Angela und blickte sich um. Der Trubel, der auf einmal im Speisesaal herrschte, machte ihn irgendwie benommen. Jedesmal, wenn er am Wochenende nach Darjeeling kam, empfand er dasselbe. Das Leben in der Stadt behagte ihm nicht mehr. Seit er mitten in der stillen Natur lebte, hatte er ein Bedürfnis nach Ursprünglichkeit, das er bei den anderen Männern seines Alters nicht bemerkte. Er war kein Menschenfeind geworden, aber er kannte nun einmal kein größeres Vergnügen, als noch vor Morgengrauen aufzustehen, um die täglichen Rituale zu exerzieren. Trotz der Kälte öffnete er dann das Schlafzimmerfenster und beobachtete, eine Tasse Tee in der Hand, wie die Berge aus der Dunkelheit auftauchten. Dann atmete er die von den Düften der Nacht erfüllte Luft, wurde eins mit den Flüssen, den Wäldern und dem Himmel, an dem die Sterne allmählich verblaßten. Das ganze Universum in all seiner Vollkommenheit gehörte nur ihm. Er stellte sich vor, er erlebe die Frühzeit der

Menschheit, als die Erde noch jungfräulich, unbefleckt und frei von Gewalt war; er stellte sich vor, er entdecke als erster die Segnungen dieses Planeten, den die Menschen noch nicht besetzt, bezwungen, untereinander aufgeteilt und entstellt hatten. In den Stunden nach diesem Schauspiel erwartete ihn harte Arbeit, aber dadurch, daß er sich handwerklich betätigen konnte, genoß er es noch mehr, an einem so abgeschiedenen Ort zu wohnen. Außerdem war ihm seine Beziehung zu Samuel Baxter sehr wichtig. Unter seiner Anleitung hatte er sich in wenigen Monaten Kenntnisse angeeignet, die andere nicht einmal in einem Jahr erworben hätten. Der Verwalter liebte seinen Beruf nicht nur, er übte ihn auch nach allen Regeln der Kunst aus, was seinen Schüler dazu anspornte, ihm darin nachzueifern. Am späten Nachmittag gönnten sie sich bisweilen eine Pause. Dann rauchten sie beide eine Pfeife und entspannten sich. Ohne daß sie auch nur ein Wort sagten, herrschte zwischen ihnen stilles Einvernehmen, weil sie wußten, daß sie ihre Pflicht gewissenhaft erfüllt hatten. Diesen zufriedenen Moment hätten sie gegen nichts in der Welt eintauschen wollen.

Heute abend war Samuel Baxter nicht gerade der gesprächigste Gast, aber er sagte sowieso nie viel, sondern hörte lieber zu. Mit halbgeschlossenen Augen trank er den Champagner, um sein schlechtes Gewissen zu beruhigen, das er seiner Frau gegenüber hatte, weil er ihr kein angenehmeres Leben bieten konnte.

Wie oft hatte sie ihm schon vorgeworfen, seine Arbeit sei ihm wichtiger als seine Frau. Wenn er dann versuchte, sich zu verteidigen, erklärte sie, sie lasse nur Taten als Beweise gelten. Und es war nun einmal offensichtlich, daß er sich nie Urlaub nahm, um sich um seine Frau und seine Kinder zu kümmern. Da sich Marjorie nur für ihre Familie und sonst für nichts interessierte, stand sie in letzter Zeit immer später auf, vernachlässigte ihr Äußeres, klagte ständig über Müdigkeit und trocknete andauernd ihre tränennassen Augen. Samuel fühlte sich völlig hilflos, so sehr war sie für ihn zu einer Unbekannten geworden, aber das Schamgefühl hielt ihn davon ab, jene Worte zu sagen, die vielleicht geholfen hätten. Schmerzhaft entdeckte er die Grenzen und die Unbeständigkeit der Liebe. Und voller Verbitterung machte er sich klar, daß er nie genug Geld haben würde, um sich eines Tages selbst eine gute Plantage zu kaufen. Er würde die Jahre weiterhin im Dienste der Carrs verbringen müssen, während seine Ehe langsam kaputtging. Manchmal war er drauf und dran, Peter vor der schleichenden Vergiftung zu warnen, der man in Darjeeling unwillkürlich ausgesetzt war. Als Samuel ihn so sah, wie er sich seine Zigarette anzündete und dabei Cecilia anlächelte, fürchtete er, der Ärmste könne in die gleiche Falle tappen.

Peter ahnte nicht im geringsten, wie sehr der Verwalter an seinem Schicksal Anteil nahm, sondern hatte nur Augen und Ohren für das Mädchen, das ihm von ihrem Aufenthalt in Kalkutta erzählte. Was hätte sie wohl gedacht, wenn sie gewußt hätte, daß er sich nach ihr gesehnt hatte? Seit ihrer Rückkehr hatte er sich mehrmals vorgenommen, ihr in Whispering Hills einen Besuch abzustatten, aber die Erinnerung an den Tibeter, der sie damals mit dem Badehandtuch abgetrocknet hatte, hatte ihn jedesmal davon abgehalten. Wie sehr er diesen Mann, der heimlich Cecilias Gunst genoß, doch beneidete und haßte!

»Möchten Sie noch etwas Pudding?« fragte Angela, als sie sah, daß Peter die Schüssel, die der Butler ihm hinhielt, gar nicht beachtete.

Sie legte ihre Hand auf seine, eine flüchtige Geste, aber dennoch voller Hoffnung, voller Verlockung und Gewißheit, daß der Schleier eines Tages zerreißen würde und ihr Tischnachbar verstehen mußte, daß sie in ihn verliebt war.

Seit ihrer Rückkehr aus Kalkutta war sie viel zu beschäftigt gewesen, um bloß auf eine Begegnung mit ihm zu warten oder Trübsal zu blasen. Der Schule widmete sie sich nun mit doppelter Energie, da sie möglichst rasch ihren Abschluß machen wollte. Das war schließlich der Preis für ihre Freiheit! Aber trotz aller Paukerei fand sie noch Zeit für die Proben eines Stückes, das am Neujahrstag aufgeführt werden sollte. Ein besonderes Leuchten erfüllte ihre Augen, als sie an ihre nächste Rolle dachte. Da sie abergläubisch war, hatte sie niemandem davon erzählt, nicht einmal ihren Eltern. Die hätten sich sowieso nur Sorgen gemacht! Am anderen Ende des Tisches überwachte ihre Mutter das Auftragen der Mahlzeit, mit der anscheinend alle hochzufrieden waren. Angela schaute sich um und nahm die Stimmung in sich auf. Dies war also ihr letztes Weihnachtsfest im Hotel Magnolia. Ob ihre Eltern etwas ahnten? Manchmal fühlte sie sich von ihrem Vater beobachtet. Er war scharfsinniger als seine Frau und hatte vielleicht bemerkt, daß sie ausbrechen wollte. Seit vielen Jahren widmeten sich die beiden nun ihrem Hotel. Auf das Ergebnis konnten sie wirklich stolz sein, das bewies allein die Tatsache, daß ihre Gäste immer wiederkamen! Aber ihre Welt endete an der Stadtgrenze von Darjeeling. Angela wußte, daß es für ihre Eltern ein Schock wäre, wenn sie fortginge. Hatten sie doch immer gehofft, daß ihre Tochter das Hotel später einmal übernehmen würde. Da sie sich außerstande fühlte, diesem Wunsch zu entsprechen, sah sie dem Moment, an dem sie ihnen ihren Entschluß mitteilen mußte, mit Sorge entgegen. Mabel würde weinen und betteln. Edward würde sich in Schweigen hüllen, was noch schwerer zu ertragen war. Aber Angela konnte nur um den Preis dieser Trennung ihr Glück finden, das sie im Scheinwerferlicht und im donnernden Applaus vermutete.

»Sie sehen nachdenklich aus«, bemerkte Peter, der sich zu ihr hinüberlehnte.

»Das stimmt. Ich war kurz woanders.«

»Ist es indiskret zu fragen, woran sie gerade gedacht haben?«

»Ich dachte nur daran, wie sehr manche Entscheidungen den Leuten, die mir nahestehen, weh tun können.«

»Zugeständnisse sind oft noch gefährlicher! Irgendwann gibt man der Person, für die man ein Opfer gebracht hat, dann doch die Schuld.«

»Ist Ihnen so was schon mal passiert?«

»Nein, ich glaube nicht.«

Peter dachte nach und sagte dann langsam: »Ich glaube, ich habe noch nie gegen meine Überzeugung gehandelt.«

»Haben Sie mir nicht erzählt, daß Sie eher zufällig nach Indien gekommen sind?«

»Das stimmt, aber seit ich in Rainbow Gardens bin, ist alles ganz anders.«

»Dann wollen Sie also für immer hierbleiben?«

»Vielleicht.«

»Aber Sie sind doch noch jung! Die ganze Welt steht Ihnen offen!«

»Wozu? Hier habe ich meinen Frieden, ja sogar mein Glück gefunden.«

»Fern vom wirklichen Leben?«

»Es hängt alles davon ab, welche Vorstellung man vom Leben hat. Unsere Anschauungen unterscheiden sich da offenbar voneinander. Sie, Angela, sind dafür geschaffen, in einer vornehmen, kultivierten Gesellschaft zu glänzen. Ich hingegen bin nur glücklich ohne Finessen, Konventionen und Kompromisse. Mir genügt die Natur mit ihrer Schönheit und ihrer Kraft. In Darjeeling habe ich zum ersten Mal Antwort auf meine Sehnsucht gefunden. Das ist seltsam, fast unerklärlich und für viele – zu denen offensichtlich auch Sie gehören – sicher völlig unverständlich.«

»Sie müssen auch versuchen, mich zu verstehen. Ich habe nie etwas anderes erlebt«, verteidigte sich das Mädchen.

»Aber ich mache Ihnen ja nicht den geringsten Vorwurf«, antwortete Peter, erstaunt, daß sie auf einmal so niedergeschlagen aussah.

Woher hätte er auch wissen sollen, daß seine Worte für seine Tischdame eine wesentlich größere Gefahr darstellten als die Zuneigung, die er für Cecilia empfand. Gegen Peters Träume und die Suche nach Vollkommenheit konnte Angela nicht ankommen. Das wußte sie, weil sie im Grunde ganz genauso dachte.

16

Am 31. Dezember 1928 war es in Darjeeling kalt, aber dieSonne schien stark genug, daß man auf der Terrasse des Hotels Magnolia die Liegestühle aufstellen konnte.

In Schultertücher gehüllt betrachteten Angela und Cecilia das Halbrund der Berge und tranken dabei einen Glühwein.

»Vorhin habe ich deine Schwägerin gesehen«, sagte Angela. »Sie kam aus der Konditorei.«

»Was soll's. Naschen ist das einzige Vergnügen, das sie noch hat.«

»In ihrem Zustand ist das ganz schön ärgerlich.«

»Sollen wir uns jetzt etwa um ihre schlanke Linie Sorgen machen?«

»Die Ärmste! Allmählich tut sie mir leid. Versetz dich mal in ihre Lage.«

»O nein! Ich hab' schon genug Sorgen und will mir nicht auch noch die von meiner Schwägerin aufhalsen.«

»Glaubst du, sie will nach der Geburt des Babys in Darjeeling bleiben?«

»Keine Ahnung. Aber wer außer mir will überhaupt in Darjeeling bleiben?« seufzte Cecilia. »Wo werde ich wohl in sechs Monaten sein?«

»Hast du nie daran gedacht zu heiraten?«

»Doch . . . so wie alle.«

»Bist du nie verliebt gewesen?«

»Verliebt ... Das war ich mal, nur in den falschen Mann.«

Verblüfft über dieses Geständnis, setzte Angela sich auf.

»Warum hast du mir nie davon erzählt?«

»Weil es sich gar nicht lohnt«, log Cecilia.

Obwohl sie schon immer an Gedankenübertragung geglaubt hatte, wäre es ihr nicht im Traum eingefallen, daß sie nur drei Stunden später Yonten wiedersehen sollte.

Auf dem Rückweg von der Post bemerkte sie seine hohe Gestalt in der *Chubâ*, dem dunkelblauen Gewand der Tibeter. Er verließ gerade den Laden, in dem er für gewöhnlich seinen Tabak kaufte. Als er sie entdeckte, blieb er stehen und wartete, bis sie näher kam. Sobald er ihr in die Augen schaute, wußte sie, daß sie verloren war.

»Durch Freunde habe ich erfahren, daß du seit einigen Tagen bei den Forresters wohnst, und ich hatte gehofft, dich zu treffen. Du hast mir gefehlt.«

Du mir auch, konnte sie gerade noch unterdrücken, während sich ihr Puls beschleunigte.

»Wo willst du hin?«

»Ich war auf dem Heimweg ins Hotel.«

»Komm mit mir. Ein Vetter, der zur Zeit in Kurseong ist, hat mir sein Haus geliehen.«

Um jedes Getratsche zu vermeiden, machte sie erst einen Umweg, ehe sie an der Tür in der Nähe des Bazars klopfte. Über eine Holztreppe gelangte sie in den ersten Stock, wo in einem dunklen Zimmer ein offenes Feuer brannte. Tibetische Teppiche mit Blumenmustern und Drachen bedeckten den Parkettboden. Auf einem Altar mit einer Buddhastatue brannten mit Butter gespeiste Lampen. Auf der anderen Seite des Raumes dienten Matratzen als Sitzgelegenheiten. Schwarz oder grellrot gestrichene Truhen und Tische bildeten die Einrichtung dieses

Zimmers, in dem man sich von der ganzen Welt abgeschnitten fühlte. So empfand jedenfalls Cecilia, als sie ihre Hände an den Flammen wärmte.

In der Eingangshalle bat Yonten einen Dienstboten darum, Tee und eine *Tsampa*, eine Fleischsuppe, zuzubereiten. Dann berührten seine Lippen auf vertraute Weise Cecilias Nacken. Sie war wie elektrisiert von seiner Liebkosung, die sie so lange hatte entbehren müssen, und vergaß alles, was sie von diesem Mann getrennt hatte. Sie hatte ihn jetzt für sich allein, und in seinen Augen las sie, daß nichts anderes zählte als ihr Verlangen, sich gegenseitig neu zu entdecken.

»Sag mir, daß du dich nach mir gesehnt hast«, flüsterte Yonten, seinen Mund an Cecilias Lippen.

Ohne zu antworten, preßte sie sich enger an ihn. Zum ersten Mal vergaß sie alle Gefühle und gehorchte nur ihrer Leidenschaft. Sie konzentrierte sich auf diese Empfindung und wurde immer fordernder. Alles war auf einmal so einfach ... Er, sie, Zärtlichkeiten, deren Macht sie kannte. Nackt an Yonten geschmiegt, berauscht von Wohlgerüchen und einem wonnigen Schauder, ließ sie ihren Körper sprechen. Dazu sprudelten Worte hervor, die sie nicht mehr zurückhalten konnte, Worte, unter denen er sich nur auf den Genuß, den er ihr schenken wollte, konzentrierte. Noch nie waren sie so weit gegangen, um diesen Rausch zu erreichen, obwohl sie sich doch fest vorgenommen hatte, ihm auf gar keinen Fall mehr nachzugeben.

Aber zum ersten Mal, seit sie sich kannten, blieb sie nicht bei ihm.

»Wo willst du hin?« fragte er überrascht.

»Zu meinen Freunden.«

»Schon? Aber dich drängt doch niemand.«

»Vielleicht, aber ich will mich hier nicht lange aufhalten.«

»Sind wir denn nicht glücklich zusammen?«

»Glücklich? Sicher nicht!«

»Das gilt aber nur für dich . . .«

»Und warum soll ich nicht ehrlich sagen, wie es mir dabei geht? Ich bin es doch, die auf dich warten muß, wenn du zu deiner Frau nach Lhasa zurückgehst.«

»Nun sei nicht eifersüchtig.«

»Bin ich nicht«, verteidigte sie sich, wütend darüber, daß er sie durchschaut hatte.

Weil er sich nicht mit Cecilia streiten wollte, streckte Yonten sich aus, legte einen Arm unter den Kopf und schloß die Augen. Wollte er seiner Geliebten dadurch den Abschied leichter machen, oder war er ganz einfach müde? Als er sich auf diese Weise von ihr abkehrte, hätte sie ihn am liebsten beschimpft. Es war fast ein Wunder, daß sie die Porzellanschalen, aus denen sie zuvor getrunken hatten, nicht vor Wut auf den Boden schmiß. Statt dessen zog sie sich hastig an und verließ ohne ein weiteres Wort das Haus.

In den Straßen herrschte der übliche Trubel vor einem Silvesterabend. Jeder bereitete sich auf ein Neujahrsfest vor, das unvergeßlich werden sollte. Cecilia hingegen haßte solche Feiern. Sie sah keinen Sinn darin, sich auf Kommando amüsieren zu müssen. Wenn es nach ihr gegangen wäre, hätte sie sich einfach mit einem guten Buch ins Bett gelegt.

In ihrer Abwesenheit hatte man in ihrem Zimmer die Vorhänge zugezogen. Die Nacht war auf diese Weise ausgesperrt, und von ihren persönlichen Dingen umgeben, fühlte sie sich sicher. Aber lag die Gefahr nicht in ihr selbst? Wer hatte sie denn in Yontens Arme getrieben? Sie verfluchte ihre eigene Schwäche und gestand sich selbst ein, daß sie die ganze Zeit nur auf diese Vereinigung hingelebt hatte. Dennoch hatte sie dadurch einen wichtigen Schritt auf den Weg zur Heilung getan: Cecilia wußte endlich, daß sie den Tibeter nicht mehr liebte. Da gab es nichts zu deuteln. Ihr Herz schlug nicht mehr für Yonten! Als hätte man ihr einen Splitter aus dem Fleisch gezogen, spürte sie zwar immer noch einen leichten Schmerz, aber die Gefahr einer Entzündung war gebannt. Ein seltsames Gefühl von Freiheit überkam sie, während sie sich umzog, und diese Ungebundenheit gefiel ihr.

Einige Kilometer entfernt gab sich Annabel ähnlichen Gedanken hin. Trotz ihrer Schwangerschaft wollte sie sich bestätigen lassen, daß sie noch immer attraktiv war, und hatte darum beschlossen, nicht mehr die unnahbare Ehefrau zu spielen.

Im Wagen, der sie nach Darjeeling brachte, wechselte sie höchstens drei, vier Worte mit George, der sehr erkältet war. Alles an ihm war ihr inzwischen zuwider, selbst vom Geruch seines Rasierwassers wurde ihr übel. Wenn diese verfluchte Schwangerschaft sie nicht daran gehindert hätte, wäre sie schon längst abgehauen, und zwar nicht nach England, sondern nach Boston.

Da ihre Trauerzeit noch nicht um war und sie deswegen nicht am Ball teilnehmen konnten, begnügten sie sich damit, in Gesellschaft einiger Bekannter zu speisen. Die beiden hatten kaum Freunde. George war unter den Pflanzern nicht besonders beliebt, da man ihn für unfähig hielt, während Annabel viel zu hübsch war und darum von allen Frauen als mögliche Rivalin beargwöhnt wurde.

Strahlend im Glanz seiner Lichter erlebte der Gymkhana Club die letzten Stunden des Jahres 1928. Am Eingang boten junge Mädchen den Gästen, die fest entschlossen waren, sich um jeden Preis zu amüsieren, Blumen und Parfum an. Überall waren die Kronleuchter und Wandlampen mit Stechpalmzweigen geschmückt, während in der Mitte des Saals ein riesiger Mistelzweig herabhing. Annabel nahm das Glas Champagner, das ein Butler ihr anbot, und leerte es in einem Zug. Danach trank sie noch mehrere Gläser. Als das Abendessen angekündigt wurde, schlängelte sie sich zum Tisch, der für die Forresters reserviert war.

»Es tut mir furchtbar leid«, erklärte Mabel, als sie sah, daß Annabel sich setzen wollte, »aber wir erwarten noch Freunde.«

»So was! Habe ich nicht einmal mehr das Recht, mich mit meiner Schwägerin zu unterhalten?« erwiderte Annabel und blickte Cecilia hilfesuchend an.

»Wir sehen uns ja gleich«, antwortete diese versöhnlich.

Etwas wacklig auf den Beinen trat Annabel an mehrere Tische heran, stieß aber überall auf Ablehnung. Abgesehen davon, daß sie zuviel getrunken hatte, war sie nun auch gereizt. Als sie George bemerkte, der sich zu seinen üblichen Kumpanen gesetzt hatte, taumelte sie zu ihm hinüber, packte einen Stuhl und setzte sich.

»Verzeihung«, mischte sich da Philip Everett ein. »Sie sitzen auf meinem Platz.«

»Dann suchen Sie sich eben einen anderen Stuhl ... oder gleich einen anderen Tisch.«

Bei dieser Beleidigung wurde Philip blaß, aber seine britische Erziehung rettete die Lage. Er würde sich doch nicht auf das Niveau dieser vulgären Annabel Darrow herablassen! Nachdem er sich von den anderen Tischgästen verabschiedet hatte, verschwand er. George, der von der ganzen Auseinandersetzung nichts mitbekommen hatte, wunderte sich nach einer Weile, daß sein Freund nicht mehr da war. Flüsternd, aber mit heimlicher Genugtuung erklärte ihm sein Nebenmann, was passiert war.

»Dann rufen wir ihn sofort zurück ... Und wir lassen noch ein Gedeck auflegen«, rief George wütend.

Vom anderen Ende des Tisches lächelte seine Frau spöttisch zu ihm herüber. Haß wallte in ihm auf und das Verlangen, endlich Schluß zu machen mit dieser grotesken Ehe, die sie da führten. Aber dazu mußte er erst diese neblige, verregnete Gegend verlassen und diese verfluchte Plantage verkaufen! Erst kürzlich hatte er mit einem bekannten Plantagenbesitzer aus dem Terai verhandelt, allerdings ohne Ergebnis. Blieb noch Kalkutta, wohin er in 14 Tagen fahren wollte. Er betete zu Gott, daß er ihm einen Käufer schicken möge. Und gebe der Himmel, daß Cecilia die Verhandlungen dann nicht zum Scheitern brächte! Von Kindheit an hatten sich Bruder und Schwester nie gut verstanden. Er war schon von jeher neidisch auf ihren Mut, ihre Zielstrebigkeit, ihren Erfolg in der Schule und die Sympathie, die alle Menschen ihr entgegenbrachten. Da sie außerdem immer der Liebling ihrer Eltern gewesen war, hatte sich mit den Jahren in ihm die Eifersucht aufgestaut. Auch heute abend sah er sie, wie sie sich schön, strahlend und lachend mit einem alten Pflanzer unterhielt, der Darjeeling noch gekannt hatte, als es keine Überproduktion beim Tee gab und man das Geld nur so scheffeln konnte. Geld! Darin bestand das ganze Problem! Ob er genug bekommen konnte, um in London ein angenehmes Leben zu führen? Nach der Scheidung würde Annabel bestimmt ihre Mitgift zurückfordern.

Da Philip nirgendwo zu sehen war, ging George ihn suchen. Er hatte in letzter Zeit zugenommen, woran ihn jetzt sein Frack erinnerte, der am Bauch leicht spannte. Verärgert betrat er den angrenzenden Speisesaal, wo er Philip endlich in Gesellschaft des harten Kerns der Kricketmannschaft entdeckte.

»Was machst du hier?«

»Ich amüsiere mich«, erwiderte Philip ironisch.

»Komm jetzt. Wir rücken schon zusammen.«

»Nein, danke. Mir geht's hier prima.«

»Das ist doch lächerlich!«

»Lächerlich! Ich glaube, du bist an der falschen Adresse!«

Da George merkte, daß sich alle Leute nach ihnen umdrehten, zog er sich zurück, stieß jedoch in der Eile mit einem Kellner zusammen, dem dadurch ein Tablett mit Hummerschnittchen aus der Hand rutschte. Wütend und bekleckert beschloß er, an die Bar zu gehen, um dort seinen Ärger hinunterzuspülen.

Cecilia kümmerte sich nicht um die Launen ihres Bruders, sondern gab sich ganz dem angenehmen Gefühl hin, unter guten Freunden zu sein. Die Forresters waren sozusagen ihre Adoptivfamilie. Sie mochte Edwards Humor; ihr gefiel, wie zärtlich er zu seiner Frau war und wie großzügig Mabel sein konnte. Aber vor allem Angela war ein bemerkenswertes junges Mädchen. Temperamentvoll, originell, amüsant und immer wieder verblüffend. Nichts konnte sie aufhalten, schon gar nicht irgendeine Schwierigkeit, die sie höchstens noch mehr anspornte. Fröhlich nahm Angela es mit allem und jedem auf. Ihre Kampfbereitschaft war grenzenlos, darum sollte Peter Saunders sich auch lieber in acht nehmen vor dieser kleinen Person, die ein Auge auf ihn geworfen hatte. Während er noch nicht einmal ahnte, daß der Kampf bereits begonnen hatte, beobachtete Cecilia schon vergnügt die Tricks der Gegnerin. Obwohl Angela noch unerfahren war, setzte sie ihre Reize perfekt ein: wohldosiertes Lächeln, gleichgültige Miene und ermunternde Worte, das Ganze mit einer Prise Heiterkeit, die jeden Mann dahinschmelzen ließ.

Heute abend hatte sie ihr langes, kastanienbraunes Haar in einem goldenen Haarnetz gebändigt und trug dazu ein nachtblaues Samtkleid, das ihren Teint besonders gut zur

Geltung brachte. Die schlichte Eleganz der Kleidung wurde durch kein Schmuckstück gestört, was bei einem jungen Mädchen eher ungewöhnlich war, aber ihren guten Geschmack bewies. In den letzten Wochen war Angela gereift, und ihre Persönlichkeit hatte sich gefestigt, eine Veränderung, an der Peter gewiß nicht ganz unschuldig war. Wenn man die beiden so beobachtete, waren sie vom Charakter her völlig verschieden. Wie Feuer und Wasser! Dennoch strahlte dieses Paar eine gewisse Harmonie aus. Lag es daran, daß sie sich rein äußerlich ergänzten, er groß und schlank, sie dagegen rundlicher und kindlicher? Auch ihre Gesten paßten zueinander und schufen eine Atmosphäre der Vertrautheit, die sie zwar selbst nicht spürten, die ihrer Umgebung jedoch nicht entging.

Bald bahnten sie sich durch das Gedränge einen Weg zum Ballsaal. Hoch über der Tanzfläche spielte das Orchester eine Melodie, die selbst das Herz des kältesten Menschen zum Schmelzen gebracht hätte. Zum ersten Mal tanzte Peter mit Angela. Als er sie im Arm hielt und ihr Kopf an seiner Schulter lag, schloß sie die Augen und vergaß alles um sich herum. Obwohl sie noch so jung war, wußte sie, daß nichts im Leben je wieder diese Aufregung, dieses Gefühl zu schweben und diese neue Entdeckung ihrer eigenen Sinnlichkeit übertreffen würde. Zwischen ihren Körpern und ihrer Haut herrschte ein Gleichklang, für den es keine Erklärung gab und der nur ihnen gehörte. Mit Peter war es ganz einfach so! Für diesen Taumel, der sie befiel, für diese Unruhe, die sie erfüllte, war sie bereit, alles aufs Spiel zu setzen! Sie schmiegte sich enger an ihren Kavalier, der sie ebenfalls fester an sich drückte. Obwohl Peter nicht so intensiv empfand wie Angela, spürte er doch, daß es zwischen ihnen knisterte. Als die Musik aufhörte, hielt er sie zurück und bat leise: »Gehen Sie nicht . . . Noch nicht . . .«

1929

17

Im Januar führte Peter ein hektisches Leben, verglichen mit seiner Anfangszeit in Darjeeling. Wenn sein Arbeitstag um war, ritt er oft nach Whispering Hills hinüber, um Cecilia zu besuchen, die ihn jedesmal wie einen Retter begrüßte. Sie versuchte jetzt gar nicht mehr, den Schein zu wahren, und hatte ihm offen gestanden, wie verzweifelt und einsam sie sich fühlte.

»Ich komme mir vor wie in einem Mausoleum«, vertraute sie ihm eines Abends an, als sie in einem Album mit alten Fotos von der Plantage blätterten. Dann kam das Hochzeitsfoto von John und Edna, und schließlich Bilder von ihr, Cecilia, wie sie im Kinderwagen saß, eine Schubkarre mit Blumen schob oder auf einem Pony ritt.

»Wenn Sie wüßten, welch glückliche Erinnerungen ich an diese Zeit habe. Leider wird mir dadurch die grausame Wirklichkeit von heute nur um so deutlicher bewußt.« Sie vergaß fast, daß Peter neben ihr saß, als sie fortfuhr: »Eigentlich spricht alles dafür, von hier fortzugehen, aber ich bin nun einmal nicht vernünftig. Ich kann das sinkende Schiff einfach nicht verlassen.«

»Können Sie mit Ihrem Bruder denn keinen Kompromiß finden?«

»Der wäre höchstens bereit, mir seinen Anteil zu einem unverschämt hohen Preis zu verkaufen. Und dazu habe ich nicht die Mittel!«

Noch während Cecilia sprach, begann Peter zu träumen. Warum war er nicht so reich, daß er ihr das Land ihrer Ahnen als Hochzeitsgeschenk zu Füßen legen konnte? Er spürte, daß Cecilia ihn mochte, und begann insgeheim zu hoffen, er könne in ihrem Leben irgendwann einmal einen wichtigeren Platz als den des guten Freundes in schwerer Stunde einnehmen. Doch im Moment gab ihm nichts an ihrem Verhalten Anlaß zur Hoffnung. War sie noch immer in diesen Tibeter verliebt? Er brannte darauf, das zu wissen! Was Lalita anging, stellte er sich dagegen keine derartigen Fragen. In den meisten Nächten kam sie heimlich zu ihm ins Zimmer geschlichen. An dieser Beziehung gefiel ihm vor allem, daß sie zwar völlig frei von Liebe, aber dennoch voller Vertrautheit war. Die Nepalesin war diskret und zugleich fröhlich, erfahren in der Liebe, doch ohne Frivolität. Ihre Anwesenheit hatte ihn noch nie gestört, und von ihren Zärtlichkeiten konnte er gar nicht genug bekommen. Noch ein drittes Mädchen beschäftigte seine Phantasie: Angela Forrester. Er dachte zwar nicht unablässig an sie, aber wenn er ihr Gesicht in Gedanken vor sich sah, dann erinnerte er sich jedesmal mit Vergnügen an sie. Seit er sie am 1. Januar begeistert in Shakespeares Stück »Der Sturm« beklatscht hatte, hatten sie sich allerdings nicht wiedergesehen.

»Die kann einfach jede Rolle spielen«, hatte Cecilia erklärt, nachdem der Vorhang gefallen war. »Mit genausoviel Schwung könnte sie einen Greis, eine Nonne oder ein spitzbübisches Mädchen darstellen.«

Ohne es zu wissen, sprach sie damit den geheimen Wunsch ihrer Freundin aus. Angela träumte nämlich tatsächlich davon, den Lorenzaccio oder die Alice in einer Bearbeitung des Märchens von Lewis Carroll zu spielen. Seit ihrer Unterhaltung mit Julian Carr gründete sich ihr Ehrgeiz nicht mehr nur auf Hirngespinste, sondern auf gründliche Arbeit. Sobald Angela mit ihren Hausaufgaben fertig war, verschlang sie die Werke der großen Bühnendichter. Shakespeare war für sie keine lästige Pflichtlektüre mehr, die sie stöhnend auf der Schulbank absolvieren mußte. Auch die Romanschriftsteller wurden ihr wichtig. In ihren Büchern machte sie sich mit der Psychologie aller möglichen Figuren vertraut, mit denen sie abwechselnd liebte, weinte, log oder verzieh. Vor allem lernte sie Opfer zu bringen, eine wichtige Etappe auf dem Weg, der sie vielleicht eines schönen Tages zum Erfolg führen würde. Zur Opferbereitschaft gehörten Disziplin und Geduld, zwei Tugenden, die sie zwar nicht von Natur aus besaß, die sie sich aber nach und nach erwarb.

Da sie die angestaute Spannung am besten auf Spazierritten verarbeiten konnte, ritt sie manchmal nach Whispering Hills hinaus und begleitete Cecilia auf ihren Inspektionsrunden. Warm eingepackt ritten sie dann durch die Teefelder und ließen sich stumm vom Zauber einer Natur, in der die Zeit stillzustehen schien, überwältigen.

Als sie eines Tages von einem solchen Ausritt zurückkamen, erwartete sie eine Schreckensnachricht.

»Memsahib, Memsahib«, rief der herbeirennende Butler ganz aufgeregt, »im Wohnzimmer ist alles kaputtgeschlagen, aber ich konnte es nicht verhindern!«

»Kaputtgeschlagen? Was willst du damit sagen?«

»Memsahib Annabel . . . Sie hat die Figuren und alle Sachen auf den Boden geworfen.«

»Aber warum denn?«

Als sie merkte, daß der alte Diener sich nicht traute zu antworten, lief sie in den Bungalow. Bei ihrem Anblick hörten die Boys und *Ayahs* sofort auf, miteinander zu tuscheln. Ohne sie zu beachten, machte sich Cecilia erst einmal ein Bild von den Schäden.

»O nein! Das darf doch nicht wahr sein«, rief sie, als sie das ganze Ausmaß der Verwüstung überblickte. »Angela, komm her und sag mir, daß das nur ein Alptraum ist!«

»Für eine Frau, die ständig jammert, daß sie so erschöpft ist, hat sie doch noch eine Menge Energie«, antwortete ihre Freundin nur trocken von der Schwelle her.

Den Butler, der vorsichtig schwieg, schrie Cecilia an: »Sag mir die Wahrheit. Haben sich Mr. und Mrs. Darrow gestritten?«

»Nein. Mr. Darrow war gar nicht da. Mrs. Darrow hat sich mit Miss MacKiney gezankt.«

»Wo ist Miss MacKiney?«

»Fort, mit ihrem Gepäck.«

»Was haben sie gesagt?«

»Ich weiß nicht.«

»Lüg nicht! Deinen Ohren entgeht doch sonst auch nie etwas.«

»Was ich gehört habe, kann ich nicht wiederholen«, verteidigte sich der Butler.

»Ist Mrs. Darrow in ihrem Zimmer?«

»Ja, und sie weint viel.«

»Soll ich dich allein lassen?« mischte sich Angela ein.

»Das wäre vielleicht besser«, erwiderte Cecilia, weil sie ahnte, daß ihr das Schlimmste erst noch bevorstand.

Im Flur, der zu Annabels Zimmer führte, herrschte eine beunruhigende Stille.

»Bitte, Annabel, laß mich rein«, bat die junge Frau mehrmals.

Da sie keine Antwort erhielt, wollte sie gerade schon wieder kehrtmachen, als ihre Schwägerin mit verstörtem Blick die Tür öffnete.

»Um nichts in der Welt will ich noch einen Tag länger unter diesem Dach leben«, flüsterte sie.

»Ach was, sei doch vernünftig. In deinem Zustand! Du darfst dich nicht anstrengen!«

»Nicht anstrengen! Wenn ich doch bloß eine Fehlgeburt hätte!«

»Wie kannst du so etwas sagen! Dieses Kind hast du doch gewollt.«

»Ja, und das war meine allergrößte Dummheit.«

Annabels äußerliche Ruhe irritierte Cecilia. Sie hatte sich eher auf ein Donnerwetter gefaßt gemacht.

»Was ist passiert? Nun sag doch. Mir kannst du vertrauen.«

»Vielleicht, aber du bist Georges Schwester ... Und ihn hasse ich.«

Als Annabel den Namen ihres Mannes aussprach, verlor sie ihre Fassung, die sie so verzweifelt aufrechterhalten hatte. Sie begann hilflos zu schluchzen und stammelte wirres Zeug, wobei der Name Philip Everett immer wieder fiel.

»Philip Everett«, versuchte Cecilia zu beschwichtigen, »hat gewiß keinen guten Einfluß auf George, aber sich mit ihm zu streiten, würde die Lage nur verschlimmern.«

»Wie naiv du doch bist! Genauso naiv wie ich! Wahrscheinlich hätte ich nie die Wahrheit erfahren, wenn mir diese verteufelte Lehrerin nicht die Augen geöffnet hätte. Wer weiß, wie lange sie schon davon wußte und ihren Auftritt gründlich vorbereitet hat. Und wie sie über meine Dummheit gelacht haben muß! Erst George und Charles Fenwick ... Jetzt George und Philip Everett ... Sie wußte alles über sie, und zwar schon seit langem ...«

»Alles? Ich verstehe kein Wort von dem, was du da redest!«

»Wirklich nicht? Willst du mir etwa erzählen, daß du die wahre Veranlagung deines Bruders nicht kennst? Weißt du etwa nicht, daß er nur Männer mag?«

»Nur Männer«, wiederholte Cecilia verblüfft, »und dabei hat er doch immer alles getan, damit wir genau das Gegenteil glauben.«

»Zum Beispiel, als er mich geheiratet hat! Und als er mir ein Kind gemacht hat! Daß er diese Komödie sogar so weit getrieben hat, ekelt mich an!«

Als Rose MacKiney ihr triumphierend mitgeteilt hatte, daß George in Darjeeling eine Wohnung unterhielt, in der er sich mit seinen momentanen Liebhabern traf, hatte Annabel zunächst geglaubt, sie wolle sich über sie lustig machen. Als sie schließlich begriff, daß die vielen Fragen und Ungereimtheiten, auf die sie in der letzten Zeit gestoßen war, damit auf einmal eine logische Erklärung fanden, war sie zunächst fassungslos. Dann packte sie plötzlich der Jähzorn, so daß sie alles zerschlug, was ihr in die Finger kam. Vor allem war sie schockiert darüber, daß man sie monatelang so erniedrigt und verhöhnt hatte. Gleichzeitig schämte sie sich für ihre eigene Dummheit. Auf einmal mußte sie sich übergeben und rannte in ihr Zimmer, um von niemandem gesehen zu werden. Dort spie sie ihren ganzen Haß auf George und ihre Verachtung für sich selbst aus. Danach lag sie noch lange auf dem gekachelten Badezimmerboden und schmiedete Rachepläne. Leider besaß sie keine Handhabe, sich zu rächen, weil ihr Mann sich nicht im geringsten für ihr Leben interessierte. Sie konnte ihn höchstens in Darjeeling unmöglich machen! Aber dafür würden ohnehin die Dienstboten sorgen. Also blieb ihr nichts anderes übrig, als ihre Entbindung abzuwarten und dann sofort dieses unselige Land zu verlassen.

»Allein! Du kannst dein Baby doch nicht im Stich lassen«, rief Cecilia.

»Dafür kann dein Bruder mit seinen Liebhabern sorgen.«

»Aber es geht doch um dich und um dein eigenes Kind!«

»Na und? Soll ich für meinen Irrtum etwa bis ans Ende meiner Tage büßen?«

»Annabel, ich flehe dich an, laß dich jetzt nicht von deiner Enttäuschung hinreißen. Ein Sohn oder eine Tochter, das ist doch kein Gegenstand, den man einfach wegwirft.«

»Halt mir jetzt bloß keine Moralpredigt!«

Cecilia schwieg, weil sie begriff, daß alles Reden nur bewirken würde, daß ihre Schwägerin eine noch größere Abscheu vor ihrer Mutterschaft entwickelte. Seit einigen Monaten kam es ihr vor, als würde sich um sie herum einfach alles auflösen. Wenn Annabel jetzt ins Hotel Magnolia zog, wo sie bis zur Niederkunft bleiben wollte, würde sie ganz allein George und die Eigenheiten der britischen Kolonie ertragen müssen. Aber was konnte sie sagen, was tun, um diesen schrecklichen zerstörerischen Mechanismus, der allen unaufhörlich Schaden zufügte, aufzuhalten? Mit Schaudern dachte sie an das Zerwürfnis der beiden Eheleute, die man wohl kaum noch als Paar bezeichnen konnte. Hatten sich George und Annabel überhaupt je geliebt? Er hatte nur geheiratet, um den Konventionen zu genügen, während sie ihrer Schwäche für Romantik und Exotik nachgegeben hatte. Von all diesen Illusionen war jetzt nur noch ein Häufchen Asche übrig, in dem der Haß nachglomm, ein Gefühl, das ebenso stark war wie jene Empfindung, die die beiden nie füreinander gehabt hatten. Dieser Haß würde sie aneinanderbinden, bis es ihnen irgendwann gelang, ihn zu bezähmen.

Für heute hatte Cecilia genug Zank und Groll erlebt. Sie verschwand lieber, als George auftauchte. Auf der Suche nach etwas Ruhe ging sie zur Baustelle der Krankenstation. Dort sollten demnächst ein halbes Dutzend Kranke Platz finden. Eine Krankenschwester, die noch eingestellt werden mußte, würde sie versorgen. Einmal die Woche wollte Dr. Das außerdem einen Arzt vom Krankenhaus herschikken, um den Gesundheitszustand der Bewohner von Whispering Hills zu kontrollieren. Da George sich geweigert hatte, auch nur einen Heller in dieses Vorhaben zu stecken, hatte sie alles von ihren eigenen Ersparnissen bezahlt. Als sie das Gebäude heute zum ersten Mal mit fertigem Dach sah, hätte sie vor Freude in die Luft springen können. Wie sie es seit ihrer Kindheit gewohnt war, bat sie Gott um Kraft . . . Lange blieb sie allein und forschte nach der inneren Ruhe, dem Gesang der Welt, der sie mit allem verband, was wichtig war. Was Annabel ihr vorhin enthüllt hatte, erschütterte sie. Wie war es möglich, daß sie nie etwas von der Veranlagung ihres Bruders gemerkt hatte? War das Desinteresse ihm gegenüber, oder mußte sie sich eingestehen, daß man selbst neben den allerengsten Angehörigen oft nur so dahinlebte?

Ganz anders, als es Annabel befürchtet hatte, versuchte George gar nicht erst, zu leugnen, und noch weniger, sich zu verteidigen, als sie ihm unter die Nase rieb, was sie erfahren hatte.

»Ich wollte es dir ja sagen«, antwortete er schließlich zaghaft, »aber ich dachte, ich warte damit, bis wir in London sind.«

»Und was soll jetzt aus mir werden?«

Mit vor Zorn geröteten Wangen wanderte Annabel durchs Zimmer und redete weiter: »Ich verstehe dich nicht! Was du getan hast, ist doch völlig unlogisch. Alles! Warum hast du mich überhaupt hergeschleppt, wenn ich dir doch nur eine Last bin?«

»Mein Vater wollte unbedingt, daß ich heirate, bevor ich nach Darjeeling zurückkehre. Da habe ich dich kennengelernt. Du warst schön, und ich dachte, ich könnte dich liebgewinnen. Ja, das habe ich ehrlich geglaubt . . .«

»Bis wir miteinander geschlafen haben, das hat dich nämlich angewidert, nicht wahr?«

Da er nicht antwortete, sprach sie weiter: »Und ich habe immer gedacht, die Schuld liegt bei mir!«

Obwohl sie von sich selbst sprach, hatte Annabel den Eindruck, über jemand anderen zu reden. Alles kam ihr so absurd vor: daß sie in den Himalaja gekommen war, daß dieser Ehemann in Wirklichkeit nie einer gewesen war . . . Die vielen Schicksalsschläge hatten sie gefühllos gemacht, darum war es auch völlig gleichgültig, was George jetzt noch tat oder sagte.

Völlig fix und fertig nach dieser Aussprache war er ans Fenster getreten. Während er der Frau, die seinen Namen trug, den Rücken zuwandte, durchlebte er in seiner Erinnerung wieder, was er nie hatte aus seinem Gedächtnis streichen können. Sein Vater stand wieder vor ihm, wie er ihn in seiner Kindheit erlebt hatte, autoritär, schroff, streng, respektabel und respektiert. Jede Unterhaltung mit ihm war eine Qual gewesen, weil man ihm immer Rechenschaft ablegen mußte. Darum hatte George schon früh gelernt zu lügen, um nicht ständig die Kritik oder den Sarkasmus dieses Mannes, dem er später den Spitznamen »Gottvater« gab, ertragen zu müssen. Edna, die ihren Mann immer bewundert hatte und ihm nie widersprach, war auch kein Ausgleich gewesen. Erst im Internat hatte George gelernt, das Leben zu genießen, vor allem dank eines älteren Mitschülers, der ihm nach und nach geholfen hatte, seine wahre Neigung zu entdecken. Allerdings gelang es ihm im Laufe der Jahre nie, seine Schuldgefühle wegen seiner Homosexualität abzulegen. Darum widersetzte er sich auch nicht, als ihm befohlen wurde zu heiraten. Nur war es ein Fehler gewesen, sich eine so hübsche Frau zu nehmen, die es für selbstverständlich hielt, angehimmelt zu werden. Wenn er Philip nicht kennengelernt hätte, wäre vielleicht alles leichter zu ertragen gewesen, aber gleich vom ersten Moment an hatte er sich Hals über Kopf in diesen Jungen verliebt. Daß dieser seine Leidenschaft nicht erwiderte, machte ihn jähzornig und gereizt. Immerhin war es besser als nichts, wenn er gelegentlich beim Polo, Billard oder Pokern Philips Aufmerksamkeit erheischen konnte.

Annabel hatte sich in ein großes, rosarotes Schultertuch gehüllt, um ihren von der Schwangerschaft aufgeblähten Bauch zu kaschieren. In nicht einmal drei Monaten würde sie die Mutter seines Kindes sein, und trotzdem war sie für ihn eine Fremde. Er wußte sich angesichts dieser absurden Lage, für die er sich selbst verantwortlich machte, keinen Rat. Wenn sie ihn ansah, fühlte er sich gedemütigt. Dann mußte er wieder daran denken, wie er früher als kleiner Junge, wenn er feige gewesen war, hier im selben Zimmer seinem Vater zitternd die Hände hinhalten mußte. Der hatte ihm dann zur Strafe mit dem Lineal auf die Finger geschlagen.

18

Von dem Moment an, als Annabel aus Whispering Hills auszog, wurden sie und George zur Zielscheibe des Geredes. Da sie bald sowieso nichts mehr mit dieser sensationslüsternen Gesellschaft, die sie teils kritisierte und teils bedauerte, zu tun haben würde, ertrug sie einfach alles geduldig und bereitete vor allem ihre Rückkehr nach Boston vor.

Seit dem Tod ihrer Mutter besaß sie ein kleines Vermögen, das ihr ein angenehmes Leben ermöglichen würde, zumal sie beschlossen hatte, sich nicht das Kind auf den Hals zu laden. Sie wollte in ihre Heimat zurückkehren als ein junges Mädchen, dem man den Hof macht, mit dem man flirtet und das man liebt. Als junges Mädchen ohne Vergangenheit und ohne Verpflichtungen.

George wußte nichts von ihren Plänen, aber wie sollte er auch, da sie sich weigerte, ihn zu empfangen. Schließlich war sie fest davon überzeugt, daß er sie nur besuchen kam, um sein schlechtes Gewissen zu beruhigen. Sie verbrachte ihre Tage im Hotel Magnolia, wo sie sich eingemietet hatte. Im Speisesaal saß sie auf eigenen Wunsch hinter einem Wandschirm, aber statt diese Abgeschiedenheit zum Nachdenken zu nutzen, überließ sie sich ganz ihrer Frustration.

Annabel hatte nie echte Zuneigung erfahren oder geteilt. Ihre Mutter war gestorben, als sie sechs Jahre alt war, und für ihren Vater, der sich immer nur für seine Geschäfte und später für seine zweite Frau interessiert hatte, war sie nichts weiter gewesen als ein schöner Gegenstand, der Gott sei Dank zu seiner Bilder- und Skulpturensammlung paßte.

Mit achtzehn war sie nach Europa gereist in der Hoffnung, dort einen Mann zu finden. George war ihr über den Weg gelaufen, interessiert, sogar leidenschaftlich, und Indien hatte sie schon immer fasziniert. Sie war einem Wunschtraum erlegen und hatte sich ins Abenteuer gestürzt, ohne den Mann, den sie glaubte zu lieben, überhaupt zu kennen. Aber konnte man ihr das zum Vorwurf machen? Sie hatte schließlich ihre ganze Kindheit und Jugend über eingetrichtert bekommen, daß nur der äußere Schein wichtig ist. Auch die trivialen Romane, die sie gelesen hatte, hatten sie nicht davor gewarnt, daß zwischen gewöhnlicher Zuneigung und wahrer Liebe ein großer Unterschied besteht.

Nun, wo Rose MacKiney nicht mehr da war, mußte sich Cecilia allein um ihre Schüler kümmern. Nur fiel dies mit dem Beginn der ersten Ernte zusammen, und sie konnte nicht gleichzeitig die Fabrik leiten und unterrichten.

»Ich kann dich ja am Freitag vertreten«, schlug Angela vor.

Die Kinder empfingen sie hocherfreut, weil die Lehrerin immer sehr streng mit ihnen gewesen war. Das Klassenzimmer wurde mit Blumen geschmückt und bemalt. Gesang und Lachen erfüllten den Raum, und die kleinen Nepalesen waren mit Feuereifer bei der Sache. Auch ihre Lehrerin genoß es, daß die Kinder so begeistert an ihren Lippen hingen.

Da George seine Abende nicht mehr im Bungalow verbrachte, fand Cecilia, sie könne ebenfalls tun und lassen, was ihr gefiel. Sie lud daher oft die Baxters und Peter Saunders zum Essen ein. Wenn Angela über Nacht auf der Plantage blieb, konnte sie so dem Mann, an den sie ständig denken mußte, bisweilen nahe sein.

Eines Nachmittags traf Peter kurz nach dem Unterricht ein und schaute bei einer Ballettprobe zu, die auf dem Rasen vor der Schule stattfand. Mit einem Blumenkranz auf dem Kopf zeigte Angela den kleinen Mädchen verschiedene Tanzfiguren. Die Kinder deuteten mit ihren Armen einen Kreis über dem Kopf an, hoben das Kinn und streckten die Brust raus. Ohne sich bemerkbar zu machen, beobachtete Peter die Szene und ging anschließend nachdenklich zur Veranda, auf der Samuel Baxter sich von einem langen Arbeitstag ausruhte.

Er hatte sich den ganzen Tag um einige Teeinkäufer kümmern müssen, die nach Rainbow Gardens gekommen waren, darum hatte er jetzt zur Entspannung kurz bei seinen Nachbarn vorbeigeschaut. Im Westen beendete die Sonne ihren Lauf, und die Berge färbten sich blau. Der Geruch von verbranntem Gras stieg ihm in die Nase.

»Bei jedem Besuch entdecke ich an dieser Landschaft neue Einzelheiten. Sie überwältigt mich immer wieder«, gestand er Peter, der sich zu ihm gesetzt hatte.

Leise fuhr er fort: »Julian Carr tut gut daran, sich zu vergrößern.«

»Will er das wirklich?«

»In seinem letzten Brief schreibt er, daß er über alles informiert werden möchte, was in Whispering Hills passiert.«

»Haben Sie ihm erzählt, daß Annabel Darrow fort ist?«

»Ja, ich habe ihm auch geschrieben, daß George kaum noch zu Hause ist.«

»Wie lange wird denn der Verwalter noch bleiben?«

»William? Vorhin hat er gesagt, daß er noch vor der Monsunzeit nach England zurückkehren will.«

»Aber was wird dann aus Cecilia?«

»Die kann nicht allein weitermachen. Finanziell ist sie am Ende. Und niemand kauft einen Tee, dessen Herstellung von einer Frau beaufsichtigt wurde . . ., die darüber hinaus keine Erfahrung besitzt.«

Sie verstummten, als sie Cecilia und Marjorie hörten. Die beiden kamen aus der Bibliothek, wo sie Zeitschriften und Bücher aus New York ausgetauscht hatten. Trotz aller Sorgen wirkte die Gastgeberin entspannt, fast fröhlich.

»Ich will auf keinen Fall Trübsal blasen. Wir machen es uns gemütlich und lassen uns den Champagner schmekken«, verkündete sie, wobei sie dem Butler einen Wink gab, die Flasche, die im Kühler bereitstand, zu öffnen.

Auf meine Freiheit, hätte sie fast gesagt, als sie das Glas hob. Die Erinnerung an Yonten quälte sie nicht mehr, George konnte ihre Entscheidungen nicht mehr hintertreiben, da er sowieso nie da war, und Annabel, die sie durch ihr Nichtstun immer fast zur Verzweiflung getrieben hatte, hatte endgültig die Koffer gepackt. Endlich konnte sie leben, wie sie wollte, nach ihrem eigenen Rhythmus und ihren eigenen Wünschen! Sie hatte auch gelernt, daß es völlig sinnlos ist, die Zukunft zu planen, weil sowieso immer alles ganz anders kommt, als man denkt. Am besten vertraut man auf seinen guten Stern und paßt sich dem Lauf der Dinge an, ohne sich ihm zu widersetzen.

Diese Umstellung erleichterte ihr auch die Beziehung zu ihren Mitmenschen. Marjorie Baxter erwies sich letztendlich als wesentlich gescheiter und klüger, als Cecilia früher gedacht hatte, und Samuel verbarg hinter seiner oft schroffen Art nur seine übermäßige Sensibilität. Mit Peter war das anders, weil sie von Anfang an dieselbe Sprache gesprochen hatten. Nichts war ihr fremd an diesem Mann, der sich sein kindliches Gemüt bewahrt hatte. Oft hatte sie sich dabei ertappt, wie sie vor ihm ihre geheimsten Gedanken aussprach. Aber dieses Einvernehmen war nur mit geschwisterlicher Zuneigung zu vergleichen. Anscheinend waren sie einander zu ähnlich, als daß sie ihn sich als Liebhaber vorstellen konnte. Mehrmals hatte sie seine Andeutungen, daß er mehr für sie empfinde, absichtlich überhört. Erstens wollte sie Angelas Chancen nicht schmälern, und zweitens wollte sie Peter auf keinen Fall benutzen, nur um eine Selbstbestätigung für ihre Verführungskünste zu erhalten. Das hatte Cecilia nicht nötig, weil sie begriffen hatte, daß man immer nur dieselben Fehler wiederholt, wenn man vorschnell handelt und im Abenteuer Trost sucht.

Da es allmählich Zeit war zum Abendessen, gesellte sich Angela zu ihnen. Sie erschien, über das ganze Gesicht strahlend, mit zerwühltem Haar und verdrecktem Kleid.

»Entschuldigt mich«, sagte sie außer Atem. »Wir haben gar nicht gemerkt, wie die Zeit verging!«

Peter schaute ihr nach, als sie in den Bungalow ging, um sich wieder hübsch zu machen. Er beneidete sie um ihre überschäumende Vitalität. Wenn sie spontan Lust dazu verspürt hätte, wäre sie höchstwahrscheinlich sogar auf den Mount Everest gestiegen. Trotzdem konnte Angela auch sanft und verträumt sein. Das bewies sie nach der Mahlzeit, als sie amerikanische Liebeslieder sang, von Cecilia auf dem Klavier begleitet. Peter stand am Kamin, trank einen Brandy und beobachtete ihr Gesicht im Spiegel. Ganz in die Melodie versunken, hatte sie die Anwesenheit ihrer Freunde fast vergessen. Als er sie so sah, verletzlich und offen für das Leben, war er völlig hingerissen. Gerührt ließ er sich bezaubern von ihrer glockenreinen, melodischen Stimme, die seine Seele berührte. Sie glich einem kristallklaren Fluß, einer Brise mit geheimnisvollem Blütenduft oder auch einer sternenklaren Nacht.

Als sie zu Ende gesungen hatte, ging er in den Garten hinaus, weil es ihm widerstrebte, ihr die üblichen Komplimente zu machen, nur weil die Konventionen es von ihm verlangten. Lange blieb er so stehen und atmete die frische Abendluft ein, bis er ihre Schritte hörte.

»Bis jetzt habe ich Sie gar nicht richtig gekannt«, gestand er ihr.

»Haben Sie denn jemals versucht, mich näher kennenzulernen?«

»Nein, Sie haben recht.«

»Andere Dinge haben Sie ganz einfach mehr interessiert«, rutschte ihr unabsichtlich heraus. »Aber egal!«

Ihr intimes Beisammensein wurde gestört, weil Samuel und Marjorie aufbrechen wollten. Angela streichelte Peter die Wange und ging dann, ohne sich umzudrehen, zum Haus zurück. Sie fühlte sich glücklich und sehnte sich danach, allein zu sein. Darum zog sie sich bald darauf in das Zimmer zurück, das ihr in Whispering Hills permanent zur Verfügung stand. Dort konnte sie jedoch keinen Schlaf finden, sondern ging in Gedanken immer wieder jedes einzelne Wort ihrer Unterhaltung, die Betonung jedes einzelnen Satzes durch. Sie war verliebt, so verliebt, daß sie schwebte und sich fast die Flügel verbrannte. Aber wie empfand Peter?

Sie war weit davon entfernt zu ahnen, daß ihn in seinem Bungalow eine junge, hübsche Nepalesin erwartete. Wenn er spät nach Hause kam, ließ er immer die Tür offen, damit sie hineinschlüpfen konnte.

»Ich habe Kopfschmerzen«, sagte er jedoch diesmal zu Lalita, als sie sich an ihn preßte.

Zum ersten Mal war es ihm unangenehm, daß sie da war. Er fühlte sich von ihr in seiner Freiheit eingeschränkt. Außerdem wollte er sich über seine Gefühle klarwerden. Was bedeutete Cecilia für ihn? Hatte Angela nun ihren Platz in seinem Kopf und in seinem Herzen eingenommen? Lalita atmete jetzt regelmäßig. Vorsichtig, um sie nicht zu wekken, legte er die Decke, die verrutscht war, über sie.

Als er erwachte, war sie verschwunden. Wie an jedem Wochenende wollte er nach Darjeeling reiten. Er war zwar schon seit dem letzten Herbst hier, hatte aber noch keine echten Freunde gefunden, nur lockere Bekanntschaften geschlossen. Doch das war ihm gerade recht! Von klein auf hatte er den Herdentrieb verabscheut, der alle Menschen glauben läßt, daß Gesellschaft unentbehrlich ist. Sowohl im College als auch in der Armee hatte er sich nie einer Clique angeschlossen. Seine Suche hatte nichts mit Ehrgeiz oder dem Streben nach Macht zu tun. In diesen Bergen, die für manche Völker heilig waren, hatte er seinen Frieden gefunden. Seine Arbeit gefiel ihm besser, als er gehofft hatte.

In der Empfangshalle des Clubs begegnete er George in Reitkleidung. Seinen geschwollenen Augenlidern und dem geräderten Gesichtsausdruck nach zu schließen, hatte er die ganze Nacht durchgetrunken.

Nachdem er Peter kurz gegrüßt hatte, ging er zur Freitreppe, wo sein Wagen wartete. Alle drehten sich nach ihm um, man flüsterte halblaut miteinander, und die allgemeine Neugier erreichte ihren Höhepunkt, als ein Boy herbeigerannt kam, um ihm einen Brief zu überreichen.

»Von Mr. Barkin. Es ist sehr wichtig.«

»Ist er in Darjeeling?«

»Ja, seit gestern abend.«

George riß den Umschlag auf. Nachdem er die Nachricht überflogen hatte, gab er sein Vorhaben, zur Rennbahn zu fahren, augenblicklich auf und begab sich in den Speisesaal, wo Philip Barkin gerade sein Frühstück einnahm.

»Ich möchte Ihnen einen Vorschlag unterbreiten«, erklärte der Makler. »Kunden von mir, Plantagenbesitzer aus Ceylon, möchten ihr Tätigkeitsfeld erweitern und hier in der Gegend Fuß fassen. Man hat mir gesagt, daß Sie verkaufen möchten. Stimmt das?«

»Das hängt ganz vom Preis ab!«

»Zur Zeit sind die Interessenten für vierzehn Tage in Kalkutta. Könnten wir einen Besuch ins Auge fassen?«

»Nur unter der Bedingung, daß meine Schwester nichts davon erfährt.«

»Aber sie wohnt doch in Whispering Hills!«

»Wir können sie ja immer noch informieren, wenn die Käufer da sind.«

Käufer! George konnte es gar nicht fassen! Wenn er sich mit denen einigen könnte, dann wäre er endlich frei! Seit der Skandal aufgeflogen war, stieß er überall nur noch auf offene Ablehnung. Alles sprach dafür abzuhauen, aber sein ganzes Geld steckte in einem Unternehmen, das keinen Gewinn abwarf. Was Philip Everett anging, so hatte man den Jungen sofort nach Delhi versetzt, als ihr Verhältnis allgemein bekannt geworden war.

Charles Fenwick, der jetzt für einen Forstingenieur schwärmte, hatte jede Verbindung zu George abgebrochen. Selbst seine Polomannschaft behandelte ihn kühl. Vor lauter Schuldgefühlen und Einsamkeit konnte er nicht mehr schlafen. Einzig der Alkohol vermochte seine Verzweiflung zu betäuben. Nur so vergaß er für kurze Zeit das Gesicht von Rose MacKiney, dieser Schlampe, die ihn reingelegt hatte. Nach allem, was sie ihm angetan hatte, konnte er sie jetzt noch nicht einmal zur Rede stellen, weil sie einfach verschwunden war, ohne sich ihr letztes Gehalt auszahlen zu lassen. Ein Bahnhofsangestellter hatte sie angeblich gesehen. Offenbar suchte sie sich in ihrem Haß auf sich selbst und auf die ganze Welt jetzt einen neuen Ort, an dem sie ihr Gift verspritzen konnte. Für George war sie wie ein Geier, der mit rauschenden Schwingen auf seine Beute herabstieß. Rose MacKiney oder Lilith ... der Dämon, die gefallene Eva, die Not und Verzweiflung brachte und die er in jeder Frau sah.

19

Die Rhododendronbüsche und Azaleen erblühten in grellbunten Farben, als Cecilia, Angela, die Baxters und Peter Anfang Mai einen zweitägigen Ausflug unternahmen.

Per Automobil gelangten sie nach Kalimpong, wo sie vom Koch, einem Boy und mehreren Kulis mit Maultieren erwartet wurden. Weiter ging es über einen Karawanenweg und dann seitlich auf den Waldrand zu. Je höher sie kamen, desto mehr änderte sich die Vegetation. Statt Eichen und Kastanien wuchsen hier Pinien und andere Nadelbäume. Feldblumen, die Peter noch nie gesehen hatte, leuchteten in allen Schattierungen. Er versuchte sich vorzustellen, wie zart sie duften mußten.

Die Maultiere waren nach dem langen Aufstieg erschöpft und gingen jetzt langsamer. Als Samuel das Rauschen eines Gebirgsbachs hörte, schlug er darum vor, dort Rast zu machen und zu essen. Während die Kulis die Maultiere absattelten und die Mahlzeit vorbereiteten, konnte Peter der Versuchung, ins Wasser zu springen, nicht widerstehen. Es war eiskalt, aber erfrischend. Mit noch heftig pochendem Herzen setzte er sich zum Aufwärmen auf einen Felsen, der von den Sonnenstrahlen beschienen wurde. Ein wohliges Gefühl durchströmte ihn, während er mit den Augen den Flug eines Schmetterlings verfolgte. Aus der Entfernung drang die Unterhaltung der Dienstboten gedämpft zu ihm herüber. Anscheinend hatten sie ein Feuer angezündet, denn es roch nach Rauch. Als er einen Zweig knacken hörte, wandte er den Kopf.

»Haben Sie keine Angst, sich in einen Eiszapfen zu verwandeln?« fragte Angela, die einige Blätter in der Hand hielt.

»Machen Sie sich ruhig lustig über mich! So ein Bad härtet ganz schön ab, und außerdem hat es meinen Appetit angeregt. Und was haben Sie getan, während ich mich unter die Fische begeben habe?«

»Ich habe mich um mein Herbarium gekümmert.«

Leise lächelnd sprach sie weiter: »Wissen Sie nicht, daß jedes wohlerzogene Mädchen ein Herbarium anlegen und ein Tagebuch führen muß?«

»Und, tun Sie das?«

»Sporadisch! Vor allem das Tagebuch. Aus Angst, jemand könnte es entdecken, traue ich mich nicht, ihm meine wahren Empfindungen anzuvertrauen.«

»Müssen Sie sich denn dafür schämen?«

Ohne zu antworten, ging Angela davon. Passend für diese Gelegenheit trug sie eine pistaziengrüne Jacke und weiße *Jodhpurs*. Eine sehr korrekte Kleidung, die an ihr aber trotzdem irgendwie frech wirkte.

Als Peter sich später zu ihr gesellte, suchte sie in einem Pflanzenbestimmungsbuch nach den Namen der Kräuter, die sie gerade entdeckt hatte. Cecilia half ihr, die Pflanzen einzuordnen, dachte aber vor allem an die Zeichnungen, die sie noch machen wollte. Sie machte sich zwar keine Illusionen über ihr Talent, wußte aber, daß ihre Arbeiten einen gewissen Charme besaßen, vor allem ihre Aquarelle. Schon als junges Mädchen hatte sie ganze Mappen damit gefüllt, die jetzt irgendwo in einer Rumpelkammer schlummerten.

Auf einem weißen Tischtuch, das über einen flachen Felsen gebreitet war, standen Teller und Gläser. Aus einer Thermoskanne schenkten sie sich einen erfrischenden, mit Kardamom und Milch versetzten Tee ein. Um niemanden zu benachteiligen, ließ man abwechselnd Ernteproben aus Whispering Hills und Rainbow Gardens herumgehen. Die Luft war dünn, und die Unterhaltung plätscherte so dahin. Samuel erzählte, wie er Marjorie seinerzeit kennengelernt hatte. Legten sie ihre Zurückhaltung ab, weil sie hier weit weg von ihrer gewohnten Umgebung waren? Für den Mittagsschlaf wurden Hängematten zwischen den Bäumen aufgespannt. Von seinem Platz aus konnte Peter das Hin und Her der Vögel verfolgen. Im Moment hätte er am liebsten die Zeit angehalten, um diese perfekte Stimmung für immer zu bewahren.

Und doch wurde irgendwann das Zeichen zum Aufbruch gegeben. Als der Weg breiter wurde, lenkte Peter sein Pferd neben Cecilias. Da erzählte sie ihm von ihrer ersten Tigerjagd im Territorium von Cooch Behar.

»Der Maharadscha hatte meinen Vater eingeladen, und weil George nicht mitkommen wollte, bot Vater mir an, ihn statt seiner zu begleiten. Auf Elefanten sind wir kilometerweit durch den Dschungel geritten. Ich versuchte, es mir nicht anmerken zu lassen, aber ich hatte furchtbare Angst. Beim geringsten Geräusch bin ich zusammengezuckt. Und auf einmal ist das Raubtier aufgetaucht.«

Wenn Peter die Augen geschlossen hätte, wäre er sich wieder wie ein Kind vorgekommen, dem man ein Märchen vorliest. Aber hatten nicht viele Legenden, die heute ständige Begleiter der Menschheit waren, ihren Ursprung im Himalaja gehabt? Hier war man dem Himmel, den Göttern und der Weisheit so nahe, daß man oft nicht mehr zwischen Traum und Wirklichkeit trennen konnte. Das war sicher ein Grund dafür, warum diese Gegend niemanden gleichgültig ließ. Entweder man liebte sie, oder man verfluchte sie; man fand dort zu sich selbst, oder man kehrte völlig zerstört von dort zurück!

Bis zum späten Nachmittag wanderten sie über Gebirgspfade zu dem Bungalow, in dem sie die Nacht verbringen wollten.

»Wie schön es hier ist«, rief Angela beim Anblick der Berge und der von ewigem Schnee bedeckten Gipfel ringsum.

Die Berghütte besaß zwei Zimmer und war für vier Personen vorgesehen. Auf den Betten breitete der Boy Laken und Decken aus und stellte in dem Zimmer, das sich die Frauen teilten, noch ein zusätzliches Lager auf. Petroleumlampen und Kerzen wurden auf den Tischen aufgestellt, und man füllte die Karaffen mit abgekochtem Wasser. Marjorie, die an Migräne litt, nahm eine Tablette aus dem Erste-Hilfe-Kasten, während Cecilia nach einer Creme suchte, um den Sonnenbrand auf ihrer Stirn zu lindern. Da alle erschöpft waren, beschlossen sie, sich bis zum Sonnenuntergang auszuruhen und sich erst zum Abendessen wieder zu treffen.

Angela, die sich nicht im geringsten müde fühlte, nahm ein Schultertuch und entfernte sich bis zu einem Aussichtspunkt. An einen Felsen gelehnt, ließ sie nach und nach die Ruhe auf sich einwirken. Noch nie hatte sie die Stille so intensiv gespürt. Sie wirkte ehrfurchtgebietend und erinnerte sie daran, daß der Herr dieses Ortes darüber wachte, daß niemand gegen sein Gesetz verstieß. Weiter unten erkannte sie Peters Gestalt. Ohne sie bemerkt zu haben, blieb er stehen und bückte sich, um einen Schnürsenkel zuzubinden. Dann zog er ein Päckchen Zigaretten aus der Tasche.

»Kommen Sie hierher«, rief sie ihm zu. »Hier sitzt man gut.«

Ohne ein Wort zu sagen, setzte er sich neben das Mädchen, und auf einmal wurde ihm alles klar: sie, er und das stumme Einverständnis zwischen ihnen. Er ergriff Angelas Hand. Ihre Handfläche war warm und weich. Schon wollte er sie an seine Lippen führen, als sie sich an ihn lehnte. Er strich eine Haarsträhne zurück, die sich aus ihrem Zopf gelöst hatte, und suchte ihre Augen. Eine ganze Welt tat sich vor ihm auf . . ., in der er sich verlieren und wiederfinden konnte. Er hatte schon viele Küsse bekommen und erwidert, aber noch nie hatte ihn einer so verwirrt. Er gab seinem Verlangen nach und suchte nach ihrer Haut. Auf einmal schlug sie selbst die Jacke auseinander und knöpfte ihre Bluse auf, damit er ihre Brüste streicheln konnte.

»Man könnte uns sehen«, flüsterte er.

»Also, was sollen wir tun?«

»Geduld haben, bis wir wieder in Darjeeling sind.«

»Ich habe schon so lange Geduld gehabt!«

Es war zu spät, um dieses Geständnis zurückzunehmen, darum fuhr Angela einfach fort: »Seit Monaten warte ich darauf, daß du dich für mich interessierst. Ich wollte schon fast verzweifeln.«

»Du? Verzweifeln?«

Als sie wieder bei den anderen waren, interessierte Angela sich nur noch für ihren Freund. Sie genoß das Geheimnis, das sie miteinander teilten, und erfand eine ganz eigene Sprache von Blicken und Gesten, die Cecilia trotz aller Heimlichkeit bemerkte. Also hatten die beiden schneller zueinandergefunden, als sie gedacht hatte. Doch diese Entdeckung machte ihr nur um so deutlicher bewußt, wie einsam sie selbst war.

Als sie am nächsten Tag nach Whispering Hills zurückkehrte, erfuhr sie, daß Annabel an diesem Morgen die ersten Wehen gehabt hatte. Mabel Forrester hatte ihren Chauffeur geschickt, um George zu benachrichtigen, aber der war vor zwei Tagen nach Kalkutta gefahren.

Auf der Stelle zog Cecilia sich um und fuhr zum Eden-Krankenhaus. Dort hatte sich ihre Schwägerin einliefern lassen, im Gegensatz zu den meisten Engländerinnen, die ihre Kinder am liebsten zu Hause zur Welt brachten.

»Mrs. Darrow ist noch nicht im Kreißsaal. Sie finden sie in ihrem Zimmer«, teilte ihr eine Krankenschwester mit.

Annabel lag im Bett, als Cecilia hereinkam.

»Hast du große Schmerzen?« fragte diese und trat näher.

»Ja, und ich habe den Eindruck, es will kein Ende nehmen.«

»Aber ja doch . . . Das hast du alles vergessen, sobald du dein Baby siehst.«

»Kommt gar nicht in Frage. Ich will es nie sehen!«

Das kam so heftig, daß Cecilia zusammenzuckte.

»Diesen Balg werde ich nie als mein Kind annehmen!«

Ihr Entschluß stand fest. Sie wartete nur noch auf die Entbindung, die endgültig einen Schlußstrich unter ihre erbärmliche Ehe ziehen sollte. Unter den Wehen krampfte sich ihr Unterleib immer stärker und in immer kürzeren Abständen zusammen. Dieser körperliche Schmerz kam noch zu der moralischen Qual der letzten Monate hinzu und war vor allem darum unerträglich, weil sie tatsächlich große Angst davor hatte zu sterben.

»Wenn sich die ganze Mühe wenigstens lohnen würde«, jammerte sie in Gegenwart der Hebamme, die sie untersuchen kam. Diese nahm Annabels Worte gar nicht ernst, sondern schrieb sie der Sorge einer Frau zu, die ihr erstes Kind bekam.

Als es Zeit für die Entbindung wurde, blieb Cecilia allein im Zimmer zurück. Sie hätte nicht sagen können, wie viele Stunden sie warten mußte, so sehr hatte sie die ganze Situation durcheinandergebracht. Es wurde schon dunkel, als der Arzt hereinkam.

»Alles ist gutgegangen. Es ist ein Mädchen.«

»Ein Mädchen«, wiederholte Cecilia, ohne die Nachricht wirklich zu begreifen.

»Die Mutter weigert sich, es zu sehen, aber das ist sicher nur auf die Erschöpfung zurückzuführen.«

»Ja, sicher.«

Sobald sie die Erlaubnis bekam, ging Cecilia zu ihrer Nichte, die weiß gewickelt in einer Wiege schlief. Beim Anblick dieses winzigen und verletzlichen Wesens, das anscheinend niemand haben wollte, schnürte sich ihr die Kehle zusammen.

»Ein hübsches Kind«, bemerkte die Krankenschwester, »weder zu dick noch zu schmächtig, aber seine Mama hat noch keinen Namen dafür.«

»Bestimmt will sie noch einmal darüber schlafen.«

Da Annabel keinen Besuch wünschte, suchte Cecilia bei Mabel Forrester Trost. Diese beaufsichtigte im Speisesaal des Hotels gerade die Vorbereitungen für das Abendessen.

»Ich wäre ja gern bei Ihrer Schwägerin geblieben«, sagte sie, »aber ich konnte nicht so lange fortbleiben. Wir erwarten wichtige Gäste.«

Als sich Cecilia bei einem Glas Rum ihrer Gastgeberin anvertraute, fand sie nach und nach ihre innere Ruhe wieder.

»Glauben Sie, sie wird nie das Bedürfnis haben, Mutter zu sein?«

»Niemand kann in die Zukunft sehen«, antwortete Mabel. »Aber trotzdem . . . Seien Sie zuversichtlich.«

Doch auch in den nächsten Tagen gab Annabels Verhalten keinen Grund zur Hoffnung. Sie warf keinen einzigen Blick auf das Kind, das man aus lauter Verlegenheit Margaret genannt hatte. Es war Cecilia, die in bezug auf das Baby alle Entscheidungen traf. Besorgt fragte sie sich, wie das weitergehen sollte, wenn Mutter und Kind das Krankenhaus verlassen mußten. Annabel hatte nämlich schon angekündigt, daß sie allein zu den Forresters zurückkehren wollte. Da George es nicht für nötig erachtet hatte, seinen Aufenthalt in Kalkutta zu unterbrechen, mußte Cecilia also die Rolle beider Eltern übernehmen.

Nie würde sie jenen 17. Mai vergessen, an dem sie mit dem Kinderbettchen auf dem Rücksitz des Wagens durch das Eingangstor von Whispering Hills fuhr. Die ganze Fahrt über hatte Margaret fest geschlafen. Erst in dem Zimmer, das man für sie vorbereitet hatte, wachte sie auf und begann zu schreien. Die *Ayahs* umringten die Wiege und bewunderten das hübsche Baby, schwatzten und lachten miteinander. Da merkte Cecilia auf einmal, daß endlich wieder Leben in die Plantage kam.

In der ersten Nacht stand sie mehrmals auf, um nachzusehen, ob es dem Baby auch an nichts fehlte. In ihren Schleier gehüllt, wachte dort die Amme. Dieses Bild versetzte Cecilia in die Vergangenheit zurück, als sie im Alter von Margaret ebenfalls ganz unter der Obhut einer Inderin gestanden hatte. So wurden plötzlich die alten Gewohnheiten fortgeführt, und eine neue Generation der Familie Darrow schickte sich an, dem Schicksal die Stirn zu bieten. Aber sie machte sich große Sorgen um die Zukunft des kleinen Mädchens. Würde George sie lieben und ihr helfen, sich zu entfalten, sich zu einem vollwertigen, selbständigen Menschen zu entwickeln? Und Annabel? Würde sie ihre Verbitterung irgendwann überwinden?

Nicht ein einziges Mal erkundigte sich die junge Mutter nach ihrer Tochter. Lediglich auf ihre eigene Erholung bedacht, verließ sie das Hotel Magnolia nur einmal, um in den Zug zu steigen, mit dem sie fortfuhr, weit weg von dieser Falle, in die sie so naiv getappt war. Sie mied George, der sich immer noch in Kalkutta aufhielt, und ließ ihm nur eine Nachricht zukommen, in der sie ihn aufforderte, sich doch möglichst rasch mit ihrem Anwalt in Verbindung zu setzen, um die Scheidung einzuleiten. Anschließend fuhr sie weiter nach Bombay.

Verblüfft und entsetzt darüber, daß Annabel abgereist war, ohne sich auch nur verabschiedet zu haben, organisierte Cecilia das Leben ihrer Nichte, so gut sie es vermochte. Nur empfand sie dabei das seltsame Gefühl, daß sich ihre eigene Existenz immer mehr außerhalb aller Normen bewegte. Nun war sie also die provisorische Herrin einer Plantage und die Adoptivmutter eines Kindes, zwei bemerkenswerte Eckdaten in diesem chaotischen Lebenslauf, der sich so ganz anders entwickelte, als man in ihrem Alter eigentlich erwarten durfte.

Solange George fort war, verbrachte sie jede freie Minute in der Fabrik, wo William Smithson ihr noch die letzten Instruktionen erteilte, ehe er die Koffer packte.

»Sie sollten unbedingt versuchen, einen Ersatz für mich zu finden«, legte ihr der Verwalter immer wieder ans Herz.

»Ohne Zustimmung meines Bruders kann ich niemanden einstellen.«

George kam unangekündigt nach Whispering Hills. Seine Bediensteten waren völlig überrascht, als er eines Junimorgens aus einem Wagen stieg, der dem Pflanzerclub gehörte. Noch ehe er ein Wort gesagt hatte, spürte Cecilia, daß er nervöser war als gewöhnlich.

»Ich erwarte heute nachmittag Besuch«, teilte er ihr

trocken mit. »Sorge dafür, daß das Haus dann gastlich aussieht.«

»Möchtest du nicht erst mal deine Tochter kennenlernen?« unterbrach sie ihn.

»Natürlich, aber sicher schläft sie gerade?«

»Nein. Du kommst genau richtig. Sie wird zu der Zeit immer gewickelt.«

Befangen folgte George seiner Schwester ins Kinderzimmer, wo Margaret in einem Körbchen lag. Er trat an sie heran und betrachtete sie, aber es gelang ihm nicht, zu diesem Baby, das für ihn nur etwas Abstraktes war, eine Beziehung herzustellen. Was sollte er damit anfangen? Bisher hatte er sich geweigert, über die Situation nachzudenken, doch nun, wo er das Kind vor sich sah, konnte er sich dem nicht mehr so einfach entziehen. Um so weniger, als Annabel ihre Entscheidung niemals rückgängig machen würde. Panik befiel ihn, während Cecilia ihn aus einiger Entfernung traurig beobachtete.

Obwohl Margarets Eltern beide lebten, war sie als Waisenkind geboren. Und obgleich sie in diesem Land, in dem es so unermeßlich viel Elend gab, eigentlich zu den Privilegierten zählte, gehörte sie doch de facto zur allererbärmlichsten Kaste: den Unberührbaren, die niemand will.

20

Cecilia hatte gerade ihre Korrespondenz erledigt, als der Besuch gemeldet wurde. Durch das Fenster sah sie, daß sie zu dritt waren, ein Mann um die sechzig und zwei weitere, die seine Söhne sein konnten. Einen Moment lang hoffte sie, sie seien gekommen, um Bestellungen aufzugeben, aber ob ihr Bruder sie auch davon würde überzeugen können, daß die zweite Ernte hervorragend ausgefallen war?

George begrüßte die Männer vor dem Bungalow und führte sie dann zur Fabrik, wo sie eine ganze Weile blieben. Aus Neugier wäre Cecilia am liebsten zu ihnen hinausgegangen, wenn George sie nicht vorher darum gebeten hätte, ihn in Ruhe zu lassen. Da sie aber unmöglich still sitzen bleiben konnte, ging sie zur Krankenstation, wo ein Pfleger kleinere Wunden, Insektenstiche und Fieberanfälle behandelte. Besonders unter der Ruhr hatten die Eingeborenen sehr zu leiden.

Ein Mann mit bandagierter Hand wartete dort, weil er seinen Verband wechseln lassen wollte. Unterdessen impfte Vikram, der seit einem Monat auf der Plantage wohnte, im Nebenzimmer mehrere Kinder. Mit schreckgeweiteten Augen schaute Maya Devi zu, wie die Nadel in die Schulter eines kleinen Mädchens gestochen wurde. Cecilia lächelte ihr beruhigend zu.

Draußen wurde der Himmel finster. Am Abend würde

es bestimmt ein Gewitter geben, wie so oft vor der Monsunzeit. Als sie zum Bungalow zurückging, sah sie, wie George und die drei anderen Männer aus dem Stall kamen. Auf einmal wurde ihr alles klar! Ihr Bruder zeigte diesen Leuten die Plantage, weil sie sie eventuell kaufen wollten! Mit pochendem Herzen ging sie zur Fabrik, wo ein Boy im Probierraum gerade einige Tassen wegräumte. Das Büro nebenan war leer, aber die Aktenordner mit den Abrechnungen der letzten fünf Jahre waren noch nicht wieder eingeräumt worden. Cecilia setzte sich in den großen Holzstuhl, in dem schon ihr Großvater und ihr Vater gesessen hatten. Dann fiel ihr Blick auf die Fotografien, die die Geschichte der Plantage dokumentierten. Daneben hingen Diplome, die als Auszeichnung für die besondere Qualität einiger Tees verliehen worden waren. Nur weil es dieser Schwächling so beschlossen hatte, würde also alles, was ihnen gehörte, bald nur noch Erinnerung sein. Es war so ungerecht! Wozu sollte sie sich noch anstrengen, sich zusammenreißen und an Wunder glauben, wenn das doch zu keinem Ergebnis führte? Nur, was konnte sie gegen die Entscheidung von George unternehmen? Die erste Ernte war gut ausgefallen, die zweite ausgezeichnet, allerdings deckte der Erlös kaum die Ausgaben von Whispering Hills.

Die Wanduhr schlug fünf und erinnerte sie daran, daß es Zeit war, zur Schule zu gehen. Zum ersten Mal, seit sie Unterricht gab, war sie mit den Gedanken woanders, nämlich bei den Männern, die im selben Moment das Land begutachteten, das ihre Vorfahren urbar gemacht hatten.

George kehrte allein zum Bungalow zurück.

»Nun, war der Besuch erfolgreich?« fragte sie ihn in gewollt neutralem Ton. »Haben sie eine Bestellung aufgegeben?«

»Sie lassen es sich durch den Kopf gehen.«

Gleich am nächsten Tag vertraute sie ihre Sorgen Samuel Baxter an, der aufmerksam zuhörte.

»Könnten Sie nicht mehr über diese Leute herausbekommen?« bat sie ihn abschließend. »Sicher sind sie im Pflanzerclub abgestiegen.«

»Ich werde es versuchen, das verspreche ich Ihnen.«

Ehe Cecilia Rainbow Gardens verließ, suchte sie noch nach Peter, allerdings vergeblich. Sicher war er nach Feierabend noch zu einem Spazierritt aufgebrochen, weil die Regenfälle bald jeden Ausritt unmöglich machen würden. Annabels Entbindung und danach die Sorge um Margaret hatten Cecilia so in Atem gehalten, daß sie den Kontakt zu ihren Freunden vernachlässigt hatte. Darum wußte sie auch nichts von den umwälzenden Entwicklungen, die sich ergeben hatten.

Nach ihrem Ausflug in die Berge hatte die zweite Ernte Peter zunächst völlig in Anspruch genommen, obwohl er bei der Arbeit oft an Angela denken mußte. Noch wollte er es sich nicht eingestehen, aber sie fehlte ihm. Ratlos wußte er nicht, was er erhoffen oder befürchten sollte, bis er ein Briefchen erhielt, in dem sie ihn für den nächsten Samstag zu einem Stelldichein einlud.

Die Einwohner von Darjeeling waren alle zu einer Militärparade auf die Mall geströmt, und keiner war auf den Gedanken gekommen, den Botanischen Garten zu besuchen. Angela war deshalb völlig allein, als Peter sie vor dem Treibhaus mit den tropischen Pflanzen erblickte.

Die Sonne reflektierte sich in ihrem Haar, das sie offen auf ihre Schultern herabfallen ließ. Ein weißes Leinenkleid brachte ihre Figur wunderbar zur Geltung, unterstrich die sanften Kurven und eine Taille, die er leicht mit beiden

Händen hätte umspannen können. Er blieb stehen, um sie zu betrachten, schlich sich dann lautlos von hinten an und hielt ihr mit beiden Händen die Augen zu.

»Da bist du ja«, flüsterte sie und verschränkte ihre Finger in seine.

Als sie sich umdrehte und ihm in die Augen blickte, wußte er, daß sie nicht mehr Herr ihres Geschicks waren. Er suchte ihre Lippen und besiegelte mit einem langen, leidenschaftlichen Kuß die glückliche Fügung, die sie endlich zueinander geführt hatte. Die Arme um seinen Hals geschlungen, erwiderte sie seine Leidenschaft dadurch, daß sie sich noch enger an ihn schmiegte.

»Heute nacht«, flüsterte sie, »kommst du zu mir. Ich erkläre dir, wie ...«

Von einem Wirbel neuer Empfindungen gepackt, stellte er keine Fragen. Nur die Gegenwart zählte, der Duft ihrer Haut und ihr beschleunigter Atem. Dennoch wandte er den Kopf, als er ein leises Geräusch hörte. In einem Sonnenstrahl saß eine graue Katze und beobachtete sie eindringlich. Sobald sie merkte, daß man sie entdeckt hatte, rannte sie davon.

»Seit unserer Rückkehr habe ich die Stunden gezählt«, hauchte Angela und zog ihren Freund mit sich fort zu den Kamelienbeeten. »Und du?«

Obwohl Peter keine Hemmungen kannte, sich durch Taten oder Gesten auszudrücken, bereitete es ihm Schwierigkeiten, bestimmte Worte über die Lippen zu bringen. Wie sollte er ihr erklären, welche Verwirrung sein Herz ergriffen hatte, wie sagen, daß er zugleich glücklich, beunruhigt und fast ängstlich war, weil sie ihn mit diesem Treffen überrumpelt hatte und aus seiner Reserve lockte?

»Und du?« hakte Angela mit einem leisen Lachen nach. »Hast du auch an mich gedacht?«

»Zweifelst du daran?«

»Nein, aber ich hab's gern, wenn du es mir sagst.«

Noch während sie diese Worte sprach, erkannte Peter, welche Macht dieses Mädchen besaß. Welcher Mann hätte ihrer herausfordernden Miene und der Erwartung, die in ihrem Blick lag, widerstehen können?

Sie achteten nicht auf die Zeit, die verstrich, sondern spazierten durch den Park und blieben oft stehen, um sich zu umarmen und zu küssen. Verzückt entdeckte Angela, welchen Genuß ihr schon eine einfache Liebkosung bereiten konnte.

Angela mußte bis Mitternacht warten, ehe sie sich in das verlassene Gartenhaus des Hotels schleichen konnte. Sie zündete eine Kerze an und schloß die Tür ab. Dann kletterte sie über Kisten mit Krocketspielen hinweg, schob einige Gartenstühle zur Seite und stieg die Treppe hinauf zu einem Zimmer, das seit Monaten nicht benutzt worden war. Sie zog die Vorhänge vor und verteilte im ganzen Zimmer Kerzenhalter. Im Spiegel fing sie das Bild eines jungen Mädchens in spitzenbesetztem Morgenmantel auf, das den Schonbezug vom Bett nahm, frische Laken aus dem Kleiderschrank holte und damit das Lager bezog. Mit fieberhafter Unruhe wartete sie auf Peter, der sich unterdessen im Club die Zeit vertrieb, bis er zu ihr kommen durfte. Und wenn er im letzten Moment einen Rückzieher machte? Gerade stieg diese Befürchtung in ihr auf, als er klopfte, und schon lag sie an seiner Brust. Er flüsterte Dinge, die sie nicht mehr hörte, weil sie nur auf den Kitzel achtete, den seine Liebkosungen hervorriefen. Er schlug ihren Morgenmantel auseinander und streichelte ihre Brüste. Dann glitt sein Mund ihren Bauch entlang bis zum Schamhaar. War sie es wirklich, die da so stöhnte?

Nachdem er sie aufs Bett gezogen hatte, machte er sie süchtig nach einem Genuß, den sie doch eigentlich ihm schenken wollte.

»Du bist schön«, flüsterte er, während er die Stelle zwischen den Schulterblättern, die Krümmung der Hüften und die Sanftheit ihrer Haut entdeckte.

Sie glich sich seinem Rhythmus an, kam ihm entgegen und wich nicht zurück, als er in sie eindrang. Sie achtete nicht auf Angst und Schmerz, sondern öffnete sich ganz diesem Mann, der da in ihr Leben getreten war. Mit allen Fasern ihres Körpers gab sie sich einem Lustgefühl hin, das alles übertraf, was sie sich je ausgemalt oder erhofft hatte. Als er spürte, daß sie kurz vor dem Höhepunkt war, nahm er ihr Gesicht in beide Hände. Mit ineinander versenkten Blicken erlebten sie beide die Freude, einander völlig zu gehören.

Als sie später nebeneinander lagen und sich ausruhten, kostete sie diese vollkommene Harmonie aus. Auf ihren Hüften spürte sie den Arm des Geliebten. Er hatte das Gesicht an ihre Schulter gelehnt und kehrte langsam in die Wirklichkeit zurück. Im Licht der Kerzen tauchten aus dem Schatten Gemälde an den Wänden auf, häusliche Szenen und Landschaften, die ihnen nach allem, was sie gerade erlebt hatten, fast unpassend erschienen. Ihnen blieben nur noch einige wenige Stunden, bis sie sich trennen mußten, und in dieser Zeit erzählten sie sich, was sie bis dahin noch niemandem anvertraut hatten. Ihr Flüstern wurde manchmal von rasch unterdrücktem Kichern unterbrochen und schuf zwischen ihnen eine neue Vertrautheit. Denn über ihren körperlichen Einklang hinaus knüpften auch ihre Herzen enge Bande.

»Ich habe den Eindruck, dich schon immer gekannt zu haben«, flüsterte Angela.

»Ich auch, und trotzdem habe ich lange geglaubt, daß es so was nicht geben kann.«

Zum ersten Mal war Peter mit sich selbst versöhnt, mit seiner Kindheit und der Vorstellung, die er sich von seiner Zukunft machte. Völlig unerwartet erfüllte ihn ein Gefühl des Friedens und befreite ihn von der Frustration, nie richtig verstanden und geschätzt worden zu sein. Ein Staudamm brach, und in dieser Nacht, die sie nie vergessen würden, sagte er Worte, deren Bedeutung ihm bisher unbekannt gewesen war.

»Ich liebe dich ... Aber alles ist noch so neu. Sicher muß ich mich erst daran gewöhnen.«

»Dich daran gewöhnen?«

»Ja. Es mag dir seltsam erscheinen, aber eine Beziehung wie unsere erlebe ich zum ersten Mal.«

»Nicht einmal mit Cecilia?«

»Ich habe geglaubt, in sie verliebt zu sein. Aber da habe ich mich geirrt.«

»Was wäre gewesen, wenn sie auf dieses Gefühl eingegangen wäre?«

»Das ist sie aber nicht. Warum sollen wir von der Vergangenheit reden? Wir sind hier, du und ich ... Du bist so schön.«

Während Peter sprach, stützte er sich auf einen Ellbogen und betrachtete seine Geliebte. »Ja, du bist wunderschön, und du besitzt diese Leidenschaft, die mich berührt, mich fasziniert ...«

Als er sie so ansah, fühlte sie sich einmalig. Darum wurde sie ernst und wagte, ihm ebenfalls zu gestehen: »Ich liebe dich auch. Manchmal habe ich sogar Angst vor dem, was ich für dich empfinde.«

»Angst! Warum?«

»Weil ich nicht mehr weiß, was ich tue und was ich will.«

»Denk nicht zuviel nach, mein Liebling.«

Er öffnete das Fenster. Kalte Luft strömte herein, während sie sich unter der Decke zusammenkuschelten.

»Jetzt fehlt nur noch, daß es regnet«, meinte Angela. »Das höre ich so gern, wenn ich im Bett liege.«

»In ein paar Wochen wird dein Wunsch erhört werden.«

»Dann sind wir zusammen, nicht wahr?«

Stillschweigend beschlossen sie, selbst vor den Menschen, die ihnen am nächsten standen, zu verbergen, was sie füreinander empfanden. Es amüsierte sie, sich Samstag abends im Gymkhana Club zu treffen und Gleichgültigkeit zu heucheln, obwohl sie schon darauf brannten, sich zwei, drei Stunden später wieder in ihrem Refugium zu treffen.

»Eine ganze Woche, in der ich dich nicht sehe, das ist einfach zu lange«, klagte Angela oft.

Aber es kam nicht in Frage, diese Situation zu ändern. Peter wurde unter der Woche durch seine Arbeit in Rainbow Gardens festgehalten. Seine Nächte auf der Plantage sahen jetzt allerdings anders aus. Als er Lalita gebeten hatte, nicht mehr zu ihm zu kommen, hatte sie ihn angestarrt, bis ihm ganz unbehaglich wurde, weil er sich als Macho und zugleich als mieser Kolonialherr fühlte. Ohne Umschweife hatte er ihr verlegen eine Handvoll Anna hingehalten. Dann hatte er sich umgedreht und gewartet, bis sie den Bungalow verlassen hatte. Dabei hätte er ihr gern gesagt, wie dankbar er ihr war. Nie würde er vergessen, daß sie seine Einsamkeit erträglich gemacht und ihn von der Last seiner puritanischen Erziehung befreit hatte. Das alles hätte er ihr gern versichert, aber die Rollen, die das Schicksal ihnen beiden zugeteilt hatte, verboten es ihm nun einmal.

In den nächsten Tagen versuchte er, ihr aus dem Weg zu gehen, dann entspannte sich die Lage nach und nach und ihr Verhältnis normalisierte sich.

Unterdessen mußte sich Angela in Darjeeling mit Gewalt zur Ordnung rufen, um sich nicht ganz in ihre Träume zu flüchten. Das Abitur stand vor der Tür. Trotz des Aufruhrs in ihrem Herzen war sie fest entschlossen, die Abschlußprüfung zu schaffen und damit endgültig einen Schlußstrich unter ihre Schulzeit zu ziehen. Es wurde für sie fast zur fixen Idee, nie mehr durch das Eingangstor von Loretto schreiten zu müssen. Nie wieder wollte sie sich in die Schulbank zwängen, in der sie sich von klein auf der Langeweile oder ihren Phantasien hingegeben hatte. Und um jeden Preis wollte sie die Schuluniform und die strenge Moral der Nonnen vergessen. Unermüdlich arbeitete sie sogar nachts, wenn sie nicht gerade mit Peter zusammensein konnte. Dieser Eifer wurde belohnt. Ihre Eltern waren stolz auf ihre guten Noten und ihre Auszeichnung. Damit brach also ein neues Kapitel an, aber was würde die Zukunft bringen? Mabel Forrester schmiedete schon Pläne: Sollte sich Angela nicht mit dem Hotelgewerbe vertraut machen? Das Mädchen bezwang seine innere Unruhe und ließ die Mutter reden. Sie wollte jetzt einfach noch nicht daran denken, was sie tun oder lassen sollte. Erst wollte sie ihre wohlverdienten Ferien genießen. Der Mann, den sie liebte, war ganz in der Nähe ... Sie waren so glücklich miteinander ... Warum also sollte sie alles überstürzen?

21

Bei erster Gelegenheit besuchte Angela Cecilia, die sie nicht mehr gesehen hatte, seit die kleine Margaret in Whispering Hills lebte.

Es war schon später Nachmittag, als sie an der Haustür klopfte.

»Die Miss ist im Garten«, antwortete der Butler. »Sie finden sie beim Rosenbeet.«

Cecilia saß in einem Rattanstuhl und spielte mit Margaret. Das kleine Mädchen trug ein Spitzenhäubchen und ein besticktes Mäntelchen mit Schleifen. Maya Devi versuchte gerade, das Baby mit einer Rassel zum Lachen zu bringen.

»Angela! Das ist ja eine nette Überraschung! Willst du unser kleines Fräulein kennenlernen?« rief Cecilia, als sie die Besucherin bemerkte.

Gemeinsam genossen sie die Ruhe, begleitet vom Zwitschern der Vögel, die sich in den umstehenden Büschen versammelten. Ein göttlicher Moment, in dem Frauen und Kinder, umgeben von süßem Rosenduft, ihre Zärtlichkeit, ihre Unschuld und ihre Jugend miteinander teilten.

»Ich brauche diese Pausen dringend«, gestand Cecilia, als sie zum Haus zurückgingen. »Nur so kann ich alles andere ertragen.«

Angela fand, daß ihre Freundin erschöpft aussah, unterstand sich aber, ihr das zu sagen. Ebensowenig traute sie sich, ihr von ihrem eigenen Glück zu erzählen.

»Meine Mutter wird nicht mehr nach Darjeeling zurückkommen«, berichtete Cecilia. »Das Leben in England gefällt ihr einfach zu gut. Damit hatte ich zwar gerechnet, aber solange ihr Entschluß noch nicht feststand, hatte ich noch Hoffnung. Und unser Verwalter, William Smithson, verläßt uns in zwei Wochen.«

»Was hast du vor?«

»Keine Ahnung. Die Geschäfte gehen schlecht, wir haben keinen Ersatz für den Verwalter, George ist nie da, und unser Name ist in einen schlimmen Skandal verwickelt. Sicher wäre es am besten, wenn auch ich die Koffer packte.«

»Ach, Cecilia, ich hätte nie geglaubt, daß du eines Tages aufgibst!«

»Ich auch nicht. Aber mit meinem Bruder und seinen Käufern kann ich es nicht aufnehmen. Oder weißt du noch gar nichts von dem Angebot, das man uns gemacht hat?«

»Um wen handelt es sich denn?«

»Um Pflanzer aus Ceylon, die sich vergrößern möchten. Sie sind hergekommen und haben drei Tage später ein konkretes Angebot gemacht. Als George vor dieser Entscheidung stand, hat er sich dann doch verpflichtet gefühlt, mich davon zu unterrichten.«

Diese Aussprache hatte am frühen Morgen stattgefunden, als Cecilia gerade aus dem Schlafzimmer kam. Zu ihrer Überraschung saß ihr Bruder schon fertig rasiert und angezogen vor einer Tasse Kaffee und las die Zeitung. Als er sie kommen hörte, hob er den Kopf und teilte ihr ohne Umschweife mit, wie der Stand der Dinge war.

»Und was ist, wenn ich mich weigere?« erwiderte sie. »Meine Meinung zählt dabei auch, soweit ich weiß . . .«

»Ist dir klar, daß wir kurz vor dem Ruin stehen?«

Zum ersten Mal im Leben stellte er eine echte Bilanz

auf, aber Cecilia hörte gar nicht zu. Sie fühlte sich so elend. Also gab es jetzt kein Zurück mehr! Da sie Georges schrille Stimme nicht länger ertragen konnte, verließ sie das Zimmer. Sie flüchtete sich an den Ort, an dem sie sich als kleines Mädchen immer versteckt und mit Geschichten getröstet hatte. Sie betrachtete die umliegenden Berge und die Teefelder. Mußte sie sich an die Vorstellung gewöhnen, daß diese Ländereien in ein paar Monaten fremden Leuten gehören würden?

Abends fragte sie George, was aus Margaret werden sollte, wenn sie alle nach England zurückkehrten.

»Mutter wird sie schon zu sich nehmen.«

»Bist du dir da so sicher?«

»Aber ja! Wir müssen doch nur eine Gouvernante einstellen!«

Als Cecilia diese Worte Angela gegenüber wiederholte, kam sie sich wieder wie in einem üblen Kitschroman vor. Alle Komponenten waren vereint, um dem Leser die Tränen in die Augen zu treiben, sogar ein unerwünschtes Kind! Sie fühlte sich völlig ausgelaugt, was sie ihrer Freundin trotz aller Bemühungen nicht verhehlen konnte.

»Du siehst erschöpft aus.«

»Stimmt, ich fühle mich auch sehr müde. Aber keine Angst, es ist nicht weiter schlimm.«

In der Nacht bekam sie Fieber. Es fing mit einem Frösteln an, dann stieg die Temperatur, und Cecilia zitterte am ganzen Leib. Sie ließ die *Ayah* ein paar zusätzliche Decken holen, die sie aber auch nicht aufwärmen konnten. Der Arzt, der am nächsten Morgen gerufen wurde, stellte einen Malariaanfall fest.

»Ihr Zustand ist sehr ernst. Wer kümmert sich um sie?«

»Ich«, antwortete die *Ayah* schüchtern.

»Ist Mr. Darrow benachrichtigt worden?«

»Nein.«

»Man muß es ihm sagen. Aber vorläufig«, fuhr der Hausarzt fort, »ist es wichtig, daß die Miss viel Wasser trinkt und regelmäßig das Chinin einnimmt, daß ich ihr dalasse.«

Er ließ die alte Frau wiederholen, was sie zur Pflege tun sollte, dann tätschelte er der Patientin die Hand und versprach, am nächsten Tag wiederzukommen.

Am Nachmittag wurde der Schüttelfrost schlimmer. Die Temperatur war noch weiter gestiegen, und das Mädchen begann, wirres Zeug zu reden. Mit irren Augen starrte sie die ratlose Ayah an, ohne sie zu erkennen.

In dem Moment klingelte Julian Carr an der Haustür.

»Mr. Darrow ist nicht da. Er hat uns auch nicht gesagt, wann er zurückkommt«, antwortete ihm der Butler.

»Ist die Miss denn zu Hause?«

»Ja, Sir, nur . . . sie ist krank.«

»Ich möchte nicht indiskret sein, aber was fehlt ihr?«

»Sie hat die Malaria, und wir machen uns große Sorgen.«

»Kann ich zu ihr?«

»Oh, Sir, ich weiß nicht recht. Die Miss liegt im Bett und ist nicht ganz bei Sinnen.«

»Dann erst recht! Vielleicht kann ich helfen.«

Der Nepalese zögerte. Dann aber führte er den Besucher ins Wohnzimmer und verschwand. An der Wand hing ein tibetischer *Tangka*, ein auf Stoff gemaltes Bild, das religiösen Zwecken diente. Julian trat näher heran, um die Einzelheiten genauer zu betrachten, als auf einmal ein heftiger Regenguß gegen die Fensterscheiben zu prasseln begann. Offenbar stellte sich der Monsun pünktlich ein. Er mußte an all die Inder denken, die seit Wochen unter der unerträglichen Hitze gelitten hatten und jetzt wohl nach draußen rannten, um den Regen zu begrüßen. Zugleich hieß ihn dieser Platzregen in Darjeeling willkommen, da er erst am Vortag in Rainbow Gardens eingetroffen war. Noch einmal ließ er die Ereignisse der vergangenen Woche in Gedanken Revue passieren.

Bei seiner Ankunft in Bombay hatte er erst vorgehabt, länger dort zu bleiben, aber eine Depesche von Samuel Baxter hatte ihn von den jüngsten Entwicklungen in Whispering Hills in Kenntnis gesetzt. Verblüfft hatte sich Julian in seine Suite im »Taj Hotel« zurückgezogen, um in Ruhe nachdenken zu können. Sollte er auch als Käufer für die Plantage der Darrows auftreten und ein besseres Angebot machen? Es würde nicht leicht sein, die Aktionäre der Tea & Co. davon zu überzeugen, weil sie eigentlich nicht mehr in Indien investieren wollten. Allerdings konnte Julian, der der Börse im Moment nicht traute, sie vielleicht dazu bewegen, ihr Geld lieber in Grund und Boden zu stecken als in Aktien. Aber war diese Investition überhaupt vernünftig?

Nach Einbruch der Nacht war Indiens heimliche Hauptstadt, das »Tor zu Indien«, wie Bombay genannt wurde, hell erleuchtet, und im Hintergrund funkelten die Lichter der Schiffe. Mit einem Glas Brandy in der Hand war er ans Fenster getreten. Auf dem Vorplatz, der sich bis zum Meer hinzog, wimmelte eine bunte Menge. Händler, Zollbeamte, Bettler, Kulis, Geistliche jeder Konfession, Frauen und Kinder drängten sich dort in einem höllischen Lärm von gellenden Schreien, Hupen und Sirenen. Julian mochte an Bombay dieses Gewirr, die ständige Bewegung und die romantischen, pastellfarbenen Häuser, deren schmiedeeiserne Balkone an Vogelkäfige erinnerten. Er liebte die langen Prachtstraßen, die geschäftigen Bazare und die Abende in den Villen von Malabar, an denen er am

Spieltisch große Summen verlor, um sich später auf irgendein flüchtiges Abenteuer einzulassen.

Er traf Annabel Darrow nicht dort, sondern an der Hotelbar, wo sie in Gesellschaft eines amerikanischen Ehepaares einen Cocktail trank. Nachdem er noch einmal genau hingeschaut hatte, um sich zu vergewissern, daß sie es wirklich war, ging er auf die junge Frau zu, die freudig strahlte, als sie ihn erkannte.

»So eine Überraschung«, rief er, während er sich über ihre Hand beugte.

Sie stellte ihn den anderen vor und plauderte dann von den Annehmlichkeiten Bombays und den gesellschaftlichen Ereignissen, an denen sie teilgenommen hatte. Allerdings vermied sie jedes persönliche Thema. Es war offensichtlich, daß Julian ihr gefiel, da sie ständig nach einem Vorwand suchte, um ihn wiedersehen zu können. Doch obwohl er Annabel früher sehr attraktiv gefunden hatte, konnte er sie nicht mehr ausstehen, seit Samuel Baxter ihm geschrieben hatte, wie sie sich ihrem Kind gegenüber verhalten hatte.

»Leider bin ich sehr beschäftigt«, antwortete er, als sie ihm vorschlug, sie auf einen Ball bei einem ägyptischen Prinzen zu begleiten.

Annabels Lächeln gefror augenblicklich. Ziemlich unhöflich wandte sie sich wieder ihren Freunden zu und gab Julian damit unmißverständlich zu verstehen, daß seine weitere Anwesenheit unerwünscht sei.

»Sie haben mir noch gar nicht erzählt, wie es Ihrem Mann und Ihrer Tochter geht?« Die Frage konnte er sich nicht verkneifen.

Als sie ihn nur wütend anfunkelte, fuhr er mit Unschuldsmiene fort: »Habe ich mich geirrt? Ist es etwa ein Junge?«

»Nein, nein. Alles bestens«, antwortete die junge Frau eisig.

»Das freut mich zu hören«, beendete Julian die unerquickliche Konversation und zog sich zurück.

Obwohl er viel zu tun hatte, kümmerte er sich in erster Linie um den möglichen Ankauf von Whispering Hills. Gleich am nächsten Tag setzte er Briefe an seine Geschäftspartner auf. Anschließend fuhr er nach Kalkutta, wo er zu seiner großen Freude Parvati wiedersah.

»Ich habe den Eindruck, nur ein paar Tage fort gewesen zu sein«, gestand er, wobei ihm zum ersten Mal klar wurde, was es hieß, nach Hause zu kommen.

Wegen der großen Hitze waren die Fensterläden geschlossen, und über sich hörte er das leise Dröhnen der Ventilatoren. Ringsum prangten in Vasen und Krügen weiße oder blaßgelbe Blumensträuße.

»Sie haben nicht vergessen, welche Blumen ich am liebsten mag«, bemerkte er hocherfreut, während er sich vorbeugte, um den Duft eines Straußes in sich aufzusaugen.

Im Wohnzimmer der Darrows wollte er jetzt gerade dasselbe tun, als der Butler wieder erschien.

»Wenn Sie mir bitte folgen wollen, Sir.«

Der Geruch von einem Kräuteraufguß empfing ihn, als er das Zimmer betrat. Die *Ayah* fächelte Cecilia, von der nur das Gesicht aus den Decken hervorschaute, Luft zu. Als er eintrat, bewegte sie sich, war aber so in ihren Halluzinationen gefangen, daß sie ihn nicht erkannte. Als er an ihr Bett trat, merkte er, daß sie zitterte. Er befühlte ihre verschwitzte Stirn, auf der das Haar in Strähnen klebte.

»Wann hat sie zum letzten Mal getrunken?« fragte er das Dienstmädchen.

»Vor zehn Minuten.«

»Dann muß sie jetzt wieder trinken.«

Er nahm den Becher vom Nachttisch, schob seinen freien Arm unter Cecilias Nacken und ließ etwas Wasser zwischen ihre ausgetrockneten Lippen rinnen. Anschließend deckte er sie wieder behutsam zu. Nachdem er die *Ayah* fortgeschickt hatte, um sich auszuruhen, blieb er allein bei der Kranken zurück.

Ohne es zu ahnen, pflegte er sie genauso, wie sie es damals im selben Zimmer mit Maya Devi gemacht hatte. Er hielt die Hand des Mädchens, ohne sich dessen bewußt zu sein. Alles, was ihm in letzter Zeit zustieß, war so seltsam! Was machte er hier neben dieser Person, die ihm vor sechs Monaten noch unterstellt hatte, er würde sich nur für seinen Profit interessieren? Aus dem Nebenzimmer hörte er das Wimmern eines Kindes. Auf einmal fühlte er sich beklommen, weil er an Daisy denken mußte und an ihr Lächeln, als er sie zum letzten Mal in die Arme geschlossen hatte. Das war vor ihrer Entbindung gewesen. Instinktiv sprang er auf. Aber sobald er ein paar Schritte zur Tür gemacht hatte, beschloß er, nicht fortzurennen. In Zukunft wollte er gegen seine Angst vor kranken Frauen ankämpfen und sich zusammenreißen, wenn er durch ein Baby daran erinnert wurde, daß er beinahe einmal Vater geworden wäre. Also blieb er, horchte auf Cecilias Atem, prüfte ihren Puls und deckte sie sorgfältig zu.

»Möchte der Herr dinieren?« fragte ihn der Butler.

»Nein, danke. Aber ein Whisky würde mir guttun!«

Cecilia war noch nicht außer Gefahr, das wußte er. Wieder feuchtete er ihre Wangen und ihre Lippen an. Sie stammelte etwas, was er nicht verstand, aber das war auch unwichtig. Während er sie so pflegte, mußte er an ihre erste Begegnung denken, als sie voreinander verborgen hatten, wer sie waren. Wer hätte an jenem Abend gedacht, daß ihm das Leben dieser Unbekannten, mit der er sich damals in der Dunkelheit unterhielt, einmal so viel bedeuten würde? Wer hätte es für möglich gehalten, daß er, nur um Whispering Hills für sie zu retten, vielleicht einmal die schlechteste Investition seines Lebens tätigen würde? Er schaute sich im Zimmer um. Mit Tusche gezeichnete Porträts und einige Aquarelle hingen gegenüber an der Wand. Auf einem Sekretär bemerkte er einen Stapel Skizzenbücher und Schachteln mit Pastellfarben. Neben dem Fenster stand der Frisiertisch, der fast ganz unter all den Bürsten, Kämmen und Haarspangen verschwand, während auf einem Spieltisch noch die Patience lag, die Cecilia angefangen hatte, kurz bevor sie erkrankt war.

Der Abend war schon weit fortgeschritten, als sich ihr Fieberwahn verschlimmerte. Sie stöhnte verstört, keuchte und redete wirres Zeug. Als Julian versuchte, sie zu beruhigen, wich sie zurück, als sei er der Teufel in Person.

»Haben Sie keine Angst und vertrauen Sie mir«, sagte er beruhigend und feuchtete unablässig die Tücher an, mit denen er ihre Schläfen betupfte.

Er streifte die Ärmel ihres Nachthemds hoch, um ihre Arme zu benetzen. Er vergaß jedes Schamgefühl, schob den Stoff an den Beinen hoch und feuchtete unaufhörlich ihre Schenkel an, bis sie schließlich etwas ruhiger wurde. Obwohl die Gefahr noch immer nicht gebannt war, war sie jetzt wenigstens nicht mehr ganz so akut. Allerdings mußte man weiterhin äußerst wachsam bleiben.

»Ist Mr. Darrow immer noch nicht heimgekehrt?« fragte Julian verwundert, als es zehn Uhr schlug.

»Nein, aber es kommt oft vor, daß er in Darjeeling übernachtet.«

»Ich bleibe bis zu seiner Rückkehr hier«, erklärte er dem Butler.

Da Cecilia endlich eingeschlafen war, beschloß er, sich im Wohnzimmer etwas auszuruhen. Es regnete weiterhin in Strömen. Mit geschlossenen Augen erinnerte er sich an seine Kindheit, als er im Bungalow seiner Eltern unter der warmen Decke lag und sich um all die Tiere sorgte, die durch den triefenden Dschungel irren mußten. Damals hatte er es immer bedauert, nicht groß und vor allem nicht stark genug zu sein, um eine neue Arche Noah bauen und all die armen Kreaturen retten zu können.

22

Am nächsten Tag hatte Cecilia zwar noch immer Fieber, aber sie phantasierte wenigstens nicht mehr. Nach dem Besuch des Arztes, der eine leichte Besserung feststellen konnte, kehrte Julian nach Rainbow Gardens zurück, um sich dort umzuziehen. Bis Mittag arbeitete er dort mit Samuel Baxter.

»Sind Sie immer noch mit Saunders zufrieden?« fragte er den Verwalter, nachdem sie alle anstehenden Probleme geregelt hatten.

»Ja, sehr. Der ist mit schon fast fanatischem Eifer bei der Sache! Aber gleichzeitig steht er auch fest mit beiden Füßen auf der Erde. Er liebt seinen Beruf und übt ihn sehr gewissenhaft aus.«

»Vielleicht werde ich ihn Ihnen wegnehmen müssen.«

»Warum?«

»Um ihn zu versetzen. Falls es mir gelingt, Whispering Hills zu kaufen.«

»Wäre das nicht etwas voreilig? Er hat doch kaum Erfahrung.«

»Sie können ihn ja beraten.«

»Na gut. Aber es handelt sich um eine sehr renommierte Plantage. Normalerweise müßte man dafür einen besonders qualifizierten Verwalter einstellen.«

»Ach was, Baxter, Sie kennen mich gut genug, um zu wissen, daß ich gern Risiken eingehe.«

Einige Stunden später versuchte er George, der ihn im Büro seiner Fabrik empfing, vom genauen Gegenteil zu überzeugen.

Ehe sie anfingen zu verhandeln, erkundigte sich Julian, wie es Cecilia ging.

»Etwas besser. Ich habe gehört, daß Sie den größten Teil der Nacht bei ihr geblieben sind«, antwortete George mißtrauisch.

»Sie war allein. Ich bin vorbeigekommen, um ihr guten Tag zu sagen. Und dann konnte ich es nicht über mich bringen, sie allein zu lassen.«

Mehr sagte Julian nicht. Er hatte keine Lust, sich zu rechtfertigen. Vor allem nicht gegenüber diesem Mann, der selber verlegen war und sich deshalb in lauter Anspielungen erging.

Im Grunde war George schon von jeher auf Julian Carr eifersüchtig gewesen, weil dieser all das darstellte, was er selbst gern gewesen wäre. George fragte sich bei allem, was er sagte oder tat, ständig, welche Wirkung das wohl auf andere haben mochte, und beneidete darum Julian wegen seiner natürlichen Selbstsicherheit und Ungezwungenheit.

»Bei unserer letzten Begegnung haben Sie mir Ihre Plantage zum Kauf angeboten«, sagte Julian. »Darüber wüßte ich nun gern Näheres.«

Froh darüber, daß es endlich wieder aufwärts ging, prahlte George damit, daß er schon dabei war, ernsthafte Verhandlungen zu führen.

»Welchen Preis hat man Ihnen geboten?«

Julian hatte mehrere Kampfsportarten ausgeübt und wußte, wie man einen Gegner in die Enge treibt, aber dieser Darrow war so einfältig, daß das Spielchen hier ziemlich langweilig war.

»Whispering Hills hat zwar einen legendären Ruf«, betonte er, »dennoch müssen Sie zugeben, daß die derzeitige Lage zu wünschen übrigläßt. Es gibt gewisse Risiken ...«

»Die sind nur gering.«

»Das sagen Sie!«

So nahmen die Verhandlungen ihren Gang, aber schließlich ließ sich George, der es eilig hatte, nach London zu kommen, von Julians Zahlungsbedingungen überzeugen.

»Ich werde mit meiner Mutter und meiner Schwester darüber reden, aber ich glaube, sie werden ebenfalls Ihrem Barzahlungsangebot den Vorzug geben. Die anderen Käufer wollten uns nämlich Wechsel ausstellen.«

Seit dem Vortag hatte es unaufhörlich geregnet. Nach der unerträglichen Hitze von Bombay und Kalkutta wußte Julian diese Wassermassen und den erdigen Geruch zu schätzen. Durch den Schlamm watend folgte er George zum Bungalow, wo sie noch ein Glas trinken wollten.

Die Stille im Haus war so drückend, daß es fast unbewohnt wirkte. George achtete nicht darauf, weil er in Gedanken schon alles hinter sich gelassen hatte. London erwartete ihn mit seinen Clubs, den Pubs und Theatern. Dort wollte er sich bald eine Junggesellenwohnung kaufen, in der für alle Freunde Brandy und Whisky in Strömen fließen sollten. Niemand würde ihm mehr fortwährend seinen Vater als Vorbild vorhalten, und niemand würde ständig kritisieren, was er tat. Endlich würde er seinen Neigungen frei nachgehen können. Einen Moment lang dachte er an Annabel, die Indien mittlerweile bestimmt verlassen hatte. Damit hatte sie auch alle Zwänge und alle Scheinheiligkeiten mitgenommen. Selbst wenn er nun endgültig auf ihre Mitgift verzichten mußte, war ihm seine Unabhängigkeit dieses Opfer wert.

Während sie sich miteinander unterhielten, beobachtete George seinen Besucher. Warum wollte sich so ein Mann bloß noch eine Plantage aufladen? Das überstieg seine Vorstellungskraft! Außerdem wußte er nicht, was er von der Beziehung zwischen Julian Carr und Cecilia halten sollte, vor allem als dieser, ehe er ging, darum bat, noch einmal kurz ins Zimmer des Mädchens hineinschauen zu dürfen.

In ihre Schultertücher gehüllt, saß die *Ayah* vor dem Bett auf dem Boden. Eukalyptusblätter kokelten vor sich hin. Julian nahm Cecilias Hand und stellte fest, daß sie fast normale Temperatur hatte. Durch das Chinin war das Fieber endlich gesunken. Es kam für ihn selbst überraschend, daß er auf einmal Rührung empfand. Es war zwar dumm, aber die Tränen standen ihm in den Augen. Verärgert über seine eigene Gefühlsduselei wollte er sich gerade in eine dunkle Ecke zurückziehen, als Cecilia einige Worte stammelte.

»Bleiben Sie ruhig liegen, ich bin ja da«, sagte er, als er an die Kranke herantrat.

Da er merkte, daß sie ihn anstarrte wie ein Gespenst, sprach er sanft weiter: »Sie träumen nicht. Ich bin es wirklich.«

»Ich verstehe nicht. Was machen Sie hier?«

»Sie waren sehr krank, aber bald sind Sie wieder auf den Beinen. Also ruhen Sie sich aus und stellen Sie jetzt keine Fragen.«

Erschöpft schloß sie die Augen, aber nach einer kurzen Pause fragte sie: »Wer kümmert sich um Margaret?«

»Die Amme. Machen Sie sich keine Sorgen, es fehlt ihr an nichts.«

Er blieb bei ihr, bis sie eingeschlafen war. Seit sie sich in Kalkutta gestritten hatten, hatte er sich nie gefragt, welche Gefühle er eigentlich für Cecilia hegte. Allerdings hatte er während seiner Europareise sehr oft an sie gedacht und es bedauert, daß er ihr nicht schreiben konnte, etwa um ihr seine Eindrücke zu schildern oder um ihr zu erzählen, welches Vergnügen ihm das Fotografieren bereitete.

Jedesmal wenn er sich von seinen Geschäften freimachen konnte, zog er mit dem Fotoapparat los, um alles, was ihn faszinierte, überraschte oder begeisterte, in allen Nuancen einzufangen. Die Provence, wo er einige Wochen verbrachte, hatte einen unerschöpflichen Vorrat an Motiven zu bieten, der ihn immer wieder in Erstaunen versetzte. In Begleitung seiner Tante mütterlicherseits, Louise Fournier, hatte er lange Spaziergänge durch die Weinberge unternommen. Auf verschlafenen Dorfplätzen mit plätschernden Brunnen hatte er den Trubel der Welt vergessen. Er unterhielt sich mit Hirten, wanderte über sonnenüberflutete, von Wohlgerüchen erfüllte Pfade und durch Olivenhaine, im Einklang mit dem Himmel, dem Wind und dem Meer, mit dieser großen Symphonie, dieser herrlichen Landschaft, deren wahre Geheimnisse nur wenigen Auserwählten bekannt waren.

In Indien hatte er seine Spaziergänge fortgesetzt. Schon vor Sonnenaufgang stand er auf und stieg auf die Dachterrasse von Tula, an der unten der Hooghly vorbeiströmte. Er fotografierte einen vorbeifliegenden Vogel, die Bahn eines Schiffes oder die Waschungen der Inder, die ein ganz besonderes Verhältnis zum Wasser hatten.

»Warum kritteln Sie eigentlich ständig an Ihren eigenen Bildern herum?« hatte Parvati eines Tages protestiert. »Dieser Fehler scheint wohl in der Familie zu liegen! Ihr Onkel war auch nie mit seiner Arbeit zufrieden. Dabei sind seine Aufnahmen, genau wie Ihre, sehr ausdrucksstark. Sie sprechen die Seele und die Sinne an.«

Die Inderin war die erste, die ihm Modell saß. Julian hatte bisher nur Landschaften, Straßenszenen und Menschenmengen festgehalten, aber noch nie einen Menschen porträtiert, der ihm nahestand. Er fotografierte sie, während sie im Garten mit ihm plauderte, heiter und erhaben in ihrem weißen Sari, das Haar von einem schweren Knoten im Nacken zusammengehalten. Im Sucher erschienen ihre goldbraunen Augen und ein Lächeln, das jeden Kummer lindern konnte.

Am Tag vor seiner Abreise nach Darjeeling erzählte ihr Julian von Cecilia, von ihrem argwöhnischen Charakter und von ihrer schwierigen Beziehung.

»Sicher hat sie es bereut, so wütend reagiert zu haben«, beruhigte ihn Parvati.

»Cecilia und etwas bereuen? Da kennen Sie sie schlecht!«

»Ich habe sie zwar nur einmal gesehen, aber ich konnte mir immerhin eine Meinung bilden.«

»Ja? Und was denken Sie von ihr?«

»Ich habe den Eindruck, daß sie es sich selbst versagt, glücklich zu sein. Als müsse sie ständig auf der Hut sein. Wer hat sie verletzt? Wer hat sie verraten? Solange man ihr nicht hilft, ihr Mißtrauen zu vergessen, wird sie die Zärtlichkeit, die sich in ihr verbirgt, nie zur Geltung bringen können.«

Als Julian Whispering Hills verließ, rief er sich Parvatis Worte in Erinnerung. Er wünschte sich, sie würde recht behalten und Cecilia bald aus sich herausgehen. An das, was danach käme, wollte er jetzt noch nicht denken. Nicht daß die Zukunft ihn beunruhigt hätte, aber das Leben hatte ihn nun einmal gelehrt, daß überstürztes Handeln zu nichts Gutem führt.

Der Monsunregen lud nicht gerade zu längeren Spaziergängen ein, dennoch konnte er der Versuchung nicht widerstehen, in Darjeeling durch die menschenleeren Straßen, die sich in reißende Sturzbäche verwandelt hatten, zu bummeln. Es war gerade Schulzeit, darum langweilten sich die Jungen und Mädchen jetzt hinter den Mauern von St. Paul, St. Joseph oder Loretto über ihren Büchern und Heften. Im Stadtzentrum waren die Fenster der öffentlichen Gebäude beleuchtet. Die britischen Beamten saßen bei der Arbeit und stöhnten über das Klima, ebenso wie ihre Frauen, die beim berühmten Konditor »Gleanary« auf ihre Sahnetörtchen warteten und den neuesten Tratsch austauschten. George Darrows Lebenswandel und Annabels Verschwinden hatten sie mehrere Wochen lang beschäftigt, aber mittlerweile war dieses Thema etwas abgedroschen. Jetzt drehten sich alle Gespräche um die Zukunft von Whispering Hills, das angeblich einen neuen Eigentümer gefunden hatte.

»Es wurde aber auch Zeit, daß sich die Lage klärt«, bemerkte die Frau eines Pflanzers aus Kurseong, »sonst hätte das irgendwann auch unserem Ruf geschadet! Diese Cecilia Darrow, die sich benimmt wie ein Mann und die Eingeborenen behandelt wie gleichwertige Menschen, stellt eine echte Gefahr dar. Solche Leute sind es, die den Pöbel auf dumme Ideen wie Unabhängigkeit und Aufstand bringen.«

»Dabei waren die Eltern ganz ehrbare Leute«, mischte sich eine knochige Bohnenstange ein.

»Trotzdem ist ihre Brut mißraten!«

Als Julian spürte, daß sein Regenmantel völlig durchweicht war, lief er zum Hotel Magnolia, wo er sich bei einem Grog aufwärmen wollte. Die erste, der er in der Eingangshalle begegnete, war Angela.

»Man hat mir schon gesagt, daß Sie in Rainbow Gardens sind«, rief sie, wobei sie jedoch nicht erwähnte, daß sie diese Information von Peter hatte.

Sie setzten sich in den großen Salon, wo einige Gäste eine Partie Bridge spielten.

»Nun«, fragte Julian, »was macht die Schule?«

»Ich habe mein Examen geschafft!«

Glücklich lachend fügte Angela hinzu: »Seit ich Ferien habe, fühle ich mich, als würde ich auf einer rosaroten Wolke schweben.«

»Und Ihre Theaterkarriere? Ist es Ihnen noch ernst damit?«

»Ja, sehr«, antwortete das Mädchen errötend.

»Mein Vorschlag war ernst gemeint. Wenn Sie immer noch wollen, kann ich meine Cousine in London darum bitten, Ihnen ein Zimmer zur Verfügung zu stellen.«

Dieses Gespräch konfrontierte Angela wieder mit ihrem Dilemma. Seit sie mit Peter zusammen war, hatte sie sich nämlich davor gescheut, an ihre Zukunft zu denken. Alle Theaterstücke, die sie vorher regelmäßig gelesen und einstudiert hatte, standen jetzt in ihrem Zimmer ordentlich aufgereiht auf dem Bücherregal und wurden nicht mehr angerührt. Jedesmal, wenn ihr Blick darauf fiel, beschlich sie ein Schuldgefühl. Aber was sollte sie machen, da sie nun einmal zwei Leidenschaften hatte, die sich nicht miteinander vereinbaren ließen? Bis zum Abend konnte sie an nichts anderes denken. Sollte sie Julians Angebot ausschlagen oder auf Peter verzichten? Da sie keinen Schlaf finden konnte, knipste sie das Nachttischlämpchen an. Eine lächerliche Wehmut trieb ihr die Tränen in die Augen. Verlangt die Liebe so viel Selbstverleugnung? Ist es aber umgekehrt nicht auch gefährlich, einem Gefühl, egal wie stark es auch sein mag, alles andere zu opfern?

Die ganze Zeit, bis sie sich wieder mit ihrem Geliebten traf, fragte sie sich, wie sie ihm ihren Zwiespalt gestehen sollte. Aneinandergeschmiegt lauschten sie dem Regen, der auf das Dach ihres Refugiums prasselte, als sie schließlich flüsterte: »Bis dein Vertrag ausgelaufen ist, kannst du nicht von Darjeeling fort, oder?«

»Stimmt. Warum?«

»Das bedeutet, daß du noch vier Jahre hierbleiben mußt?«

»Mindestens.«

»Und was würdest du anschließend gern tun?«

»Hierbleiben.«

»Hierbleiben?«

»Sicher wirst du es komisch finden, aber ich habe mich noch nie so glücklich gefühlt wie in Rainbow Gardens.«

Das war genau das, was sie nicht hören wollte. Während sie seine Worte langsam verarbeitete, begriff sie, daß das Schicksal sie offensichtlich nur zusammengeführt hatte, um sie auf die Probe zu stellen.

»Was ist los, Angela? Du sagst ja gar nichts!«

»Nichts, alles in Ordnung.«

»Nun lüg mich nicht an. Irgend etwas hast du doch, das spüre ich.«

Er schlang seine Arme enger um sie und flüsterte ihr ins Ohr: »Du weißt doch, daß du mir alles sagen kannst.«

Da sie nichts erwiderte, bohrte er nach: »Stört es dich, daß es mir in Darjeeling so gefällt?«

»Stören ist nicht das richtige Wort.«

»Ist es für dich ein Problem, weil du von hier fortgehen möchtest?«

Da Angelas Schweigen alles sagte, beschloß Peter, den Stier bei den Hörnern zu packen.

»Glaub bloß nicht, ich hätte nicht auch schon über das nachgedacht, was uns eventuell trennen könnte, mein Liebling. Schon seit Wochen merke ich, daß du diesem Ort, an dem du immer gewohnt hast, gern entkommen möchtest. Warum sollte ich dir böse sein, nur weil du die

Welt kennenlernen willst? Warum sollte ich dir Vorwürfe machen, wenn du dich mit anderen Menschen messen möchtest? Als ich dich zum ersten Mal auf der Bühne gesehen habe, wußte ich sofort, daß du dein Talent in einem echten Theater ausüben solltest. Mit welchem Recht könnte ich dich daran hindern, dein Glück zu versuchen?«

»Laß uns bitte von etwas anderem reden, Peter. Dieses Thema macht mich ganz krank.«

»Die Realität darf dich aber nicht krank machen. Und die Realität sagt uns nun mal, daß du dich weder in Darjeeling noch in Indien entfalten kannst.«

»Das stimmt vielleicht. Aber im Moment möchte ich nur an uns beide denken. Küß mich ... bitte ...«

Sie hatte ihr Gesicht dem seinen genähert, berührte seine Lippen, suchte seine Zunge. Dann zog sie ihn an sich, über sich, preßte ihren Körper an seinen, verlangte nach seinen Zärtlichkeiten, die sie nach und nach dem Genuß entgegenführten, nach dem sie so süchtig war. Im Laufe der Zeit hatten sie sich so weit kennengelernt und miteinander vertraut gemacht, daß sie jene Verzückung erlebten, die man nur durch fein aufeinander abgestimmte Gesten hervorrufen kann. Verbunden, gefesselt an dieses Mädchen, mit dem er wahre Höhenflüge erlebte, erreichte auch Peter jenes Ufer, an dem ihnen nichts und niemand mehr etwas anhaben konnte. Die Finger tief ins Haar seiner Geliebten vergraben, horchte er darauf, wie sich ihrer beider Herzschlag allmählich beruhigte.

»Bleib bei mir«, flüsterte er Angela zu, als sie langsam wieder zu sich selbst kam. »Ja, bleib hier bei mir, in der Wärme.«

Dann, den Mund an ihrer Schläfe, gestand er ihr: »Ich liebe dich. Ich liebe dich mehr als mich selbst und meine sehnlichsten Wünsche. Also hör zu: Verzichte nicht auf etwas, was dir wirklich am Herzen liegt.«

»Eigentlich möchte ich, daß wir zusammen fahren. Bloß, wenn du mir nach Europa folgst, wirst du mir sicher eines Tages vorwerfen, daß ich dir das genommen habe, was deinem Leben einen Sinn gegeben hat.«

»Aber du hast meinem Leben auch einen Sinn gegeben! Du hast mir gezeigt, was es bedeutet, zu zweit zu sein, ohne daß dies meine Freiheit beschnitten hätte. Seit wir uns nahegekommen sind, bin ich nicht mehr derselbe, Angela. Oder vielmehr: seit du mir geholfen hast, zu begreifen, was ich alles vollbringen, schenken oder empfangen kann.«

Noch nie hatten sie sich so ernst miteinander unterhalten, und noch nie hatten sie sich einander so verbunden gefühlt. Ob sie sich so sehr respektierten, weil sie beide begriffen hatten, daß die Liebe einem kein Anrecht auf das Leben des anderen gibt? In dieser Juninacht entdeckten sie, was absolutes Vertrauen ist. Während sie dem Wind und dem Regen lauschten, gestanden sie sich das Unaussprechliche, indem sie Zuflucht suchten im Schweigen, das ihnen nach und nach half, ihre innere Ruhe zu finden.

23

Angela kam fast jeden Tag auf Besuch zu Cecilia, die sich langsam auf dem Weg der Besserung befand.

»Die kleinste Bewegung ist eine Qual für mich! Ich werde nie wieder zu Kräften kommen.«

Sie war unglücklich darüber, so zur Untätigkeit verdammt zu sein. Nichts vermochte sie aufzuheitern, nicht einmal Margaret, die ihr von der Amme regelmäßig ins Zimmer gebracht wurde.

»Ich fühle mich sterbenselend«, vertraute sie Peter an, der ebenfalls an ihr Krankenlager kam. »Ich habe einfach zu nichts mehr Lust und keine Energie!«

»Das glaube ich Ihnen nicht. Übrigens wette ich, daß wir in ein paar Wochen über alles lachen werden, was Sie jetzt sagen.«

Mit Julian konnte sie sich nicht so vertraut unterhalten. Er hatte zweimal bei ihr vorbeigeschaut, und jedesmal war Cecilia so verlegen gewesen, daß sie kein vernünftiges Wort rausbrachte. Genierte sie sich, weil er ihr beigestanden hatte, als sie todkrank gewesen war, und lief sie deswegen rot an wie ein Schulmädchen? Oder schämte sie sich, weil sie immer noch leichenblaß war, mit Ringen unter den Augen und fiebertrockener Haut? Dieser Mann verwirrte sie. Wer war er, was dachte er und welches Ziel verfolgte er? Als George ihr mitteilte, daß Julian ein offizielles Angebot gemacht hatte, um Whispering Hills zu kaufen, war sie erschüttert. Julian Carr erreichte immer, was er wollte, wie hatte sie nur daran zweifeln können?

»Es ist in unserem Interesse, ihm den Vorrang vor den anderen Käufern zu geben«, fuhr George fort.

Aber Cecilia hörte nicht mehr zu. Ihr Geschick hatte sich ohne ihr Zutun entschieden. Bald mußte sie nach London übersiedeln! Für einen kurzen Moment hoffte sie, wieder krank zu werden, einen Rückfall zu erleiden, was immer noch besser war, als so gar kein Ziel vor Augen zu haben, aber bald brach ihr eigentlicher Charakter wieder durch. Sie mußte noch so viel erledigen, bevor sie fortging, mußte für Maya Devi und die anderen Kinder der Plantage sorgen, die ihr ans Herz gewachsen waren. Würde man ihnen die Schule lassen? Und die Krankenstation, würde die weiterbestehen?

»In Rainbow Gardens wird niemand schlecht behandelt, im Gegenteil«, sagte Peter beruhigend, als sie ihm ihre Sorgen gestand.

»Trotzdem will ich Garantien von Mr. Carr.«

»Aber der ist schon fort.«

»Wohin?«

»Nach Kalkutta.«

Fort! Ohne Abschied zu nehmen! Plötzlich war ihr sehr kalt.

»Hat er vor, noch einmal zurückzukehren?«

»Keine Ahnung. Ich weiß nur, daß er Anfang August in Europa erwartet wird.«

In der Nacht konnte Cecilia keinen Schlaf finden. Sie nahm sich vor, Julian aufzusuchen, noch ehe er Indien verließ. Die Reise würde zwar anstrengend werden, mitten in der Monsunzeit, zumal sie noch nicht wieder ganz bei Kräften war, aber egal! Sie würde nach Kalkutta fahren, sobald William Smithson die Plantage verlassen hatte.

Später als vorgesehen konnte der Verwalter endlich seine Koffer packen. Als er sich verabschiedete, wußte Cecilia, daß damit eine ganze Epoche zu Ende ging. Mit ihm verschwand ein großes Stück von Whispering Hills. Mit einem Kloß im Hals schaute sie ihm nach, als er zum Wagen ging, der ihn zum Bahnhof bringen sollte. Ihm selbst mußte es auch an die Nieren gehen, einen Schlußstrich unter 30 Jahre treuer Arbeit zu ziehen, aber so spielte nun mal das Leben. Was es gab, nahm es einem auch wieder. Er warf noch einen letzten Blick auf den Bungalow, den er bewohnt hatte und in den nun bald sein Nachfolger einziehen würde. Wer das wohl sein mochte? Das wußte bislang noch niemand.

In die schlechte Jahreszeit fiel die Zwischenernte, aber George kümmerte sich weder um die Fabrik noch um die Angestellten. Für ihn zählte nur noch der notariell beglaubigte Vertrag, durch den er endlich dem Leben in der Kolonie entrinnen konnte. Da seine Mutter das Angebot von Julian Carr akzeptiert hatte und auch seine Schwester endlich zur Vernunft gekommen war, stand dem Verkauf von Whispering Hills nichts mehr im Wege. Was danach aus diesem einsamen, sterbenslangweiligen Nest wurde, interessierte ihn nicht im geringsten.

Leider vergällte ihm noch seine Tochter das Leben. Um Cecilia keinen Anlaß zu Vorwürfen zu geben, tat er so, als würde er sich für das Baby interessieren, aber wenn ihm die *Ayah* morgens das Kind brachte, regte sich in ihm absolut nichts. Wieder einmal hatte er den lebendigen Beweis dafür, daß man Gefühle nicht erzwingen kann und daß Blutsbande nichts bedeuten. Nachdem George seinen Vater gehaßt, seine Mutter verachtet und seine Schwester ignoriert hatte, gestand er sich endlich das Recht zu, sich von dem spießigen Ideal vom Familienglück endgültig zu verabschieden. Und auch Margaret würde ihn nicht von dieser Meinung abbringen! Schließlich war sie nur ein bedauerlicher Fehltritt. Obwohl er sich hütete, diese Ansicht offen zu äußern, konnte ihn Cecilia unschwer durchschauen. Darum bat sie Angela, in ihrer Abwesenheit auf das kleine Mädchen aufzupassen.

»Es fällt mir sehr schwer, sie allein zu lassen«, gestand sie ihr.

Das war die reine Wahrheit. Im Zug traten ihr jedesmal Tränen in die Augen, wenn sie an Margaret dachte. In Kalkutta jedoch wurde sie von anderen Dingen abgelenkt. Die Stadt flößte ihr neue Energie ein, je näher sie dem Hotel kam. Durch die morastigen Straßen zogen Männer in klatschnassen Hemden und Lendenschurz ihre Karren, die ständig steckenblieben und sich nicht mehr rühren wollten. Am Straßenrand starrten unterdessen Frauen und Kinder unter improvisierten, völlig nutzlosen Schutzdächern in den strömenden Regen. Vom Fenster ihres Zimmers aus blickte Cecilia auf die Maidan, wo sich diesmal weder Kricketspieler noch Spaziergänger vergnügten. Eine seltsame Mischung aus Euphorie, Ungeduld und Lampenfieber befiel sie. War es richtig gewesen, herzukommen, und wie sollte sie das Gespräch mit Julian Carr einleiten?

Am nächsten Tag zögerte sie erst einen Moment, als sie am Hafen eintraf. Der Radau und das Gedränge dort erinnerten sie an ihren letzten Besuch. Obwohl sie sich nicht mehr sicher war, ob sie Julian wirklich sprechen wollte, meldete sie sich bei einem Sekretär an und nannte ihren Namen. Dann wartete sie, bis er persönlich kam, um sie zu holen. Sie war so darin versunken, sich im einzigen Spiegel der Empfangshalle zu betrachten, daß sie ihn gar nicht kommen hörte.

»Guten Tag, Cecilia«, sagte er schlicht.

Er trat zur Seite, um ihr den Weg zu seinem Büro freizugeben. Während sie durch den Flur schritt, spürte sie seine Blicke im Nacken. Wer hätte, als sie nach ihrem letzten Besuch die Tür hinter sich zugeschlagen hatte, gedacht, daß sie diesen Raum, der nach Bohnerwachs und Tabak roch, jemals wieder betreten würde?

»Gewiß wundern Sie sich darüber, daß ich gekommen bin«, begann sie, ». . . aber . . .«

Julian sagte nichts dazu, was ihr die Sache nicht gerade erleichterte. Dennoch fuhr sie fort: »Ich mache mir Sorgen um all die Leute, die so viele Jahre für uns gearbeitet haben. Ich denke da auch an die Kinder und . . .«

»Sie möchten gern wissen, wie es mit ihnen weitergehen wird.«

»Genau.«

»Haben Sie den Eindruck, daß die Fabrikarbeiter und Tagelöhner von Rainbow Gardens schlecht behandelt werden?«

»Nein.«

»Warum soll es dann in Whispering Hills anders sein?«

»Ich habe keine so genaue Vorstellung, aber ich mußte einfach einmal mit Ihnen darüber reden.«

»Aber setzen Sie sich doch bitte . . . Oder haben Sie es sehr eilig, gleich wieder zu gehen?«

»Natürlich nicht, das wissen Sie«, erwiderte sie und lächelte ihn auf eine Art an, die alle Mißhelligkeiten beiseite wischte.

»Dann könnten wir eine Tasse Tee oder ein Glas Zitronensaft trinken.«

»Einen Zitronensaft, mit viel Zucker.«

Er schob seinen Sessel neben ihren. Als sie spürte, daß er ihre Anwesenheit zu schätzen wußte, ließ sie nach und nach ihr Mißtrauen fallen. Was konnte sie ihm auch anderes vorwerfen, als daß er ihre schlimme Lage etwas erträglicher gestaltet hatte? Julian glich nicht im geringsten diesen Kolonialherren, die sie so verabscheute. Da er in Indien geboren war, verstand er die Größe und Vielfalt dieses Landes. Sie beide teilten dieselben Überzeugungen, und das hatte sie sicher daran gehindert, sich endgültig zu überwerfen.

»Ich will ja nicht indiskret sein, aber wen wollen Sie als Ersatz für den Verwalter einstellen?« fragte sie, nachdem ein Boy die Getränke gebracht hatte.

»Ihren Freund Saunders.«

Peter Saunders! Cecilia machte sich gerade mit diesem Gedanken vertraut, als Julian sie mit der Frage überrumpelte: »Sie haben mir noch gar nichts von Ihren eigenen Plänen erzählt. Was haben Sie vor?«

»Oh! Ich habe noch keine Entscheidung getroffen, außer daß ich nach London ziehe.«

»Und wenn Sie die Möglichkeit hätten, hierzubleiben?«

»Die habe ich aber nicht!«

»Ich war damals eigentlich nach Darjeeling gekommen, um einiges mit Ihnen zu besprechen, aber Ihr Gesundheitszustand ließ das nicht zu.«

Nach einer Pause bot er ihr an: »Wenn Sie es wünschen, können Sie Ihre Anteile an der Plantage behalten und Aktionärin unserer Gesellschaft werden.«

»Wozu das?«

»Dann können Sie zu Hause bleiben.«

»Wollen Sie damit sagen, daß ich in Whispering Hills wohnen bleiben darf?«

»Peter Saunders ist unverheiratet. Wir brauchen eine Frau, die all die Belange der Plantage regelt, die Sie im Moment betreuen. Sie wären dann sozusagen die Hausherrin, die sich um die Dinge des Alltags kümmert. Man hat mir gesagt, daß die Kinder Sie mögen, und die Angestellten wissen zu schätzen, was Sie für sie tun. Selbst der fähigste Verwalter kann Sie nicht ersetzen. Außerdem geht es ums Prestige. Wenn Sie die Plantage innerhalb der Branche repräsentieren, bleibt der Name ihrer Eltern mit Whispering Hills verbunden.«

Cecilia starrte Julian an, als habe er ihr das Paradies samt aller Heiligen versprochen. Dennoch mußte er ihrer Freude einen Dämpfer versetzen und sie vor diesem Abenteuer warnen.

»Es ist meine Pflicht, Sie daran zu erinnern, daß die Inder früher oder später sicher rebellieren werden. Und dann könnten Sie alles verlieren. Was die unmittelbare Zukunft angeht, so wird eine Frau an der Spitze von Whispering Hills bei unseren frauenfeindlichen Pflanzern zweifellos jede Menge Kritik hervorrufen. Überlegen Sie es sich also gut.«

Die verschiedensten Gedanken schossen Cecilia durch den Kopf: Sie war verblüfft, daß ihr eine solche Lösung geboten wurde, zerknirscht, weil sie Julian nicht schon früher ihr Vertrauen geschenkt hatte, glücklich, daß sie hier bei ihm war, und sie hatte Lust, sich verführen zu lassen. Obwohl die Unterhaltung sehr ernst geführt wurde, konnte sie nicht leugnen, daß er sie verwirrte. Seit sie mit Yonten gebrochen hatte, hatte sie sich zu keinem Mann mehr hingezogen gefühlt. Aber heute war alles anders ... Endlich gestand sie sich Gefühle ein, die sie schon lange für Julian gehegt hatte und die erklärten, warum sie ihm gegenüber oft so harsch und heftig reagiert hatte.

»Ich muß nicht lange nachdenken, um zu wissen, was ich will«, antwortete sie schließlich. »Wenn es in diesem Land Unruhen geben sollte, werde ich mich nur mit Gewalt vertreiben lassen. Und was die Kommentare der anderen Briten angeht, so sind mir die völlig gleichgültig. Für mich zählt nur die Meinung der Menschen, die mir nahestehen, und die haben immer Verständnis für mich.«

Innerhalb von wenigen Minuten hatte sie sich völlig verwandelt. Während sie schon anfing, Pläne zu schmieden, begann ihr Gesicht wieder so zu strahlen wie bei ihrer ersten Begegnung.

»Haben Sie heute abend schon etwas vor?« fragte er in gewollt neutralem Ton.

»Bis jetzt noch nicht.«

»Wir könnten gemeinsam zu Abend essen und dabei alles näher besprechen.«

»Das ist eine hervorragende Idee.«

Den größten Teil des Nachmittags faulenzte Cecilia. Sie lag in ihrem Hotelzimmer auf dem Bett und gab sich ganz dem köstlichen Gefühl hin, verliebt zu sein. Eigentlich hatte es in den letzten Monaten viele Anzeichen dafür gegeben! Hatte sie nicht oft genug an Julian gedacht und bedauert, daß er nicht da war? Wie oft hatte sie sich gefragt, was er wohl in der Ferne trieb? In die Decke gekuschelt, schätzte sie ihre Chancen ab. Er schien sie nicht gerade häßlich zu finden, aber das hieß natürlich noch lange nicht, daß er von ihr hingerissen war.

Sie riß sich aus ihren Träumereien und stand auf, um sich vor den Spiegel zu setzen. Ihr Gesicht war nach der Krankheit schmaler, und die Augen erschienen ihr größer, aber ihr Teint besaß keinen Glanz, und das Haar war stumpf, obwohl sie es jeden Tag ausgiebig bürstete. Mit einem kurzen Blick auf die Uhr stellte sie fest, daß die Geschäfte in Kürze schließen würden, darum rannte sie noch rasch zu einem Frisiersalon an der Chowringhee, in dem sich die eleganten Damen von Kalkutta trafen.

Nachdem sie ihre Hände und Füße einer Maniküre sowie einer Pediküre anvertraut hatte, verfolgte sie aufmerksam die Arbeit des Friseurs, der das Haar auf ihre Anweisung hin sehr kurz schnitt. Sie hatte den angenehmen Eindruck, ihre frühere Leichtigkeit wiederzufinden, je mehr die Schere ihren Nacken und ihre Ohren freilegte. Mit den Strähnen, die zu Boden fielen, verschwanden Erschöpfung, Einsamkeit, Kämpfe und Sorgen. Eine neue Frau wurde geboren, bereit, Risiken einzugehen, sogar das Risiko sich zu verlieben. Zufrieden mit diesem Bild arbeitete sie weiter daran, sich in eine verführerische Frau zu verwandeln. Nachdem sie eine Unzahl Kleider anprobiert hatte, entschied sie sich für ein dunkelrotes Seidenkleid. Als einzigen Schmuck trug sie eine Jadekette, die von einem Juwelier aus Jaipur stammte.

Julian holte sie zur vereinbarten Zeit ab. Obwohl er keine Bemerkung über ihr neues Erscheinungsbild fallenließ, spürte sie, daß sie ihm gefiel.

Der Chauffeur lenkte den Wagen durchs dichte Verkehrsgewühl, weil um diese Zeit die Kinos und Theater ihre Tore dem vergnügungssüchtigen Publikum von Kalkutta öffneten. Schließlich hielt er vor der hellerleuchteten Fassade eines sehr bekannten Restaurants.

Der Saal war schon dicht besetzt, als sie sich an ihren reservierten Tisch setzten. Bald wirbelte ein ganzes Ballett von Kellnern um sie herum. Offensichtlich zählte Julian hier zu den Stammgästen. Mit wem kam er sonst her? Cecilia hielt sich lieber nicht mit dieser Frage auf. Der Weinkellner hatte eine Flasche Champagner entkorkt, und auf dem Podium spielte ein Jazzorchester. Vom mitreißenden Rhythmus gepackt und von der allgemeinen Fröhlichkeit angesteckt, dachte sie bald nur noch daran, sich zu amüsieren. Die Bar zu ihrer Linken war stark umlagert. Auf den hohen Barhockern zogen Frauen an langen Zigarettenspitzen und lauschten ihren Begleitern, die einen Cocktail nach dem anderen kippten. Daß die Gesellschaft sehr international war, erhöhte den Reiz dieses Etablissements. In diesem Club, in dem Geld in Vergnügen umgesetzt wurde, trafen sich Leute aus China, Rußland, Nord- und Südamerika sowie vielen anderen Ländern. Begeistert über diesen geheimnisvollen Hauch von Abenteuer überließ es Cecilia ihrem Begleiter, die Speisen auszuwählen, weil sie sich überraschen lassen wollte. Freunde, die sich zwischen den Tischen hindurchschlängelten, grüßten Julian. Ein hinreißendes Frauenzimmer legte ihm eine schwarz behandschuhte Hand auf die Schulter und warf Cecilia einen finsteren Blick zu. Diese fühlte sich auf einmal wieder befangen. Was wußte sie eigentlich über das Privatleben ihres Kavaliers, außer daß er Witwer war?

»Sie ziehen so ein mürrisches Gesicht«, bemerkte er. »Stört Sie etwas?«

»Nein, ganz im Gegenteil . . .«

Die Musik zwang sie, laut zu reden, bis das Orchester eine Pause machte. Erst jetzt schlugen sie einen vertraulicheren Ton an, um sich die vielen Nichtigkeiten ihres Lebens zu erzählen und schließlich nach und nach zu persönlicheren Themen überzugehen. Doch Julian wollte die Bande, die sich zwischen ihnen knüpften, noch nicht erkennen, geschweige denn akzeptieren. Daß er sich zu Cecilia hingezogen fühlte, leugnete er nicht. Trotzdem wollte er noch nichts von einer festen Verbindung wissen, weil Daisys Tod alles in ihm zerstört hatte. Erst seit knapp einem Jahr konnte er an sie zurückdenken, ohne gleich von Verzweiflung übermannt zu werden. Gewiß ein Fortschritt . . ., dennoch hatte der Schmerz ihn mißtrauisch gemacht. Vom Kerzenschein erleuchtet, trat Cecilias Gesicht aus der Dunkelheit hervor. Ihre Augen glänzten heller als gewöhnlich und wichen seinem Blick nicht aus. Ihre Wangen waren vom Champagner gerötet, und das Haar lockte sich so über der Stirn, daß sie einem griechischen Hirten glich. Spontan forderte er sie zum Tanzen auf. Noch nie hatte er sie in den Armen gehalten. Mit hoch erhobenem Haupt ließ sie sich inmitten der anderen Paare zur Tanzfläche führen. Zum Orchester hatte sich eine Sängerin gesellt, die mit rauher Stimme einen verschwundenen Geliebten beklagte. Vom Alkohol, den vielen Gerüchen und der Bewegung berauscht, hatte Cecilia jede Orientierung verloren. Es war ihr egal, wo sie sich befand und was morgen oder in den nächsten Tagen aus ihr werden sollte! Für sie zählte heute nur dieser Abend, und der hätte ewig so weitergehen dürfen.

24

Die ganze Nacht zogen sie durch die Bars und Clubs von Kalkutta. Bis in die Morgenstunden hinein amüsierten sie sich und tanzten.

In einer Nacht bin ich um Jahre gereift, stellte Cecilia fest, als sie unter einem großen Regenschirm in den Wagen stieg.

»Was möchten Sie jetzt tun?« fragte Julian, als er sich neben sie setzte. »Ins Hotel zurückkehren oder in Tula frühstücken?«

Obwohl sie hundemüde war, wollte sie lieber bei ihm bleiben. Ein dichter Regenvorhang entzog die Straßen ihren Blicken. Sie mußte kurz eingenickt sein, weil sie aufschreckte, als der Chauffeur vor der Freitreppe des Anwesens die Wagentür öffnete.

Sobald sie die Türschwelle überschritt, spürte sie wieder die hier herrschende Harmonie, aber gleichzeitig merkte sie, wie abgekämpft sie selbst aussehen mußte und wie zerknittert ihr Kleid war. Doch schon führte eine *Ayah* sie in ein Boudoir, in dem sie sich frisch machen konnte.

Julian hatte unterdessen seinen Smoking gegen eine Hausjacke und eine helle Hose getauscht. Auch er schien nach der durchwachten Nacht müde zu sein, aber paradoxerweise wirkte sein Gesichtsausdruck jetzt jünger und entspannter.

Das Frühstück wurde in einem runden Zimmer serviert.

Im Garten vor den Fenstern hatte der Monsunregen die Blumen geknickt und die Wasserbecken zum Überlaufen gebracht. Der Tee in den feinen, blaßgrünen Porzellantassen würde ihnen guttun.

»Sie müssen mich entschuldigen, aber man erwartet mich im Büro«, erklärte Julian nach dem Frühstück und stellte seine Aktentasche auf den Tisch. »Aber lassen Sie sich ruhig Zeit und ruhen Sie sich aus, solange Sie wollen.«

»Nein, nein, ich gehe mit Ihnen.«

»Hören Sie. Diesen Vorschlag wollte ich Ihnen schon gestern machen: Warum wohnen Sie nicht einfach hier?«

»Oh, danke. Das ist sehr nett, nur ...«

»Ich bitte Sie, Cecilia, machen Sie nicht alles so kompliziert. Der Chauffeur bringt mich jetzt erst zum Hafen, anschließend schicke ich ihn zu Ihrem Hotel, wo er Ihr Gepäck abholt. Unterdessen können Sie sich hier schon etwas einrichten. Allerdings werde ich zum Abendessen nicht da sein, weil ich schon eine Verabredung habe. Parvati wird Ihnen Gesellschaft leisten.«

Hatte Cecilia je erlebt, daß jemand anderer einfach alle Entscheidungen für sie traf? Mit unverhohlenem Vergnügen ließ sie zu, daß er den Tag für sie organisierte. Er begleitete sie in den ersten Stock, um ihr das Zimmer zu zeigen, das sie bewohnen konnte. Es war geräumig und hell, mit einem großen Bett unter einem weißen Moskitonetz und edlen Mahagonimöbeln. Es sah so aus, als sei es einem dieser exotischen Romane entlehnt, die sie in ihrer Jugend verschlungen hatte. Der Geruch nach Sandelholz, der hier im Raum schwebte, vermischte sich mit dem Duft weißer Rosen, die ein Dienstmädchen in einer zartgrünen Vase arrangierte.

Nachdem sich Cecilia ausgiebig in der Badewanne geaalt hatte, konnte sie der Versuchung nicht widerstehen, ins frisch bezogene Bett zu schlüpfen, wo sie erst am späten Nachmittag wieder erwachte. Mehrere Sekunden lang mußte sie überlegen, wo sie sich befand, dann erinnerte sie sich wieder an Julians Stimme, die ihr kurz vor dem Einschlafen durch die geschlossene Tür hindurch noch eine angenehme Ruhe gewünscht hatte. Ihr Gepäck war während des Mittagsschlafs eingetroffen. Während die *Ayah* ihre Sachen einräumte, zog sie sich an und begab sich dann in die Empfangsräume, in denen Lampen und Kerzen brannten.

»Willkommen«, sagte eine weibliche Stimme.

Sie hatte Parvati gar nicht kommen hören. Die Inderin begrüßte sie mit vor dem Gesicht zusammengelegten Handflächen.

Sie plauderten etwas und rauchten dabei türkische Zigaretten, für die Parvati eine besondere Vorliebe hatte. In ihrer Gesellschaft fühlte sich Cecilia auf einer anderen Bewußtseinsebene. Es war, als würde sie sich nach und nach läutern, um sich nur dem, was wirklich wichtig war, zuzuwenden: ihrer eigenen Entwicklung, die sie eines Tages zu innerem Frieden führen würde. Wie alle weisen Menschen verstand Parvati es, die richtigen Worte zu finden, um den Widerstand, hinter dem sich jeder von uns versteckt, zu brechen. Cecilia hatte sich lange hinter ihrem Stolz und ihrer Angst vor Verrat verschanzt. Sich das jetzt einzugestehen konfrontierte sie mit ihren früheren Fehlern.

»Wenn Sie wüßten, wie kindisch ich mich Julian gegenüber benommen habe«, offenbarte sie ihrer Gesprächspartnerin. »Ich frage mich, warum er überhaupt noch mit mir reden wollte.«

»Sicher hat er gemerkt, daß eine andere Frau an Ihrer Stelle gesprochen hat. Nämlich die Person, die im Laufe der Jahre eine Mauer zwischen Ihren persönlichen Ansichten und der Wirklichkeit errichtet hat. Dadurch haben Sie die Realität nur verzerrt gesehen. Durch sein Verhalten hat Julian Ihnen einen Teil Ihrer Angst genommen.«

»Ja, vielleicht.«

Um mich mit neuen Ängsten zu belasten. Cecilia traute sich nicht, das laut zu sagen. Je dunkler es wurde, desto nervöser wurde sie. Julian fehlte ihr, und die Vorstellung, ihn bis zum nächsten Morgen nicht mehr zu sehen, war ihr unerträglich. Als Parvati ging, um sich schlafen zu legen, konnte sie sich nicht entschließen, in ihr Zimmer zurückzukehren. Der Regen, der nicht nachgelassen hatte, schlug heftig gegen die Fensterläden, während sie durchs Erdgeschoß wanderte und sich mit der Umgebung ihres Gastgebers vertraut machte. Auf einem Schachbrett wartete eine angefangene Partie, während daneben Zeitungen lagen, die noch nicht einmal aufgeschlagen waren. Im Büro mit der zeitgenössischen europäischen Einrichtung luden ein Sofa und mehrere tiefe Ledersessel zum Verweilen ein. Bevor sie sich in einem von ihnen niederließ, trat Cecilia an die Regale der Bibliothek heran. Dort endeckte sie Bücher über Astronomie und die Entstehung der Schrift in den verschiedenen Zivilisationen. Auf einem Tisch lag ein aufgeschlagenes Heft mit Sätzen in Sanskrit, die korrigiert worden waren. Daneben lächelte eine Unbekannte in einem Kristallrahmen. Blond und schelmisch sah sie aus, verträumt und zugleich warmherzig. Unten auf dem Foto stand ein Datum: Juli 1916. Das mußte Daisy sein, Julians Frau. Cecilia fühlte sich unbehaglich, ihrer größten Rivalin so von Angesicht zu Angesicht gegenüberzustehen. Wie kann man gegen die Erinnerung an ein verlorenes Paradies ankämpfen, selbst wenn seitdem Jahre vergangen sind? Es war allgemein bekannt, daß Julian Carr nie über den Verlust seiner Frau hinweggekommen war.

Ein Boy unterbrach ihre Gedankengänge, um zu fragen,

ob sie noch einen Tee trinken wolle. Im Haus war es jetzt dunkel. Cecilia hüllte sich in ihr Schultertuch und setzte sich dann vor ein Gemälde, das ein ruhiges Meer mit heiterem Himmel zeigte. Aber es war weniger das Motiv, das ihre Aufmerksamkeit erregte, sondern was sie selbst dort hineininterpretierte. Im Grunde war ihr ganzes Sehnen in diesem Bild enthalten, aber wie konnte man eine solche Harmonie erreichen? Im Gegensatz zu den Indern konnte sie sich einfach nicht in ihr vorherbestimmtes Schicksal ergeben und alle Widrigkeiten gelassen hinnehmen. Bisweilen stürzte sie sich sogar in Abenteuer und Unternehmungen, die schon im voraus zum Scheitern verurteilt waren. Sie war einfach zu impulsiv. Dafür lieferte sie heute abend einen neuen Beweis. Sich Julian an den Hals zu werfen war schlichtweg leichtfertig, trotzdem hätte sie um nichts in der Welt einen Rückzieher gemacht. Sie war von diesem Mann völlig fasziniert, aber sie schwankte zwischen Zweifeln und Schwärmerei. Sie erwartete seine Rückkehr in der Gewißheit, daß diese einzigartigen Momente, in denen noch nichts feststand, zu den kostbarsten ihres Lebens zählten.

Die Zeit verstrich, ohne daß sie darauf achtete. Nach und nach wurden ihr die Gegenstände, von denen sie umgeben war, vertraut: die Dose, in der Julian seine Zigarren aufbewahrte, ein silbernes Feuerzeug, chinesische Tuschsteine, geschnitzte Holzschälchen, aus denen man in einigen Ländern Opium zu sich nahm, und eine prächtige Muschel, die sie ans Ohr hielt, um das Meeresrauschen zu hören. Das Motorengeräusch eines Automobils und Schritte auf dem Kies rissen sie aus ihrer Träumerei.

»Sie schlafen ja noch gar nicht«, wunderte sich Julian, als er ins Zimmer kam.

»Ich habe auf Sie gewartet.«

»Aber es ist schon spät! Das hätten Sie nicht tun sollen!«

»Ich hatte einfach Lust dazu.«

Er zog seinen durchnäßten Regenmantel aus und überreichte ihn einem Diener, dem er danach erlaubte, sich für heute zurückzuziehen. Anschließend schloß er die Tür.

»Was kann ich Ihnen anbieten?« fragte er und trat an ein Tischchen heran, auf dem Karaffen und Gläser bereitstanden. »Einen Likör?«

»Warum nicht?«

Nachdem er zwei Gläser eingeschenkt hatte, setzte er sich neben sie. In seinen Augen las sie, daß er sich über diese unerwartete Begegnung freute. Erst am Vortag hatte sie begriffen, daß Julian überrascht, ja überrumpelt werden wollte. Und daß er auch gern eingefahrene Gewohnheiten über den Haufen warf.

»Ich habe mit einem Gewürzhändler zu Abend gegessen. Anschließend sind wir zum Empfang einer seiner Freundinnen gegangen. Ich habe mehrmals versucht, mich loszueisen, aber man wollte mich nicht gehen lassen.«

Cecilia beobachtete ihn, ohne zu antworten, und wunderte sich auch diesmal wieder darüber, wie wenig er einem Briten ähnelte. Braune Haut, dunkelblaue Augen und schwarzes Haar erinnerten daran, daß seine Ahnen vom Mittelmeer stammten. Obwohl Julian gut aussah, berührten Cecilia weniger seine ebenmäßigen Züge als sein Gesichtsausdruck. Hinter einer gleichgültigen Miene, die er nur zum Schutz aufsetzte, konnte sie eine Sensibilität erkennen, ohne die sie sich nie gestattet hätte, sich in ihn zu verlieben. Obwohl er müde aussah, schien er es nicht eilig zu haben, sie zu verlassen. Allerdings war er noch nicht so weit, ihr zu gestehen, daß ihn schon seit Jahren keine Frau mehr mitten in der Nacht zu Hause erwartet hatte. Vielleicht würde er ihr später einmal anvertrauen, wie sehr er sich gefreut hatte, sie so ungezwungen neben sich zu spüren. Spontan suchte er ihre Hand, bis sich ihre Finger ineinander verschränkten. Als er näher an sie heranrückte, stand sie auf.

»Kommen Sie gleich zu mir«, flüsterte sie, ehe sie verschwand.

Sie hatte ihre Zimmertür offengelassen. Sobald er eintrat, kam sie auf ihn zu. Er schloß sie in die Arme und führte sie zum Bett, wo er im schwachen Schein der Nachttischlampe sehen konnte, wie glücklich sie war. Er preßte seinen Mund auf ihre Lippen und küßte sie lange und intensiv. Dann zerwühlte er ihr Nachthemd, schob die Spitzen zurück. Unter seinen Berührungen wurden Cecilias Brüste hart, und als er sie mit den Lippen berührte, stöhnte sie. Sie legte alle Hemmungen ab und ließ ihn, als er sie ganz ausgezogen hatte, jeden Zentimeter ihres Körpers erkunden. Dann war sie es, die sein Verlangen stillte, indem sie mit ihm all die Zärtlichkeiten wiederholte, deren Wirkung sie schon bei einem anderen kennengelernt hatte, die heute abend aber nur der Magie des Augenblicks gehorchten. Zusammen mit Julian befreite sie sich von der Vergangenheit und erkannte, daß alles, was sie erlebt hatte, nur dazu bestimmt gewesen war, sie auf diese Begegnung vorzubereiten. Er und sie in diesem verschwiegenen Palast. Ringsum herrschte Stille, aber sie lebten nur für diesen einen Moment, der sie bis an die eigenen Grenzen führte, bis an die Grenzen dessen, was sie sich schenken wollten. Um ihren Geliebten glücklich zu machen, hatte Cecilia vergessen, wer sie war, um einfach nur Frau zu sein.

Und Julian, der lange geglaubt hatte, jedes Gefühl in ihm sei abgestorben, wunderte sich darüber, welches Glück er dabei empfand, seine Gespielin zu verzaubern. Also hörte das alles niemals auf . . ., schon gar nicht das Bedürfnis, einen Partner zu finden, um sich in einer Vereinigung, die mehr war als reine Sinnenfreude, zu vergessen!

Fortgerissen von einer Verzückung, die ihnen in Wogen von Licht und Freiheit Erfüllung schenkte, verloren sie sich bald völlig in ihrer Leidenschaft.

Als Cecilia neben ihn glitt, flüsterte Julian: »Bleib bitte . . . Ich fühle mich so wohl . . .«

Seit seiner Ehe waren ihm solche Worte nicht mehr über die Lippen gekommen. Nicht weil er roh gewesen wäre, sondern weil man Zärtlichkeit nun einmal nicht herbeizwingen kann, und heucheln konnte er nicht. Cecilia lag dagegen so selig an der Schulter des geliebten Mannes, war ihm so völlig ergeben, daß sie jetzt sofort ohne einen Ton der Klage oder des Bedauerns ihr Leben hingegeben hätte.

»Ich bin froh, daß du nach Kalkutta gekommen bist, und glücklich darüber, daß du in Tula bleiben wolltest«, flüsterte er, den Mund in ihrem Haar vergraben. »Seit meiner Abreise aus Darjeeling hatte ich gehofft, daß du mir ein Zeichen gibst, ehe ich nach Europa fahren muß.«

»Wenn du wüßtest, welche Überwindung es mich gekostet hat«, gestand sie, während sie sich enger an ihn schmiegte.

»Warum?«

»Ich hatte solche Angst vor deiner Reaktion!«

War es das Halbdunkel, das sie veranlaßte zu flüstern? Oder sprachen sie ganz einfach deshalb leise, weil ihre Geständnisse so persönlich waren? Cecilia, die ihre Gefühle nur schwer unterdrücken konnte, wäre in ihrer Beichte gern weitergegangen. Allerdings durfte sie nichts erzwingen, vor allem nicht Julians Zuneigung.

»Ist dir nicht kalt?« fragte er, während er die verrutschte Decke höher zog.

Nachdem er die Arme um sie geschlungen hatte, schlummerte er ein. Cecilia aber konnte, obwohl sie todmüde war, keinen Schlaf finden. Lange blieb sie so und kostete die Wonne aus, die diese Julinacht ihr schenkte. Dennoch war ihr bewußt, daß nichts leicht sein würde und daß alles, was sie mühsam aufgebaut hatten, jeden Moment wieder in sich zusammenfallen konnte. Und sie wußte auch, daß ihre Entscheidung, in Whispering Hills zu bleiben, ihre Freiheit einschränken würde.

Sie war sich also aller Risiken voll bewußt, als sie sich zwei Tage später zum Notar begab, um die Verträge zu unterzeichnen. Damit besaß sie ein Viertel der Anteile an der Plantage. Brieflich hatte sie ihre Mutter und George von dieser Entscheidung in Kenntnis gesetzt, obwohl sie sich sowieso nicht mehr davon abbringen lassen wollte. Anschließend legte sie mit Julian und seinen Rechtsberatern ihren Aufgabenbereich fest. Sie war nun eine Angestellte von Tea & Co. und erhielt für ihre Arbeit ein Gehalt. Ihre Rolle bestand darin, Kunden im Bungalow zu empfangen, die Angestellten und Dienstboten zu beaufsichtigen und sich weiter um die Schule und die Krankenstation zu kümmern. Außerdem sollte sie Whispering Hills bei offiziellen Anläßen vertreten. Ihre Anstellung wurde mit einem ersten Vertrag, der sie für zwei Jahre band, besiegelt.

Während dieser Formalitäten versuchte Julian nie, sie zu beeinflussen. Als sie ihn später darauf ansprach, antwortete er: »Das ist alles viel zu persönlich, als daß ich mich da einmischen wollte.«

Anfangs verblüffte sie diese Antwort. Wollte er absichtlich auf Distanz zu ihr bleiben?

Erst Parvati half ihr, es zu verstehen, als sie eines Nachmittags im Salon miteinander plauderten. Obwohl ihr niemand etwas verraten hatte, wußte die Inderin, daß Julian und Cecilia nicht mehr nur einfach Freunde waren. Sie hatte auch Cecilias Unruhe, ihre Hoffnungen gespürt.

»Wovor fürchten Sie sich? War es nicht Ihr sehnlichster Wunsch, in Darjeeling zu bleiben?«

»Doch, natürlich! Aber ich habe den Eindruck, daß mein ganzes Leben durcheinandergerät.«

»Es nimmt einfach nur seinen Lauf. Stellen Sie sich das so vor, als würden Sie die Tür zu einer unbekannten Landschaft öffnen. Sie finden sie verlockend, aber sie ist Ihnen völlig fremd. Nun haben Sie zwei Möglichkeiten: Die erste wäre, daß Sie Ihrem Mißtrauen nachgeben und die Tür schnell wieder schließen. Die zweite besteht im Gegenteil darin, Ihre ganze Erfahrung einzusetzen, um zu entdecken, welche Möglichkeiten sich Ihnen da auftun.«

»Eigentlich haben Sie ja recht. Trotzdem fühle ich mich angesichts dieser ›Landschaft‹, von der Sie da reden, so verletzlich. Das Leben ist seltsam, Parvati! Im selben Moment, in dem ich das Ziel, das ich mir gesteckt habe, fast erreiche, habe ich den Eindruck, wie gelähmt zu sein!«

Doch als sie von ihren zukünftigen Teilhabern bessere Lebensbedingungen für die Arbeiter von Whispering Hills verlangte, bewies sie damit, daß sie durchaus noch immer Selbständigkeit und Zielstrebigkeit besaß. Sie ließ einfach nicht locker, bis sie neue Maschinen und Lastwagen, eine Vergrößerung der Krankenstation und die Einstellung eines neuen Lehrers durchgesetzt hatte. Gleichzeitig erhielt sie das Versprechen, daß die Unterkünfte einiger Angestellter repariert werden sollten. Während ihres Plädoyers schaute sie Julian nicht ein einziges Mal an. Ob er ihr böse war, weil sie das nicht vorher mit ihm abgesprochen hatte?

»Ich bin ganz zufrieden mit mir«, gestand sie ihm, als sie nach Tula zurückfuhren.

Sie mochte sein Lachen und fiel darin ein. Zwischen ihnen herrschte ein stilles Einvernehmen, das sie auf diese lockere Art enger aneinander band als jeder Schwur.

25

Zehn Tage verstrichen, ehe Julian und Cecilia daran denken mußten, die Koffer zu packen. Die wirtschaftlichen Turbulenzen in Europa und den Vereinigten Staaten waren so besorgniserregend, daß Julian seine Reise nach London nicht länger aufschieben konnte. Wie lange er dort bleiben mußte, wußte er noch nicht. Das hing ganz von der weiteren Entwicklung ab.

Als er in seinem Schlafzimmer am Fenster vorbeikam, bemerkte er unten im Park Cecilia, die mit dem kleinen Terrier spielte. Einige Minuten lang schaute er ihr zu, wie sie umherrannte oder für das Tier Stöckchen warf. Beim Gedanken, sie bald verlassen zu müssen, hatte er einen Kloß im Hals. Dann tat er das als lächerliche Gefühlsduselei ab und setzte sich an den Schreibtisch, um seine Papiere zu ordnen.

Im Gegensatz zu den vorigen Abenden herrschte beim Essen diesmal eine eher gedrückte Stimmung. Trotz aller Bemühungen, sich ausgelassen zu geben, wirkte Cecilia abwesend. Und Julian kämpfte mit seinen eigenen Widersprüchen. Schon sehr bald würden sie sich auf unbestimmte Zeit voneinander verabschieden, dabei fehlte sie ihm jetzt schon. Hin- und hergerissen zwischen dem Verlangen, ihr dies zu gestehen, und dem Wunsch, seine Freiheit zu behalten, wußte er nicht mehr, was er eigentlich wollte.

Seit Daisy gestorben war, hatte er auf ein Liebesleben vorsorglich ganz verzichtet. Zu seiner Zerstreuung hatte er sich zwar in zahlreiche Abenteuer gestürzt, aber keines hatte ihn wirklich berührt. In London erwartete ihn Edith Campbell, mit der er ein unkompliziertes Verhältnis hatte. Sie war jung, amüsant, verführerisch und teilte seine Vorliebe für ein ungebundenes Leben – oder fand sich zumindest damit ab. Doch jedesmal, wenn sie sich trennten, vergaß er sie sofort wieder, und diesmal graute ihm sogar vor dem Gedanken, sie bald wiederzusehen. War es Cecilias Einbruch in sein Leben, der alles über den Haufen warf, was er sich so mühsam aufgebaut hatte, um sich nie wieder die Finger zu verbrennen?

Sobald Parvati gegangen war, zog er seine Geliebte in den Salon und umarmte sie dort, ohne ein Wort zu sagen. Auch sie schlang ihm die Arme um den Hals und hauchte ihm ins Ohr: »Diese Tage werde ich nie vergessen, und . . .«

»Cecilia, mach die Dinge bitte nicht noch schwerer, als sie ohnehin schon sind.«

»Schwerer? Warum?« antwortete sie und wich etwas zurück, um ihm in die Augen zu schauen.

»In meinem Kopf geht alles durcheinander.«

»Wer verlangt denn von dir, da Ordnung hineinzubringen?«

Dennoch konnte sie seine Ratlosigkeit wieder heraushören, als er später flüsterte: »Ich möchte dich um einen Gefallen bitten. Könntest du nach mir abreisen? Dann hätte ich das Gefühl, daß du hier in Tula bleibst.«

Diese Worte halfen Cecilia, nicht in Tränen auszubrechen, als sie sich fern von allen Dienstboten voneinander verabschiedeten.

»Paß gut auf dich auf«, sagte Julian zu ihr.

»Du auch auf dich. Versprich mir das.«

Er hatte ihre Hand genommen und ihr zärtlich das Handgelenk geküßt. Dann ging er in die Vorhalle, wo Scamp in der Haltung einer Sphinx wartete. Ein paar Schritte entfernt stand Parvati unter dem Vordach der Freitreppe und bereitete sich ebenfalls auf die Trennung vor. Anschließend ging alles sehr schnell. Eine Wagentür wurde zugeschlagen, dann noch eine, und Cecilia sah nur noch, wie Julian ihr durch die Scheibe hindurch zuwinkte.

»Lassen Sie uns hineingehen, sonst werden wir noch ganz naß«, schlug die Inderin vor, die Cecilias Verzweiflung spürte.

»Ja, Sie haben recht.«

Zu Cecilias Füßen lag Scamp und winselte, traurig darüber, daß sein Herrchen fort war. Sie streichelte ihn, bis er einen Pfau bemerkte, der durch den Garten stolzierte, und auf und davon lief.

»Die Zeit vergeht schneller, als man denkt«, sagte Parvati beruhigend, als sie sich zu ihr in den Salon setzte. »Sie haben auf der Plantage viel zu tun, und . . .«

»Dann wissen Sie also alles?«

»Seit dem Abend, an dem Sie mit Angela zum Abendessen hier waren.«

»Aber damals kannte ich Julian doch kaum!«

»Selbst wenn Sie es damals noch nicht wußten, waren Sie doch schon miteinander verbunden. Das war offensichtlich.«

»Und jetzt, Parvati? Worauf kann ich hoffen?«

»Julian hat schlimme Dinge erlebt. Warten Sie, bis seine Wunden vernarbt sind. Sie haben ihm geholfen, dies zu wollen. Üben Sie sich einfach in Geduld. Wenn Sie ihn nicht drängen, wird er eines Tages zu Ihnen kommen.«

»Das möchte ich nur zu gern glauben.«

Im Zug, der Cecilia noch am selben Abend nach Darjeeling zurückbrachte, rief sich Cecilia jede Einzelheit ihres Aufenthalts in Kalkutta in Erinnerung, suchte in diesem Wort, in jener Geste eine Bedeutung, die ihr Gewißheit verschaffen konnte. Sie mußte daran denken, daß Julian jetzt in einem ähnlichen Zug quer durch Indien nach Bombay fuhr, wo er sich einschiffen wollte. Wegen ihrer Müdigkeit wäre sie sicher bald eingenickt, wenn der Zug nicht dauernd in irgendwelchen Bahnhöfen gehalten hätte, in denen an Schlaf nicht zu denken war. Die Menschenmenge, das Geschrei der fliegenden Händler und das Kommen und Gehen zwischen den Waggons bewiesen ihr einmal mehr, daß dieses Land nie zur Ruhe kam.

Obwohl sie es eilig hatte, nach Whispering Hills zu kommen, machte sie noch kurz im Hotel Magnolia halt, um Mabel und Angela die mitgebrachten Geschenke zu überreichen.

»Warum bleibst du nicht über Nacht?« fragte ihre Freundin.

»Ich kann es kaum erwarten, Margaret wiederzusehen. Hat sie sich verändert?«

Dem Mädchen ging es prächtig. Das war auch nicht verwunderlich, da sie einen ganzen Hofstaat um sich geschart hatte, der mit ihr spielte. Bis es Zeit wurde, die Kleine schlafen zu legen, blieb Cecilia bei dem Kind, das schon durchaus seinen eigenen Willen besaß. Es gestikulierte, schüttelte silberne Rasseln und gönnte niemandem in seiner Nähe Ruhe.

»Ich fürchte, sie wird ziemlich verwöhnt«, erklärte Cecilia der *Ayah*, die die Kleine geradezu abgöttisch liebte.

Je mehr Cecilia ihre alten Gewohnheiten wiederaufnahm, desto mehr kam es ihr so vor, als ob sie ihren Aufenthalt in Kalkutta nur geträumt hätte. Nichts hatte sich hier verändert! Die Diskrepanz zwischen der Vertrautheit des Ortes und ihrer eigenen Wandlung verwirrte sie. Bis zum Abendessen fragte sie sich sogar, ob es nicht ein Fehler gewesen war, ihre Zukunft an diese Gegend zu binden. Sowohl ihre Jugend als auch ihre Hoffnungen würden hier verblühen, bis auch sie zu einer jener Engländerinnen geworden wäre, die verwelkt und frustriert über den schädlichen Einfluß in den Kolonien jammerten.

Ihre Unterhaltung mit George während der Mahlzeit hatte immerhin den Effekt, ihre Energie neu anzufachen. Als er von ihrer Ankunft hörte, verließ er sogar die Bibliothek, in die er sich während der Monsunzeit fast den ganzen Tag zurückzog. Keiner wußte, was er dort trieb! Sicher hing er seinen aberwitzigen Plänen nach. Seit er wußte, daß er Darjeeling bald verlassen konnte, hatte ihn der Größenwahn gepackt. London erwartete ihn, und er war fest entschlossen, dort eine wichtige Rolle zu spielen. Für einen Moment überlegte Cecilia, ob sie ihn nicht lieber auf den Boden der Tatsachen zurückholen sollte, doch dann überlegte sie es sich rasch anders. George mußte sich einfach etwas zusammenspinnen, um nicht in dem Abgrund zu versinken, der sich tagtäglich vor ihm auftat. Zum ersten Mal wünschte sie, ihre gegenseitige Abneigung überwinden zu können. Dafür, daß sie sich von Kindesbeinen an nie vertragen hatten, waren ihre Eltern verantwortlich. Für John Darrow war immer nur sein eigener Erfolg wichtig gewesen, und Edna hatte sich ausschließlich für ihren Mann interessiert. Ihre Kinder wollte sie ebenfalls so erziehen, was George dazu provoziert hatte, alles abzulehnen, was man ihm aufzuzwingen versuchte. Darum hatten die Eltern schließlich ihre Tochter bevorzugt. Im Lauf der Jahre hatten sie sich nicht einmal mehr bemüht, das zu verbergen. Diese Kluft zwischen Bruder und Schwester wollte

Cecilia nun endlich überbrücken. Half ihr die Tatsache, daß sie ihr Herz einem anderen Mann geöffnet hatte, nun dabei, auf andere Rücksicht zu nehmen, sie besser zu verstehen? Zumindest nahm sie sich fest vor, die Ruhe zu bewahren, obwohl George sarkastisch an ihr herumnörgelte, weil sie ihre Anteile nicht verkauft hatte.

»Du hattest die einmalige Gelegenheit, diese Last abzuschütteln, die dir jetzt dein ganzes Leben vermasseln wird. Wie konntest du dir das nur durch die Lappen gehen lassen? In deinem Alter solltest du langsam heiraten, aber wer wird dich in diesem Loch je bemerken?«

»Ich habe beschlossen, die Dinge einfach auf mich zukommen zu lassen.«

Als George sie anstarrte, als habe sie den Verstand verloren, unterließ sie es lieber, ihm ihr Abenteuer mit Julian Carr zu gestehen.

»Auf dich zukommen lassen«, wiederholte er und zuckte mit den Achseln. »Wie die Inder.«

»Ich weiß, daß du es verabscheust, wenn ich so was sage, aber ich habe die Erfahrung gemacht, daß bei mir die meisten Dinge nach Wunsch verlaufen.«

»Also von mir kann man das nicht gerade behaupten! Bis jetzt hat sich nichts so entwickelt, wie ich es gern gehabt hätte.«

»Aber du kannst Indien bald verlassen. Das war doch dein sehnlichster Wunsch?«

»Das stimmt, aber wegen Margaret fühle ich mich nicht wirklich unabhängig.«

»Bitte, George, schieb die Schuld für deine Frustration nicht ständig auf das Baby. Du kannst nicht auf sie abwälzen, was Annabel dir angetan hat.«

»Du vergißt, daß sie mich gezwungen hat, Margaret zu behalten.«

»Das ist doch keine Strafe.«

»Doch«, murmelte George. »Dieses Kind ist für mich ein Irrtum, eine Verirrung in meinem Leben.«

»Versuch doch mal, die Kleine mit anderen Augen zu sehen! Eigentlich«, fügte Cecilia nach kurzem Zögern hinzu, »solltest du dich bemühen, dein ganzes Leben mit anderen Augen zu sehen. Vater ist nicht mehr da, um dich zu beeinflussen, sich dir entgegenzustellen oder dich zu tadeln. Du bist frei, George, du kannst deinen Neigungen frei nachgehen. Niemand kann über dich zu Gericht sitzen.«

Als sie merkte, daß ihre Worte auf fruchtbaren Boden fielen, fuhr sie fort: »Das Leben ist zu kurz, um es zu verpfuschen. Margaret kann dir das schenken und du ihr, was ihr nie von einem anderen Menschen bekommen werdet. Sie ist deine Tochter. Weise sie nicht zurück. Wenn ich nur an mich denken würde, würde ich dir jetzt anbieten, daß du sie ruhig hierlassen kannst. Ich wäre glücklich, mich um sie kümmern zu dürfen. Aber obwohl ich sie wirklich ins Herz geschlossen habe, werde ich dir diesen Vorschlag nie machen.«

Die Dienstboten hatten das Zimmer längst verlassen, trotzdem flüsterten die beiden Geschwister.

»Obwohl das die beste Lösung wäre«, bemerkte George und zündete sich eine Zigarette an.

»Nur scheinbar.«

Da sie merkte, daß sie an die Grenze dessen gegangen war, was sie ihm sagen konnte, wechselte sie bereitwillig das Thema. Was hatte sich während ihrer Abwesenheit in Darjeeling ereignet? Hatte er Baxter gesehen? Und wie stand es mit der Arbeit?

»Ich habe das Dach der Baumschule reparieren lassen, das wäre sonst unter dem Regen zusammengebrochen. Ansonsten ist nichts Besonderes passiert. Aber du hast mir noch gar nicht gesagt, wann wir den Kaufvertrag unterschreiben können?«

»In gut einem Monat.«

Am nächsten Tag ging Cecilia zur Schule, wo Angela sie vertreten hatte. Während der Monsunzeit fühlten sich die Kinder dort besonders wohl, weil die Natur so durchnäßt war, daß sie nicht wie sonst draußen spielen konnten. Als sie die Kleinen so sah, wie sie in der Erdkundestunde nachplapperten, was Angela ihnen vorsagte, empfand sie Genugtuung darüber, daß sie sich so nachhaltig für sie eingesetzt hatte. Maya Devi, die sie bemerkte, schenkte ihr ein strahlendes Lächeln, während sie gleichzeitig die wichtigsten Flußläufe des Landes herunterbetete. Cecilia blieb bis zum Unterrichtsschluß in der Schule, die nun vor genau einem Jahr eingeweiht worden war. Hätte sie damals geglaubt, daß ihre Schüler einen solchen Feuereifer beweisen und so rasch lernen würden? Sie überlegte sogar, daß einige von ihnen, darunter auch ihr besonderer Schützling, bald zur Eingeborenenschule in Darjeeling überwechseln sollten, um weitere Fortschritte machen zu können. Nachdem die Kinder ihre Hefte und Stifte fortgeräumt hatten, rannten sie zum Dorf zurück, wo ihre Eltern bis zum Ende der Monsunzeit ihren eigenen Tätigkeiten nachgingen.

Verschiedene Gebirgsbäche waren über die Ufer getreten und hatten die Wege überschwemmt, darum war es zur Zeit nicht ratsam, in den Wald zu gehen. Durch den Kahlschlag, den George damals angeordnet hatte, bestand jetzt nämlich Erdrutschgefahr. Weil Cecilia darum, ebenso wie ihre Nachbarn von Rainbow Gardens, auf jeden Ausritt verzichten mußte, litt sie bald unter der Einsamkeit. Diese war noch schwerer zu ertragen, wenn sie an Julian dachte, der sich jetzt, unendlich weit weg von ihr, in Städten voller Licht und Trubel vergnügte. In wessen Gesellschaft befand er sich wohl gerade, mit wem amüsierte er sich und wer flirtete mit ihm? Diese Fragen, auf die sie keine Antwort wußte, beunruhigten sie. Würde sie, ähnlich wie Angela, Darjeeling bald als Gefängnis empfinden? Jetzt war es zu spät, noch einen Rückzieher zu machen. Immerhin tröstete sie der Gedanke, daß Peter bald die Fabrik leiten sollte. Das würde ihre Sehnsucht lindern. Wenn alles nach Plan liefe, müßte er seinen Posten zu Beginn der dritten Ernte antreten, nur hatte man ihm noch nichts von seiner Ernennung gesagt. Am häufigsten traf sie sich mit Angela. Sie schafften es, sich zwei-, dreimal die Woche zu sehen, aber trotz ihrer Freundschaft erzählten sie sich nichts über ihre Liebschaften, bis Angela irgendwann erwähnte: »Als Julian Carr letztes Mal hier war, hat er mir in London eine Unterkunft angeboten.«

»In London? Bei ihm zu Hause?« rief Cecilia.

»Nein, bei seiner Cousine. Er hat mir ihre Adresse gegeben, für den Fall, daß ich mich dazu entschließe.«

»Da bist du bestimmt froh. Das ist doch genau das, was du dir gewünscht hast!«

»Ja, natürlich, aber ich weiß nicht, wie ich das meinen Eltern beibringen soll.«

»Deinen Eltern? Nur denen?«

Da Angela ihr Geheimnis nicht länger für sich behalten konnte, nutzte sie die Gelegenheit und bestätigte ihrer Freundin, was diese sich schon gedacht hatte.

»Wenn Peter nicht einen so großen Raum in meinem Leben einnehmen würde«, beichtete sie, »würde ich keine Sekunde zögern, mein Glück in Europa zu versuchen, aber . . .«

Darauf erzählte sie, wie sehr sie an diesem Mann hing, der ihrem Leben einen Sinn gab, und fragte dann schließlich: »Mein Gott, Cecilia, wofür soll ich mich bloß entscheiden?«

»Niemand kann dir da einen Rat geben. Ich kann dir nur empfehlen, nichts zu unternehmen, solange du zögerst. Irgendwann kommt der Moment, in dem dir alles klar wird.«

Drei Wochen später erhielt Peter einen Brief von Tea & Co., in dem ihm seine Versetzung nach Whispering Hills mitgeteilt wurde. Verblüfft über diese Nachricht, war er zunächst sprachlos.

»Eine solche Chance! Das ist doch unmöglich«, wiederholte er immer wieder. Er saß ganz allein in seinem Bungalow.

Die Neuigkeit hatte sich bald unter allen Kollegen herumgesprochen und wurde im Pflanzerclub ausgiebig kommentiert. Die meisten fanden, man müsse verrückt geworden sein und den Ruin der Plantage wollen, die Leitung einem so jungen und unerfahrenen Mann anzuvertrauen. Der arme John Darrow, der seinen Beruf so fleißig, so vorbildlich ausgeübt hatte, würde sich im Grabe herumdrehen! Nicht genug damit, daß die Kinder seinen Namen mit einem Skandal befleckt hatten, jetzt war sein Lebenswerk auch noch durch eine krasse Fehlentscheidung bedroht!

»Pfeifen Sie einfach auf dieses Geschwätz«, riet Cecilia Peter, als sie sah, daß er unsicher geworden war.

Obwohl sie damit recht haben mochte, konnte er über seine Ernennung keine rechte Freude mehr empfinden. Ihn quälte der Gedanke, sich einen Posten angemaßt zu haben, auf den er keinen Anspruch besaß. Samuel Baxter mußte seine ganze Überredungskunst aufbieten, um ihn hinsichtlich seiner Fähigkeiten zu beruhigen.

Mitte September erschienen Cecilia und George, der eine Vollmacht seiner Mutter besaß, bei dem Notar, der im Auftrag seines Kollegen in Kalkutta die Transaktion abschließen sollte. Auch zwei Vertreter der Tea & Co. waren zugegen, und nach knapp einer Stunde lag die Zukunft von Whispering Hills in fremden Händen.

Fest entschlossen, nicht länger als nötig zu bleiben, organisierte George unverzüglich seine Übersiedlung nach England. Die Beziehung zu seiner Schwester war zwar alles andere als harmonisch, hatte sich aber deutlich gebessert. Er war jetzt nicht mehr so aggressiv, und sie hörte ihm bereitwillig zu, was bisher noch kein Mensch getan hatte. Außerdem war da noch das Problem mit Margaret, die er mitnehmen wollte. Eine Missionarin, die nach Europa zurückwollte, wurde engagiert, um sich während der Überfahrt um das Kind zu kümmern. Und nachher? Wie sollte es dann weitergehen? Cecilia hoffte, daß Edna Darrow diese Situation, die so ganz gegen ihre heiligen Konventionen verstieß, würde meistern können.

Der Bungalow hallte bald von den Vorbereitungen zur Abreise wider. Boys und *Ayahs* packten geschäftig Kisten und Schrankkoffer, während Möbelpacker die kostbaren Möbel, die sich seit drei Generationen im Besitz der Familie befanden, verstauten. Bruder und Schwester trauten sich nicht, einander in die Augen zu schauen, als ihre gemeinsame Vergangenheit jetzt für immer auseinandergerissen wurde. Unwiderruflich begann für sie beide ein neuer Lebensabschnitt, aber nachdem sie so lange nur nebeneinander hergelebt hatten, war es ihnen in den letzten Wochen endlich doch noch gelungen, einander zu verstehen ...

1930

26

Noch ein letztes Mal beugte sich Cecilia über Margaret, bevor das Körbchen in den Wagen gestellt wurde. Sie rückte dem Baby das Mützchen zurecht und streichelte ihm die Wange. Dann trat sie zurück, weil sie spürte, daß George es möglichst kurz machen wollte. Dieser Abschied tat ihm ebenso weh wie ihr. Das kleine Mädchen schlief fest und ließ sich von dem ganzen Trubel und Lärm nicht stören.

»Viel Glück«, wünschte George seiner Schwester. »Ich meine es aufrichtig.«

»Dir auch viel Glück«, antwortete sie mit zitternder Stimme.

Die Reifen des Wagens knirschten über den Kies, dann waren sie fort. Cecilia konnte jetzt nicht in den leeren Bungalow zurückgehen, sondern wanderte lieber ein Stück durch die Plantage. John Darrow war noch keine zwei Jahre tot, aber seitdem hatte sich so viel ereignet, Schönes, aber auch Schreckliches. Vor einem Bambuswäldchen erblickte sie eine schmale Gestalt, die mit dem Rücken zu ihr im Gras saß. Kurz darauf erkannte sie Maya Devi, die bittere Tränen vergoß.

»Was ist los?« fragte Cecilia, während sie sich neben die Kleine setzte und ihr den Arm um die Schulter legte.

Das Mädchen weinte daraufhin noch heftiger und war so todunglücklich, daß Cecilia für einen Moment ihren eigenen Schmerz vergaß.

»Hat man dich bestraft?«

»Nein, Memsahib.«

»Wenn du mir alles erzählst, kann ich dir vielleicht helfen.«

Als die kleine Nepalesin mehrmals Margarets Namen wiederholte, fiel es Cecilia auf einmal wie Schuppen von den Augen. Unter Aufsicht der *Ayah* hatte Maya Devi oft mit dem goldigen Baby gespielt. Manchmal hatte sie dieser süßen Puppe sogar das Fläschchen geben dürfen. Und dieses Baby, das sie so grenzenlos liebte, hatte man ihr nun weggenommen, um es fortzubringen, so weit fort, daß sie es vielleicht nie wiedersehen würde! Durch diesen Verlust erfuhr sie zum ersten Mal, was echte Trauer ist, ein Schmerz, der einem das Herz zerreißt und das Leben farblos macht. Cecilia drückte sie an sich und sprach ihr Trost zu, obwohl sie den selbst bitter nötig gehabt hätte. Als sich Maya Devi allmählich beruhigte, stand Cecilia auf, nahm das Mädchen bei der Hand und ging mit ihm spazieren. Beide genossen es, wieder einmal die Natur ohne Regen zu erleben. Ein Gefühl der Zärtlichkeit verband sie und wischte alle Unterschiede beiseite. Cecilia war sich dieses Umstands bewußt, aber Maya Devi war fest davon überzeugt, daß diese Frau, die sie aus allen Situationen rettete, zaubern konnte.

Bei Kindern hält Traurigkeit nie lange an, darum fand die kleine Nepalesin ihre Lebenslust auch gleich wieder, als der neue Verwalter eintraf.

Die vor der Fabrik versammelten Arbeiter und Tagelöhner achteten mehr auf sein Aussehen als darauf, was er sagte. Daß Peter Saunders so jung war, gefiel ihnen, aber wie war er sonst? Er sah aus, als wüßte er, was er wollte. Als er sie später einzeln im Büro empfing, bestätigte sich der erste Eindruck. Dieser Mann würde alles daransetzen, um Whispering Hills zum Erfolg zu führen. Als erstes besichtigte er die Teepflanzungen und begutachtete, wie die Sträucher zurechtgestutzt wurden. Anschließend teilte er die Trupps der Pflückerinnen neu ein. Er kontrollierte die Waagen und überwachte täglich das Entladen der Karren, mit denen die Ernte zur Fabrik gefahren wurde. Im ersten Stock stellte man neue Regale zum Trocknen der Blätter auf. Wie Cecilia ausgehandelt hatte, wurde auch die alte Rollmaschine, die schon ziemlich altersschwach war, durch eine neue ersetzt.

Nach kurzer Zeit zerstreuten sich alle Befürchtungen, die Peter noch bei seiner Ankunft auf der Plantage gehabt hatte. Cecilia hatte ihn als erstes zu seinem Bungalow geführt. Im Gegensatz zu den Junggesellenwohnungen, in denen er bisher gehaust hatte, hätte dieser für eine ganze Familie gereicht. Das Haus besaß ein Wohnzimmer mit Kamin, zwei Schlafzimmer und ein Büro. Mit Möbeln im Kolonialstil und bunten Wollteppichen war es gemütlich und fröhlich zugleich eingerichtet.

Nachdem er am ersten Abend seinen persönlichen Besitz eingeräumt hatte, fühlte Peter sich richtig glücklich. In der Schublade seines Nachttischs lag ein Foto von Angela, das er noch einmal betrachtete, ehe er das Licht löschte. Alles wäre so einfach gewesen, wenn er sie nach Ablauf seiner Vertragszeit hätte heiraten können. Aber solche Träumereien taten nur weh, darum dachte er lieber an das Hier und Jetzt. Daran, wie er heute nacht unter der Decke lag, zu Füßen des Himalaja, geliebt von der Frau, für die sein Herz schlug, und dazu berufen, eine der schönsten Plantagen von Darjeeling zu leiten.

Unverzüglich führte er neue Gewohnheiten ein. Um fünf Uhr morgens schloß er die Fabrik auf, teilte die Angestellten ein und unternahm anschließend einen Ritt über die Felder. Wenn er Glück hatte, tauchte dann gerade der verschneite Gipfel des Kangchenjunga auf, ein Schauspiel, das ihn immer wieder faszinierte. Im Gegensatz zu vielen Leuten, die sich in den Bergen eingesperrt fühlen, fand Peter hier seinen Frieden. Fern vom Trubel der Welt entledigte er sich allen Überflusses, um seine Seele der göttlichen Energie anzunähern. Hier wurde alles verständlich und klar: seine Anwesenheit hier und der Wunsch, die Arbeit tüchtig, zuverlässig und gerecht zu verrichten.

In dieser Überzeugung wurde er noch bestätigt, als am 24. Oktober 1929 ein Börsenkrach Amerika erschütterte und eine weltweite Wirtschaftskrise auslöste. In New York wurden viele Aktienbesitzer in den Ruin und manche sogar in den Selbstmord getrieben. Die Zeitungen schrieben von nichts anderem als von dieser Katastrophe, die die Wall Street heimgesucht hatte.

»Das war vorauszusehen«, meinte Edward Forrester. »Der Wiederaufbau Europas mit amerikanischer Hilfe hat eine gesunde Wirtschaftsentwicklung verhindert. Weil die Preise zu hoch waren, ist der Verbrauch zurückgegangen. Also hat man spekuliert, auf leichtfertige Weise Kredite vergeben, und das ist nun das Ergebnis.«

In seiner Abgeschiedenheit konnte sich Peter den kollektiven Wahnsinn und die Panik, die in den westlichen Ländern herrschten, nur schwer vorstellen. Die Krise gab ihm jedenfalls wieder einmal recht darin, lieber nach persönlicher Erfüllung als nach Besitz zu streben. Obwohl ihm fast nichts gehörte, fühlte er sich reicher als alle, die in einem ständigen Wettkampf nur an Karriere und Gewinn dachten. Denn bei diesem Kampf verliert der Mensch meist seine Seele. Peter war mehrmals einem Sadhou – einem dieser Asketen, die Familie und Besitz aufgeben, um einer göttlichen Stimme zu folgen, durch die Welt zu wandern und nur vom Betteln zu leben – begegnet und kannte den Wert völliger Entsagung. Wenn auch diese Lebensphilosophie nichts für ihn war, hatte er doch beschlossen, sich in Zukunft vor allem auf das zu konzentrieren, was ihn läutern und seinen Mitmenschen gegenüber offen machen konnte.

Bei ihren Besuchen stellte Angela fest, wie glücklich ihr Geliebter in Whispering Hills war. Zugleich verfluchte sie ihre Leidenschaft fürs Theater. Als die Nonnen von Loretto sie gegen Ende des Jahres darum baten, wieder in einem Stück mitzuspielen, verschlimmerte das nur ihr Dilemma.

Auch diesmal war Angela wieder großartig. Einerseits war Peter aufrichtig stolz auf ihr Talent, andererseits beschlichen ihn Schuldgefühle. Ob er den nötigen Mut aufbringen würde, um sie darin zu bestärken, ihr Glück in der Ferne zu versuchen? Und was sollte dann aus ihm werden? Er konnte sich schon lebhaft vorstellen, wie er nur noch in der schmerzlichen Erinnerung leben und ständig auf Post von ihr warten würde.

Angela hingegen wußte, daß sie ihre Entscheidung nicht mehr lange hinauszögern konnte. Als ihre Eltern beschlossen, mit ihr eine Reise zu unternehmen, war das für sie eine unverhoffte Gelegenheit, einmal außerhalb ihrer gewohnten Umgebung in Ruhe über alles nachzudenken.

Mitte Januar verließen sie Darjeeling und fuhren nach Agra. Kein Wölkchen hing am Himmel, als sie das Taj Mahal erreichten, das Mabel unbedingt ihrer Tochter zeigen wollte.

Angela kannte dieses Grabmal, das Schah Jahan für seine Frau Mumtaz Mahal errichtet hatte, zwar schon von Bildern, aber als sie durch das Eingangsportal den von Kanälen gesäumten Park betrat, stiegen ihr Tränen in die Augen, so schön und harmonisch war das Mausoleum. Stumm näherte sie sich dieser Fata Morgana aus weißem Marmor, die mit ungeahnter Leichtigkeit zu schweben schien. Begleitet vom Zwitschern der Vögel, betrat sie die Terrasse am Fluß Yamuna. Der Legende nach hatte der untröstliche Witwer beabsichtigt, am gegenüberliegenden Ufer sein eigenes Grabmal zu bauen, dieses aber aus schwarzem Marmor. Was war wohl aus diesem Vorhaben geworden?

Angela setzte sich auf die Brüstung. Während sie die Poesie und die Geschichte dieses Ortes langsam auf sich wirken ließ, ließ sie ihren Gedanken freien Lauf. In die Vergangenheit versetzt, dachte sie an die berühmten Mogulherrscher, die aus Zentralasien gekommen waren und zwei Jahrhunderte lang über den indischen Subkontinent geherrscht hatten. Abgesehen von ihren Leistungen als Eroberer waren sie auch als Bauherren und Förderer der Künste in Erscheinung getreten. Sie hatten Festungen, Zitadellen und Moscheen errichtet, aber vor allem hatten sie die Miniaturmaler unterstützt, so daß diese nach der Verschmelzung des persischen Stils mit dem indischen eine eigenständige Mogulkunst entwickeln konnten. Auf einmal glaubte sie das Wiehern der Pferde, den Lärm einer Schlacht oder das perlende Lachen der Frauen zu hören, die bereitwillig in ihren Gemächern ihren Fürsten erwarteten.

Nach der rauhen Welt des Himalaja bewunderte Angela diese verfeinerte Kultur, der die Engländer ein Ende gesetzt hatten. Marmor, Rankendekor, Wasserbecken und Brunnen erinnerten sie an die Illustrationen in ihren Jugendbüchern. Am nächsten Tag bei Sonnenaufgang, in der Geisterstadt von Fatehpur Sikri, spürte sie denselben Zauber. Als sie durch die Unterstadt streifte, löste sich allmählich der Nebel auf, der über den grazilen Häusern hing, über dem alten Serail, dem »Haus der Geschmeide«, dem »Kiosk des Astrologen« und dem »Schatz der geschlossenen Augen«. Bis sich die Nebelschleier gelüftet hatten, befand sie sich allein in dieser versteinerten Welt, die auf so anmutige Weise die Regierungszeit von Kaiser Akbar symbolisierte. Ein Gefühl des Friedens durchströmte sie, und auf einmal begriff sie, daß jedes Vorhaben seine Größe nur in der Verwirklichung findet. Im vollen Tageslicht, das wie Bühnenscheinwerfer jedes Detail dieser Kulisse ausleuchtete, gestand sie sich endlich ein, daß ein Verzicht auf ihren Wunschtraum nur dazu führen würde, daß sie irgendwann völlig verbittert wäre und leiden müßte. Was erwartete sie in England? Das wußte sie selbst nicht. Aber sie mußte dort ihr Glück versuchen!

Während der ganzen Reise durch Rajasthan behielt sie ihr Geheimnis für sich. Einerseits wollte sie ihren Eltern die Freude nicht verderben, denn diese Nachricht hätte ihnen bestimmt Kummer bereitet. Andererseits war sie so hingerissen von der vielfältigen, herrlichen Landschaft, daß sie die Reise durch dieses Land, das sie nun vielleicht zum letzten Mal sah, voll auskosten wollte. In zerklüfteten, ausgedörrten Gegenden kamen sie durch Städte, deren Namen an alte Epen und Geheimnisse, Eroberungszüge und romantische Abenteuer denken ließen: Jaipur, Jodhpur, Udaipur. Angela entdeckte eine unbekannte Gegend. Festungen, von Mauern umgebene Dörfer, dürre, wüstenähnliche Ebenen mit den Silhouetten von Wasserbüffeln und Kamelen in der Ferne, ein Land voller Kontraste. Und die Bewohner – Männer mit leuchtend bunten Turbanen, Frauen, die stolz wie Göttinnen mit Krügen auf dem Kopf vom Brunnen zurückkehrten – schienen keine Zeit zu kennen. Nie würde sie den Sonnenuntergang über einem See mit drei kleinen Tempeln vergessen. Ein Musiker saß am Ufer und spielte auf der Doppelflöte eine fremdartige Melodie, deren Töne in den kristallklaren Himmel hinaufstiegen.

Jeder Tag brachte ihr neue Eindrücke und bereicherte ihr Empfindungsvermögen. Davon zeugten die Briefe, die sie Peter tagtäglich schrieb. Alles teilte sie in ihnen mit, vor allem gestand sie ihm, daß sie in Gedanken immer bei ihm war. Wie oft hatte sie sich danach gesehnt, seine Hand halten zu dürfen, um mit ihm das Glücksgefühl eines vollkommenen Augenblicks zu teilen? Wie oft hatte sie Worte geflüstert, die an ihn gerichtet waren? Oft genug, um zu wissen, daß ihr Einklang jede Entfernung überwand! Natürlich fehlte er ihr, aber dieses Gefühl bewies ihr auch, wie tief ihre Beziehung war. Nur, würde das noch so sein, wenn erst Kontinente, Meere und Jahre zwischen ihnen lagen? Was würde dann aus der Liebe werden, die in ihnen brannte?

Obwohl sich Angela bemühte, sich nichts anmerken zu lassen, war es Mabel aufgefallen, daß ihre Tochter oft verträumt war. Eines Morgens wollte sie sie schon darauf ansprechen, als diese, die gerade die »Times« aufgeschlagen hatte, plötzlich rief: »Nein! Das ist doch nicht möglich!«

»Nicht möglich? Wovon redest du?«

»Moment, ich schaue noch mal nach . . . Aber ja, das ist sie tatsächlich!«

Angela hielt ihrer Mutter die Zeitung hin und fragte aufgeregt: »Erinnerst du dich noch an Miss MacKiney, die Lehrerin, die in Whispering Hills gearbeitet hat?«

»Ja.«

»Die hat einen Mord begangen!«

Fieberhaft setzte Mabel ihre Brille auf und beugte sich

über den Artikel, neben dem zwei Fotos abgedruckt waren: ein Bild der Mörderin und eines vom Opfer, einer hübschen blonden Frau mit hellen Augen.

»Die Ähnlichkeit mit Annabel Darrow ist frappierend«, bemerkte Mabel, bevor sie sich auf den Text konzentrierte. »Wenn der Name der Ärmsten hier nicht schwarz auf weiß stünde, hätte ich geglaubt, daß sie es ist.«

Seit einer Woche sprach ganz England von Rose MacKiney. »Eine wortkarge, sehr verschlossene Person« nach Aussage aller, die in letzter Zeit mit ihr zu tun gehabt hatten. Ihr Leben wurde auf einer ganzen Seite vor den Lesern ausgebreitet. Die Kindheit in Edinburgh war zunächst friedlich verlaufen. Dann, nach dem Tod ihrer Mutter, kam sie in ein Internat, wo sie sich als fleißige, aber auch jähzornige Schülerin erwies. Da sie weder eine Mitgift noch Vermögen besaß, suchte sie sich eine Anstellung. Als Sekretärin in einer Textilfabrik verliebte sie sich hoffnungslos in den Besitzer, dessen Geliebte sie wurde. Eigentlich eine ziemlich banale Geschichte. Dennoch begann sich der Verstand von Rose allmählich zu verwirren.

Da der Journalist von der bewußten Person nicht ins Vertrauen gezogen worden war, konnte er auch nicht gewisse Einzelheiten erwähnen, die nur sie selbst wußte. Hätte sie ihm gestehen sollen, daß ihre erste große Enttäuschung kam, als sie das Kind, das sie erwartete, abtreiben mußte, weil Richard sie sonst verlassen hätte? Aus Angst, ihn zu verlieren, gehorchte sie. Gedemütigt und erniedrigt diente sie ihm danach weiter zum gelegentlichen Zeitvertreib. Das war die einzige Rolle, die er ihr zugestehen wollte. Dementsprechend sah auch ihr Büro aus, ein bescheidenes Zimmer, dessen winziges Fenster auf einen Hof hinausging, in den nie ein Sonnenstrahl fiel. Trotzdem träumte sie weiter! Eines Tages würde der Mann, den sie liebte, ihre Qualitäten erkennen und um ihre Hand anhalten. Sie tat alles, um ihn zu erobern. In ihrem Zimmer, in dem sie bei einer Offizierswitwe zur Untermiete wohnte, las sie Handbücher über gute Manieren und vor allem Romane, in denen die bürgerlichen Tugenden gepriesen wurden. Doch die große Ernüchterung, die dann kam, hätte sie beinahe umgebracht! Nie würde sie jenen Novembermorgen vergessen, an dem ihr der Buchhalter der Firma erzählte, daß sich der Chef mit der Tochter eines Industriellen verlobt hatte. Wie ein verwundetes Tier verkroch sich Rose zu Hause. Sie vergaß zu essen, konnte keinen Schlaf finden und suchte nach einem Weg, diese infame Heirat zu verhindern. All ihre Gedanken kreisten um Richard und die andere, diese Unbekannte, die ihr alles geraubt hatte. War es nicht besser zu sterben, als mit diesem bohrenden Schmerz zu leben? Aber Rose hatte nicht den Mut, Selbstmord zu begehen, darum blieb ihr nichts anderes übrig, als ihrer verhaßten Rivalin alles Unheil der Welt auf den Leib zu wünschen. Dies tat sie mit solcher Inbrunst, daß sie sogar betete, ihre Nebenbuhlerin möge an einer schlimmen Seuche sterben. Als dann doch Hochzeit gefeiert wurde, kündigte Rose. Auf keinen Fall wollte sie in einer Stadt bleiben, in der sie dem Ehepaar jederzeit begegnen konnte und später mitansehen mußte, wie seine Kinder – die im Gegensatz zu ihrem eigenen das Licht der Welt erblicken durften – heranwuchsen. Darum suchte sie nach einem Weg, um zu verschwinden ... möglichst weit weg ...

Da kam ihr die Idee mit der Missionsschule. Sie bewarb sich, erhielt eine Ausbildung und wurde nach Indien geschickt. Allerdings konnte auch die Entfernung ihre Verbitterung nicht lösen. Das Zwischenspiel bei den Darrows endete mit dem bekannten Skandal, den sie aus lauter Bosheit eingefädelt hatte. Doch damit war ihr Rachedurst noch immer nicht gestillt. Wen konnte sie jetzt aufs Korn nehmen, nachdem sie die stolze Annabel erniedrigt hatte? Per Zug und Schiff gelangte sie nach Kairo. Dort wurde sie von einer Engländerin, deren Mann Archäologe und selten zu Hause war, als Gesellschaftsdame eingestellt. Beinahe hätte es Rose in Ägypten gefallen. Aber der Haß, der sie zerfraß, trieb sie an die Quelle ihres Unglücks zurück.

Das Ehepaar wohnte nicht mehr in Edinburgh, sondern in London. Sie fand eine Wohnung ganz in der Nähe von ihnen und beobachtete heimlich ihr Kommen und Gehen. Sobald sie Richard wiedersah, wußte sie, daß ihre Leidenschaft für ihn nicht erloschen war. Seine Frau, die an seiner Seite ging, hielt ein kleines Kind an der Hand. Auf einmal wurde Rose von einem so übermächtigen Verlangen gepackt, dieses stille Glück zu zerstören, daß sie sich zwingen mußte, in ihrem Versteck hinter der Laterne auszuharren. Seitdem hatte sie nur noch eine fixe Idee: Sie wollte bekommen, worauf sie Anspruch zu haben glaubte.

Es war ganz einfach, Richard auf dem Weg ins Büro wie zufällig über den Weg zu laufen. Sie heuchelte Überraschung, erkundigte sich gespielt heiter danach, wie es ihm ginge, fragte nach seiner Familie ... Sie waren ja fast Nachbarn! Wie lustig! Später trafen sie sich öfter, immer scheinbar ungewollt, bis sie ihn eines Tages zum Tee einlud. Während sie ihm schwärmerisch von ihren Reisen nach Indien und Ägypten erzählte, wo sie natürlich nur bei wunderbaren Familien zu Gast gewesen war, begann sie ihn zu becircen. Bald würde Richard wieder ihr allein gehören, für sie würde er seine Familie verlassen. Darum gab sie sich besonders liebenswürdig und lieh ihm einige Bücher, um einen Grund zu haben, ihn wiederzusehen.

Um ihn nicht scheu zu machen, ließ sie zwei Wochen verstreichen, ehe sie erneut zum Angriff überging. Als aber all ihre Verführungskünste zu keinem Ergebnis führten, verlor sie allmählich den Kopf. Sie wurde aufdringlich und verfolgte ihn, lauerte ihm von morgens bis abends auf. Als er nicht mehr zurückgrüßte, weil ihm dieses Theater schließlich zuviel wurde, ging sie eines Tages so weit, zur Mittagszeit an seiner Tür zu klingeln. Er selbst war zwar nicht zu Hause, aber seine Frau empfing sie. Es entstand ein heftiger Wortwechsel, bis Rose erfuhr, daß ihre Gastgeberin ein zweites Kind erwartete. Da verlor sie jede Kontrolle und verfluchte ihre Rivalin mitsamt ihrer Brut. Ein Diener, vom Geschrei alarmiert, versuchte dazwischenzugehen, aber Rose riß sich los, griff nach einer Bronzefigur und schlug der jungen Frau damit mehrmals auf den Kopf, bis diese blutüberströmt zusammenbrach. Was anschließend geschah, wußte Rose nicht mehr, außer daß man sie festgehalten hatte, bis die Polizei kam. Als endlich ein Arzt eintraf, konnte dieser nur noch den Tod des Opfers feststellen.

»Diese Frau ist ein Ungeheuer«, konstatierte Mabel, nachdem sie den Artikel gelesen hatte.

»Glaubst du, Cecilia weiß schon davon?«

»Sicher hat sie die Zeitung zur gleichen Zeit wie wir erhalten.«

Auch Edward Forrester war fassungslos, als er vom Golfplatz heimkam.

»Da haben die Darrows alles in allem ja noch Glück gehabt! Gott weiß, was diese Verrückte angestellt hätte, wenn sie länger bei ihnen geblieben wäre.«

Da die Reise ihrem Ende zuging, genossen sie es vor allem, zusammenzusein, und kosteten die Harmonie dieser arbeitsfreien Tage aus. Da Angela wußte, daß sie diese friedliche Stimmung zerstören würde, wenn sie ihren Eltern von ihren Plänen erzählte, wartete sie bis zum Vorabend ihrer Heimreise, um endlich vorsichtig anzuheben: »Ich muß euch etwas sagen. Etwas sehr Wichtiges . . .«

Sie wich dem Blick ihrer Mutter aus und wandte sich hilfesuchend an ihren Vater.

»Also, ich möchte gern nach England gehen, und . . .«

Noch bevor ihre Eltern irgendwelche Einwände erheben konnten, redete Angela weiter auf sie ein und war selbst überrascht, wie leicht sie Argumente fand, um sie zu besänftigen.

»Ihr hättet am liebsten, daß ich euch im Hotel helfe«, schloß sie, »aber ich ersticke in Darjeeling. Ich muß weg von dort. Vor allem brauche ich geistige Anregung. Bitte, laßt mich gehen!«

Mabel suchte in ihrer Handtasche nach einem Taschentuch, um ihre Tränen zu trocknen. Angela verlangte ein sehr großes Opfer von ihr! Wie sollte ihr weiteres Leben ohne ihre Tochter aussehen? Weil ihr erstes Kind im Alter von fünf Jahren gestorben war, war sie in ihrer Mutterliebe überängstlich. Sie hatte zwar nie vorgehabt, sich der Entfaltung ihrer Tochter in den Weg zu stellen, aber die Vorstellung, von ihr getrennt zu werden, traf sie völlig unerwartet. Spontan ergriff sie die Hand ihres Mannes. Dieser verstand, daß sie es ihm überließ zu antworten: »Ehe wir eine Entscheidung treffen, müssen wir uns das erst einmal in Ruhe durch den Kopf gehen lassen. Natürlich wollen wir nur dein Bestes.«

Einen Moment lang hoffte Angela, ihre Eltern würden sie zwingen, in Indien zu bleiben. Dann müßte sie sich nicht mehr entscheiden und alles wäre auf einmal ganz einfach. Aber gleichzeitig wußte sie, daß sie ihren Eltern ein solches Verbot nie würde verzeihen können.

27

In Darjeeling sprach man von nichts anderem als von der Affäre MacKiney. Dieses Thema kam genau recht, um dem Klatsch, der in letzter Zeit nur müde dahingeplätschert war, neue Nahrung zu geben. Im Pflanzerclub, in der Konditorei »Gleanary« und in den Wohnzimmern der Bungalows zerriß man sich die Mäuler über diese Geschichte und schauderte beim Gedanken daran, dem Teufel so nahe gewesen zu sein.

»Das konnte auch nur den Darrows einfallen, eine solche Person einzustellen«, war die einhellige Meinung.

Die Darrows! Wann würden die endlich aufhören, ständig von sich reden zu machen? Cecilia befand sich leider nicht auf dem besten Wege, da sie ständig durch ihr empörendes Verhalten auffiel. Nicht genug damit, daß sie für die Firma, die Whispering Hills gekauft hatte, arbeitete, jetzt war sie auch noch die Geliebte des neuen Verwalters! Dieser Peter Saunders, der alle gesellschaftlichen Veranstaltungen mied und auch sonst nicht viel redete. Man erzählte sich zwar, er sei gewissenhaft, kompetent und fleißig, aber sein zweifelhaftes Privatleben sprach nicht gerade für ihn!

Cecilia und Peter achteten nicht auf die Kritik, die sie erregten, sondern kümmerten sich nur um ihre Arbeit. Es bereitete ihnen einfach Vergnügen, der Plantage wieder ihren früheren Glanz zu verleihen. Nachdem sich Peter mit einigen Problemen der Herstellung auseinandergesetzt hatte, widmete er sich den Ländereien. George, der nur daran gedacht hatte, mit dem Holzverkauf Geld zu machen, hatte zuviel Bäume fällen lassen. Darum war es dringend geboten, wieder aufzuforsten. Gleichzeitig faßte Peter ins Auge, einige Hektar Land, die für den Teeanbau geeignet waren, zu roden. Auch hier mußte er umsichtig vorgehen und durfte nicht übertreiben. Es war nämlich nicht ratsam, die Produktion übermäßig zu steigern. Nie traf er eine wichtige Entscheidung, ohne sie vorher mit Samuel Baxter, den er ein-, zweimal die Woche besuchte, durchgesprochen zu haben. Nur ihm hatte er von seinem besonderen Vorhaben erzählt, an dem er noch bis spät in die Nacht arbeitete, wenn alle anderen schliefen. Er schrieb an einer Geschichte des Tees!

Jeden Abend verbrachte er noch etwa zwei Stunden damit, die Dokumentation, die er in der Bibliothek des Bungalows vorgefunden hatte, zu lesen und anhand dieses Materials einen Text zu erstellen, der einfach und zugleich fesselnd sein sollte. Wie die meisten Menschen, die gern Märchen und Geschichten hören, besaß er eine erzählerische Begabung. Besonderes Vergnügen bereitete es ihm, die Überlieferungen, die sich um die Entdeckung des Tees rankten, schriftlich niederzulegen.

Die erste stammte aus China und erzählte, daß Kaiser Shen Nung eines Tages sein Wasser neben einem Strauch abkochte, als der Wind einige Blätter in den Kessel blies. Shen Nung fischte sie nicht heraus, sondern trank den Sud und fand ihn köstlich. Eine andere Legende kam aus Japan und handelte von einem jungen, schönen Prinzen aus Indien, der den Lehren Buddhas folgte und allen irdischen Vergnügungen entsagte. Während einer Reise nach China meditierte er drei Jahre lang, bis ihn der Schlaf übermannte. Als er aus seiner Betäubung erwachte, schnitt er sich aus Wut und Verzweiflung darüber, nicht wach geblieben zu sein, die Augenlider ab und vergrub sie. Einige Jahre später ragte an derselben Stelle ein Bäumchen empor, dessen Blätter die Besonderheit besaßen, den Verstand wach zu halten.

So bewegte sich Peter mitten in der Nacht auf den Flügeln der Phantasie durch das Reich eines Getränks, das »die Harmonie zwischen den drei Mächten symbolisiert: Himmel, Erde und Mensch. Der Himmel liefert das Licht, den Nebel und den zum Anbau nötigen Regen. Die Erde gibt den Boden, der die Pflanzen nährt, den Lehm, aus dem die Trinkgefäße gefertigt werden, und die Quellen mit dem Wasser zum Aufbrühen. Und der Mensch hat es verstanden, Teeblätter, Wasser und Keramik so zusammenzuführen, daß eine edle Kunst geboren wurde.« Denn es handelte sich um eine wahre Kunst, das hatten die Japaner, die den Tee in einer komplizierten Zeremonie zubereiten, erkannt.

Darjeeling stand dem in nichts nach! Die Ernte war ein echtes Ritual. Die Bezeichnungen für Knospen und Blätter (Pekoe und Souchong) waren wichtig für die Klassifikation. Die Blätter wurden nach Qualität unterschieden. FOP (Flowery Orange Pekoe) waren ganze Blätter mit vielen weißen oder goldgelben Knospen (Tips); P (Pekoe) waren Blätter ohne Tips; außerdem gab es noch Broken (gebrochene Blätter) und Fannings (kleinste Blattsplitter und -ränder). Peter, der gern kräftigen Tee mochte, trank am liebsten Broken. Diese Vorliebe teilte er mit Cecilia.

Jeden Morgen kam er zu ihr in den Bungalow und trank mit ihr ein, zwei Tassen. Diese Zeit nutzten die beiden, um die Aufgaben des Tages durchzusprechen. Sobald Tea & Co. die Genehmigung erteilt und die nötigen Mittel bereitgestellt hatte, begann Cecilia, den Bungalow zu modernisieren. Entschlossen, das Haus weitgehend im Stil der

Bengalen und Himalajabewohner einzurichten, ergänzte sie die voluminösen britischen Sofas und Sessel durch Stühle und Tische nach indischer Art sowie Sitzbänke, deren Rückenlehnen mit Kacheln verziert waren. Fröhliche Stoffe aus Nepal und Bhutan schmückten Wände und Sitze, während der Fußboden ganz mit Teppichen aus Kalkutta und Darjeeling bedeckt war. Zu den bereits vorhandenen *Tangkas*, den Stoffbildern, kamen noch einige hinzu. Eine herrliche Statue, die Buddha in der Pose des Erwachens darstellte, wurde in der Bibliothek aufgestellt. Unbestreitbar war das Ambiente nun geschmackvoller, origineller und fröhlicher. Alles wirkte auf einmal lebendig. Statt der kalten Farben, die bei den Darrows so lange dominiert hatten, herrschten jetzt Blaßgelb und Rot vor. Breit fielen die Sonnenstrahlen durch die Fenster, hinter denen man die verschneiten Gipfel sah. Pflanzen und Blumen in großen Tonkrügen belebten das Haus und verströmten betörende Düfte. Unbewußt offenbarte Cecilia mit dieser Einrichtung ihr eigenes Naturell, da jeder einzelne Gegenstand ihre Zugehörigkeit zu zwei Kontinenten verriet.

Die Familie fehlte ihr nicht besonders, da sie nach den vielen Jahren im Internat an lange Trennungen gewöhnt war. Nur nach Margaret sehnte sie sich, obwohl ihr George regelmäßig schrieb, wie es dem Kind ging. Er selbst schien sich körperlich und psychisch erholt zu haben, seit er eine Wohnung in Kensington bezogen hatte. Der Tod seines Vater und die Übersiedlung nach England hatten ihm gutgetan. Endlich konnte er sein Geschick selbst bestimmen! Endlich konnte er tun und lassen, was er wollte! In ihren Briefen bestätigte Cecilia ihn in seiner Entscheidung, sprach aber, um ihn nicht zu verletzen, nur wenig von der Beziehung, die er allmählich zu seiner Tochter herzustellen schien.

»Er möchte eine Importfirma gründen«, erzählte sie Peter, »und schlägt vor, daß wir seine Dienste in Anspruch nehmen. Das ist eine gute Idee!«

»Nur unter der Bedingung, daß er sich wirklich ernsthaft darum kümmert.«

»Ich denke schon.«

In den letzten Wochen hatte sich ihre Freundschaft noch vertieft. Sie paßten in vielerlei Hinsicht gut zueinander. Mit einer gewissen Ironie dachte Cecilia, daß ihrer beider Leben wesentlich einfacher verlaufen wäre, wenn das Schicksal sie füreinander bestimmt hätte, aber statt dessen hatte es ihnen andere Menschen zugedacht, die ihren Lebensweg wie Sternschnuppen kreuzten.

Anfang des Jahres traf ein Brief von Julian ein. Nach einem Aufenthalt in New York befand er sich nun in London. Seine dortige Villa hatte er vermietet, um in ein Haus umzuziehen, mit dem ihn keine traurigen Erinnerungen verbanden. Das bewies, daß er seine Vergangenheit allmählich überwand. Obwohl dieses Schreiben nicht im geringsten einem Liebesbrief glich, begriff Cecilia, daß er sich nach seiner schweren Enttäuschung nun langsam wandelte. Wann würde sie ihren Geliebten wiedersehen? Er hatte keinen Termin genannt. Allerdings verhehlte er ihr nicht, daß er aufgrund der wirtschaftlichen Lage mit großen Schwierigkeiten zu kämpfen gehabt hatte, die jetzt aber zum größten Teil gemeistert waren.

An den Tagen, an denen Cecilia besonders unter der Trennung litt, unternahm sie Ausflüge, um gegen die Sehnsucht anzukämpfen. Am liebsten fuhr sie nach Kalimpong, das an der Grenze zu Bhutan lag. Sie mochte die Straße, die quer durch den Wald führte. Dann ging es den Fluß entlang bis zur Stadt, durch deren Bazar sie so gern bummelte.

Unter Stoffdächern aus blaßblauem Leinen saßen die Händler auf dem Boden und warteten auf Kundschaft. In dem typischen Stimmengewirr drängten sich Inder, Tibeter, Bhutaner und Nepalesen um Marktstände, auf denen in einer goldfarbenen Staubwolke Obst, Gemüse, Hühner, Enten und Getreide angeboten wurden. Daneben waren Gewürze wie Curry, Koriander, Kardamom, Senf und andere Zutaten in bunten Pyramiden aufgetürmt. Der Duft nach Gebäck und Pfannkuchen ließ einem das Wasser im Mund zusammenlaufen, während sich weiter hinten Frauen bei den Haushaltswaren und Küchengeräten drängten.

Cecilia ließ die Schneider, die eifrig die Pedale ihrer Nähmaschinen betätigten, hinter sich und ging dann an Ständen mit Stoffen, Schultertüchern, Fächern und kleinen Götterstatuen vorbei. Sie machte einen Bogen um einen Wasserträger, passierte einen Blumenhändler, dessen Hals und Arme unter den vielen Kränzen verschwanden, und näherte sich dem Astrologen. Taub für die Trommeln und all das Geschrei ringsum erstellte dieser gerade einem Elternpaar das Horoskop für seinen ältesten Sohn.

»Na so was! Ertappe ich dich dabei, daß du dir die Zukunft voraussagen lassen willst?«

Sie erkannte die Stimme sofort und drehte sich abrupt um. Yonten lächelte sie an. Seit jenem Silvestertag, an dem sie miteinander geschlafen hatten, waren sie sich nicht mehr begegnet. Als Cecilia ihn musterte, mußte sie sich eingestehen, daß er immer noch genauso hinreißend aussah. Aber dieser Charme, dem sie früher immer erlegen war, ließ sie jetzt gleichgültig. War denn alles dazu verurteilt, dem Vergessen anheimzufallen, selbst die leidenschaftlichste Liebesgeschichte? Löste ein Geliebter einfach den anderen ab, oder hatte sie Yonten gar nie wirklich geliebt? Dieses Wiedersehen mit dem ersten Mann, dem sie ihren Körper, ihre Träume und ihre Hoffnungen geschenkt hatte, machte ihr bewußt, wie naiv sie damals gewesen war zu glauben, sie könne ohne ihn nicht leben.

Und was empfindet er? fragte sie sich, während sie miteinander plauderten. War sie für ihn nur ein Abenteuer unter vielen anderen? Das wäre typisch für einen Tibeter. Dennoch glitzerte in seinen Augen eine gewisse Neugier. Hoffte er, sie zurückerobern zu können?

»Das mit der Plantage habe ich gehört«, sagte er. »War es für dich nicht schwer, dich den vielen Veränderungen anzupassen?«

»Nein, im Gegenteil. Jetzt habe ich viel mehr Möglichkeiten.«

»Und mit dem neuen Verwalter verstehst du dich gut?«

»Zumindest streiten wir uns nicht«, erwiderte sie, mußte dabei aber ein Lächeln unterdrücken.

Also glaubte Yonten wie alle anderen auch, daß sie und Peter Saunders das Angenehme mit dem Nützlichen verbanden. Aber diese falsche Meinung über ihre Beziehung störte sie nicht. Im Gegenteil! Sie ließ ihn in dem Glauben und fragte ihn freundlich, wie es seiner Familie ginge. Erst vor drei Monaten hatte er einen Sohn bekommen.

»Da bist du bestimmt glücklich.«

Hätte sie je gedacht, daß sie eines Tages so was sagen könnte, ohne daß es ihr einen Stich versetzte? Diese Erfahrung beunruhigte sie. Konnte man sich so leicht von einem Menschen distanzieren?

Eine Horde von Kindern rempelte sie an und setzte ihrer Unterhaltung ein Ende. Nachdem Yonten zum Abschied gegrüßt hatte, entfernte er sich. Gedankenverloren ging sie zu einem Verkaufsstand, an dem Frauen in einem Berg von Flitterkram, Salben und Nasenperlen kramten. Nachdem sie ein paar Kämme und Bänder für Maya Devi gekauft hatte, schlängelte sie sich vorbei an Karren, auf denen von Fliegen übersätes Naschwerk angeboten wurde. Zwischen den Straßenhändlern verfaßte ein öffentlicher Schreiber auf Tibetisch, Nepalesisch und Bengali Botschaften, die ihm von Einheimischen diktiert wurden, während sein Nachbar Farbdrucke verkaufte. Einige der bunten Bilder gefielen Cecilia sehr gut.

Als sie wieder in Whispering Hills war, wollte sie als erstes zum Gärtner gehen, als sie von einem Reporter angesprochen wurde, der sie um einige Auskünfte über Rose MacKiney bat.

»In London hat man meinen Bruder schon mit Fragen bestürmt. Was mich angeht, so möchte ich ihren Aufenthalt bei uns möglichst rasch vergessen!«

Nachdem sich ihre erste Verblüffung über die schreckliche Geschichte gelegt hatte, wollte Cecilia diese Zeit, die für alle sehr traurig gewesen war, am liebsten aus ihrem Gedächtnis streichen. Mit John Darrows Tod, der Scheidung von George und Annabel und ihrer beider Flucht, Margarets ungewisser Zukunft und dem Verkauf der Plantage hatte sie genug Kummer gehabt, um dieses Kapitel endgültig abschließen zu wollen. Da sie ihr mühsam wiedergefundenes Gleichgewicht auf keinen Fall gefährden wollte, kümmerte sie sich jetzt nur noch um die Gegenwart und die Zukunft. Vor ihren Augen begann Whispering Hills wieder zu leben. Wenn sie sich im Sonnenuntergang auf die Veranda setzte, wo es nach Blumen duftete, und dort beobachtete, wie die Schatten auf dem Rasen langsam länger wurden, fühlte sie sich im Einklang mit sich selbst. Gelegentlich sah sie Peter Saunders. Nach seiner letzten Inspektionsrunde ging er oft in den Rosengarten, um sich dort auszuruhen – und wohl auch, um die Stunden bis zu Angelas Rückkehr zu zählen.

28

Kaum waren sie von ihrer Reise zurückgekehrt, mußte Angela Anfang Februar ihre Eltern in den Gymkhana Club begleiten, in dem ein Rollschuhwettbewerb stattfand.

Zum Vergnügen der britischen Kolonie, die sich am Geländer drängte, nahmen Kinder, Jugendliche und Erwachsene an Wettkämpfen teil, bei denen es je nachdem auf Schnelligkeit oder Geschicklichkeit ankam. Der Organisator kommentierte alle Leistungen ausführlich, so daß sich die Veranstaltung leider noch bis zum Abend hinziehen konnte. Es war kaum anzunehmen, daß Peter kam, dennoch ließ Angela den Eingang des großen Saals, in dem das ganze Jahr über Blumenschauen, Vogelausstellungen, Maskenbälle und Jahrmärkte stattfanden, nicht aus den Augen. Hier sah man immer dieselben Gesichter, hörte immer dieselben Geschichten. Gerade heute wurde dem Mädchen klar, daß sie diese miefige Atmosphäre nicht länger ertragen konnte. Seit sie ihren Eltern das erste Mal gestanden hatte, nach Europa zu wollen, war das Thema nicht mehr angeschnitten worden, aber sie wußte, daß Edward und Mabel sich in dieser Frage erst einig werden mußten. Obwohl sie ihr Einverständnis noch nicht gegeben hatten, waren für Angela die Würfel eigentlich schon gefallen. Nachdem sie nun einmal alles ins Rollen gebracht hatte, würden ihre Eltern wohl zustimmen.

Zwei rotwangige Lausbuben erschreckten das Publikum

mit ihren Schnarren. Beim Wettlauf stieß einer von ihnen ein kleines Mädchen um, das auch prompt zu brüllen anfing. Es setzte Ohrfeigen, und die Mütter riefen die kleinen Störenfriede zur Ordnung. Auf der Piste umkreiste ein Mädchen mit der Grazie eines Kartoffelsacks ihren pickligen Kavalier. Man applaudierte, die Künstler verneigten sich. Da Angela von dieser spießigen Vorstellung genug hatte, wollte sie gerade das Weite suchen, als sie plötzlich ihren Geliebten bemerkte, der sich suchend unter den Zuschauern umsah. Fieberhaft bahnte sie sich einen Weg zu ihm.

»Peter«, flüsterte sie, als sie auf ihn zukam. »Peter . . .«

»Man hat mir gesagt, daß du hier bist.«

»Du hast gute Spitzel.«

Das Lachen befreite sie von ihrer Erregung. Am liebsten wären sie sich um den Hals gefallen und hätten sich geküßt und liebkost, um ihre Trennung, ihre Sehnsucht zu vergessen, aber wenn sie dem Schauspiel, das wenige Schritte entfernt stattfand, keine Konkurrenz machen wollten, konnten sie ihrem Verlangen unmöglich nachgeben. Bis zum späten Nachmittag heuchelten sie darum höchstens gute Kameradschaft. Dieses Spiel, das ihnen unter anderen Umständen Spaß gemacht hätte, wurde ihnen diesmal zur Qual.

Cecilia, die vorbeikam, um Marjorie Baxter abzuholen und in Rainbow Gardens abzusetzen, rettete die Situation.

»Angela hat die neue Einrichtung in unserem Bungalow noch gar nicht gesehen, und wir müssen uns unbedingt erzählen, was wir in den letzten drei Wochen alles erlebt haben. Erlauben Sie ihr doch bitte, für zwei, drei Tage nach Whispering Hills zu kommen«, bat sie Mabel Forrester.

Als Angela später in Peters Wohnung war, schloß sie die Augen. Sie stand reglos da und wartete, bis er sie mit seiner

Wärme umfing und ihr Worte ins Ohr flüsterte, denen sie nicht widerstehen konnte. Nach der langen Abwesenheit empfanden sie die Gegenwart des anderen noch intensiver und brauchten eine Weile, um genug voneinander zu bekommen.

Als Angela wieder zu sich kam, lag sie im Bett ihres Geliebten. Dort machte sie sich mit der Umgebung vertraut, in der Peter lebte. Sie stellte sich vor, wie er im Korbsessel saß und eines der Bücher studierte, von denen das Regal überquoll und die sich auf dem Schreibtisch zu wackligen Stapeln türmten. Dann malte sie sich aus, wie er im Zimmer auf und ab tigerte und darunter litt, daß sie nicht bei ihm war. Als er aufstand, um sich einen Aschenbecher zu holen, fragte sie sich, ob sie noch recht bei Verstand sei, überhaupt daran zu denken, ihn jemals zu verlassen.

Trotz der Schwatzhaftigkeit der Dienstboten hatten sie beschlossen, im selben Bett zu schlafen, und dieses neue Gefühl machte sie glücklich. Im Hotel Magnolia waren sie aus Angst vor Entdeckung nämlich immer gezwungen gewesen, sich mitten in der Nacht zu trennen.

»Fühlst du dich wohl?« fragte Peter und streichelte seiner Geliebten über das Haar.

»Und du?«

»Im Moment fehlt mir nichts zu meinem Glück.«

»Mir auch nicht!«

Am nächsten Tag, einem Sonntag, begleitete sie ihn auf einen langen Spazierritt durch die Berge. Ohne daß er etwas gesagt hätte, begriff sie, daß er ihr zeigen wollte, was seinem Leben täglich einen Sinn gab.

Sie hielten in der Nähe des kleinen Sees, an dem Peter damals Cecilia beim Bad mit dem Tibeter beobachtet hatte. Während Angela vom Pferd stieg und ihr Tier an einen Baum band, beobachtete er sie.

»Du siehst bedrückt aus«, bemerkte er.
»Ach was! Dummes Zeug!«
»Du kannst mir nichts verheimlichen. Das spüre ich doch«, beharrte er, nachdem er ebenfalls abgestiegen war.
»Ich wollte es dir jetzt noch nicht erzählen«, gab sie verlegen zu, »aber ich habe meine Entscheidung getroffen.«
»Du willst fort, nicht wahr?«
»Ja. Ich habe meine Eltern um Erlaubnis gebeten.«
»Während eurer Reise?«
»Kurz vor unserer Rückkehr.«
Angela trat an Peter heran und legte ihre Stirn an seine Schulter.
»Ich konnte es ihnen nicht mehr verheimlichen, und außerdem konnte ich meine Entscheidung nicht länger aufschieben.«
Als er nichts sagte, fragte sie besorgt: »Bist du mir böse?«
»Nein.«
Nachdem er einen Moment nachgedacht hatte, fuhr Peter fort: »Es ist seltsam, aber ich liebe dich so sehr, daß meine eigenen Interessen dahinter zurücktreten. Obwohl ich weiß, daß es für mich schrecklich sein wird, wenn du nicht da bist, werde ich nie versuchen, dich zurückzuhalten.«
»Und du ... du wirst mir auch fehlen, das mußt du mir glauben. Wenn ich an unsere Trennung denke, dann ...«
»... dann weißt du, daß uns jedesmal die Tränen kommen werden, wenn wir aneinander denken, und daß alle Briefe, die wir uns schicken, niemals unseren Schmerz und unsere Verzweiflung ausdrücken können. Bitte, Angela, Liebling, weine nicht.«
Sie warf sich an seine Brust und schluchzte hemmungslos wie ein kleines Mädchen. Sofort zog er ein Taschentuch aus der Tasche, küßte sie aufs Haar und schob sie leicht zu-

rück, um die Tränen, die ihr über die Wangen liefen, abzutupfen. Doch je zärtlicher er war, desto verzweifelter wurde sie.

»Warum ist alles nur so schwierig?« stammelte sie.

»Kopf hoch! Wenn du erst einmal drüben bist, wirst du auch eine Menge Spaß erleben.«

»Den ich dann nicht mit dir teilen kann!«

Was hätte er nicht darum gegeben, sie trösten zu können, aber er mußte sich selber bemühen, nicht den Mut zu verlieren.

»Natürlich kann ich das alles dann nicht mit dir teilen, aber was meinst du, wie es mir dabei geht? Obwohl ich wirklich an dieser Gegend hänge, werde ich mich hundeelend fühlen, wenn ich an deinen Erfolg bei den Männern, die dich dann umschwärmen, denken muß. Ich bin jetzt schon eifersüchtig.«

Wäre er aufrichtig gewesen, hätte er zugeben müssen, daß ihn dieser Gedanke oft nicht einschlafen ließ, aber wozu sollte er die wenigen Stunden, die ihnen noch vergönnt waren, dadurch verderben. Als sich Angela etwas beruhigt hatte, schlug er ihr vor, sich ins Gras zu setzen. Dann legte er die Arme um sie und drückte sie ganz fest an sich.

Laß uns für immer so bleiben, Liebling, hätte er ihr am liebsten zugeflüstert, als eine sanfte Brise den herben Geruch der Erde zu ihnen wehte. Aber um ihren Kummer nicht neu zu wecken, sagte er lieber nichts.

Auf ihrem Spazierritt gelangten sie schließlich am äußersten Ende des Anwesens bis zu einem Wald, in dem Leoparden und Wildschweine ihr Unwesen trieben.

»Komm, wie kehren um«, bat Peter, der sich nie ohne Gewehr zwischen die dichtstehenden Bäume wagte.

Am Abend unterhielten sie sich über verschiedene Unfälle,

die unvorsichtige Europäer erlitten hatten. Samuel Baxter, der ebenfalls an der Unterhaltung teilnahm, erinnerte sich noch an einen Teemakler, der Rainbow Gardens verlassen hatte, ohne jemandem Bescheid zu sagen. Erst nach langer Suche hatte man ihn wiedergefunden, von einem Bären zerfetzt. Obwohl die Leute hier nicht gerade in Angst und Schrecken lebten, mußte man sich doch ständig vor Augen halten, daß in dieser Gegend viele Gefahren lauerten. Nicht nur die wilden Tiere stellten eine Bedrohung dar. Der Monsunregen konnte Erdrutsche verursachen; es konnte zu Epidemien kommen. In diesen Bergen war das Leben nicht einfach, das durften die Menschen nie vergessen.

Darum versuchte man auch, sich, wo es nur ging, eine heimelige Atmosphäre zu schaffen. Cecilia tat dies, indem sie einen Punsch bei Mondenschein organisierte.

Auf dem Rasen vor dem Rosenbeet wurde ein Tisch aufgestellt. In dieser windgeschützten Ecke, beim Licht von Girlanden, die aus zahllosen kleinen Kerzen bestanden, schlürften die Gäste den heißen, gewürzten Rum und knabberten dazu Gebäck. Am wolkenlosen Himmel prangten die Sterne, und obwohl es zu dieser Jahreszeit schon recht frisch war, dachte niemand daran, ins Haus zu gehen. In eine Wolldecke gehüllt, betrachtete Angela das Firmament und sinnierte darüber, daß sie sich vor eineinhalb Jahren nicht im Traum hätte vorstellen können, welche Veränderungen in ihrem Leben vor sich gehen würden.

Neben ihr gab sich Cecilia ähnlichen Gedanken hin. Beim Anblick des hell erleuchteten Bungalows wurde ihr warm ums Herz. Dieses Symbol der Plantage, die sie um keinen Preis aufgeben wollte, strahlte mit allen Lichtern. Nur, was sollte sie mit ihrem Leben anfangen, wenn in Whispering Hills alles wieder seine Ordnung hatte? Aber zunächst einmal mußte sie natürlich das begonnene Werk zu Ende führen.

Neben ihr plauderte Samuel Baxter mit Peter Saunders über die Versammlung im Pflanzerclub, bei der jedes Jahr nach den drei Ernten alle Eigentümer und Verwalter zusammenkamen, um den in Darjeeling hergestellten Tee zu probieren.

»Da wird man Sie ganz schön rannehmen«, warnte er seinen Schüler.

»Das macht mir nichts aus«, erwiderte Peter, der sich seit einiger Zeit gern beruflichen Herausforderungen stellte. »Außerdem sind Sie ja dabei, um mich vor Irrtümern zu bewahren.«

»Das ist gar nicht so sicher«, mischte sich Marjorie ein.

»Nicht sicher? Warum?« wunderte sich Cecilia.

»Samuel denkt daran, mit mir nach England zu fahren. Er hat schon so lange keinen Urlaub mehr genommen.«

»Das steht doch noch gar nicht fest«, stellte Samuel richtig.

»Du hast es mir aber versprochen«, rief Marjorie wütend und rannte davon.

»Sie will das einfach nicht verstehen«, erklärte ihr Mann verlegen. »Zur Zeit kann mich in Rainbow Gardens niemand ersetzen. Trotzdem fängt sie jeden Morgen davon an. Die Kinder fehlen ihr so sehr.«

»Warum fährt sie dann nicht allein?«

»Irgendwie hat sie es sich in den Kopf gesetzt, daß dann einer von uns umkommen muß und wir uns nie wiedersehen.«

Als Angela das hörte, zuckte sie zusammen. Wie oft hatte sie dasselbe gedacht! Wurde man in Darjeeling etwa zwangsläufig abergläubisch?

»Sie fürchtet sich vor der Überfahrt«, fuhr Samuel fort.

»Außerdem hat sie Angst, daß ich krank werde, wenn sie nicht da ist. Sie befürchtet eben immer gleich das Schlimmste. Und ich schäme mich, wenn ich sie nicht begleiten kann. Das alles hat mich dazu bewogen, meinen Vertrag nicht mehr zu verlängern.«

»Dann verlassen Sie Darjeeling also«, rief Cecilia.

»Stimmt, das habe ich vor. Vor unserem Freund Saunders sollte ich es eigentlich nicht sagen, aber mit zunehmendem Alter habe ich immer mehr das Gefühl, dem Tee zu viele Opfer gebracht zu haben. Natürlich bedaure ich es nicht, zwanzig Jahre lang in unseren Kolonien gedient zu haben, aber Europa fehlt mir langsam. Außerdem möchte mein Vater, daß ich mich um seinen Pachthof in Devon kümmere. Also . . .«

»Bitte sprechen Sie nicht weiter«, unterbrach ihn Cecilia. »Ihre Pläne stimmen mich traurig. Lassen Sie uns lieber diesen Abend genießen! Es ist so schön, wieder einmal beisammenzusitzen.«

29

Als die Zeit der ersten Ernte kam, tauchten in den Teefeldern überall die Pflückerinnen wie bunte Farbtupfer auf. Halb versunken in diesem grünen Ozean, spürte Maya Devi auf ihren Schultern das Gewicht des Korbes, den sie wieder und wieder füllen mußte.

Um den Fleiß der Frauen und Kinder, der nach der mehrmonatigen Pause etwas erlahmt war, wieder anzustacheln, trieb der Aufseher alle zu einem schnelleren Rhythmus an. Wenn man sich keinen Tadel zuziehen wollte, mußte man flink und geschickt von jedem Zweig die Knospenspitze und die beiden obersten Blättchen abpflücken. Die kleine Nepalesin sang, um sich selbst anzufeuern, ein Lied und dachte an das Fest, das demnächst zum 70. Jahrestag der Gründung der Plantage stattfinden sollte. In ihrem schönsten Kleid wollte sie dann zur Fabrik gehen, wo die ältesten und fleißigsten Tagelöhner belohnt werden sollten. Vielleicht gehörten ja ihre Eltern dazu.

Maya hörte ein Pferd wiehern und hob den Kopf. Der junge Verwalter machte seine Inspektionsrunde. Wie er da angeritten kam, auf seinem braunen Hengst, sah er für Maya Devi aus wie ein Prinz aus den Märchen, die Cecilia ihr vorgelesen hatte. Er war so schön, daß sie ihn geradezu anhimmelte. Jeden Abend beim Puja, dem Gebet, stellte sie ihn unter den Schutz ihrer Götter. Vor allem betete sie darum, er solle eines Tages Memsahib Cecilia heiraten. Ob sie sehr ineinander verliebt waren? Oft beobachtete sie die beiden, wenn sie miteinander sprachen, aber zu ihrer großen Enttäuschung ließ ihr Verhalten nicht die Spur von Leidenschaft erkennen. Allerdings flüsterte man sich zu, daß das mit Memsahib Angela ganz anders war! Ohne in der Arbeit innezuhalten, sah Maya, wie Peter sich mit dem Aufseher unterhielt. Angeblich wollte man sie am nächsten Tag auf ein stark abschüssiges Feld schicken, auf dem die Arbeit noch anstrengender sein würde. Wenigstens hatte der Regen den Boden noch nicht in einen Morast verwandelt.

Bis zum ersten Wiegen war sie mit Eifer bei der Sache. Dann ging sie mit ihren Gefährtinnen schwatzend und lachend zu dem Podest hinüber, auf dem ihre Ausbeute gewogen und danach der Verdienst errechnet wurde. Frauen aller Altersstufen standen gottergeben dort in einer Reihe an und massierten sich die von der monotonen Arbeit schmerzenden Glieder. Sobald eine an die Reihe kam, kippte sie den Inhalt ihres Korbes auf die große Waagschale, wo seine Qualität überprüft wurde. Vor ihnen standen die Tragekörbe aufgereiht, manche schon ganz abgenutzt vom jahrelangen Gebrauch. Maya Devi stellte sich hinter eine Tagelöhnerin, die ihren Säugling in einem Korb auf dem Rücken trug. Mit einem ausgeklügelten System hatte sie das Baby an ihrem Tragekorb befestigt. Der Kleine brabbelte vor sich hin und beobachtete mit regem Interesse seine Umgebung.

Maya Devis Mutter stand einige Schritte entfernt und lächelte ihrer Tochter zu. Ehe sie vor den Aufseher trat, rückte sie schnell noch ihr Kopftuch zurecht, das herunterzurutschen drohte. Ebenso wie ihre Tochter hatte sie schon mit acht Jahren begonnen, für die Darrows zu arbeiten. Seitdem hatte sie sich in jeder Jahreszeit, unter sengender Sonne ebenso wie im strömenden Monsunregen, ihren Lebensunterhalt verdient. Es beruhigte sie, daß sie mit ihrer Familie im Notfall versorgt war. Nie würde sie vergessen, wie *Memsahib* Cecilia ihrem Kind das Leben gerettet hatte.

Nun war Maya Devi an der Reihe, vor den Aufseher zu treten. Dieser ließ eine Handvoll Blätter durch die Finger gleiten.

»Dürftige Ernte. Viele Knospen beschädigt«, sagte er, als Peter Saunders hinzutrat.

Der Verwalter prüfte die Ausbeute, während die Kleine den Kopf gesenkt hielt. Ohne ein Wort einzuwenden, ließ er zu, daß der Aufseher das Mädchen rügte und ihr das Gehalt kürzte. Obwohl sie diesen Tadel nicht verdient hatte, durfte er die Autorität des Aufsehers auf gar keinen Fall öffentlich in Frage stellen. Zudem hätte ein solches Eingreifen die kleine Nepalesin nur in eine peinliche Lage gebracht. Peter hatte nämlich bemerkt, daß die anderen Angestellten auf Maya Devi neidisch waren und sie oft ungerecht behandelten, weil sie Cecilias Liebling war.

Als er sich später mit dem Aufseher allein im Büro befand, wies er ihn allerdings unter vier Augen scharf zurecht: »Ich dulde es nicht, daß Erwachsene oder Kinder gemaßregelt werden, obwohl sie ihre Arbeit korrekt verrichten. Nichts darf uns zu einer ungerechten Behandlung hinreißen, schon gar keine Eifersüchteleien unter dem Personal. Ich werde persönlich darauf achten, daß diese Anweisung auch respektiert wird.«

Von Samuel Baxter hatte Peter gelernt, sich klar, präzise und streng auszudrücken. Nur so konnte man sich bei den Einheimischen durchsetzen. Zumal es in ganz Indien Anzeichen von Rebellion gab. Mahatma Gandhi hatte zwar eigentlich den gewaltfreien Widerstand propagiert, aber in letzter Zeit nahm die Revolte besorgniserregende Ausmaße an.

Der Konflikt zwischen Indern und Briten war Ende Dezember wieder aufgeflackert, als der von den Extremisten beherrschte »Indian National Congress« in Lahore den Dominionstatus abgelehnt und die völlige Unabhängigkeit gefordert hatte. Anfang März wurde dem Vizekönig, Lord Irwin, ein Ultimatum gestellt. Wenn die Forderungen der Inder nicht bis zum 10. März erfüllt wurden, wollte Gandhi zu Fuß zu den Salzsümpfen bei Jalapur im Westen des Landes aufbrechen. Auf diesem Salzmarsch wollte er den »bürgerlichen Ungehorsam« predigen und sowohl Städter als auch Dorfbewohner auffordern, sich selbst mit Salz zu versorgen, ohne die staatlichen Steuern zu bezahlen. Anschließend wollte er die staatlichen Salinen besetzen und das begehrte Salz dort von seinen Anhängern gewinnen lassen.

Der Vizekönig hatte nicht nachgegeben. Gandhi auch nicht. Seitdem drohte den Briten eine Revolution. Dies kam wiederum den Kommunisten gelegen, die mit mehreren Attentaten eine Atmosphäre des Schreckens verbreiteten.

Im April dehnte sich der Boykott auch auf alle alkoholischen Getränke und die ausländischen Textilien aus. Insbesondere Baumwollstoffe aus Manchester waren betroffen. Gandhi forderte seine Landsleute auf, alle Stoffe, die sie benötigten, selbst herzustellen. Er hockte vor seinem Spinnrad und spann Baumwolle. Die ganze Welt blickte auf Gandhi, als er barfuß, nur mit seinem weißen *Dhoti* bekleidet und einen Stab in der Hand, eine riesige Schar von Gefolgsleuten anführte. Er legte ein derartiges Tempo vor, daß seine Anhänger auf dem langen Marsch zum Strand von Dandi kaum mithalten konnten. Diesen schmächtigen, 61jährigen Mann beseelte ein inneres Feuer, eine Leidenschaft, die einfach die »Kraft der Wahrheit« sein mußte. Was ihn antrieb, war die Gewißheit, daß er sein Land früher oder später in die Freiheit führen würde.

Unterdessen weitete sich der Aufruhr aus und griff auf Peshawar, Delhi, Bombay und Kalkutta über. Es wurde höchste Zeit, die pazifistischen Aufwiegler zu verhaften, alle Massenproteste zu unterdrücken und der Bewegung Einhalt zu gebieten. Lord Irwin nahm das in die Hand.

Im Pflanzerclub diskutierte man kaum noch über die Geschehnisse in Darjeeling, sondern las und kommentierte fast ausschließlich die Zeitungsmeldungen.

»Die Inder können uns nicht lange Widerstand leisten«, sagte ein Pflanzer, der zwar noch nie in England gewesen war, sich aber britischer fühlte als Shakespeare oder Königin Victoria persönlich. »Wie könnten sie auch, schließlich sind sie in Dutzende von Religionen und Kasten zersplittert. Die Mohammedaner, Hindus, Sikhs und Jains werden sich nie untereinander einigen. Und ein Brahmane mit einem Unberührbaren schon gar nicht. Was soll aus ihnen werden, wenn sie unsere Verwaltungsstrukturen nicht mehr haben?«

»Das weiß keiner, aber es wird sie trotzdem nicht daran hindern, uns aus dem Land zu werfen«, antwortete Samuel Baxter, der an einem Bridgeturnier teilgenommen und sich nun mit einem Brandy ins Rauchzimmer zurückgezogen hatte.

»Aber wir genießen die Unterstützung der Maharadschas!«

»Die können uns auch nicht helfen gegen dreihundertvierzig Millionen Menschen, die ihre Freiheit verlangen.«

Peter, der etwas abseits saß, sagte nichts dazu. Ob wirklich alles, wofür er arbeitete, eines Tages zunichte gemacht werden konnte? Dann hätte er beides verloren, Angela und die Welt, die er sich zur Heimat erkoren hatte.

Die Arbeit half ihm, wieder Zuversicht zu schöpfen. Schließlich war das nicht der erste Aufstand in Indien! Außerdem wollte er seiner Maxime, zu der er sich erst seit kurzem durchgerungen hatte, treu bleiben und die Gegenwart voll auskosten – so auch, als er sich eines Abends mit Samuel Baxter zu einer Teeprobe traf.

Sie hatten sich im Bungalow des Verwalters in Rainbow Gardens verabredet. Der Monsunregen kündigte sich an, und Blitze zuckten über den Himmel, als Peter zur Plantage hinüberfuhr.

Samuel empfing ihn im kleinen Salon neben der Veranda, wo auf einem Tisch mit blaßgrüner Spitzendecke schon mehrere Porzellantassen und -kannen bereitstanden.

»Hier sind meine Proben«, erklärte Peter und reichte seinem Gastgeber kleine Beutel mit Proben von der ersten Ernte.

Auf jedem war das Herstellungsdatum vermerkt. Ein Boy goß kochendes Wasser in einen Samowar, dann brühte Samuel die Blätter in sechs kleinen Teekannen auf, immer abwechselnd ein Erzeugnis von Whispering Hills und eins von Rainbow Gardens. Nun konnte die Zeremonie beginnen. Die beiden Männer freuten sich schon auf den Genuß, den die jungen Teesorten versprachen. Die Blättchen waren, nachdem sie gezogen hatten, grün, während der Likör eine schöne, goldgelbe Farbe besaß.

»Er ist leicht, sehr fruchtig«, stellte Samuel fest, nachdem er den ersten Tee seines Nachbarn gekostet hatte. »Sein Geschmack erinnert an frische Mandeln.«

Die letzten Worte wurden vom Krachen eines Blitzes übertönt.

»Verdammt! Der hat ganz in der Nähe eingeschlagen«, zuckte er zusammen, beugte sich aber gleich über den Inhalt der nächsten Tasse. »Hier, Saunders, das wird Sie an unsere Feinernte vom letzten Jahr erinnern. Ich habe angeordnet, die Blätter der Sträucher, die oberhalb der Baumschule wachsen, alle drei Tage statt nur einmal die Woche zu pflücken.«

Die Minuten verstrichen in diesem harmonischen Spiel zwischen Lehrer und Schüler. Sie waren wunschlos glücklich, während sie, verbunden durch die Erfahrung des einen und die Wißbegier des anderen, das Ergebnis ihrer Arbeit miteinander teilten.

Sie achteten nicht weiter auf das Gewitter, bis auf einmal der Blitz nur wenige Schritte entfernt niederzugehen schien.

»Ich hoffe nur, daß Marjorie in Darjeeling geblieben ist«, meinte Samuel besorgt.

Gerade wollte er auf die Uhr schauen, als lautes Geschrei erklang. Er hielt mitten in der Bewegung inne und ging ans Fenster.

»Was ist da los? Mein Gott! Das darf nicht wahr sein!«

Ohne ein Wort der Erklärung stürzte er zum Ausgang. Peter, der ihm gefolgt war, sah entsetzt, wie die Arbeiter aufgeregt um die Fabrik herumrannten, deren Dach an einer Stelle Feuer gefangen hatte.

»Wenn doch bloß dieses verfluchte Gewitter richtig ausbrechen würde, damit es zu regnen anfängt«, jammerte Samuel und wußte schon, daß sie den Kampf verlieren mußten.

Trotz der allgemeinen Panik dachte er an alles. Sofort wurde die Glocke geläutet, um alle Bewohner des Tales herbeizurufen. Man schloß Wasserschläuche an, während andere eine Eimerkette bis zum Brunnen bildeten.

»Ist niemand drinnen?« fragte Samuel einen Aufseher.

»Nein, Sahib, alle hatten schon Feierabend gemacht.«

Der Verwalter zog sich die Jacke aus. Als er die Tür des Gebäudes aufriß, schlug ihm dichter Qualm entgegen. Sofort machte er kehrt und rannte zur Außentreppe, die zum obersten Stock führte.

Peter folgte ihm.

»Vorsicht vor dem Luftzug«, rief Samuel ihm zu, während er noch zögerte, den hölzernen Türflügel, der ihnen den Durchgang versperrte, aufzustoßen.

Sobald der Eingang frei war, empfingen sie tosendes Knistern und eine so unerträgliche Gluthitze, daß sie zurückweichen mußten. Das Feuer, das im Innern wütete, fand in dem gelagerten Tee gute Nahrung. Mit ohrenbetäubendem Lärm krachten die Gestelle, auf denen die Blätter trockneten, in sich zusammen.

»Bringt Eimer her«, brüllte Samuel, während er selbst den Schlauch packte, den man mit einiger Mühe hinaufgezogen hatte.

Ohne sich um die Gefahr zu kümmern, drang er bis in die Mitte der Lagerhalle vor. Peter, dem der Rauch in den Augen brannte, schüttete den Inhalt der Gefäße, die ihm in rascher Folge hinaufgereicht wurden, ins Feuer, aber er hatte immer größere Mühe, dabei Luft zu bekommen.

»Mr. Baxter«, schrie er, »Mr. Baxter! Kommen Sie zurück!«

Im Flammenschein konnte er noch die Gestalt des Verwalters sehen, dann stürzte mit dröhnendem Krachen ein Deckenbalken herunter. Geblendet und halb erstickt wollte Peter Samuel zu Hilfe eilen, aber das Feuer, das jetzt rasend schnell um sich griff, hätte ihn ebenfalls erfaßt, wenn man ihn nicht zurückgehalten hätte.

»Da kann man nichts mehr machen«, hörte er noch, ehe er das Bewußtsein verlor.

Alarmiert vom Läuten der Glocke eilten Männer, Frauen und Kinder herbei, aber man hielt sie von der Feuersbrunst fern, die bereits ein Drittel des Gebäudes erfaßt hatte. Trotz der zusätzlichen Hilfe konnte man den Zerstörungsprozeß jetzt nicht mehr aufhalten. Auf Befehl eines Aufsehers hin bemühte man sich nur noch, das Feuer nicht auf die benachbarten Bäume übergreifen zu lassen, um so die Wohngebäude zu schützen.

Peter, der auf dem Boden lag, glaubte ersticken zu müssen, so stark waren seine Lungen angegriffen. Als Lalita, seine ehemalige Geliebte, ihn reglos daliegen sah, überwand sie sich und trat an ihn heran. Sobald sie merkte, wie ernst es um ihn stand, ordnete sie an, ihn in die Krankenstation zu schaffen. Auf der Stelle wurde ein Chauffeur nach Darjeeling geschickt, um einen Arzt zu holen.

Alle wußten, das Samuel Baxter umgekommen war, aber man war so beschäftigt damit, gegen den aufkommenden Wind anzukämpfen, daß noch keiner Zeit für Trauer hatte. Mit der Energie der Verzweiflung wurde alles in der Umgebung der Lagerhalle unter Wasser gesetzt, um zu retten, was noch zu retten war. Auch die Angestellten von Whispering Hills waren zu Hilfe geeilt, sobald sie vom Brand erfahren hatten. Es war schon fast völlig dunkel, als Marjories Wagen mit aufgeblendeten Scheinwerfern durch das Eingangsportal fuhr.

Bereits einige Kilometer vor der Plantage hatte sie ein rotes Leuchten bemerkt. Sie hatte gleich daran gedacht, daß es brennen könnte, war aber nicht auf eine so schreckliche Katastrophe vorbereitet.

»Wo ist mein Mann?« schrie sie, als sie aus dem Wagen stieg.

Als der Aufseher nur betreten schwieg, wiederholte sie ihre verzweifelte Frage.

»Dort drüben«, murmelte er verlegen und steif, während er auf die verkohlte Ruine zeigte, die einmal die Lagerhalle gewesen war. Hier und da loderten noch Flammen.

»Was soll das heißen: dort drüben?«

Schon wollte sie losrennen, so daß der Nepalese nicht wußte, wie er sich der Frau seines Verwalters gegenüber verhalten sollte, da überwand sich Lalita, die gerade von der Krankenstation zurückkam, und trat an Marjorie heran.

»Memsahib«, flüsterte sie, »Ihr Mann wollte die Fabrik retten. Er war sehr mutig.«

»Aber wo ist er jetzt?«

»Ihm konnte niemand mehr helfen.«

»Willst du damit sagen, daß er da drin ist? Mitten in den Flammen?«

»Ja, Memsahib.«

»Nein! Das ist nicht wahr! Das ist nicht wahr! Du lügst!«

Marjorie stammelte unzusammenhängende Sätze und lief laut schluchzend hin und her. Die Arbeiter waren peinlich berührt beim Anblick dieser völlig verstörten Frau, deren korrekte Haltung sie bis dahin immer bewundert hatten. Als Buddhisten und Hinduisten fürchteten sie den Tod nicht so wie die Europäer. Nach ihrer Überzeugung war er nur der Übergang in ein anderes Leben, durch den sie eine weitere Stufe im Zyklus der Verwandlungen erreichten, der sie der Erkenntnis näher brachte.

Der Qualm erfüllte jetzt den ganzen Hof, so daß viele von starken Hustenanfällen gequält wurden. Einige hatten sogar Vergiftungserscheinungen und mußten zur Krankenstation gebracht werden. Unterdessen hielten sich die Männer, die noch am besten bei Kräften waren, in Bereitschaft, um ein mögliches Wiederaufflackern des Feuers zu verhindern.

Unschlüssig wußte Lalita nicht, was sie tun sollte. Einerseits wollte sie zu Peter Saunders eilen, aber andererseits konnte sie Mrs. Baxter auch nicht im Stich lassen. Darum war sie erleichtert, als Cecilia, die man gleich nach ihrer Rückkehr von Kalimpong benachrichtigt hatte, eintraf. Sobald Cecilia das ganze Ausmaß der Katastrophe überblickt hatte, traf sie die nötigen Entscheidungen.

Sie legte der zitternden Marjorie einen Arm um die Schulter, sprach beruhigend auf sie ein und führte sie zum leeren Bungalow, in dem sich nicht einmal eine *Ayah* aufhielt. Dort setzte sie die Ärmste in ein kleines Empfangszimmer. Während Cecilia ihre eigenen Tränen nur mühsam zurückhalten konnte, zog sie Marjorie an ihre Brust, damit sie sich ausweinen konnte über ihre zerstörte Ehe und ihr Leben, in dem innerhalb von einer Sekunde alles zusammengebrochen war.

»Wenn ich doch bloß dagewesen wäre«, stammelte Marjorie. »Dann hätte ich nie zugelassen, daß er so nahe ans Feuer herangeht.«

»Sie wissen genau, daß niemand ihn davon abgehalten hätte, seine Pflicht zu erfüllen, nicht einmal Sie, die er geliebt hat.«

»Ich flehe Sie an, Cecilia, sagen Sie mir, daß ich gleich aus diesem schrecklichen Alptraum erwache. Sagen Sie mir, daß er zurückkommen wird, daß ich ihn jeden Moment nach dem Hund pfeifen höre.«

Schluchzend fuhr sie fort: »Seltsam . . . Seit einiger Zeit hatte ich so eine böse Vorahnung . . . nichts Bestimmtes ... ein beklemmendes Gefühl. Mein Gott, das ist alles so ungerecht ... Und die Kinder ... was soll ich denen denn bloß sagen?«

Cecilia versuchte, sie zu beruhigen, konnte die Augen aber nicht von den Familienfotos der Baxters an der Wand wenden. Sie zeigten die Eltern und Kinder im Lauf der Jahre, wie sie auf einem Elefanten ritten, unter einem Baum schlummerten, in einem Gebirgsbach herumtollten oder um ein Lagerfeuer hockten. Mit einem Lächeln, das für die Ewigkeit festgehalten war, blickten sie den Mann hinter der Kamera an. Angesichts der Geschichte dieser Familie, in der nun ein zentrales Bindeglied fehlte, dachte sie an die Absurdität des Lebens, das begleitet wird von Liebe, Freud und Leid und das uns allen irgendwann Schmerzen bereitet.

Nachdem sie Marjorie ein Beruhigungsmittel verabreicht hatte, rief sie eine *Ayah*.

»Bleib bei ihr, solange ich fort bin. Ich komme später wieder.«

Obwohl ein Wind aufgekommen war, war die Luft draußen immer noch zum Schneiden. Beim Schein von Fackeln und Laternen räumten Dienstboten und Arbeiter die Trümmer beiseite. Welche Überreste würde man wohl von Samuel finden? Bedrückt dachte Cecilia, daß für diesen Mann, der einen Bund mit Indien geschlossen hatte, der Tod durch das reinigende Feuer gekommen war. Auf diese Art hatte er, ohne es zu wollen, das hinduistische Ritual befolgt, nach dem man die Verstorbenen einäschert.

Der Arzt war eingetroffen. Als sie die Krankenstation betrat, beugte er sich gerade über Peter, der keuchend nach Luft schnappte.

»Seine Lunge ist stark in Mitleidenschaft gezogen. Er muß sofort ins Krankenhaus.«

Sobald er mit der Untersuchung fertig war, nahm Cecilia ihn beiseite.

»Besteht Lebensgefahr?« fragte sie.

»Nein, aber viel hat nicht gefehlt. Ich fürchte, er wird lange brauchen, um wieder gesund zu werden.«

Der jungen Frau wurde auf einmal schwindlig. Wenn ihr der Arzt nicht mehrmals auf die Wange geschlagen hätte, wäre sie zweifellos in Ohnmacht gefallen. Man hielt ihr Riechsalz unter die Nase, und nachdem sie ein großes Glas Wasser getrunken hatte, ging es wieder. Anschließend wurde Peter in den Krankenwagen geschoben, den der Arzt vorsichtshalber gleich mitgebracht hatte. Sie vergewisserten sich noch, daß unter den Arbeitern niemand schwer verletzt war, dann kehrte Cecilia zu Marjorie zurück, die völlig gebrochen und nicht ansprechbar vor sich hin starrte.

Cecilia hüllte sie in eine Decke und legte sie auf ein Sofa. Danach löschte sie das Licht und setzte sich in einen Sessel. Während sie die Nacht durchwachte, stürmten viele Fragen auf sie ein. Was sollte nun aus Rainbow Gardens werden, ohne den Mann, der seit so vielen Jahren das Renommee der Plantage gesichert hatte? Und was aus Whispering Hills, falls Peter nicht mehr gesund werden würde?

30

In der St.-Andrew-Kirche wurde ein Gottesdienst für Samuel Baxters Seelenheil abgehalten. Cecilia saß in der ersten Reihe und stützte Marjorie, die unter ihrem schwarzen Schleier völlig verstört wirkte. Hinter ihr hatten sich die Pflanzer aus Dooars, dem Terai und der Umgebung von Darjeeling versammelt, um ihrem Kollegen des letzte Geleit zu geben. Nur Peter fehlte, weil er immer noch im Eden-Krankenhaus lag. Immerhin befand er sich langsam auf dem Wege der Besserung.

Sobald sie eine Besuchserlaubnis bekam, eilte Angela an sein Krankenlager.

»Liebling«, wiederholte sie immer wieder und streichelte ihm sanft die Hand. »Ich bin ja da. Solange man mich nicht rauswirft, bleibe ich bei dir.«

Er lächelte schwach und überließ sich dann mit geschlossenen Augen ganz dem seligen Gefühl, daß sie bei ihm war, fürsorglich und wohltuend. Noch hatte er Samuel Baxters Tod nicht wirklich begriffen, geschweige denn verarbeitet. Er konnte sich einfach nicht vorstellen, daß er diesen Mann, der ihn in die Geheimnisse seines Berufs eingeweiht hatte, nie wiedersehen sollte.

»Angela«, flüsterte er schließlich mühsam. »Ich habe wirklich versucht, ihn da rauszuholen, aber alles ging so furchtbar schnell. Erst haben wir noch Tee getrunken, glücklich und zufrieden, und plötzlich haben sich die Ereignisse überstürzt. Außerdem«, fügte er bitter hinzu, »ist er völlig umsonst gestorben, weil die Fabrik nicht gerettet werden konnte, wie man mir erzählt hat. Das ist besonders tragisch!«

Er war so traurig und verbittert, daß Angela sich machtlos fühlte. Obwohl sie mit diesem Mann, den sie so liebte, gern alles geteilt hätte, konnte sie ihm seinen Kummer nicht abnehmen. Aber sie blieb an seinem Bett sitzen, um ihm die Zärtlichkeit, die er jetzt brauchte, zu schenken, bis sie von einer Krankenschwester hinauskomplimentiert wurde. Damit hatten sie in ihrer Beziehung einen weiteren wichtigen Schritt vollzogen. Als Angela ihren Geliebten zum ersten Mal so hilflos und verletzt sah, ermaß sie erst, wie eng sie miteinander verbunden waren. Um ihm seine Energie und das Selbstvertrauen, das er verloren hatte, zurückzugeben, war sie bereit, ihre eigenen Wünsche hintanzustellen.

Das bewies sie, als Cecilia ihr am selben Abend im Hotel Magnolia erklärte: »Ich habe den Leuten von Tea & Co. ein Telegramm geschickt, um sie von der Katastrophe in Kenntnis zu setzen. Sicher werden sie bald die nötigen Schritte einleiten, aber inzwischen können wir nicht zulassen, daß die Ernte verdirbt.«

»Wie kann ich dir helfen?«

»Vorläufig vertrete ich Peter in Whispering Hills. William Smithson hat mir einige Grundlagen beigebracht, mit denen ich das Wichtigste schon schaffe. Bleibt noch das Problem mit Rainbow Gardens. Ich weigere mich, die diesjährige Produktion komplett abzuschreiben, aber um sie zu retten, müßten wir den ganzen geernteten Tee zu uns schaffen.«

Cecilia schaute ihrer Freundin fest in die Augen und fragte: »Könntest du dich um das Abwiegen und um den

Transport kümmern? Ich überwache unterdessen die Herstellung.«

So begann etwas, was es in Darjeeling noch nie gegeben hatte: Zwei Frauen übernahmen die Leitung von zwei Plantagen. Doch während sich Cecilia in diesem Gewerbe immerhin einigermaßen auskannte, war Angela eine blutige Anfängerin.

Sie vergaß ganz einfach ihre eigene Unkenntnis, setzte sich ins Büro von Samuel Baxter und bestimmte zusammen mit den Aufsehern, welche Felder abgeerntet werden sollten. Als man die Arbeitsgruppen einteilte, waren die Frauen und Kinder so erleichtert, ihre Arbeit nicht zu verlieren, daß sie mit doppeltem Eifer ans Werk gingen. Angela gab sich – nach Cecilias Vorbild – streng und überwachte die Ernte zu Pferde. Jeden Abend schaute sie erleichtert zu, wie die Lastwagen beladen wurden und nach Whispering Hills hinüberrumpelten, um die Erträge bei den Nachbarn abzuliefern.

Nach zwei Wochen merkte sie, daß sie, abgesehen von den schwierigen Begleitumständen, die ihre Mitarbeit nötig gemacht hatten, wirklich Spaß an ihrer Aufgabe fand. Zu wissen, daß sie und Cecilia durch ihren Einsatz vielen Familien Brot und Arbeit sicherten, gab ihrem Leben einen Sinn. Sie fühlte sich nützlich! Außerdem begriff sie, daß Geben heißt, sich der Welt zu öffnen. Gleichzeitig kam sie dadurch Peter näher, wie sie ihm bei einem ihrer Besuche gestand.

Er lag nicht mehr im Bett, war aber noch so schwach, daß er nur am Fenster sitzen konnte, um die Berge zu betrachten, die ihm in den letzten eineinhalb Jahren so vertraut geworden waren.

Im Gegenlicht sah Angela, daß sein Gesicht ausgemergelt und die sonst sonnengebräunte Haut blaß war. Die Abgeschiedenheit im Krankenhaus, die Schmerzen und die Sorgen um die Zukunft verliehen seinen Augen einen ernsten, klaren Ausdruck, der die noble Größe und Reinheit seiner Seele erkennen ließ.

»Wie viele Wochen werden die mich noch hierbehalten?« fragte er niedergeschlagen. »Und danach? Wozu bin ich dann noch gut? Ich bin nur noch ein Schwächling! Sobald ich drei Schritte gehe, kriege ich kaum noch Luft.«

»Du mußt Geduld haben.«

»Geduld! Dich möchte ich mal sehen!«

Als er merkte, daß er sie grob behandelt hatte, wurde er sofort wieder versöhnlich.

»Verzeih mir, Angela, aber diese Untätigkeit macht mich verrückt. Wenn ich an die liegengebliebene Arbeit denke. An die verlorene Ernte!«

»Mach dir deswegen keine Sorgen, Peter! Cecilia und ich . . .«

Sie zögerte, ehe sie ihm alles sagte: »Wir haben weitergeführt, was Samuel und du . . . was ihr angefangen habt.«

»Das ist unmöglich«, staunte er fassungslos, als sie ihm erzählte, was sie tagsüber trieb. Er war gerührt. »Wie kann ich dir sagen, was ich empfinde? Wie soll ich dir danken?«

»Indem du mir auf keinen Fall dankst«, antwortete sie leichthin.

»Habt ihr schon etwas von der Tea & Co. gehört?« fragte er, als er begriff, daß sie keine Dankbarkeit wollte.

»Die kommen übermorgen. Mit einigen Experten.«

Von den fünf Männern, die in Whispering Hills vorstellig wurden, kannte Cecilia die drei Vertreter der Firma. Mit ihnen hatte sie die Verträge unterzeichnet, die sie an die Plantage banden. Die Herren waren verblüfft über das gute Ergebnis, das die beiden Freundinnen erzielt hatten, und gratulierten ihnen aufrichtig dazu. Allerdings merkte Angela, daß ihnen die Situation nicht ganz geheuer war. Hin- und hergerissen zwischen dem Wunsch, Geld zu verdienen, und ihrem Widerwillen davor, mit Frauen verhandeln zu müssen, hatten sie Mühe, selbstsicher aufzutreten.

Sie in Rainbow Gardens zu empfangen bedeutete für Marjorie eine schier übermenschliche Überwindung. Seit dem Tod ihres Mannes verließ sie sonst nämlich nie mehr ihr Zimmer. Ihre Rückkehr nach England wurde endgültig auf den 12. Juni festgesetzt. Allerdings fragte sich Cecilia, ob Marjorie die Überfahrt in ihrer derzeitigen schlechten körperlichen und geistigen Verfassung überhaupt würde durchstehen können. Jeden Abend stattete sie ihr einen Besuch ab und sprach mit ihr über ihre Kinder, um sie wieder für das Leben zu interessieren. Aber in den Augen der Ärmsten lag keinerlei Hoffnungsschimmer, sie wartete nur noch auf den Tod.

Die Experten und der Architekt, der ein neues Lagerhaus bauen sollte, waren stundenlang beschäftigt.

»Haben Sie eigentlich schon einen neuen Verwalter eingestellt?« fragte Cecilia.

»Das haben wir natürlich vor, trotzdem haben wir noch keinen geeigneten Kandidaten gefunden. Das ist ein sehr verantwortungsvoller Posten, den wir nicht irgendwem anvertrauen können.«

Ihr Gespräch mit Peter Saunders, den sie im Krankenhaus besucht hatten, hatte sie recht optimistisch gestimmt.

»Saunders ist ein kräftiger junger Mann. Der ist bald wieder auf den Beinen. Dann geht in Whispering Hills alles wieder seinen gewohnten Gang.«

»Nicht so bald, wie Sie offenbar glauben«, antwortete Cecilia. »Diese Arbeit ist sehr anstrengend, und ich bezweifle, ob er in der ersten Zeit den ganzen Tag über wird arbeiten können. Übrigens«, wollte sie dann wissen, »wurde Mr. Carr eigentlich von unseren Schwierigkeiten unterrichtet? In meinen Briefen hatte ich Sie ja darum gebeten, ihn zu informieren.«

»Das haben wir auch getan, aber wir haben noch keine Antwort erhalten.«

»Wo haben Sie versucht, ihn zu erreichen? In London?«

»Ja. Dort war er aber nicht mehr. Allerdings hat man mir versichert, daß ihm die Post nachgeschickt wird.«

Während Cecilia ihren Gesprächspartner musterte, schätzte sie ihre eigene Lage ab. Jeden Tag konnten jetzt die Regenfälle anfangen und den Transport der Ernte erschweren, dennoch mußte sie weiter durchhalten. Von diesen Männern, die doch angeblich Entscheidungsgewalt besaßen, war offenbar nichts zu erwarten.

Anscheinend war dies eine Folge der politischen Entwicklung des Landes, die solche lokalen Probleme relativ unwichtig erscheinen ließ. Überall in Indien griffen nämlich jetzt die Unruhen und der Boykott ausländischer Produkte um sich. Nach Gandhi hatte man auch seine Anhänger verhaftet, aber diese Maßnahme konnte den einmal in Gang gesetzten Prozeß des zivilen Ungehorsams nicht mehr aufhalten. Männer wie Frauen machten unbeirrt weiter. Zu spät merkten die Engländer, daß es ein Fehler gewesen war, die Menschenmassen, die auf dem Salzmarsch nach Dandi gepilgert waren, nicht ernst zu nehmen. Es wurde für die Kolonialherren immer komplizierter, Geschäfte zu tätigen, da sie in den Großstädten auf Scharen von Indern stießen, die wild entschlossen für ihre Unabhängigkeit eintraten. In endlosen Reihen legten sie sich auf den Boden und blockierten so den Zugang zu den Eisenbahndepots, den Salzspeichern von Dharsana und Wadala und zu allen Geschäften, die britische Waren verkauften. Obwohl sich dieses Volk für die friedliche Form des Widerstands entschieden hatte, kam es wieder zu gewalttätigen Ausschreitungen. Tote und mehrere hundert Verletzte waren zu beklagen. Und leider wußte man auf beiden Seiten, daß dies erst der Anfang war.

Sobald die Firmenvertreter wieder fort waren, nahm Cecilia die Arbeit wie gewohnt auf. Sie konnte jedoch ihre eigene Verzagtheit nur überwinden, weil sie sich von den Einheimischen bestätigt fühlte. Besonders die Herstellung des Tees war jeden Tag wieder eine Zitterpartie. Da sie weder Gefühl dafür besaß, noch auf reiche Erfahrung zurückgreifen konnte, richtete sie sich nach den Fachbüchern, vertraute ihrem Gedächtnis und fragte regelmäßig Peter um Rat. Ständig besuchte sie ihn, um seine Meinung zu hören. Dabei spürte sie, daß er jedesmal etwas von seinem alten Schwung zurückgewann, wenn er ihr mit konkreten Tips helfen konnte.

Morgens war sie immer die erste in der Fabrik, weil es dann noch so schön still und sauber dort war. Sie brauchte diesen Moment der Einsamkeit, um sich auf die Aufgaben des Tages und die Fehler, die sie unbedingt vermeiden wollte, zu konzentrieren. Nach und nach trudelten dann die Arbeiter ein, bis die Maschinen eingeschaltet wurden. Durch breite Rohre rutschten die Blätter, die im obersten Stock auf Trockengestellen ausgebreitet waren, hinunter ins Erdgeschoß. In der Nacht hatten sie einen Teil ihrer Feuchtigkeit verloren und wurden nun in großen, runden Kesseln gerollt.

»Vorsichtig, rollt sie nicht zu lange«, mahnte Cecilia, »sonst wird der Tee zu stark.«

Sie achtete darauf, daß die Blätter weder zerbrachen noch übermäßig erhitzt wurden. Anschließend kam die Fermentation in der feuchten Hitze der Gärkammer, wobei der Tee die Hälfte seines Gerbstoffgehalts verlor. Allmählich wurde das Aroma freigesetzt, ein ganz spezieller Duft, der die junge Frau fast berauschte. In diesem heiklen Stadium nahmen die ursprünglich grünen Blätter ihre typische rotbraune Farbe an.

»Fertig«, befahl sie, wenn sie der Meinung war, daß das Trocknen eingeleitet werden konnte.

Auch hierbei mußte sorgfältig abgewogen werden, da das Aroma zum größten Teil verdunstete, wenn die Blätter zu brüchig wurden. Umgekehrt wurde der einsetzende Fäulnisprozeß nicht gestoppt, wenn man den Trockenvorgang zu früh abbrach.

Wenn Cecilia vor all diesen Entscheidungen stand, spürte sie oft genug, wie ihr der Schweiß ausbrach, bis ihre Bluse klatschnaß am Leib hing. Wer nichts wagt, der nichts gewinnt, versuchte sie sich selbst zu beruhigen. Dann unterdrückte sie ihre Angst und die vielen Bedenken und stürzte sich in das Abenteuer, das sie nach und nach immer besser beherrschte.

Als sie kurz vor Mittag den Raum betrat, in dem mehrere Frauen auf dem Boden hockten und die getrockneten Blätter sortierten, fühlte sie sich wirklich zufrieden. Mit schwindelerregender Geschwindigkeit tauchten die Arbeiterinnen ihre Finger in den Tee, um alle pflanzlichen Rückstände auszusondern, bevor das eigentliche Sortieren begann. Mehrere Minuten lang beobachtete Cecilia, wie die nepalesischen Frauen, in goldenes Licht getaucht, unermüdlich Handgriffe wiederholten, die die Qualität des Endprodukts noch zusätzlich verbesserten, ehe es in Kisten verpackt wurde.

Gott sei Dank kam der Monsunregen spät, was die Arbeit erheblich erleichterte. Als der Himmel schließlich über den Bergen seine Schleusen öffnete, fühlte sich Cecilia auf einmal völlig ausgelaugt, und ihre Stimmung sank auf den Nullpunkt. In ihrem Bungalow kam sie sich immer einsamer vor, bis sie schließlich sogar Marjorie Baxter darum beneidete, Indien bald verlassen zu können.

Cecilia hatte sie zum Bahnhof von Darjeeling begleitet. Um Tränen zu vermeiden, hatten sie den Abschied sehr kurz gemacht. Ehe sie nach Whispering Hills zurückfuhr, kaufte sie noch ein paar britische Zeitschriften, um sich auf andere Gedanken zu bringen. Die Illustrierten waren schon vor über zwei Monaten erschienen und aufgrund der politischen Unruhen extrem langsam befördert worden.

Als sie vor dem Einschlafen darin blätterte, fiel ihr Blick auf einen Artikel, der in schillernden Farben von einem Ball berichtete, auf dem sich die High-Society von London getroffen hatte. Unter den Fotografien von Schauspielern und anderen Berühmtheiten erkannte sie plötzlich Julian Carr, der eine sehr attraktive Frau umschlungen hielt. Wie hypnotisiert starrte Cecilia auf das Bild. Plötzlich wurde ihr sehr heiß, und das Herz klopfte ihr bis zum Hals. Sie hatte sich nie Illusionen über Julians Verhalten gemacht, aber als sie plötzlich schwarz auf weiß vor Augen hatte, wie er sich mit einer anderen amüsierte, hatte sie plötzlich doch einen Kloß im Hals. Einerseits hatte er ihr nichts versprochen und war ihr auch nichts schuldig, aber andererseits hatte sie sich doch eine ganz andere Vorstellung von ihrer Beziehung gemacht und wußte nun nicht mehr, was sie davon halten sollte. Was erwartete sie eigentlich von diesem Mann? Daß er sie lieben und das auch beweisen sollte? In Kalkutta hatte er ihr durch seine Worte und seine Zärtlichkeiten Hoffnung gemacht. Eine alberne Hoffnung, die offenbar nur auf ihrer eigenen Naivität beruhte!

Erst war sie traurig, dann wurde sie wütend und zerriß in tausend Fetzen, was ihr nun sicher den Schlaf rauben würde. Tatsächlich grübelte sie noch viele Stunden lang über Vergangenheit, Gegenwart und Zukunft. Was hätte sie alles darum gegeben, sich nicht so elend fühlen zu müssen. Ihre Jugend entglitt ihr allmählich, und sie hatte sich entschieden, hierzubleiben, um eine einsame Plantage zu retten! Alle Menschen, die ihr nahestanden, verließen sie, freiwillig oder notgedrungen: ihre Eltern, ihre Angehörigen, die Baxters und bald auch Angela.

Der Wunsch, ihren Vertrag doch noch zu kündigen, beschäftigte sie bis zum frühen Morgen. Draußen regnete es in Strömen, so daß sie trotz aller Vorkehrungen völlig durchnäßt in der Fabrik ankam. Dort erhielt sie um die Mittagszeit Besuch von Angela.

»Gestern mittag war ich bei Peter. Die Ärzte haben versprochen, ihn Ende der Woche zu entlassen!«

»Das ist ja eine gute Nachricht! Da wird er sich sicher freuen«, rief Cecilia.

»Leider macht er sich vor allem Sorgen.«

»Wovor hat er Angst? Daß er nicht mehr so leistungsfähig ist?«

»Ja, ich glaube.«

»Bis September ist die Arbeit doch nicht so hart.«

»Das weiß er, Cecilia, aber er zweifelt an sich selbst. Er glaubt, er sei am Ende . . . zu nichts mehr zu gebrauchen.«

»Warte, bis er wieder in seiner gewohnten Umgebung ist, dann löst sich die ganze Niedergeschlagenheit in Luft auf! Aber was hast du jetzt vor?«

»Ich kann mich einfach nicht entscheiden«, antwortete Angela und wich dabei dem Blick ihrer Freundin aus. »Julian Carrs Cousine hat mir eine offizielle Einladung geschickt. Wenn ich mich in der Schauspielschule einschreiben will, muß ich spätestens Mitte September in London sein.«

»Und deine Eltern? Was sagen die dazu?«

»Die sind einverstanden.«

»Ich kann mir denken, daß du dich jetzt fragst, ob du immer noch Lust hast, uns zu verlassen, oder vielmehr . . . Peter zu verlassen.«

Statt einer Antwort nickte Angela nur.

»Triff keine voreilige Entscheidung«, riet Cecilia ihr, »und denke um Gottes willen vor allem daran, was gut für dich selbst ist. Das ist kein Egoismus! Im Gegenteil, wenn du zuviel Rücksicht nimmst, wirst du deiner Umgebung eines Tages sicher Vorwürfe machen.«

31

Cecilia sollte recht behalten! Peter brauchte nicht einmal zwei Wochen, um seinen Elan wiederzufinden.

Bei seiner Ankunft erwarteten ihn alle Arbeiter und Tagelöhner im Hof. Maya Devi trat errötend vor und überreichte ihm ein Bild, das die Schulkinder für ihn gemalt hatten.

In seinem Bungalow brannte ein Feuer im Kamin, die Möbel dufteten nach Politur, und auf dem Schreibtisch prangte ein Feldblumenstrauß, den Angela zusammengestellt hatte.

»Es tut gut, wieder hier zu sein«, gestand er ihr und zog sie fest an sich.

Mit geschlossenen Augen atmete er den Wohlgeruch ihrer Haut, bis er ihre Lippen fand. Endlich waren sie allein und konnten ihrem Verlangen nachkommen, das sie in letzter Zeit ständig hatten unterdrücken müssen, aus Angst, eine Krankenschwester oder ein Arzt könne plötzlich hereinplatzen. Er drängte Angela an die Wand und suchte die Knöpfe ihrer Bluse, dann die ihrer *Jodhpurs*. Bald war sie völlig nackt, preßte ihre Scham gegen ihn, bot sich ihm dar, offen, hatte es eilig, ihn in sich zu spüren, wollte sein Stöhnen hören, seine keuchende Stimme, die sich in ihrem Sinnestaumel verlor.

»Noch nicht«, flehte sie ihn an, da sie wußte, daß auch er gern den Höhepunkt hinauszögerte.

Sie spürte seine Hände an ihren Hüften, während er sie nahm, an Ort und Stelle, im Stehen, fordernd und energisch. Eine Woge riß sie beide mit sich fort, während sie völlig miteinander verschmolzen. Nur sie beide zählten, umschlungen, umklammert, vereint in ihrer gegenseitigen Begierde. Eine Gier, die selbst durch die Entfesselung einer Wonne, die sie immer weiter hinausdehnten, nie ganz befriedigt werden konnte.

Durch diese Vereinigung entdeckte Peter das Leben wieder. Es war vor allem die Zärtlichkeit, die sie sich schenkten, dank derer er wieder Vertrauen zu sich selbst und zu seinen Fähigkeiten faßte.

Er wartete mehrere Tage, bevor er nach Rainbow Gardens hinüberfuhr, wo man gerade das Erdreich für eine neue Fabrik ausschachtete. Dort vermischten sich glückliche Erinnerungen mit den schrecklichen an seinen letzten Besuch. Um ein Haar wäre auch er als Rauchfahne in den Himmel über dem Himalaja aufgestiegen! Dieser Gedanke bestärkte ihn darin, den Aufschub, den ihm das Schicksal gewährt hatte, zu nutzen und noch zielstrebiger zu handeln.

Diese Läuterung wäre nicht vollständig gewesen ohne ein Gespräch mit Lalita. Er ließ sie rufen, um ihr für ihre Hilfe zu danken.

»Man hat mir erzählt, daß ich dir viel zu verdanken habe.«

»Ich habe nur meine Pflicht getan«, erwiderte sie und hielt dem Blick ihres ehemaligen Geliebten stand.

Sie schwiegen beide, weil sie wußten, daß alles, was zwischen ihnen gewesen war, trotz ihrer Zugehörigkeit zu so grundverschiedenen Kulturkreisen und trotz ihrer Trennung nie einen bitteren Beigeschmack annehmen würde.

Auf der Rückfahrt nutzte er eine kurze Regenpause, um an der Grenze zwischen beiden Plantagen ein bißchen zu gehen. Nach der langen und unfreiwilligen Untätigkeit brauchte sein Körper Bewegung, und auf einmal fühlte er sich stark genug, um Berge zu versetzen.

Whispering Hills bot ihm da ein ideales Betätigungsfeld! Mit frischer Energie machte er sich daran, die Teesträucher beschneiden zu lassen und die Arbeitsbedingungen der Pflückerinnen zu verbessern, um die Erträge zu steigern. Die Abende verbrachte er mit Cecilia und manchmal mit Angela.

Diesmal blieb sie fast bis Mitternacht bei ihm. Als er besorgt zu bedenken gab, die Leute könnten wegen ihrer Unvorsichtigkeit tratschen, antwortete sie zu seinem Erstaunen: »Ist doch egal!«

»Aber Angela, irgendwann werden deine Eltern eine Erklärung von dir verlangen.«

»Dann erzähle ich ihnen eben alles!«

»Alles?«

»Nein, natürlich nicht. Aber vielleicht könnte ich ihnen erklären, daß wir zusammenleben möchten. Obwohl du nie um meine Hand angehalten hast.«

»Das habe ich nicht, weil ich weiß, daß du unabhängig bleiben möchtest«, verteidigte er sich sofort.

»Und wenn ich meine Meinung ändere?«

Verblüfft über dieses Geständnis kam er näher.

»Spiel nicht mit mir!«

»Ich spiele nicht.«

»Aber dann . . .«

»Mir ist klargeworden, daß ich dich nicht verlassen möchte. Bei der Arbeit für die Plantage habe ich auch festgestellt, daß mir dieses Leben gefällt und daß wir hier gemeinsam glücklich werden können.«

Sie merkte, wie bewegt er war, als er sie an sich zog, um ihr sanft über das lange Haar zu streichen.

»Angela, Liebling«, flüsterte er, »ich glaube dir ja, daß du es ehrlich meinst, aber ich muß dich davor bewahren, einen schwerwiegenden Fehler zu machen.«

»Ich mache keinen Fehler.«

»Wenn wir tun würden, was du sagst und was ich mir am meisten wünsche«, flüsterte er ihr ins Ohr, »wären wir in einem Monat verheiratet, und ich wäre der glücklichste Mann der Welt. Trotzdem wäre das ein Riesenirrtum.«

»Warum?«

»Weil du dann deinen Traum aufgeben müßtest, nur um meinen zu leben. Unterbrich mich nicht«, sagte er bestimmt, als sie widersprechen wollte. »Im Moment bist du dir sicher, weil dir die Arbeit, die du während der Ernte geleistet hast, Spaß gemacht hat, aber mit den Monaten und Jahren wird sich irgendwann die Routine einstellen. Und dann wirst du es bereuen, deine Talente nicht ausgenutzt zu haben. Du wirst dir und mir Vorwürfe machen und nur noch den einen Wunsch haben, aus diesen Bergen herauszukommen, um die Welt zu erobern.«

»Aber die Welt kann mich auch enttäuschen!«

»Ja, natürlich! Aber dann hast du es wenigstens versucht. Ich glaube nicht, daß du über deine Situation richtig nachgedacht hast. Im Krankenhaus sagte ich mir jeden Tag, daß wir, falls ich je wieder gesund würde, dieses Gespräch früher oder später führen müßten, und ich habe mir fest vorgenommen, genug Mut und Kraft aufzubringen, um dich fortzuschicken.«

»Selbst wenn du mich dadurch verlieren solltest?«

»Dieses Risiko besteht immer, ob ich dir nun deine Freiheit lasse oder dich hier behalte.«

»Und was soll dabei aus dir werden, Peter?«

»Aller Voraussicht nach erfülle ich meinen Vertrag bis zum Schluß. Anschließend . . . wird Gott entscheiden. Vielleicht gehört Indien uns dann gar nicht mehr! Wer kann schon in die Zukunft sehen?«

»Selbst wenn du nicht in die Zukunft sehen kannst, kannst du dir vielleicht vorstellen, was mich erwartet?«

»Darüber haben wir uns oft genug unterhalten. Du wirst Karriere machen!«

Angela hatte auf einmal das seltsame Gefühl, all das mitanzusehen, als sei sie selbst nicht davon betroffen. Ihr Leben stand hier auf dem Spiel! Bald würde sie auf einem anderen Kontinent leben, in einem anderen Land, einer anderen Umgebung. Logischerweise mußte ihre Liebesbeziehung darunter leiden.

Es hätte sich um einen Traum handeln können, wenn Peter ihr nicht so real erschienen wäre, als er vom Sofa aufstand, auf dem sie gesessen hatten. Sie sah, wie er zum Schreibtisch ging, um eine Schublade zu öffnen und eine kleine Schachtel herauszunehmen. In ihr befand sich ein tibetischer, mit Türkisen besetzter Ring.

»Den habe ich am Tag vor dem Brand gekauft. Leider hatte ich noch keine Gelegenheit, ihn dir zu schenken.«

Noch ehe sie sich von ihrer Überraschung erholen konnte, steckte er ihr das Schmuckstück an den Finger.

»Er wird dir Glück bringen, und vielleicht hilft er dir dabei, nie zu vergessen, daß wir durch eine wahre Liebe verbunden gewesen sind, eine Liebe, die nicht auf Zwang und Aufopferung beruht hat.«

»Warum sprichst du in der Vergangenheit?« fragte sie, ohne ihre Erregung verbergen zu können.

»Um das Schicksal nicht herauszufordern!«

Während sie ihren wunderschönen Ring betrachtete und hin und her drehte, wußte sie, daß nichts und niemand ihnen das, was sie sich geschenkt hatten, wieder nehmen konnte, ganz gleich, was ihnen das Leben sonst noch bringen sollte. Das war eine schöne Geschichte, meine allerschönste Geschichte, würde sie später zugeben, wenn sie erst einmal eine alte Dame wäre. Dann würde sie sich an jedes winzige Detail erinnern, all die Dinge, die ihr jetzt im Moment die Tränen in die Augen trieben. Peter und Angela, zwei Namen, die einmal zur Legende von Darjeeling gehören würden!

In den darauffolgenden Wochen ging alles sehr schnell. Sobald sie ihren Eltern mitgeteilt hatte, wofür sie sich endgültig entschieden hatte, wurden die nötigen Formalitäten in die Wege geleitet. Da Edward Forrester wegen der jüngsten politischen Entwicklung beunruhigt war, beschloß er, seine Frau, die Angela beim Neuanfang in England helfen wollte, und seine Tochter wenigstens bis Bombay zu begleiten, wo die beiden sich auf einem Ozeandampfer der »P&O« einschiffen wollten.

Mit derselben Gesellschaft war Julian Carr nach Indien zurückgekehrt. Er war am 5. Juli in Bombay von Bord gegangen, am selben Tag, an dem das ganze Land Gandhi feierte und seine Freilassung verlangte. In der Stadt herrschte ein solcher Tumult, daß Julian sehr besorgt war, als sich sein Fahrer nur mit Mühe einen Weg durch die Demonstrationszüge bahnen konnte. Im Vorbeifahren bemerkte er eine Frau im Sari auf einer Tribüne. Durch ein Megaphon forderte sie ihre Landsleute auf, den Briten den Weg zu versperren, während etwas weiter entfernt Polizisten versuchten, einige renitente Demonstranten im Zaum zu halten.

Alle Ausländer hatten sich im Taj Hotel verschanzt. Als Julian diese Bastion des britischen Empire betrat, spürte er, daß die Atmosphäre trotz des äußeren Scheins nicht mehr dieselbe war.

Tatsächlich hatte man in der Finanz- und Geschäftswelt

endlich den Ernst der Lage begriffen. Auch die Ansprache von Vizeköng Lord Irwin am 9. Juli vor der gesetzgebenden Versammlung Indiens konnte die Gemüter nicht beruhigen.

Schon lange vor Beginn der Feindseligkeiten hatte Julian, der sich nie Illusionen über die Beziehung zwischen den Indern und ihren Kolonialherren gemacht hatte, die Hälfte aller Textilfabriken der Firma Carr verkauft. Jetzt mußte er sich noch um die übrigen sowie um den Abtransport von Indigo und Tee kümmern.

Weil ihn die Post an seinen verschiedenen Zwischenstationen nie erreicht hatte, erfuhr er erst in Bombay von Samuel Baxters Tod und Peters langsamer Genesung. Auf seine Anfrage hin wurden ihm sofort die näheren Einzelheiten berichtet. Außerdem teilte man ihm mit, welche Rolle Cecilia gespielt hatte. Offenbar war sie sehr erfolgreich gewesen, da sich die erste Ernte gut verkauft hatte.

»Es gibt nur wenige Menschen, die mich nie enttäuscht oder verraten haben«, gestand er Parvati, »und zu denen gehört Cecilia.«

Am Nachmittag hatte er sein Gepäck in Tula abgestellt. Der Regen, der nach nassen Blüten duftende Garten, Scamps Kläffen, Parvati, die auf der Freitreppe stand ... Alles erinnerte ihn an eine Szene, die sich ein Jahr zuvor zugetragen hatte. Es fehlte nur eine Person, um sein Glück vollkommen zu machen.

Nachdem er sich umgezogen hatte, konnte er dem Verlangen, das Zimmer zu betreten, in dem Cecilia gewohnt hatte, nicht widerstehen. Die Erinnerungen stürmten auf ihn ein, und er hatte es auf einmal noch eiliger, sie wiederzusehen.

»Ich habe ihr kaum geschrieben«, gestand er Parvati. »Nur ein einziges Mal, um genau zu sein. Aber das habe ich absichtlich getan. Ich wollte erst herausfinden, woran ich bin. Warum sagen Sie denn nichts?«

»Ich höre Ihnen zu«, antwortete die Inderin lächelnd.

»Möchten Sie mir nicht Ihre Gedanken verraten?«

»In diesem Fall sind nicht meine Gedanken wichtig, sondern Ihre.«

Wie früher plauderten sie noch eine Weile bei einer Tasse Tee im Salon. Julian mochte die bequemen, goldverbrämten Kissen, das Rascheln der Seide und das Plätschern des Brunnens. Parvati trug einen rosaroten Sari mit violettem Saum und diamantenbesetzte Ohrringe. An ihren Fingern schimmerten die schweren Ringe, von denen sie sich nie trennte. Zart und elegant war sie geradezu der Inbegriff von Weiblichkeit. Neben ihrer untrüglichen Intuition besaß sie so viel Anmut und Bildung, daß sie selbst den größten Frauenfeind in seinen Ansichten erschüttert hätte.

»Meine?« wiederholte Julian nachdenklich. ». . . Nun . . . Ich sehe endlich, was ich nie wahrhaben wollte. Die Reisen, das ständige Unterwegssein, war nur eine Flucht vor mir selbst und vor meinen Mitmenschen. Durch Sie, hier, in diesem Haus, habe ich gelernt, still sitzen zu bleiben, über die Vergangenheit nachzudenken und zu verstehen, daß ich nicht ständig von ihr zehren darf, sondern sie als Schlüssel zu meiner Weiterentwicklung benutzen muß. Ehe wir uns kennenlernten, war ich überzeugt, als einziger Mensch auf der Welt zu wissen, was es heißt, zu leiden. Die Art, wie Sie mit Onkel Howards Tod fertiggeworden sind, hat auch meine Einstellung geändert. Daisy hat mich verlassen, aber ich klammere mich jetzt nicht mehr an das, was mir genommen wurde, oder an all das, was hätte sein können. Ohne das Andenken meiner Frau zu verraten, bin ich jetzt bereit, neue Risiken einzugehen. Vielleicht habe ich viel Zeit verloren, aber . . .«

»Zeit ist nie verloren«, unterbrach ihn Parvati. »Es zählt nur der Moment, in dem man endlich bereit ist! Das waren Sie bis jetzt nicht, und es wäre ein gräßlicher Irrtum gewesen, die Dinge zu überstürzen. Auf Treibsand kann man nicht bauen.«

»Ich habe den Eindruck, Sie sehen immer die positive Seite. Oder irre ich mich?«

»Nein, da irren Sie sich nicht. Ich habe Kummer und Trauer kennengelernt, weil vieles, was man tut, einen hohen Tribut verlangt. Dennoch war ich mir meiner Entscheidungen immer sicher. Um genauer zu sein: Ich mußte sie nie bereuen.«

»Haben Sie keine Angst vor der Zukunft?«

»Seit Ihr Onkel uns verlassen hat, denke ich nicht mehr daran. In Indien wird es große Veränderungen geben.«

»Eben! Wie wollen Sie sich dann verhalten?«

»Meine Situation ist nicht einfach. Ich bin Inderin und habe mein Volk nie verleugnet, obwohl man bei meiner Vergangenheit das Gegenteil denken könnte. Trotz meiner persönlichen Lage wünsche ich, daß meine Landsleute unabhängig werden. Verzeihen Sie mir meine Offenheit, Julian, und denken Sie vor allem nicht, ich sei undankbar. Sie wissen doch, daß es zwischen Ihnen und mir ... keine Grenzen gibt und auch nie geben wird.«

»Was werden Sie tun, wenn ich Ihr Land verlasse?«

»Ich werde mich von allen Erinnerungen, allen Bequemlichkeiten befreien und nach Benares ziehen.«

Als Parvati diese Worte sprach, konnte Julian an ihren funkelnden Augen erkennen, daß sie frei war von weltlichen Sorgen. Würde auch er eines Tages diese Bewußtseinsebene erreichen? Er dankte nur dem Schicksal dafür, ihm diese Frau geschickt zu haben, weil sie ihm geholfen hatte, sich von seinen Schuldgefühlen zu befreien.

»Glauben Sie nicht, Sie seien der einzige, dem unsere Begegnung gutgetan hat«, antwortete sie, nachdem er ihr seine Überlegungen anvertraut hatte. »Zu einem harmonischen Austausch gehören immer zwei, und Sie haben mir viel gegeben, Julian.«

Insbesondere die Freude, einen neuen Ausdruck auf Ihrem Gesicht zu sehen, hätte sie dem Mann, dessen tiefe innere Wunden sie gleich beim ersten Gespräch erkannt hatte, am liebsten noch anvertraut. Heute schien er endgültig sein seelisches Gleichgewicht wiedererlangt zu haben. Er wußte nun, was er wollte und was zu seiner Entfaltung nötig war.

»Ohne es zu wollen, bin ich schon sehr jung ins Geschäftsleben gedrängt worden«, begann er. »Anfangs war ich darüber sehr glücklich, ich konnte um die ganze Welt reisen und fabelhafte Verträge aushandeln. Aber jetzt erkenne ich die Grenzen dieses Lebens, bei dem man ständig auf dem Sprung ist. In den letzten Monaten mußte ich ununterbrochen kämpfen, um das Vermögen, das ich von meiner Familie geerbt habe, zu retten. Ich habe es zwar einigermaßen geschafft, aber bald werde ich siebenunddreißig und möchte mein Gepäck gern einmal an einem Ort abstellen, den ich mir selbst ausgesucht habe.«

»Haben Sie diesen Ort denn schon gefunden?«

»Ich habe ein paar Weinberge in der Provence gekauft, ganz in der Nähe von Marseille, der Heimat meiner Großeltern mütterlicherseits. Sie erstrecken sich, so weit das Auge reicht, um ein großes Landhaus herum. Und in der Ferne kann man das Meer sehen. Es ist ganz anders als Tula. Und doch fühle ich mich dort genauso wohl.«

In den Tagen, in denen Julian geschäftlich in Kalkutta festgehalten wurde, ging ihm dieses provenzalische Landgut, wo er nach seinen ganz eigenen Vorstellungen leben wollte, nicht aus dem Kopf. Dank seiner harten Arbeit brauchte sich die Firma Carr die nächsten zehn Jahre keine Sorgen zu machen. Er wollte zwar weiterhin alle Fäden in der Hand halten, sich aber außerdem auch Zeit für andere Interessen nehmen: die Astronomie, Bücher, das Studium alter Schriften und . . . den Weinanbau.

Ein sintflutartiger Regen ging über der Stadt nieder, so daß den Leuten das Wasser bis zu den Knien stand. Beim Anblick dieser völlig durchnäßten Menschenmassen, die durch den Schlamm wateten, um ihr Auskommen zu finden, dieser wie Lasttiere bepackten Männer, dieser hilflosen Frauen, die versuchten, ihre Kinder unter durchlöcherten Planen zu schützen, erkannte Julian wieder einmal die Absurdität und Ungerechtigkeit einer Welt, über die er sich nie Illusionen gemacht hatte.

Er wußte, daß es nur ein Tropfen auf den heißen Stein war, wenn er den Kulis, die seine Schiffe beluden, Arbeit verschaffte, wenn er den Angestellten auf seinen Tee- und Indigoplantagen Beschäftigung bot. Ein Tropfen verglichen mit dem Ozean von Elend ringsum. Und wenn man ihn demnächst aus Indien – dem Land, zu dem er immer ein sehr zwiespältiges Verhältnis gehabt hatte – vertreiben sollte, würde auch all das zerstört werden, was er hier versucht hatte aufzubauen.

Sehnsucht überkam ihn, während er durch das Fenster seines Büros das Gewimmel auf den Docks beobachtete. Für ein paar Anna verstauten die Dockarbeiter dort Kisten und Ballen, die nach Europa gehen sollten, in den Laderäumen der Schiffe. Er dachte an die Abenteurer, die in Jahrhunderten die Grundlage für einen blühenden Handel geschaffen hatten. Er dachte an seinen Großvater, seinen Vater und seinen Onkel, die vor nichts zurückgeschreckt waren, nicht einmal vor dem Gedanken, Teesträucher in so unwirtlichen Landstrichen wie Assam oder dem Himalaja anzupflanzen. Er sah Rainbow Gardens vor sich, ein sehr anfälliges Werk, weil es durch ungünstiges Klima, eine Naturkatastrophe oder eine Krankheit an den Teesträuchern im Handumdrehen wieder zunichte gemacht werden konnte. Aus seiner Erinnerung stiegen Namen und Gesichter auf, und er dachte an die Mühen all derer, die dort seit Generationen Tag für Tag gepflanzt, beschnitten, gepflückt und weiterverarbeitet hatten.

Er wußte, daß diese Welt dabei war, sich zu wandeln. Und er wußte, daß er diesem lichterfüllten Land voller Gegensätze viel zu verdanken hatte. Das unerbittliche Gesetz der Natur hatte ihn gelehrt, bescheiden zu sein und sich selbst zu akzeptieren. Es hatte ihm auch beigebracht, das wirklich Wichtige zu erkennen. Trotzdem hatte Indien ihn nicht von der Vorstellung einer göttlichen Energie überzeugen können. Dabei hatte er nirgendwo sonst eine derartige Götterverehrung erlebt. Die Inder strömten in Scharen in die Tempel, schlugen vor der Puja die Trommel, hielten unzählige Prozessionen ab und ließen nach ihrem Tod ihre eigene Asche ins Wasser des Ganges schütten, in dem sich die Flammen der Scheiterhaufen spiegelten. Er seufzte und kehrte an den Schreibtisch zurück, wo ein Stapel Akten auf ihn wartete. Wer weiß . . . Die Erfahrung hatte ihm gezeigt, daß alles immer in Bewegung blieb. Ehe seine letzte Stunde gekommen war, konnte ja noch ein Wunder geschehen und ihn zum Glauben bekehren.

32

Julian erreichte Darjeeling erst in der Dämmerung. Da die Reise sehr anstrengend gewesen war, beschloß er, nicht noch am selben Abend nach Rainbow Gardens weiterzufahren.

Der Portier im Hotel Magnolia erschrak, als er ihn sah, weil er diesmal nicht reserviert hatte.

»Es tut mir leid, Sir, aber das Zimmer, das Sie sonst immer bewohnen, ist leider vergeben.«

»Nicht weiter wichtig! Es ist ja nur für eine Nacht. Ist Mrs. Forrester da? Ich würde sie gern begrüßen.«

»Sie zieht sich gerade um, Sir, für den Abschiedsabend von Miss Forrester.«

»Ja, ich habe schon gehört, daß die Miss nach England fahren will.«

»Ja. Morgen.«

Eine Stunde später klopfte es zweimal an der Tür, so daß Julian, der nach der Reise vom Schlaf übermannt worden war, wieder erwachte.

»Julian«, rief Angela. »Das ist ja eine nette Überraschung! Ich habe gar nicht zu hoffen gewagt, daß Sie heute abend auch kommen.«

Trotz seiner Müdigkeit betrachtete er mit großem Vergnügen Angela in ihrem eisblauen Kleid. An ihrem Hals glänzten mehrere Reihen bunter Glasperlen, und das dichte, kastanienbraune Haar wurde von einem Band gehalten.

»Ihre Verehrer sind sicher untröstlich, daß Sie Darjeeling verlassen«, bemerkte er lächelnd.

Sie ging einfach über diese Bemerkung hinweg und fragte ihn, ob er sie in einer knappen halben Stunde hinunterbegleiten wolle.

»Ich würde den Saal so gern an Ihrem Arm betreten.«

»Meine liebe Angela, eigentlich habe ich mich ja nur danach gesehnt, früh schlafen zu gehen, aber da ich Ihnen nichts abschlagen kann, schon gar nicht heute, will ich gern Ihr Kavalier sein.«

Metallene Rundbögen mit unzähligen kleinen Kerzen bildeten über der Allee, die zum Gymkhana Club führte, eine Art Spalier. Alle Fenster des Clubgebäudes waren beleuchtet. Mit einem freudigen Schauer, aber auch leichtem Unbehagen stieg Angela die Stufen der Freitreppe hinauf, wo ihre Eltern die Gäste begrüßten. Auf der nackten Haut spürte sie Julians Hand, die sie diskret, aber bestimmt der Menschenmenge entgegenlenkte. Sie hatte sich gewünscht, ihr Leben in Darjeeling auf glanzvolle Art und Weise zu beschließen. Wollte sie sich schon jetzt ihre eigene Legende schaffen? Das Orchester spielte ein bekanntes Liebeslied, als sie den Saal betraten, in dem sich Offiziere, Pflanzer und alle Verwaltungsbeamten der Stadt drängten. War Peter schon da? Sie brauchte eine Weile, bis sie ihn entdeckte. Er stand neben dem Kamin und versuchte, ihren Blick einzufangen. Sie machte sich von Julian los und ging zu ihm.

»Du bist schön«, flüsterte er.

»Du auch. Du siehst sehr gut aus«, antwortete sie und fuhr dabei leicht über das Revers seines Fracks.

Julian versuchte unterdessen, Cecilia zu finden. Beim Gedanken daran, sie könne sich – wie damals – im Zimmer nebenan befinden, spürte er einen Kloß im Hals. Aber sie zeigte sich nicht. Angela hatte ihm immerhin versichert, daß Cecilia auf jeden Fall kommen wollte, sonst hätte er sich langsam Sorgen gemacht.

An der Bar entdeckte er Peter, dessen Liebste gezwungen gewesen war, ihn allein zu lassen.

Die beiden Männer begrüßten sich herzlich und setzten sich dann an einen Tisch etwas abseits vom Stimmengewirr, wo sie sich in Ruhe über den schweren Schicksalsschlag, der Rainbow Gardens getroffen hatte, unterhalten konnten.

»Morgen kann ich Ihnen Näheres erzählen«, erklärte Julian, »aber vorab nur soviel: In Kalkutta habe ich zwei Bewerber in die engere Auswahl gezogen. Einmal einen Verwalter, der den armen Baxter ersetzen soll, und außerdem noch einen Assistenten. Der erste arbeitet zur Zeit auf Ceylon, aber seine Frau möchte gern nach Indien überwechseln, weil ihr Bruder als Offizier in Delhi stationiert ist. Und der andere erträgt das Klima in Assam nicht.«

»Wann treffen die beiden ein?«

»Keine Sorge! Sie werden da sein, ehe die dritte Ernte beginnt.«

Peter fühlte sich erleichtert, weil ihm die Arbeit auf den beiden Plantagen langsam über den Kopf wuchs, aber diese Freude hielt nicht lange an. Genau wie sein Gesprächspartner war auch er mit den Gedanken woanders.

In wenigen Stunden würde er lernen müssen, fern von Angela zu leben, nicht mehr ihre Stimme zu hören und sich nicht mehr an ihrem Lächeln wärmen zu können. Einmütig hatten sie beschlossen, schon hier voneinander Abschied zu nehmen, sobald das Fest zu Ende war. Schließlich hatten sie sich schon heute mittag alles gesagt, als sie aneinander geschmiegt gegen ihre Niedergeschlagenheit ankämpfen mußten.

Das Essen wurde angekündigt, und die beiden Männer folgten dem allgemeinen Aufbruch in den Speisesaal, wo auf jedem Tisch Rosengirlanden Angelas Vornamen bildeten.

Das Mädchen hatte zwar Freunde ihres Vaters als direkte Tischnachbarn, aber sie hatte dafür gesorgt, daß ihr Geliebter ganz in ihrer Nähe, neben Cecilia, plaziert wurde. Dies gab erneut Anlaß zu einigem Tratsch, weil die britische Kolonie nach wie vor davon überzeugt war, daß Miss Darrow eine Liaison mit dem gutaussehenden Verwalter unterhielt.

»Cecilia ist ja gar nicht da«, wunderte sich Angela, als sie sah, daß der Platz ihrer Freundin leer geblieben war.

Auch Julian rätselte herum, bis er halb verrückt war vor Unruhe, aber endlich erschien seine Geliebte in dem Moment, in dem man die Hummersuppe auftrug.

»Es tut mir furchtbar leid«, entschuldigte sie sich bei Mabel Forrester. »Der Wagen hatte eine Panne, und der Chauffeur mußte erst irgendeine hochkomplizierte Reparatur durchführen.«

Erst nachdem sie mehrere Freunde begrüßt hatte, erblickte sie Julian. Einen Moment lang glaubte sie, an einer Halluzination zu leiden. Dann beschleunigte sich ihr Puls, und sie spürte, wie ihr die Röte ins Gesicht stieg. Was machte er hier, und warum hatte er ihr nicht Bescheid gesagt, daß er kommen wollte? Hin- und hergerissen zwischen Aufregung, Freude und Zorn, schlug sie die Augen nieder, als er sie anschaute. Aber schon war er bei ihr.

»Cecilia«, sagte er, »ich konnte nicht länger warten.«

»Ach ja?« erwiderte sie eisig und wandte ihm den Rükken zu.

Verwirrt über diesen kühlen Empfang, ging er an seinen Platz zurück. Was hatte sich in seiner Abwesenheit ereignet, das eine solche Feindseligkeit hätte erklären können? Warf sie ihm vor, daß er sich kaum gemeldet hatte? War sie böse auf ihn, weil er der Plantage in den letzten beiden Monaten nicht zu Hilfe geeilt war? Während des ganzen Essens ignorierte sie ihn. Dafür amüsierte sie sich anscheinend glänzend mit Peter und ihrem anderen Tischnachbarn, einem Mann um die dreißig, gutaussehend und muskulös, der offenbar für den Indian Civil Service arbeitete. Eine Woge der Eifersucht überkam Julian. Also hatte sie ihn nach kaum einem Jahr schon vergessen!

Das Verlangen, seinem Rivalen die Faust ins dümmlich lächelnde Gesicht zu schlagen, wurde noch stärker, als der Ball begann, denn natürlich forderte dieser Schnösel Cecilia zum Tanz auf. Während Julian mit Edward Forrester plauderte, beobachtete er die beiden. Im Licht der Kronleuchter wirbelte sie herum, leicht und strahlend, das blonde Haar etwas derangiert. In ihren Augen funkelte es herausfordernd. Als er sie so sah, zugleich nah und doch so fern, wußte er, daß er bereit war, sein Innerstes zu offenbaren, nur um sie nicht verlieren zu müssen. Schließlich ertrug er dieses Spielchen nicht länger. Als das Orchester eine Pause machte, nutzte er diese, um das Paar abzufangen.

»Cecilia! Ich muß mit Ihnen sprechen!«

»Kann das nicht warten?« sträubte sie sich, als er ihr Handgelenk packte.

»Nein. Es ist sehr dringend.«

»Lassen Sie nur«, sagte sie zu ihrem Kavalier, der sich einmischen wollte.

Sie bahnten sich einen Weg zwischen den Tanzpaaren hindurch, die, von den ersten Takten eines Tangos gepackt, wieder auf die Tanzfläche strömten. Julian zerrte die junge

Frau zum großen Salon, den sie durchquerten. Schließlich öffnete er eine Tür und löschte, ehe sie noch reagieren konnte, in diesem ansonsten leeren Raum das Licht.

»Was soll das? Willst du mich eifersüchtig machen?« fragte er und zog Cecilia an sich.

Sie hätte sich ja gern gewehrt, aber die Anziehungskraft, die sie aufeinander ausübten, war so übermächtig, daß sie der Umarmung dieses Mannes, der vor zwei Jahren hier im selben Raum in ihr Leben getreten war, nicht widerstehen konnte.

»Antworte!« Julian ließ nicht locker.

»Was fällt Ihnen eigentlich ein, mein Benehmen zu tadeln? Was haben Sie denn so alles in Europa getrieben, während ich hier Ihren Tee gerettet habe?«

»Ich habe gearbeitet.«

»Ach ja. Beim Tanzen?«

»Wovon redest du überhaupt?«

»Von all den Fotos, die Sie auf den Klatschseiten der Zeitschriften zeigen. In netter Begleitung!«

Sie geriet fast außer sich, als er in schallendes Gelächter ausbrach.

»Jetzt sag bloß nicht, du hast das ernst genommen?«

»Natürlich hat mir das etwas ausgemacht«, rief sie.

»Hör auf«, flüsterte er, den Mund an ihrer Schläfe, »und hör mir lieber zu. Während ich so weit weg war, habe ich Ordnung in meine Gedanken gebracht. Ich möchte, daß wir das neue Leben, das ich anfangen will, miteinander teilen. Ich liebe dich, Cecilia, ich liebe dich ohne Einschränkung und ohne Sorge. Aber du . . . Willst du mich?«

»Wie kannst du so etwas Dummes überhaupt fragen? Und was soll ich dir darauf antworten? Daß ich unaufhörlich an dich gedacht habe?«

»Und mich sicher verflucht hast.«

»Das stimmt. Es war alles so schwierig in den letzten Wochen.«

»Ich weiß«, unterbrach er sie und drückte sie enger an sich.

Sie sagten nichts. Keiner von ihnen wollte das Schweigen brechen. Durch das Fenster fiel blasses Mondlicht.

»Ich liebe dich, Julian.«

Als Cecilia diese Worte aussprach, löste sich ihre Schüchternheit, die zugleich auch der Grund für die Zurückhaltung ihres Geliebten gewesen war. In der Ferne drehte sich die Welt weiter, und gedämpft drangen Stimmengewirr und Lachen bis zu ihnen. Man öffnete Champagnerflaschen, und das Blasorchester spielte Schlager, die man von den Grammophonplatten kannte.

»Aber was soll aus uns werden?«

»Zunächst einmal bleibe ich in Darjeeling, bis der neue Verwalter eintrifft, der Rainbow Gardens leiten soll. Anschließend nehme ich dich mit nach Kashmir in einen wohlverdienten Urlaub. Wir werden in Srinagar auf einem Boot wohnen.«

»In Srinagar«, wiederholte Cecilia, »dort wollte ich immer schon einmal hin.«

»Und dann ... Ich habe große Pläne. Insbesondere möchte ich, daß du von Tee auf Wein umsattelst. Aber das besprechen wir später.«

Als sie zu den anderen Gästen zurückkehrten, sahen sie das Fest in einem anderen Licht. Ganz im Gegensatz zu Peter, der seine Niedergeschlagenheit nur schwer verbergen konnte. Am liebsten wäre er überhaupt nicht gekommen, aber Angela hatte darauf bestanden! Er stand in einer Fensternische und wollte jetzt eigentlich nur allein sein, weil das, was er durchmachte, schlimmer war als eine Operation ohne Betäubung. Ab und zu begegnete er dem Blick seiner Geliebten, doch jedesmal entführte man sie ihm gleich wieder, um ihr Komplimente zu machen oder um großes Bedauern über ihre Abreise zu äußern.

Nur ein Mensch wußte, wie verzweifelt er war. Mabel Forrester kannte nämlich die Gefühle, die ihre Tochter für den jungen Saunders hegte. Einige Hinweise während der Reise nach Rajasthan hatten ihren Verdacht geweckt, der sich eines Tages in Gewißheit verwandelte, als sie auf dem Nachttisch einen Brief fand, den Angela dort vergessen hatte. Da Mabel dieses Geheimnis mit niemandem teilen wollte, nicht einmal mit ihrem Mann, hatte sie ihr Kind einfach nur besonders verwöhnt. Als sie heute abend sah, wie Angela sich betont fröhlich gab, hätte sie sie am liebsten in die Arme genommen, um sie über ihren ersten Liebeskummer hinwegzutrösten.

Ein Charleston wurde gespielt, anschließend ein Foxtrott. Endlich konnte sich Angela von allen Partnern, denen sie einen Tanz versprochen hatte, freimachen, um sich zu ihrem Geliebten zu gesellen, doch der war plötzlich verschwunden. Auf der Suche nach ihm rannte sie von einem Zimmer ins andere. Vergeblich!

»Er ist zur Garderobe gegangen«, wußte eine ehemalige Mitschülerin aus Loretto.

»Mr. Saunders«, antwortete der Hoteldiener, der auf der Freitreppe das Kommen und Gehen überwachte. »Der ist vor zehn Minuten gegangen.«

»Gegangen! Sind Sie sich da sicher?«

»Ganz sicher, Miss.«

Auf einmal fröstelte Angela. Dann hatte er sie also ohne ein Wort, ohne eine Geste des Abschieds verlassen! Nur mit Mühe konnte sie ihre Tränen zurückhalten, als sie einigen Gästen, die sich verabschieden wollten, die Hand reichte. Ihr fiel ein Satz ein, den Peter am Nachmittag gesagt hatte: »Was immer ich auch tun werde, du mußt mir vertrauen und dir sagen, daß ich dich nur vor allen Schmerzen, die wir uns unfreiwillig zufügen könnten, bewahren möchte.« Konnte er ihr einen größeren Beweis seiner Liebe geben, als einfach in der Dunkelheit zu verschwinden, um ihr den Abschiedsschmerz zu ersparen? Durch einen Tränenschleier hindurch sah sie Paare kommen und gehen, die nicht vor die schwierige Aufgabe gestellt waren, »wählen« zu müssen. Sie dachte an Peter, wie er jetzt am Steuer seines Wagens saß und die Straße zurückfuhr, auf der er jedes Schlagloch, jede Kurve auswendig kannte. Woran mochte er jetzt wohl denken? Ob er Lust hatte, kehrtzumachen, um sie ein letztes Mal zu umarmen?

Sie hatte recht. Peter mußte die ganze Fahrt über gegen das Verlangen ankämpfen, einfach diesem unerträglichen Gefühl der Leere, das er empfand, nachzugeben. Der Morgen graute gerade, als er die Anhöhe nach Whispering Hills hinauffuhr. Schon standen in den Dörfern die Männer, Frauen und Kinder auf, um zur Arbeit zu gehen. Alles war an seinem Platz, unabänderlich, und angesichts dieser eingespielten Abläufe, die sich Tag für Tag und Jahr für Jahr wiederholten, schlug sein Herz schneller. Sollte er wirklich seine Jugend, seine Energie und seine Zeit diesem abgelegenen Land widmen? War es nicht verrückt, dieser Aufgabe, zu der er sich berufen fühlte, seine Beziehung zu Angela zu opfern? Er war sich mit einem Mal nicht mehr sicher. Er wußte nur, daß er zutiefst unglücklich war.

Als er fast am Ziel war, klarte es auf, so daß sich die Umrisse der Berge scharf vor dem Himmel abzeichneten. Wie lange stand er so da, mit abgestelltem Motor? Obwohl seine Glieder vor Müdigkeit wie erstarrt waren und die Augenlider brannten, blieb er sitzen und betrachtete ein Bild, das nur wenige Menschen je zu sehen bekamen: ein Halbrund verschneiter Gipfel, nur von einem leichten Dunst verschleiert, die vor ihm bis in unendliche Höhen aufragten.

Als Peter schließlich jene Gelassenheit wiederfand, die ihm dieses Tal immer vermittelt hatte, wurden auch seine Gedanken klarer. Heute hatte es dem Schicksal gefallen, ihn daran zu erinnern, daß alles, trotz des trügerischen Scheins, ständigem Wandel unterworfen war. Würde Angela zu ihm zurückkehren? Weder er noch sie wußten das ..., und sich diese Frage jetzt zu stellen, war völlig sinnlos.

Die Tagelöhner wanderten in einer langen Reihe zur Plantage. Verwundert bemerkten sie, daß ihr Verwalter einen Frack trug. Sonst hatte er immer nur einen Anzug aus weißem Leinen an. Eine vertraute Gestalt erregte Peters Aufmerksamkeit. Den Tragekorb auf dem Rücken und eine Blume im Mundwinkel, wich Maya Devi an den Straßenrand aus, um den Weg frei zu machen, als sie jemanden hinter sich hupen hörte. Ein roter Schleier bedeckte ihren Kopf, und an ihrer Nase glänzte ein silberner Ring. Als sie ihn erkannte, lächelte sie ihm zu. Im Rückspiegel sah er noch, wie sie ihren kleinen Bruder, der ihr nur mit Mühe folgen konnte, bei der Hand nahm.

In Whispering Hills brach ein neuer Tag an.

Danksagung

Françoise Pommaret, Tibetexpertin und Wissenschaftlerin am CNRS, hat mich nach Darjeeling begleitet. Ohne ihre Hilfe und ihr Wissen hätte ich mich in der faszinierenden Welt des Himalaja nie zurechtgefunden. Ihr gilt mein ganzer Dank und meine Freundschaft.

Unvergeßlich war der Aufenthalt bei Philippe Petit, dem französischen Botschafter in Indien, und seiner Frau Anne Marie Petit in ihrer Residenz in Neu-Delhi.

Luce Rudent, Rajesh Sharma und Francis Wacziarg haben mir ihre Zeit geopfert und wertvolle Unterstützung gewährt.

»Air India«, Sybille Debidour (von der Agentur »Assinter« in Paris), Reet Hazarika (von der Agentur »International Ventures & Travel« in Neu-Delhi) und Jordhen Norbhu (Agentur »Travel-Slique« in Darjeeling) haben es mir ermöglicht, unter den allerbesten Bedingungen zu reisen, und mir Transportmittel zur Verfügung gestellt, die so bequem waren wie – fliegende Teppiche.

Herr Bahsin, der Direktor der Firma »Goodricke«, Biresh Paul und Ashwani Kapur waren so freundlich, mich auf ihren Plantagen zu empfangen. Dafür danke ich ihnen, ebenso wie Herrn und Frau Gupta, die »Thurbo« bewirtschaften, und ihrem Assistenten Vinod Gurund, Herrn und Frau Sondhi in »Badamtam« sowie Herrn und Frau Brooks in »Castleton«. Sie haben mich mit dem Tee, den Ritualen und Anforderungen vertraut gemacht.

Ranen Data, der das Andenken an den Pflanzerclub in Darjeeling wachhält, hat mir die Räumlichkeiten und das Archiv zugänglich gemacht. Gaurav Ghosh hat es mir in Kalkutta ermöglicht, einer Versteigerung der »J. Thomas & Co Ltd.« beizuwohnen. Im Hotel »Oberoi« in Kalkutta hat Ratna Malhotra dafür gesorgt, daß ich einen sehr angenehmen Aufenthalt hatte, und sich außerdem eifrig an meinen Recherchen beteiligt. Sie verschaffte mir Unterlagen über die Stadt zu Beginn des 20. Jahrhunderts. Ebenso wichtig waren für mich Peter Pyke, der mir in London viele Stunden lang von seiner Vergangenheit als Pflanzer im Himalaja erzählt hat, Teddy Young, der auch heute noch Pflanzer in Darjeeling ist, Frau Tenduf-La und ihr Sohn, Herr Tenduf-La, die ihr Hotel »Windamere« in Darjeeling zu einem zauberhaften Ort gemacht haben, über den Evelyne Shah aufmerksam wacht.

In Paris hat mich Gilles Brochard, der Generalsekretär des »Club des Buveurs de Thé«, bei meinen Recherchen unterstützt.

Isabelle Brandebourger von der Firma »Twinings« und Catherine Roditi von »L'Heure gourmande« haben mein Vorhaben wohlwollend unterstützt.

Auf unterschiedliche Weise haben mir auch Pierre Barberoux, Janine Ercole, Michèle Fraudreau, Douglas Gressieux, der Präsident der »Comptoirs de l'Inde«, Mireille Lesage, Jean-Noël Liaut, Jean-Claude Saladin, Françoise Turleau-Pelay und Camille Vidal bei meiner Arbeit geholfen.

Dank ihres Engagements ist das Abenteuer, dieses Buch zu schreiben, letztlich geglückt. Ihnen allen gilt mein besonderer Dank.

Teeglossar

ASSAM: Nordindische Provinz, in der Teesträucher wild wachsen. Größtes zusammenhängendes Teeanbaugebiet. Name für eine Teesorte sowie einen bestimmten Teestrauch.

BAUMSCHULE: Ort, an dem verschiedene Teepflanzen miteinander gekreuzt werden.

BROKEN ORANGE PEKOE (BOP): Schwarzer Tee. Gebrochene und gebogene Blätter, die aus der Feinernte stammen.

BROKEN PEKOE: Schwarzer Tee. Gebrochene Blätter, keine »Tips« (Spitzen), aus einer durchschnittlichen Ernte.

BUNGALOW: Kein einfaches Haus, sondern im Gegenteil ein prächtiges Kolonialgebäude mit Veranda. Die Pflanzer bewohnten sehr prunkvolle und luxuriöse Bungalows.

CAMELLIA SINENSIS: Botanischer Name für die Teepflanze.

CEYLON: Insel, die früher zu Indien gehörte und seit ihrer Unabhängigkeit Sri Lanka heißt; ebenfalls Teeanbaugebiet.

CHINA: Teestrauch aus China, der nach Indien gebracht und dort angepflanzt wurde.

DARJEELING: Ehemaliger mondäner Luftkurort der Engländer zwischen Nepal, Sikkim, Tibet, Bhutan und Bengalen in über 2000 Meter Höhe. Seit der zweiten

Hälfte des 19. Jahrhunderts wird dort der »Champagner unter den schwarzen Tees« angebaut.

DOOARS: Gegend in Nordindien, in der ein Tee gleichen Namens geerntet wird.

DUST: Abgesiebter Teestaub.

ERNTEZEITEN: Mehrmals im Jahr. In Darjeeling sind sie von Plantage zu Plantage verschieden. Die erste findet von März bis April statt. Die zweite von Mai bis Juni. Zu Beginn der Monsunzeit gibt es eine Zwischenernte. Die dritte Ernte dauert je nach Plantage von September bis Mitte Dezember.

FABRIK: Mehrstöckiges Gebäude, in dem der Tee verarbeitet wird.

FANNINGS: Blattbruch und Blattstiele; kleine Stückchen schwarzen Tees, größer als Dust.

FERMENTATION: Oxydations- und Gärungsprozeß, während dessen der Tee der Feuchtigkeit ausgesetzt wird und sich rötlich färbt. Während der Fermentation entfalten sich die ätherischen Öle, die Aromaträger.

FLOWERY ORANGE PEKOE: Schwarzer Blatt-Tee, der von einer Feinernte stammt. Junge Blättchen mit vielen frischen Knospen; hat nichts mit Orangengeschmack zu tun.

FLOWERY PEKOE: Ganze, zusammengerollte Blätter.

FLUSH: Ernte. In Darjeeling wird sie noch immer von Nepalesen durchgeführt. Früher wurden dabei auch Kinder beschäftigt.

GARDEN: Plantage, die Tee von hervorragender Qualität liefert.

GOLDEN TIPS: Goldene Spitzen an jungen Blättern, die sich beim Fermentieren nicht dunkel färben; ein Qualitätsmerkmal.

HERSTELLUNG: In mehreren Etappen: Welken, Rollen, Fermentieren, Trocknen und Sortieren.

Hybridmischung: Kreuzung, im allgemeinen zwischen einer Assam- und einer China-Pflanze.

Klassifizierung: Die Grade bezeichnen die Blattgröße.

Orange Pekoe: Schwarzer Tee; zusammengerollte Blätter, die acht bis 15 mm lang sind und von einer späten Ernte stammen.

Pekoe: Schwarzer Tee; ganze, zusammengerollte Blätter, die von einer groben Ernte des zweiten Blattes stammen.

Pekoe Souchong: Schwarzer Tee; zu Kugeln gerollte Blätter aus einer Grobernte des dritten Blattes.

Rollen: Durch das Rollen der gewellten grünen Blätter werden die Zellen aufgebrochen und die ätherischen Öle freigesetzt; die Fermentation setzt ein.

Sortieren: Nach dem Aussondern pflanzlicher Rückstände wird der Tee nach verschiedenen Größen (Blattgraden) sortiert.

Trocknen: Nach der Fermentation wird den Teeblättern das restliche Wasser entzogen; das Teeblatt färbt sich schwarz.

Verpackung: In großen Holzkisten.

Welken: Verfahren, bei dem das frische Blatt einen Großteil seines Wassergehalts verliert und elastischer wird.

Von einer dunklen Verheißung geleitet, begeben sich Roç und Yeza, die Erben des sagenumwobenen Gralsgeschlechts, auf eine gefahrvolle Reise. Sie führt die beiden Liebenden aus den dunklen Wäldern Okzitaniens, wo die Scheiterhaufen der Inquisition brennen, zum Tempel von Jerusalem, der seit der Eroberung durch die Kreuzfahrer in Trümmern liegt. Dort soll sich das Schicksal der beiden jungen Menschen erfüllen, die von einem mächtigen Geheimbund ausersehen sind, Päpsten, Kaisern und Königen zu trotzen und der Welt den Frieden zu bringen. Doch die Mission des Königlichen Paares droht zu scheitern, denn dunkle Mächte entsenden ihre Spione und Häscher, und ein schwarzer Kelch kreuzt immer wieder unheilvoll ihren Weg...

ISBN 3-404-14262-4

BASTEI LÜBBE

304 Seiten, ISBN 3-7766-2077-3

Dominique Marny

Bis die Mandelbäume wieder blühen

Eine farbige Hommage an die Provence

„La Restanque", romantisches Landgut im Herzen der Provence, einst berühmt für seine hervorragenden Oliven und Mandeln: Inmitten dieser Idylle ist die lebenshungrige Jeanne Barthélemy aufgewachsen. Aber dann fällt der Vater im Krieg, ihr Bruder Laurent befindet sich auf Weltreise und die Geschäfte gehen immer schlechter...

Dominique Marny erzählt vom beeindruckenden Weg einer jungen Frau, die in den zwanziger Jahren um das Überleben des elterlichen Gutes kämpft.

Herbig